D0839539

Potence machine, Triptyque (1996)

Risible et noir, Triptyque (1997)

Marie-Hélène au mois de mars, Triptyque (1998)

Lettres à mademoiselle Brochu
(L'Effet pourpre, 1999), Marchand de feuilles (2007)

Pour une éthique urbaine, L'Effet pourpre (2002)

Les trois modes de conservation des viandes,
Marchand de feuilles (2006)

La gestion des produits, Marchand de feuilles (2011)

Rita tout court, Marchand de feuilles (2013)

Scellé plombé, Marchand de feuilles (2013)

Journal d'un étudiant en histoire de l'art

Marchand de feuilles
C.P. 4, Succursale Place d'Armes
Montréal (Québec) H2Y 3E9
Canada

www.marchanddefeuilles.com

Graphisme de la page couverture : Sarah Scott
Illustration de la couverture : Michelangelo di Lodovico Buonarroti Simoni,
Chapelle Sixtine (détail), 1508-1512
Mise en pages : Roger Des Roches
Révision : Annie Pronovost

Diffusion : Hachette Canada
Distribution : Socadis

Marchand de feuilles remercie le Conseil des Arts du Canada et la Société de
développement des entreprises culturelles (Sodec) pour leur soutien financier.
Marchand de feuilles reconnaît l'aide financière du gouvernement du Canada par
l'entremise du Fonds du livre du Canada (FLC) pour ses activités d'édition et bénéficie
du Programme de crédit d'impôt pour l'édition de livres (Gestion Sodec)
du gouvernement du Québec.

**Catalogage avant publication de Bibliothèque et Archives nationales du Québec
et Bibliothèque et Archives Canada**

Moutier, Maxime Olivier, 1971-

Journal d'un étudiant en histoire de l'art

ISBN 978-2-923896-48-9

I. Titre.

PS8576.O983J68 2015   C843'.54   C2015-941019-3

PS9576.O983J68 2015

Dépôt légal : 2015
Bibliothèque et Archives nationales du Québec
Bibliothèque et Archives Canada
© Marchand de feuilles, 2015

Maxime Olivier Moutier

Journal d'un étudiant en histoire de l'art

roman

[FŒJ]

ÉDITIONS
MARCHAND
DE FEUILLES

30 novembre 2008. Dernière journée pour faire son inscription à l'Université du Québec à Montréal. Pour tout le monde et dans toutes les disciplines. Au bureau du registraire du pavillon Judith-Jasmin, il n'y a pas foule, mais il faut tout de même prendre un numéro. Je reste debout un temps, mon enveloppe dans les mains. Je ne sais pas si je fais la bonne chose, mais je sais que je me suis rendu ici ce matin, que j'ai rempli les papiers la veille, retrouvé mes vieux bulletins datant du siècle dernier et rempli les cases où l'on me demandait l'adresse de mes parents. Il est bientôt midi.

J'ai trente-sept ans. Je tente une sorte de retour aux études, parce que la vie telle qu'elle est ne me stimule plus du tout. Je m'y ennuie. Et comme les voyages dans l'espace, sur une autre planète lointaine, sont hors de prix, je me rabats sur l'université. Je me demande si je fais bien. J'ai attendu jusqu'au dernier moment. L'inscription me coûte 112 dollars. Même si je change d'idée la semaine prochaine, je ne pourrai pas récupérer cet argent. Je regarde les autres, autour. Personne ne me ressemble. Il y a beaucoup de Noirs et d'Arabes, quelques jeunes filles, très jeunes.

J'ai un peu peur de le regretter. Cela ne m'est pas souvent arrivé, de craindre de faire de mauvais choix. En fait, je me sens tellement désorienté depuis quelques années, que je me demande s'il n'est pas en train de m'arriver ce qui est arrivé à d'autres avant moi. C'est à dire de me mettre à faire n'importe quoi, sans direction, sans objectif précis, juste parce que je chercherais je ne sais quoi. Faire des choses pour essayer des choses. J'ai peur de faire cela pour rien, et que le tout se termine encore par un avortement. Une interruption avant terme et irréversible d'un développement prometteur. Parce que je ne serais plus sûr et certain de mon désir. Parce que tout serait équivalent: cuisiner, faire du cheval, s'impliquer dans le Conseil d'administration d'un centre de la petite enfance, suivre des cours de chant, suivre une formation pour devenir tireur de cartes, faire un certificat en histoire de l'art.

En fouillant dans mes archives pour retrouver mes bulletins (j'ai quitté l'université voilà bientôt quinze ans), j'ai retrouvé un formulaire d'inscription en histoire de l'art datant de 2001. Comme quoi ce n'est pas d'hier que ce désir me chatouille. J'avais alors commencé à le remplir, mais comme je souhaitais faire une propédeutique pour aller plus vite vers la maîtrise, on me demandait d'établir d'emblée mon projet de recherche, ce qui m'avait laissé fort dépourvu. C'était l'année de naissance de ma fille aînée, je travaillais comme psychanalyste dans un centre de crise de la grande région métropolitaine, et ma passion pour l'art me semblait déjà attendre, quelque part au fond de moi, ne demandant qu'à être réveillée et prise au sérieux. Je n'avais pas complété le formulaire. Je voulais, si je me souviens bien, travailler sur Jacques Hurtubise, un artiste québécois qui avait quarante ans de métier et une œuvre solide. Je voulais étudier l'utilisation de la coupure dans l'œuvre de Jacques Hurtubise, tout en ne sachant guère si les profs du département allaient pouffer de rire, ou trouver le projet intéressant et concevable.

Cette fois, je m'inscris au certificat. Dix cours, dont neuf sont obligatoires. Je crois avoir gagné en humilité, avec les années. Je dépose ma demande d'inscription, paie les 112 dollars requis, me fais remettre une preuve de paiement, puis ressors du pavillon J.-A.-DeSève les cheveux au vent. Advienne que pourra. L'histoire de l'art n'est pas un programme où le nombre de demandes d'admission est supérieur au nombre de places disponibles, mais je me demande si je serai accepté. Il ne me faut rien tenir pour acquis. Je suis un peu fébrile.

J'ai peur de ne pas être capable. J'ai peur de ne pas y trouver ma place et de me rendre compte que je la cherche encore après tout ce temps, malgré mes études d'autrefois, malgré que je sois devenu psychanalyste, que je me sois marié, que j'aie fait des enfants, acheté une maison, rénové une cuisine et une salle de bain, appris à changer des couches et à faire chauffer des biberons la nuit, à m'être inquiété, à voir ma femme partir de la maison pour aller faire la fête avec ses amis, intensément, jusqu'à six heures du matin. Je cherche ma place. Même après avoir publié six livres de littérature québécoise contemporaine. J'ai peur de ne plus rien comprendre aux cours magistraux. J'ai peur de sentir le vide, de sentir le sol se dérober sous mes pieds. J'ai peur de me sentir incapable de faire les travaux, de me plier aux exigences universitaires orthodoxes, conformes à la doctrine, ou de devoir modifier mon style pour ne pas trop paraître décalé. L'université n'est pas le lieu de la subjectivité. Je dois garder cela en mémoire. Et tenir mes rêves au chaud.

L'enveloppe est partie. Il fait soleil et c'est encore l'automne. Le temps n'attend pas. J'ai le sentiment désagréable de tout recommencer. Une fois de plus. Une fois de plus comme tous mes contemporains, qui passent leur temps eux aussi à toujours tout recommencer : leur vie, leur couple, leur famille. Depuis le degré zéro. Dix fois, cent fois, comme s'ils butaient chaque fois contre le même mur, sans trouver la sortie. Nous refaisons notre vie, comme on enfonce la touche *reset* de nos ordinateurs. Nous sommes libres, après tout. Libres et seuls. J'espère ne pas regretter.

Je lis *Les années* d'Annie Ernaux. Excellent. J'ai hâte de coucher les enfants le soir pour avancer dans ma lecture. Cela me rappelle que j'en ai lu beaucoup, du Ernaux, à un certain moment. Je pense aux vanités en peinture, car c'est un livre sur le temps, sur les choses qui se perdent et ne reviennent jamais. Je ne souhaitais pas connaître la fin trop vite. Je me forçais à lire autre chose afin de ne pas le terminer. Je lui donne A+, même si je ne le recommanderais pas à n'importe qui.

Début décembre, nous partons pour Paris. Non pas ma femme et moi, comme ce pourrait être le cas si nous étions nés dans un film d'amour en Panavision, mais mon fils et moi. Il a eu douze ans le cinq novembre. Il grandit comme une quenouille. Alors qu'il avait cinq ou six ans, et que je me rendais à Paris pour je ne sais plus quelle raison, un Salon du livre sans doute, je lui ai beaucoup parlé de mon amour pour cette ville, la plus belle du monde, que je lui disais. Chaque année, je me suis souvenu lui avoir promis que lorsqu'il aurait douze ans, s'il se rendait jusque-là, nous ferions un voyage à Paris, lui et moi. Je tiens normalement mes promesses, même si tous les jours, je touche du bois. Ce qui n'est pas facile à faire, quand on vit au centre-ville : même les arbres du parc Baldwin sont en plastique depuis ce printemps.

Une exposition controversée de Jeff Koons se tient au château de Versailles jusqu'à la fin décembre. C'est le moment de ne pas la rater, comme j'ai raté Christo et Jeanne-Claude, à Central Park, en 2005. C'est le moment de faire d'une pierre deux coups. Nous partirons quelque huit jours, et je compte lui en mettre plein la vue.

Nos enfants ont l'habitude avec l'art contemporain. Ils savent que c'est une chose qui pousse leur père à se mobiliser et se déplacer. Nous sommes allés toute la famille voir l'installation d'Olafur Eliasson, à New York, l'été dernier, en bateau sous le pont de Brooklyn. Plus ou moins réussie, au final. Mais la chute – il y en a six en tout – placée sous le pont et se jetant depuis l'un des piliers, provoque un effet saisissant. Je n'ai pas de regrets.

Autre souvenir de New York gravé dans ma mémoire pour la vie. Trois ans plus tôt, nous y allons quelques jours ma femme et moi, avec notre fille la plus jeune, encore bébé dans son cocon couleur argenté, vingt-deux heures sur vingt-quatre endormie au creux de sa poussette. Nous entrons un peu au hasard dans les galeries de SoHo. On voit des Basquiat, des Warhol, des Lichtenstein, empilés contre un mur. Comme on empilerait des caisses de fruits sans importance. Il y en a des centaines. Encore plus que dans les musées. On n'en a jamais vu autant en une seule fois. Pour la curiosité, on demande le prix d'un petit chien de Keith Haring. Simple et sobre, blanc, en relief sur un papier cartonné. Le galeriste nous parle beaucoup, il s'intéresse à nous et nous apparaît résolument passionné. Il nous dit que c'est une très bonne affaire, qu'il est même prêt à nous l'envoyer à Montréal par la poste pour éviter les douanes. Il sait comment procéder. C'est selon lui un excellent achat, Haring ne fera que prendre de l'importance dans les prochaines années. Nos enfants en profiteront. Il a raison, mais à ce moment-là, nous évaluons mal sa proposition. Il veut nous le vendre 8 000 dollars en devises américaines. Il accepte les chèques et les cartes de crédit. Nous pourrions le mettre sur la marge de crédit de la maison, mais ce ne serait pas raisonnable. Avoir une telle œuvre dans notre salle à dîner me rendrait fou. Mais ce sera non. Nous finissons par sortir de la galerie, non sans difficulté. Le type est déçu de n'avoir pas su nous convaincre. Il nous regarde partir à travers la vitrine. On sent qu'il a l'air de nous trouver cons. C'est une histoire dont je vais me rappeler toute ma vie. Je le regrette encore. Je la raconte partout. Acheter de l'art se fait toujours un peu sur des coups de tête. Notre troisième enfant vient de naître. Nous ne savons pas de quoi demain sera fait et nous ne sommes pas prêts à faire ce geste déraisonnable.

Lorsque nous sommes retournés à New York l'été dernier pour voir les chutes, nous avons tenté de retrouver ladite galerie. Mais en vain. J'aurais aimé revoir l'œuvre. Savoir si elle a été vendue. Vivre de nouveau cette tentation. Se donner une seconde chance. Nous avons ratissé le quartier où nous pensions l'avoir vue, mais rien, pas de galerie de ce genre dans les parages. Avait-elle fermé? Avions-nous rêvé cet épisode?

C'est dans ce même ordre d'idées que plus tard, au château de Versailles, mon fils essaie de me faire acheter un des deux mille exemplaires de *Kangaroo Mirror Box* de Koons, vendus à la boutique. Il est très enthousiaste. Il me dit de l'acheter pour maman. Il a douze ans. Il est malin et me rappelle que dans la vie, il n'y a que dans les contes de fées qu'on nous offre une deuxième chance. 3 500 euros. Un truc que tu ne regrettes pas d'avoir chez toi, d'autant qu'on ne doit pas être des masses à posséder un truc (car on peut appeler cela ainsi) de cet artiste à Montréal. Non. Avec le prix du voyage, déjà, je ne peux pas me permettre de pareilles folies. Même si la jouissance de l'achat d'une telle œuvre est incomparable, plus encore que la rénovation d'une cuisine, et que le plaisir de l'avoir se trouve réactivé des milliers de fois, je dois passer mon tour

Si je n'étais pas si crétin, j'aurais chez moi aujourd'hui un Keith Haring et un Jeff Koons. Ils seraient assurés contre le vol et les éclaboussures. Et je ressentirais un bonheur inouï à les regarder tout autant qu'à en parler.

•

Paris est à la hauteur de nos attentes. Je m'offre le plaisir paternel de transmettre à mon fils des informations sur ce que l'on découvre. Il écoute. Il regarde. Il est sage et comprend tout. Je l'emmène dans des restaurants réputés, dont je lui parle avec passion. Je lui explique pour qu'il comprenne, pour qu'il devienne intelligent. C'est un voyage mémorable, où l'on ne se repose pas. Trois ou quatre musées par jour. Un restaurant le soir. Puis un cinéma.

Au mois de décembre, il pleut tout le temps. Il fait froid. C'est l'hiver à Paris. Nous marchons des kilomètres. Impossible de découvrir autrement cette ville. Il ne se plaint pas malgré ses souliers neufs. On s'habille comme il faut, on se protège contre les intempéries, et on quitte l'hôtel sitôt après le déjeuner. Nous sommes bien tous les deux. Nous sommes heureux. Cela me change de Montréal. Et de mes collègues tordus qui se disputent depuis un mois à propos de l'argent du syndicat qui devrait, ou pas, payer les bouteilles de vin du party de Noël.

Koons est splendide. Nous prenons le RER. Il pleut encore. Arrivés aux abords de la cour royale, *Balloon Flower (Yellow)* éclate au loin. Un Jeff Koons. Un vrai. Déjà un chef d'œuvre. Gigantesque, imposant, sans compromis. C'est un objet d'une beauté implacable. Je suis déjà tellement heureux. Et mon fils le sent très bien. Nous faisons des photos, et sans tarder, nous entrons découvrir le reste. Il n'y a aucune file d'attente.

Tout est parfait. Nous avons traversé l'océan Atlantique précisément pour cette raison. Koons est l'un des plus grands artistes vivants. Et le décor de Versailles, malgré la controverse que la présence de ses œuvres kitchs et grotesques a provoquée, lui va comme un charme. Encore mieux que ne pourrait le faire un musée. Le résultat est chic, et clash sans équivoque avec le reste du décor pompeux de Le Brun. Les touristes chinois n'en reviennent tout simplement pas. Dans chacune des salles, un petit carton juché sur une tige de métal demande aux différents guides assurant la visite du château (ils doivent être des centaines) de ne pas faire de commentaires désobligeants sur les œuvres de cet artiste invité. Parce que comme toujours, il y a des puristes endurcis, pour qui Versailles ne peut être que Versailles. Il faut le visiter tel quel, comme il était à l'époque de Louis XIV. Même si la majorité des meubles datant de cette époque ont été pillés et revendus aux Puces durant la Révolution française. Il semble donc que des propos malencontreux aient été proférés par certains guides outrés de la présence de Koons. Amusant. Et tellement pas surprenant. À ce sujet, on connaît la chanson.

•

Une fois rentré à l'hôtel, j'apprends dans le numéro collectif de janvier 2009 du magazine *Beaux Arts* que Koons assure du travail à 103 employés et fait fonctionner cinq ateliers. On dit de lui qu'il est un bon patron. Les artistes d'aujourd'hui sont devenus des concepteurs, qui font travailler d'autres artisans capables de réaliser leurs projets. Comme Walt Disney engageait des dessinateurs pour réaliser ses longs métrages. Il ne faisait pas tout lui-même. Ces artistes d'aujourd'hui n'ont que des idées. Ils ne savent ni dessiner, ni sculpter, ni faire fondre de l'acier ou faire cuire de la porcelaine. Ce ne sont plus les ouvriers d'autrefois, reconnus comme tels pour leur savoir-faire et leur exceptionnel talent. De nos jours, les artistes abordent des matériaux qu'ils ne connaissent pas nécessairement, ce qui les oblige à trouver des artisans professionnels capables de les aider à concevoir leurs idées. Dussent-ils aller les dénicher jusqu'au fin fond de la Toscane. Ces artisans peuvent se faire une fierté de travailler pour eux. Leur commande les sort de leur routine habituelle et les oblige à se mesurer à de nouveaux défis. Le plus souvent, ils sont heureux et emballés de travailler pour des artistes renommés, qui leur proposent des projets fous et hors du commun. Tout comme ces fondeurs qui travaillent à temps plein pour Fernando Botero. Il paraît que cinq fonderies ne fonctionnent que pour lui en Italie, que pour la réalisation de ses œuvres dont il vient vérifier la qualité et assurer la direction quelque trois mois par année. Sans ces contrats, les fondeurs en question passeraient sans doute leur temps à faire des cruches, des cloches et des casseroles.

C'est la même chose pour Philippe Starck, Damien Hirst et plusieurs autres. Ils n'ont que des idées. Et l'audace effrontée de les réaliser. C'est drôle à quel point Warhol avait encore une fois raison, avec sa Factory sur Union Square West, subvertissant l'idée de l'œuvre unique et sacrée, modelée par les doigts de l'artiste lui-même, et par nul autre que lui-même. Ce qu'il nous reste de l'artiste actuel réside dans sa conception, son idée. Mais il ne se salit plus. Karl Lagerfeld dessine, mais ne s'affronte jamais à la machine à coudre. Il y a des gens bien plus talentueux que lui pour ce faire. Et il le reconnaît. Je trouve encore cela d'une subversion inouïe.

•

Toujours Paris. Je suis renversé par les *Nymphéas*. Pourquoi tout à coup ? Je n'ai jamais affectionné Monet, ni les impressionnistes. Ce n'est pas la première fois que je les vois, dans ces salles spécialement conçues pour eux à l'Orangerie. Mais là, je comprends. Avec l'art, la notion de temps compte pour beaucoup. Il y a des choses que l'on ne comprend pas, puis qui tout à coup, dix ans plus tard, vingt ans plus tard, nous frappent avec conviction. Je découvre au passage une notice qui, sans aucun doute, m'aide à saisir. Comme une porte d'entrée à ce qui s'avère un monument. Quelque chose d'éteint et qui soudain s'allume. La notice raconte que c'est Clemenceau, alors président, qui insistait personnellement auprès de Claude Monet, qu'il connaissait un peu et en qui il croyait, pour qu'il achève ses *Nymphéas*. Monet ne voulait pas le lâcher. Il n'était jamais satisfait. Et c'est Clemenceau qui lui imposa une date. Surtout, il lui offrit de faire construire ces salles, ovales, dans le musée de l'Orangerie, spécialement pour l'accrochage de cette œuvre. C'est peut-être grâce au désir de Clemenceau que Monet a fini par se séparer de ce dont il ne voulait pas se défaire, craignant sans doute le vide d'après-coup. Et de se retrouver sans rien par la suite pour occuper son temps et ses énergies.

•

Je comprends qu'il faut parfois trouver un angle nouveau pour aborder une œuvre. Si on n'y arrive pas tout de suite et du premier coup, on doit attendre. Comme on attend le passage d'un orignal, la nuit dans la forêt. Plongé dans un de ces moments où il s'avère inutile de se presser ou de taper du pied. Comme il est inutile de tirer sur un bonzaï pour qu'il se développe plus rapidement. Il faut parfois attendre. Et revenir sur ses pas. Et revoir à nouveau ce qu'on avait déjà vu et qu'on avait cru comprendre. Et se tenir prêt à être bouleversé par une œuvre improbable qui nous avait laissé de glace les fois précédentes.

•

Cette anecdote à propos de Monet et de Clemenceau me touche beaucoup. Tout de même, ces Français, il leur est arrivé certaines fois de faire valoir des choses capitales. Un président de la République qui fait une affaire personnelle de la réalisation d'une œuvre qu'il sait déjà puissante, et qui insiste comme a su le faire Clemenceau, en relançant l'artiste, en insistant, en prenant régulièrement des nouvelles, on n'a pas vu cela souvent. Au final, il n'a pas eu tort. Sans lui, les *Nymphéas* n'auraient peut-être jamais existé.

Je ressors de la boutique avec un livre sur les impressionnistes, que je dévore comme une chenille dans une feuille de salade. Publié chez Phaidon, dans la collection « Art et idées ». Ayant été soufflé quelques mois plus tôt par le livre de Tony Godfrey, dans la même collection, sur l'art conceptuel, j'ai tout de suite placé beaucoup d'espoir dans cet ouvrage.

J'apprends que c'est à l'initiative de Napoléon III que fut créé le Salon des refusés, à Paris, en 1863. Cette décision a été capitale en ce qui concerne la place dès lors réservée à l'avant-garde en peinture. Une place à part entière. Ce n'était pas pour rire de ces artistes qu'on a créé ce Salon, ni pour les ridiculiser en les pointant du doigt, mais pour leur reconnaître une place, tout en comprenant et en admettant qu'ils se positionnaient comme excentriques, voire en opposition avec le goût officiel. Selon Napoléon III, qui au demeurant avait bien d'autres chats à fouetter, on ne pouvait plus se contenter du Salon officiel. Trop d'œuvres n'y entraient plus.

Sachant qu'à l'époque, exposer dans un Salon était la seule façon pour un artiste d'acquérir une réputation, de se faire connaître et d'obtenir ainsi des commandes publiques et privées, il était indispensable de créer autre chose. Comme un off Salon.

•

On m'a déjà expliqué que chaque fois qu'un président de la République terminait son mandat, après huit années ou plus de gouvernance, il construisait un monument dans Paris. Un musée ou autre chose. Ainsi, Georges Pompidou aurait fait construire le Centre Pompidou, un musée d'art moderne, entre 1972 et 1977 (selon les plans de Richard Rogers et Renzo Piano), laissant en héritage cet établissement qui ne ressemble à rien d'ordinaire dans la mémoire collective. À part d'avoir été l'unique président de la Ve République et d'être mort avant la fin de son mandat. François Mitterrand aurait choisi de faire la Bibliothèque Nationale de France. Chirac aurait pour sa part commandé le musée du Quai Branly, ingénieusement conçu par les ateliers de Jean Nouvel. Dans cet ordre d'idées, on pourrait penser que Clemenceau a laissé les salles de l'Orangerie, plusieurs fois rénovée, pour y exposer les *Nymphéas*, comme jamais ils n'auraient pu l'être dans un autre endroit.

On aurait l'air drôle de vouloir idéaliser la France et les Français, à ce stade-ci de la déréliction de l'Occident européen, puisqu'il paraît qu'on y est malheureux lorsqu'on y vit, mais il me semble que lorsque des présidents décident de faire des choses pareilles, comme aux États-Unis lorsque les présidents laissent une bibliothèque portant leur nom, les individus baignant dans une réalité où l'on donne autant d'importance à ce genre de réalisations doivent quand même se sentir soulagés, un petit peu et d'une certaine manière. Soulagés de savoir par exemple qu'il n'y a pas que la guerre et l'économie, les chiffres et leurs conséquences sur le moral, et les ambitions des êtres humains. Les êtres humains que nous sommes, pour encore quelque temps.

3 décembre à Paris, ville lumière. Le voyage se poursuit en toute quiétude. Nous entrons dans n'importe quel musée. Mon fils est disposé à accepter toutes les propositions. L'important est d'être là, au milieu de ces endroits splendides, et d'être ensemble. C'est avec cette ouverture d'esprit que nous tombons par hasard sur une exposition de Manet et de Picasso. Au musée d'Orsay. Comme une virgule posée parmi le reste de la collection permanente, déjà monumentale. Mais une exposition surtout de Picasso, pour laquelle on a réuni tous les *Déjeuner sur l'herbe* que celui-ci a réalisés durant sa vie. Encore une fois, je pénètre dans cette exposition en me fichant un peu de la question abordée. Même si j'admire Picasso. Et j'en ressors abasourdi, soufflé. Il me faut m'asseoir. Aller à la toilette pour me passer de l'eau froide dans le visage.

Picasso a reproduit plus de cent cinquante fois *Le déjeuner sur l'herbe* de Manet. Il ne l'a jamais lâchée, cette toile. Il l'a faite et refaite, chaque fois différemment, utilisant même du carton pour la reproduire en trois dimensions, pour la recréer en de petites maquettes. Puis en d'énormes sculptures de béton, destinées à être disposées dans un jardin. Il était obsédé par cette œuvre. Il l'a faite à la mine de plomb, à l'huile ; l'a gravée à la gouge en deux couleurs. Il en a fait des estampes, des gravures sur linoléum. Puis l'a finalement recréée avec de la céramique, au crayon gras et au crayon graphite. Comme s'il n'en venait jamais à bout. Il était comme fou. Il l'a étudiée, disséquée, détruite et décomposée ; puis recomposée, réécrite, refaite. Pourquoi cette toile en particulier ? Il en existe pourtant d'autres de Manet à ne pas être simples à décoder. Pourquoi celle-ci lui causait-elle autant de questionnements ?

J'achète le petit catalogue consacré à cet événement. Nul autre que Guy Cogeval, désormais président du musée d'Orsay, en assure la préface. Le chanceux. À croire que son cancer ne l'a pas affaibli. Cinquante dessins, tableaux, photos, sont reproduits. Je les regarde et les regarde encore. Je suis fasciné. Probablement fasciné par la fascination de Picasso lui-même. Que lui trouvait-il donc, à cette toile ensorcelée ?

On pense avoir tout vu de Picasso. On pense en avoir soupé de ses révolutions, avec ses tasses, ses assiettes, ses cartes postales et ses parapluies. Pourtant, une fois de plus, l'histoire de l'art vient nous rappeler qu'il existe encore et toujours un reste. Une surprise imprévue au détour d'un corridor. Prouvant une fois de plus que là aussi, comme le disait Lacan, il faut se garder de comprendre trop vite.

Retour à Montréal le 10 décembre. Le vol se déroule sans turbulences. Mon fils a toujours l'air content. Il rapporte dans ses valises des cadeaux pour sa maman et ses deux petites sœurs. Mission accomplie et promesse tenue.

12 décembre. C'est la période des vacances de Noël qui s'amorce. Je m'ennuie sûrement de ma femme qui n'est pas souvent là. Je m'occupe de monter le sapin artificiel tout seul, et d'élaborer le menu du 24 sans savoir si elle sera d'accord ou non. Elle a un métier intéressant. Intéressant pour elle. Elle revient parfois nous laisser le calendrier du prochain mois. Elle conduit les enfants chez le dentiste, les inscrit à des cours de piscine et de cheval, puis repart pendant plusieurs jours. Cette année, elle prévoit être de retour le 23, si les avions n'ont pas de retard, s'il n'y a pas de tempête de neige et si aucun autre problème technique concernant la pressurisation de la cabine ne survient. J'ai déjà une liste de choses à acheter. Je m'enfonce dans l'art contemporain pour ne pas me dessécher.

Matin frisquet devant la boîte aux lettres. J'ouvre une enveloppe blanche qui m'est destinée. Je suis accepté. On me félicite. La sentence est formelle, sans plus. Deux jours plus tard, je reçois mon compte de l'université. Je dois 688 dollars. Quand on reçoit une facture, de nos jours, c'est au moins la preuve qu'on est inscrit quelque part. Ce n'était donc pas une blague ni une erreur. Avec les enfants, on fait semblant que c'est un événement. Papa est accepté à l'université. Que papa aille à l'école, fasse des devoirs et passe des examens est plus facile à comprendre pour eux qu'un papa qui est psychanalyste ou qu'un papa qui écrit des livres qu'il est préférable de ne pas lire avant de s'endormir. Je n'ai jamais fait dans la littérature jeunesse.

J'ai pris deux cours. Avec le travail, les enfants, une femme absente un jour sur trois, des patients et un séminaire de psychanalyse le jeudi soir, c'est suffisant. Je veux d'abord essayer, pour voir si je vais être capable. Inutile de ruer dans les brancards, il me faut d'abord tester la surface. J'ai un peu peur. J'ignore si je vais trouver cela difficile.

Dans le cadre du certificat, je n'ai que des cours obligatoires à suivre. Mais je suis emballé. Tout m'intéresse, même les arts visuels en Nouvelle-France. Suffit d'y plonger et de laisser de côté ses préjugés. Compte tenu de mon horaire de malade mental, je choisis *L'art après 1968*, et *Analyse de l'œuvre d'art. Analyse* me fait penser à l'« analyse », que je pratique dans mon cabinet situé en haut de chez moi. Je me dis que du point de vue du signifiant, on restera au moins encore un peu dans la psychanalyse. Même si concrètement, cela n'a rien à voir. L'inconscient n'a que très rarement quelque chose à voir avec la réalité.

Mardi matin 9 h 30. Et mercredi soir, de 18 heures à 21 heures. C'est mon horaire.

J'achète le livre *Histoire de l'art*, de Ernst H. Gombrich, en format poche chez Phaidon. Voilà trois fois que je le regarde à la librairie, et que j'hésite. Il est édité en trois différents formats. Il arrive que l'on tombe sur de mauvais livres, qui ne sont pas à la hauteur de nos attentes et que l'on achète pour rien. Deux fois sur trois, je dirais. J'ignore que Gombrich est une valeur sûre. Sur la quatrième de couverture, on parle d'un classique populaire, inégalé depuis cinquante ans, etc. Bon. Je me laisse convaincre. Je le prends. 27,95 $.

Le format poche ne coûte pas cher, mais je constate rapidement qu'il n'est pas fait non plus pour être lu. Après quelque cent pages, la reliure se brise, la colle se décolle, les petits rubans (pourtant très pratiques pour les renvois de pages) se détachent. C'est une édition difficile, puisque toutes les images, essentielles à la compréhension du texte, se trouvent à la fin. Mille fois, il faut suspendre notre lecture, en plein milieu du texte que je qualifierais d'haletant, pour aller regarder l'image dont il est question. Je dois retenir les pages ensemble avec un gros élastique durant le reste de ma lecture. L'objet semble se désintégrer au fur et à mesure.

La lecture de ce livre change ma vie. Et ce n'est pas exagéré de l'affirmer. Pour la première fois, j'accepte d'entendre ce que l'on peut dire de l'art primitif, des Grecs, des Romains, de l'Antiquité, mais aussi de la Renaissance, de l'architecture italienne de cette époque et de mille autres choses.

Bref, de l'art d'avant l'art contemporain, dont j'étais devenu, sans m'en rendre compte, par pur intérêt, un petit spécialiste. En fait, c'est comme si de nouvelles dimensions s'ouvraient tout à coup. Des espaces plus profonds, plus compliqués.

•

Ce qu'il y a d'incroyable dans les études sur l'art, c'est qu'il y est essentiellement question de la lecture que l'on fait des choses qui nous entourent. Des choses et des phénomènes visibles à tous, mais qu'on ne remarque plus, comme un décor endormi. Il faut leur ajouter quelque chose en supplément pour les faire vivre. Il faut raconter des récits sur elles. Énoncer des informations depuis l'extérieur, et faire voir ce que l'on ne voyait pas. Comme un ingrédient secret que l'on ajoute et qui change tout, et qui révèle des saveurs autrement engourdies. Du curcuma dans un plat de saucisses aux lentilles. Du cumin dans une ratatouille. Cela me fait penser à la psychanalyse. On a quelque chose devant nous, immobile et à l'air anodin, puis on tente de le faire parler, pour révéler des centaines de choses que l'on ne voyait pas, parce qu'on ne les comprenait pas, parce qu'on refusait jusque-là de les écouter. Des souvenirs d'enfance, des rêves, la relation avec les parents. Je me rends compte que c'est toujours de façon sommaire que l'on aborde une toile, à moins de déjà connaître quelque chose sur elle. Impossible de comprendre une performance sans explications préalables ou sans s'intéresser à ce qui sera dit sur elle ensuite. Impossible de comprendre sans un discours ajouté. L'art nous apprend à regarder. Une œuvre, si elle n'est pas soufflée par un savoir, un savoir à constituer, est une œuvre morte.

Gombrich à ce propos, allume d'innombrables feux. Il fait vivre les objets. Tout à coup, les colonnes du palais de justice de la rue Notre-Dame, les églises, la Maison de l'ancienne Douane jaillissent du papier. Grâce à ma lecture, Montréal n'est plus la même. Je déambule tout à coup dans une ville nouvelle et cent fois plus belle et intéressante qu'elle ne l'était la semaine dernière.

C'est un choc. Pour moi qui boudais jusque-là la Renaissance et le Moyen Âge, qui ne s'arrêtais pas à Michel-Ange, Raphaël, Léonard de Vinci, les Hollandais, l'Italie, la perspective, j'ai l'impression, en un coup de fouet, de tout comprendre. Enfin, j'accepte désormais de comprendre. Je me lève la nuit, non pas pour fumer une cigarette, mais réveillé par le désir de lire ce livre. Mille pages. Rien ne m'intéresse davantage en ce moment. Je pourrais m'enfermer dans les toilettes pour en dévorer quelques pages de plus. Et ressortir des cabinets avec l'envie de parler. De raconter ce que je viens d'apprendre. En riant. Presque comme un fou. Mais tout le monde dort dans la maisonnée. Le silence règne. C'est la nuit. Je ne vais tout de même pas réveiller les enfants pour leur parler de la Renaissance. Malheureusement pour moi, dans ma maison, la nuit, tout le monde dort.

•

J'apprends que Grégoire le Grand, un pape qui vécut à la fin du IVe siècle, prit une décision d'une importance capitale au sujet des images religieuses. Il faut savoir qu'à ce moment-là, tout le monde était contre les statues dans les églises. Il ne fallait pas représenter Dieu. Celui-ci devait être invisible, présent partout et tout-puissant. Comment aurions-nous donc pu le faire entrer, le circonscrire, dans la banalité d'une simple représentation ? Un dessin, un morceau de bois sculpté, aurait paru ridicule à côté de la grandeur divine. Cela aurait été comme de l'insulter, et rappelait les idoles païennes, condamnées par la Bible de l'Ancien Testament. Toutefois, Grégoire, lui, envisagea les choses d'une autre manière. Car une autre vision avait également cours à son époque, sur la partie latine et occidentale de l'Empire romain. Il accepta l'argument selon lequel les pauvres fidèles, souvent illettrés, ne pouvaient pas se remémorer facilement les épisodes sacrés du livre saint. Malgré leur cœur vaillant, ils écoutaient les prêches la bouche ouverte, mais l'essentiel du message leur restait abstrait. Les peintures, comme des récits, pourraient donc contribuer à l'instruction de cette populace. À la manière d'une bande dessinée sans texte. Il dit un jour, après avoir pris son petit déjeuner : « La peinture peut être pour les illettrés ce que l'écriture est pour ceux qui savent lire. » C'était une époque difficile, où tout le monde n'avait pas droit à sa ration quotidienne de vitamine C et où l'on pouvait mourir subitement pour des raisons injustes et mystérieuses.

Grâce à Grégoire, l'art religieux explosa. Gombrich nous explique que cette décision, après coup, est à considérer comme un acte historique. Qu'une si grande autorité, en fait, se soit prononcée en faveur de la peinture, eut pour effet de modifier le cours de l'Histoire. Du moins le cours de l'histoire de l'art.

•

J'apprends que les fameuses statues grecques de l'Antiquité, en pierre, en marbre ou en pierre blanche, que l'on voit partout et dont plusieurs sommeillent au musée du

Louvre, sont en fait des statues romaines imitant les grecques. Pour les Romains, les Grecs avaient atteint une perfection insurpassable dans le domaine de la sculpture. On ne pouvait pas aller plus loin. Faire une belle sculpture, c'était refaire une sculpture comme autrefois. En réalité, des statues grecques, il n'en reste que très peu. Elles ont toutes été détruites, parce qu'elles étaient surtout, et majoritairement, faites en bronze. Au fil des ans, elles ont été refondues, pour toutes sortes de raisons. Elles ont été pillées par des voleurs ou revendues dans des marchés aux puces lors de périodes de disette. Le bronze avait une plus grande valeur que le travail du sculpteur.

Même chose pour le Colisée de Rome. Celui-ci n'est pas abîmé en raison de son vieil âge ou de l'érosion, mais parce que des Romains, un jour, ont entrepris de le démonter. Ils souhaitaient utiliser ses pierres pour d'autres travaux, notamment pour la construction de Saint-Pierre de Rome. Sans cela, le Colisée serait toujours intact. On s'en fichait de savoir s'il s'agissait d'un chef-d'œuvre important. On ne regardait pas les choses ainsi. On ne voyait que les grosses pierres dont il était constitué, et leur qualité rare. Le Colisée ne fut pas toujours un monument historique attirant les foules du monde entier, et on ne lui a pas toujours conféré cette valeur de signe, de souvenir, de témoignage du temps passé.

•

Je mange un sandwich salade César enroulé dans un pain pita à 4,25 $, et j'apprends que des décisions politiques sont à l'origine de tel ou tel style. Certains ont parfois dominé le paysage durant si longtemps qu'ils ont fini par devenir des canons. J'apprends que Michel-Ange n'était pas de tempérament facile, qu'il travaillait seul, contrairement à d'autres grands peintres du moment, convertis pour la majorité en chefs d'ateliers et se déplaçant avec plusieurs dizaines d'assistants ouvriers. Michel-Ange s'était d'ailleurs fâché contre le pape (rien que cela vaut le personnage, puisque c'était une attitude impensable à cette époque), parce que ce dernier, après avoir dû modifier grandement les plans de la nouvelle basilique Saint-Pierre, ne lui avait réservé que la décoration de la chapelle, la chapelle Sixtine, au lieu de lui confier la décoration entière du projet. Colérique, ce Michel-Ange fit une crise pas possible. Il s'enferma tout seul dans cette chapelle, sans en sortir et sans donner de nouvelles, pour ne s'extraire de là qu'une fois le travail terminé. Il avait tout fait tout seul. Il paraît que de travailler couché sur des écha-faudages, à l'envers, était tellement devenu pour lui une seconde nature, que lorsqu'il devait faire une toile par la suite, il l'épinglait au plafond et la faisait couché, comme pour une voûte ou un dôme. Certains historiens ont par la suite démenti ce mythe en démontrant que Michel-Ange avait lui aussi des assistants, mais bon. Personne n'était là pour le filmer.

Le pape avait dû réviser les plans à la baisse, en raison du scandale de la Réforme, qui voyait d'un très mauvais œil toutes les richesses du Vatican. Sans cela, la basilique que nous connaissons aujourd'hui, et que nous admirons telle qu'elle, serait trois ou quatre fois plus grandiose et magni-fique. Il ne nous est resté que la version humble. Et Michel-Ange n'a récolté qu'une petite chapelle à se mettre sous la dent. On raconte qu'il n'était pas du tout content de la tour-nure des événements. Car il était très orgueilleux et se pre-nait pour le plus grand artiste de son époque.

J'apprends également que l'idée d'utiliser de l'huile, en remplacement du blanc d'œuf avec quoi on mélangeait les pigments de couleur, fut une révolution. Le rôle des assistants, entre autres, était souvent de faire les mélanges avant l'arrivée du maître, mais certains peintres préféraient s'occuper personnellement de ces préparations. Pendant des siècles, on utilisa du blanc d'œuf mixé à des poudres. La difficulté avec ce procédé était qu'il séchait trop rapidement. Il fallait faire vite, et recommencer souvent. L'huile, pour sa part, permettait de revenir plus d'une fois sur son travail, bien qu'elle demandait de gérer différemment les temps de séchage, et de souvent s'armer de patience. La technique était différente, plus difficile, mais jamais on ne revint au blanc d'œuf. Aujourd'hui, les mélanges sont faits en usine, et on les achète tout prêts. Sauf exception, il n'y a plus de poudre dans les ateliers d'artistes, plus de pigments.

En ce qui concerne le livre sur l'art conceptuel de Tony Godfrey, je dois confier que c'est aussi ce volume qui m'a poussé à m'inscrire à l'université. C'est un livre à lire. Godfrey y parle de plusieurs aspects fondamentaux de l'art conceptuel, mais surtout, il décrit beaucoup d'œuvres que le grand public n'a pas eu le temps de connaître ou de digérer. J'ai été renversé à chacune des pages, ou presque. Mais je retiens l'idée de cet artiste mexicain, Gabriel Orozco, qui exposa au MoMa de New York en 1993. Il demanda alors aux voisins qui avaient une fenêtre donnant sur le musée, de placer une orange sur le rebord de celle-ci. Le musée fournissait des oranges fraîches chaque semaine. Chacun pouvait manger l'orange en question s'il le souhaitait, puis la remplacer ensuite par une nouvelle. Les passants un minimum attentifs aux immeubles pouvaient se demander ce qui se tramait là, avec ces oranges dans les fenêtres.

Je retiens également cette œuvre de John Cage consistant à faire entrer un papillon dans une salle où se donne un concert. Il s'agit de *Composition #5*. À la fin du concert, il demande que le nécessaire soit fait pour inciter l'insecte à sortir, en ouvrant les portes et les fenêtres par exemple. Le concert pourra alors être d'une durée variable, mais on ne le considérera comme terminé, qu'une fois que le papillon se sera échappé.

Ce ne sont là que deux exemples parmi des centaines recensés. Je me dis que si des humains choisissent de consacrer leur vie à faire des choses de ce genre, il y a matière à se réconcilier avec la vie. Le livre de Godfrey m'a donné le goût de croire en l'être humain, pour encore peut-être quelques années, et de ne pas mourir tout de suite d'une crise d'apoplexie. Ce fut un argument de poids pour ce retour à l'université. Ce fut comme de découvrir une nouvelle bombonne d'oxygène à travers une barrière de corail.

•

Je tente de trouver dans l'art une sorte de refuge. Je vais à l'université pour me soustraire à l'ennui, pour faire autre chose qu'attendre le retour de ma femme ou que de patienter pendant que mes enfants font leurs devoirs. J'ai besoin de stimulation, de me retrouver parmi des gens qui ne sont pas encore morts, et d'apprendre des choses. J'ai besoin de m'imposer des difficultés d'une autre variété, autre que celles de la famille impossible. Je décide de réveiller la cellule ART dans mon histoire personnelle. J'aurais pu faire en sorte de devenir cuisinier, aussi, mais je me suis senti vieux et fatigué devant la tâche à accomplir. C'est un travail difficile et extrême, la cuisine.

L'art s'est mis à prendre une importance décuplée dans ma vie ces dernières années. Il me fait agir et croire en l'absolu. Comme je suis un être humain, la dimension de l'absolu me manque énormément; et comme le gouvernement ne fait rien pour cela, il me faut trouver tout seul comment faire exister cette dimension. J'en parle comme si tout cela était conscient et délibéré, alors qu'en fait, c'est plutôt l'art qui m'a rattrapé. Il y avait de la place pour lui. Et je courais de moins en moins vite. J'aurais peut-être dû le faire avant, et consacrer ma vie à cela plutôt qu'à la psychanalyse, mais je n'aurais

pas pu. Il me fallait régler quelque chose avec la psychanalyse. Je n'aurais pas pu vivre en évitant de devenir psychanalyste. J'ai donc fait un bout de chemin de ce côté-là, et
maintenant, je peux envisager une nouvelle entreprise. C'est
une question de destin, comme pour le mariage et les enfants.
Même si ces choix s'avèrent de mauvais choix au bout du
compte, vous ne pouvez pas toujours les éviter. Vous foncez
dedans les yeux fermés, en vous imaginant en train de foncer dans autre chose, de la guimauve ou de la gélatine aux
fraises, et puis voilà.

J'avoue trouver dans plusieurs œuvres d'art, de toutes les
époques, cet aspect subversif qui m'avait tant séduit dans la
psychanalyse. Adolescent déjà, je lisais Freud enfermé dans
ma chambre, et savourais le côté abrasif et pas comme les
autres de ses observations. Il était le Marilyn Manson de ma
chambre à coucher. Il ne plaisait pas à ses profs, et ses collègues médecins riaient de lui. À chacune de ses publications,
il se brouillait avec des amis. Pour être psychanalyste, il faut
être indépendant des valeurs dominantes de son époque. Il
faut du courage, du sang-froid, aimer les vérités tranchantes
et dérangeantes et ne pas avoir peur de déplaire. Il ne faut
pas craindre non plus d'être exclu. Je retrouve ce courage hors-
norme dans l'histoire personnelle de beaucoup d'artistes.
Souvent, on les rejette sans les comprendre. Sur le coup, on
les trouve fous. Même si quelques années plus tard, on les
étudiera à l'université, au moment où ils font ce qu'ils font,
ils sont seuls. Ils ne se contentent pas de dire ce qu'il faut
dire, pour se faire des amis, plaire à la doxa et gagner davantage d'argent. Ils travaillent à faire ressortir ce que d'autres
préfèrent garder caché. Ils ne changent pas de point de vue
lorsque le public n'est pas content. Au contraire, ça les excite.
Ils ne s'adaptent pas. Ils visent autre chose.

Je ne crois pas me tromper en établissant une parenté entre les artistes et les psychanalystes. En attendant, je mange un sandwich acheté au Pain Doré : dinde-fromage-mayonnaise. Un peu fade. Je devrais traîner une bouteille de sauce Sriracha portative dans mon sac d'école. Il commence à faire froid. Je monte dans un taxi : neuf dollars avec le pourboire.

Chapitre 1

Première session, hiver 2009

13 janvier. Rentrée officielle. Début des cours.

Mardi matin. Hiver. Marche dans les souterrains du métro, pour atteindre le cœur de l'UQAM. En cherchant mes lunettes, je tombe par hasard sur les *dates de modification ou d'annulation sans facturation ou d'annulation avec facturation* ainsi que les *dates d'abandon de cours avec ou sans échec*, mais je n'ai pas le loisir de considérer ces options. Hors de question que j'abandonne quoi que ce soit. Ce serait trop facile. Et je n'ai pas l'habitude d'aimer les choses faciles.

Premier cours. *L'art après 1968.* Avec Patrice Loubier. Je suis soufflé de me rendre compte qu'il y a des gens qui se passionnent pour les mêmes choses que moi. Je suis étonné et ravi. Exactement ce que je venais chercher à l'université. Le cours est bondé. Je ne remarque pas si les étudiants ont l'air d'être vraiment très jeunes. Je vois du monde, des manteaux d'hiver, des cahiers de notes.

Analyse de l'œuvre d'art. Le mercredi soir. Le cours est également complet. J'arrive plus tôt, craignant de ne pas trouver le local, comme un nouvel arrivant encore peu habitué aux dédales de l'endroit. Deux filles sont déjà là. Le local ne cesse de se remplir ensuite.

Je suis étonné du nombre d'ordinateurs portables, que les étudiants utilisent systématiquement. C'est une nouveauté pour moi. Dans mon temps, comme on dit, c'est-à-dire il y a de cela quinze ans, les portables n'existaient pas. Et personne ne prenait ses notes de cours sur un clavier. Aujourd'hui, je constate qu'il faut s'habituer à entendre de petits clapotis émanant des claviers souples pendant toute la durée du cours. Il y en a partout. Les étudiants assistent à l'exposé du prof et regardent en même temps des photos d'eux-mêmes, se baladent sur Internet, répondent à leurs courriels. Le type à côté de moi, les écouteurs sur les oreilles, regarde le dernier spectacle de Louis-José Houde et ricane doucement. Je me demande ce qu'il fait là.

La professeure se donne un air sévère. Elle est âgée, reste assise derrière sa table et nous redit souvent qu'elle n'est pas là pour rigoler, qu'elle en a vu d'autres, et que ce n'est pas à une vieille guenon que l'on apprend à faire des grimaces. Tout de suite, je l'aime. Elle est péremptoire, mais comme tout ce qu'elle dit est accompagné d'œuvres d'art, dont elle nous parle avec passion, justesse et complexité, l'ensemble du portrait devient supportable. Les questions sont bienvenues, mais chaque fois que quelqu'un tente de lever la main, on a l'impression qu'il a l'air un peu con, ou qu'il ne fait que déranger.

Elle parle de Matisse, de Gauguin, de Picasso, de Manet, puis un peu de Lippi, Carpaccio, Chardin, Maître de Flémalle.

Important de noter les deux adresses Internet où retrouver les œuvres à l'étude une fois chez soi. Nous devrons produire cinq travaux, et inclure chaque fois une reproduction de la toile choisie, avec le nom de l'artiste, le titre de l'œuvre, l'année, la dimension, les matériaux, le musée où elle se trouve. La prof semble aimer la peinture. Cela aurait pu ne pas trop transparaître. Mais ce n'est pas le cas. Elle dissimule plutôt mal l'ardeur qui s'empare d'elle lorsqu'elle se laisse aller. J'apprends le mot « modelé », qui désigne la façon dont sont agencées les couleurs pour donner du volume.

•

La même semaine, je découvre La patère rose sur un poste d'écoute chez Archambault musique. Je le prends tout de suite. Février ne se fera pas attendre plus longtemps.

Je découvre que l'histoire de l'art s'enseigne dans le noir. Les professeurs doivent se débrouiller avec la technologie des ordinateurs d'aujourd'hui. Sitôt les portes fermées, ils éteignent les lumières, et parlent en se référant à un écran. Je me demande comment on faisait avant. On ne peut pas se passer d'images. Elles sont essentielles, et ce, dans tous les cours. Je ne crois pas qu'une autre matière s'enseigne ainsi, en plongeant d'abord les étudiants dans la pénombre. Même lorsque le cours est à 9 h 30 le matin.

Une autre différence par rapport à l'époque où je fréquentais l'Université de Sherbrooke, c'est le discours des professeurs concernant le plagiat. C'est devenu sérieux, le phénomène du plagiat. Un vrai problème. Ils doivent nous rappeler qu'un diplôme, ce n'est pas quelque chose que l'on achète à la Coop. Il faut travailler. Une formation, c'est du travail. Je suis étonné de la place de ce discours dans les cours. Les étudiants étudient sans avoir le temps d'étudier, puisqu'ils travaillent à temps plein. Plusieurs achètent moyennant quelques centaines de dollars des travaux déjà tout construits, qu'ils refilent tels quels aux professeurs. Et les profs se font enculer une fois sur cinq, et ils savent qu'ils se font enculer, et ils tiennent à dire qu'ils le savent. De quoi saper leur moral. Ce genre de souci n'existait pas à mon époque. Pas autant, du moins. À cette époque de ma douce et tendre jeunesse. Où tout le monde étudiait de façon naïve et insouciante.

Je trouve que l'Université du Québec à Montréal est magnifique. Je vais souvent à l'agora. Je trouve son architecture très intéressante. La lumière y est parfaite. Même lorsque beaucoup de monde y passe, le matin dans le brouhaha de l'heure de pointe, c'est toujours feutré et silencieux. C'est un espace public où il n'y a presque pas de bruit. Fascinant. Il est fait de béton, de ces fameuses briques brunes et de ce carrelage tout aussi brun, imitant une sorte de « terracotta » désormais associée aux années soixante, et les rampes d'escalier sont de bois verni. De plus, son emplacement dans la ville est remarquable : Berri, Sainte-Catherine, Saint-Denis, Maisonneuve. J'ai choisi l'UQAM en bonne partie pour son emplacement. Alors je peux le dire, et lui rendre hommage. J'aime aussi ses ascenseurs et ses escaliers mécaniques.

L'agora fut construite à l'intérieur de l'église Saint-Jacques le Majeur, première cathédrale de Montréal, dont seuls ont été conservés le clocher et la façade du transept sud, classés monuments historiques. Après avoir brûlé plusieurs fois, elle fut réaménagée en 1973. J'apprends que dans le cas de ce pavillon, il s'agit de façadisme. Cette mode fut hautement décriée par la suite. On a maintenant délaissé ce genre d'intervention. Le façadisme consistait à ne garder que la façade – ou l'enveloppe – d'un vieux bâtiment dont on voulait préserver les charmes, plutôt que de carrément le démolir de fond en comble. Pour cela, on le vidait de tous ses viscères, de son histoire et de son âme, pour réorganiser son intérieur et lui octroyer une nouvelle fonction; comme lorsque des églises ont été converties en centres commerciaux, en universités, en condos ou en restaurants. On ne conservait que l'enveloppe. De l'extérieur, on dirait toujours une vieille église tandis qu'à l'intérieur, on se croirait dans un centre d'achat. Les Promenades de la Cathédrale, coin Sainte-Catherine et Union, témoignent parfaitement de cette tendance.

Deuxième semaine. J'apprends que de la fin du Moyen Âge jusqu'à l'abstraction, il y a deux façons d'envisager la peinture. Soit dans la « forme », en dessinant bien et avec sa tête, pour exprimer une idée. Soit dans la « tache », en peignant. Car la peinture fut utilisée pendant longtemps pour faire des dessins. Avec la « tache », le dessin devient secondaire. Plus besoin de talent exceptionnel ni de savoir-faire. C'est le registre du sensuel, plus près de la couleur pure, comme pour Matisse, Kandinsky et tous les autres ayant brillé durant cette période.

Dans la tradition réaliste occidentale, à partir de la Renaissance, on développe une façon de peindre fondée sur l'expérience de ce que l'on voit. On peint ce que l'on voit autour de nous : la nature, les arbres, les gens, la nourriture. Ce ne sera plus le cas avec l'abstraction.

J'apprends que la perspective est toujours une *illusion* de la perspective. Il a fallu l'inventer, cette perspective, la travailler, l'étudier, se tromper et en dégager un système mathématique de base. Les peintres ont peu à peu compris que pour se rapprocher davantage d'une représentation réaliste de la nature, ils allaient devoir réaliser de l'illusion, du faux, du trompe-l'œil. Car c'est en étant trompé que le spectateur reconnaît la réalité telle qu'il l'expérimente. En peinture, il existe la perspective linéaire, créée en tirant des lignes droites orientées vers un point de fuite, puis la perspective aérienne, ou atmosphérique. Dans le cas de cette dernière, c'est par un jeu de couleurs qu'un effet de profondeur se distingue. Des couleurs plus pâles servent à créer les arrière-plans ou les ciels, puis on leur superpose des couleurs plus foncées en avant.

•

Je saigne du nez. Fuck ! Au beau milieu du cours d'*Analyse de l'œuvre d'art*. La prof était en train de parler du retour à la dimension 2 (2D) chez les peintres modernes. Je n'avais pas de mouchoirs à portée de main, et le sang s'est mis à pisser directement sur mes notes, scrupuleusement prises à la main, au crayon HB. Sur la page blanche. L'effet fut saisissant. D'énormes gouttes, rouge carmin, sont apparues subitement, très rondes et parfaites. Impossible de stopper l'écoulement, j'ai dû me lever et me rendre à la toilette à toute vitesse. Je m'assois toujours en arrière, près de la porte, justement pour pouvoir sortir discrètement et rapidement, sans déranger. Je ne sais pas pourquoi je choisis toujours une place située près de la porte, comme si je me tenais prêt à une éventuelle évacuation d'urgence, comme s'il était normal d'avoir besoin de sortir en vitesse, où que l'on soit. Même dans les avions, alors que certains préfèrent les hublots, moi je surveille les portes. J'en ai mis plein le lavabo. Cela ne m'arrive pas souvent, pourtant. Je me rappelle d'un cousin qui saignait tout le temps du nez. Il avait appris comment faire lorsque cela se produisait. Mais pas moi.

Retour en classe. J'ai manqué la moitié du cours concernant la question des contrastes chaud-froid et des contrastes de quantité. Autant pour moi. Je ne respire plus que par la bouche. Je sens une grosse croûte se former dans mes narines.

22 janvier. Troisième semaine. Rapidement, nous entrons dans le vif du sujet. À la fin de son cours, le professeur nous incite à ne pas rater *Cloaca n° 5*, de Wim Delvoye, exposée tout juste à côté, à la galerie de l'UQAM. Une occasion rare d'apprécier son travail. Je connaissais cet artiste pour avoir lu *La querelle de l'art contemporain* de Denis Ryout. Autre lecture marquante.

Cloaca n° 5 est une machine que l'on nourrit avec de la véritable nourriture. Il en existe plusieurs modèles, mais celle qui est exposée pour quelques mois à Montréal fait presque trois mètres de haut. En grimpant dans un escabeau, on lui donne divers trucs à manger puis on ajoute un peu d'eau ; quelques heures plus tard, la machine produit du caca, au grand bonheur de l'assistance venue pour l'occasion. Du caca comme il se doit. De couleur brune et dégageant des odeurs nauséabondes. Une machine qui mange, digère et défèque sur un plateau de stainless steel. À l'origine, Delvoye avait demandé à de grands chefs étoilés de France de concocter des repas pour *Cloaca n° 5*. La merde produite par leur nourriture gastronomique pourrait être ensuite achetée par des collectionneurs déments.

La découverte de l'œuvre de cet artiste, bien plus intéressante que la raison pour laquelle tout le monde le connaît, est ahurissante. Un exemplaire de ses vitraux se trouve d'ailleurs au Musée des beaux-arts de Montréal, dans la collection d'arts décoratifs et du design du pavillon Liliane et David M. Stewart.

Lors de l'inauguration, nous pouvons voir l'artiste en personne nourrir *Cloaca*. Avec des mets préparés de la cafétéria, toutefois, après que des groupes de gauche, très puissants dans les universités, se sont révoltés contre le fait de nourrir des machines avec de la nourriture de luxe tandis que des itinérants, quelques mètres plus loin, mouraient apparemment de faim dans la rue. Delvoye explique entre autres qu'il est en train de concevoir une machine avec des poumons, qui fumera des cigarettes vingt-quatre heures sur vingt-quatre. Je suis dans l'assistance. Il doit y avoir une centaine de personnes. Ce n'est peut-être pas pour tout le monde, mais c'est aussi cela, l'art contemporain.

Analyse de l'œuvre d'art. Troisième semaine. Mon expérience universitaire se poursuit. Je suis impressionné par la qualité de l'enseignement. Je trouve que les profs se donnent du mal et de la peine pour offrir des cours à la hauteur. Ils sont très bons, et il m'arrive de penser que j'ai fait le bon choix, en optant pour l'UQAM. Même dans les moments de découragement, la matière enseignée m'intéresse et il me suffit d'être là, dans un cours, pour me le rappeler. Comme à peu près tout le monde, l'ensemble de la vie me fait parfois chier, mais durant les cours, je suis heureux et j'oublie tout. Même si je me sens encore étranger à la vie universitaire, je ne suis ni frustré, ni désillusionné.

Je n'ai pas l'intention de fréquenter le café étudiant, ni de participer à tous les partys organisés par les diverses associations. Je lis par contre *Ex_situ*, la revue des étudiant(e)s en histoire de l'art, et *L'Artichaut*, le journal des arts de l'UQAM, avec intérêt. Je commence à connaître les dédales de l'université et ses multiples souterrains. Je sais où se trouve la bibliothèque, la Coop où se procurer du matériel d'artiste (ce dont je n'ai pas besoin), la bibliothèque des arts et les toilettes. L'UQAM est partout. Il y a même des salles et des amphithéâtres sous terre, sous la rue Sainte-Catherine. Sans fenêtre.

Je ne participe pas à la vie étudiante. Je vais à mes cours, et je rentre chez moi. Je choisis de me faire discret.

Troisième cours d'*Analyse de l'œuvre d'art,* donc. Une fille arrive en retard, et comme le cours est saturé, elle opte rapidement pour la place à côté de moi, qui suis toujours placé près de la porte. Je me méfie des Marc Lépine. Je pousse mon chapeau pour lui faire de l'espace et je l'entends qui rit silencieusement. Peut-être trouve-t-elle cela drôle que je porte un chapeau. Je fais évidemment semblant de ne pas la regarder. Comme avec toutes les autres filles du cours de toute façon. À un moment, alors que la prof cherche une craie dans sa sacoche (car les craies sont des outils qui se font rares, de nos jours) elle tombe sur un tube. Elle le regarde, nous regarde, et nous confie qu'il s'agit d'une solution chasse-moustiques. Elle avait cela dans sa sacoche. Mais pas de craie. La fille à côté se penche alors vers moi et dit: «Très pratique au mois de janvier!» Je la trouve drôle et d'une vivacité originale. Elle est probablement la seule du cours à trouver débile de traîner dans sa sacoche une solution anti-moustique en plein hiver. Elle m'intrigue. Je n'ose pas me retourner pour la regarder franchement. Je ne vois que ses mains.

Quatrième semaine. 29 janvier. Quatrième cours. La fille arrive encore cinq minutes en retard, et se rassoit tout de suite à côté de moi, à la place jouxtant la porte de sortie. Discrètement, elle s'installe en prenant soin de ne pas trop faire de bruit. Elle me fait un petit signe de salut. On se connaît, maintenant. Je n'ai toujours pas le loisir de la regarder plus en détail, car je dois déjà prendre des notes de manière effrénée. La prof est en feu. Même pas le temps d'aiguiser mon crayon mine autant qu'il le faudrait.

5 février. Cinquième semaine. Mardi. Au moment de la pause ce matin, je suis sorti me dégourdir. 11 h. J'ai pensé aller me procurer un café grand format, puis j'ai vu les téléphones publics, les nuages, un rayon de soleil, et j'ai eu le tournis. Sans m'en rendre compte, je me suis effondré. Par terre sur le trottoir. Rien de grave. Une baisse de pression sans doute. Pourtant, je bois des jus de légumes et des jus de fruits. Blackout. À mon réveil quelques secondes plus tard, la grosse madame pleine de clés, recrutée pour remplir les machines distributrices, était penchée au-dessus de moi et tentait de faire du vent à l'aide d'un chiffon. Heureusement, dit-elle, que je ne me suis pas frappé la tête en tombant. Elle a le temps de me raconter que c'était déjà arrivé à son beau-frère, et que lui s'était fendu le crâne en deux et que, comme il était seul, il avait perdu la moitié de son sang. J'ai de la chance dans mon malheur. Après un court passage vers les toilettes, où j'ai pu m'envoyer un peu d'eau froide dans le visage, j'ai regagné la classe en longeant les murs. Sans café. J'avais chaud. Je me suis dit que je venais peut-être de m'évanouir. Je ne vois pas pourquoi cela est arrivé.

6 février. Mercredi matin. Il peut y avoir plusieurs points de fuite dans un plan. Pour le prochain cours, il faut trouver la ligne d'horizon et le ou les points de fuite, en tirant sur du papier les orthogonales, puis expliquer de quelle perspective il s'agit. Il faut également parler de l'orientation du plan visuel et montrer comment les personnages, dans certains cas, participent ou non au cadre perspectif. Tout cela dans cinq œuvres : *Le retable de Werl,* du Maître de Flémalle ; *La vierge lisant,* de Carpaccio ; *La vision de Saint-Augustin,* de Chardin ; *Nature morte à la pipe* de Pieter Claesz ; et *Waverly Place,* de Richard Estes, un hyperréaliste américain.

Orthogonal : (en géométrie) qui forme un angle droit, qui se fait à angle droit.

Sixième semaine. Le cours d'*Analyse* prend fin. 20 h 50. On ramasse nos affaires, on enfile nos manteaux, un essaim d'étudiants reste à poser des questions au professeur. L'examen de mi-session a lieu la semaine prochaine. Je sors du local, marche quelques mètres, plonge vers la poubelle et je vomis. Je ne l'ai vraiment pas senti venir, cette fois. Surprise totale. Je me suis senti normal durant le cours. Je n'ai rien mangé d'inquiétant. À moins que ce soit le thon de ce midi. Je vomis encore, et je sens que l'exercice me fait du bien. Est-ce le thon? Je vomis en plein corridor de l'UQAM, à l'heure de la sortie des classes et du troupeau, et personne ne s'arrête. Certains me regardent, mais tous filent au plus vite en direction du métro. Pas question de prendre du retard.

Je me relève au bout d'un instant, abasourdi. Je tire un petit mouchoir, plié emballé, de la pochette de mon sac à dos, m'essuie le coin de la bouche, ramasse mon chapeau, et repars comme si de rien n'était. Avant d'entrer dans le métro, je me rends compte que j'ai plutôt vomi dans un bac à recyclage, entre le papier et les contenants de plastique. Je n'ai pas eu le temps de viser.

Semaine de lecture, prévue au calendrier. Grève générale. Malgré les avertissements, je me rends à mon cours pour 18 h. Les entrées sont bloquées, par des professeurs qui brandissent des pancartes et se disputent avec des étudiants en colère. L'atmosphère est tendue. Il y a des Africains qui doivent repartir en Afrique dès la fin du mois d'avril, et qui n'ont pas le temps de comprendre les revendications légitimes des professeurs. Une petite foule s'amasse devant les portes. Je m'approche timidement, parce que j'ai toujours adoré les conflits. Shit! Un professeur militant me reconnaît. Dans la seconde, il me prend à partie. « Vous, monsieur Moutier, comme intellectuel québécois, avez-vous pris position pour les professeurs et la sauvegarde du savoir?... » Trop tard, je suis repéré. Il me demande si je suis chargé de cours. Non. Je ne suis qu'un étudiant, mais je suis profondément d'accord avec eux, même si la grève (elle est là pour ça) me fait chier. Je le salue et lui souris, d'un air entendu. Les professeurs de l'UQAM gagnent en moyenne moins qu'un chauffeur d'autobus de Laval. Alors qu'on nous a fait croire depuis notre naissance qu'il valait mieux étudier pour obtenir un avenir. Tous les professeurs se disent qu'ils auraient mieux fait de devenir plombiers. Je m'approche un peu plus, maintenant qu'il m'a vu, pour ne pas trop donner l'impression d'être indifférent. Je suis tout de même déçu pour mon cours d'*Analyse*. Je reste poli, fais des signes de tête, puis file à l'anglaise dès que possible.

Ce pourrait être une guerre. Des bombardements de l'armée israélienne qui s'amuse à tester pour l'occasion de nouvelles ogives au phosphore blanc. Mais ce n'est qu'une grève québécoise. Tout est néanmoins stoppé. Plusieurs troupes de manifestants bloquent les portes de l'université. Personne ne peut y entrer.

Je sors du métro. J'erre un peu dans le secteur. Le cours est annulé. Je ne sais pas quoi faire de ma soirée. Je vais en tous les cas au moins aller manger.

Sans imagination, je me dirige vers le McDo. Je me prépare à ouvrir la porte lorsque je vois passer la fille de mon cours d'*Analyse*. Je m'arrête. Elle aussi vient de comprendre qu'elle va devoir trouver quelque chose pour occuper sa soirée. Sans hésitation, on décide de manger ensemble. Mais pas au McDo. Ha! Ha! Ha! Bien sûr que non! On opte plutôt pour une bière. Je sens que c'est une fille à bière. Ou une fille à n'importe quel type d'alcool. Elle me guide et me fait entrer à L'Amère à boire. Une place qu'elle connaît bien. Bon. Pourquoi pas. Une table au fond, c'est parfait.

On parle du cours et de la prof. On commande un énorme pichet. De la grosse bière lourde. Et on boit. Je la suis. Ses cheveux secs, son tempérament, les mots qu'elle répète sans arrêt, tout est nouveau pour moi. Je peux la regarder plus librement que dans la classe. Elle est assise en face de moi, cette fois. Il y a quelque chose qui s'allume. Je lui demande son prénom. Prunella, Prunella Vulgaris. Ha! Moi, c'est Maxime Olivier. C'est un peu moins sauvage en apparence. On parle de notre passé, un peu, car on ne va pas tout se dire d'un seul coup. Une *prunella vulgaris* est une petite fleur bleue, qui pousse n'importe où, comme de la mauvaise herbe. Mais de la mauvaise herbe jolie. C'est elle qui me fournit l'explication.

Je lui dis que je suis marié. Que j'ai trois enfants. Une vie tranquille, mais probablement monotone.

Plus tard dans la soirée, un peu soûle, elle me dit qu'en tous les cas, elle ne cherche pas à coucher avec moi. Sa phrase tombe comme un cheveu sur la soupe. Pourquoi me dit-elle ça?

Elle a un chum avec qui ça va couci-couça. Ni bien ni mal. Il ne se passe plus rien. Elle le trouve énervant. Et plate. Ils habitent ensemble. Depuis trois ans. Elle voudrait le quitter. Elle n'ose pas, car elle a peur de lui faire de la peine. À part ça, elle dessine. Elle voudrait entrer en arts visuels à l'UQAM, mais pour le moment, elle amasse des crédits pour y parvenir. Elle a lâché le cégep pendant quelque temps pour aller vivre d'autres aventures dans l'ouest du Canada. Cette escapade lui a fait vivre des expériences enrichissantes qu'elle ne regrette pas, mais qui lui a aussi fait perdre du temps sur le plan académique. Elle est fâchée contre son père et sa mère, mais surtout contre son père. Elle trouve que sa mère est lâche d'être restée avec lui. On se quitte vers une heure du matin, tous les deux complètement soûls. On se fait la bise et on se dit à la prochaine. On a dû boire, à deux, au moins cinq pichets. Je ne me souviens pas finalement si j'ai mangé.

À chaque mercredi qui suit, après le cours, qu'il y ait grève ou pas, nous allons nous soûler, Prunella et moi. Elle m'écoute. Elle rit quand je parle. Elle dit que c'est parce que tout ce que je dis est drôle. Elle dit qu'elle me trouve intéressant. Elle me dit que chaque fois que je parle, c'est pour dire quelque chose. Que ce n'est jamais superficiel. On ne m'avait jamais déclaré une telle chose. On m'avait déjà parlé de la magnificence de ma moustache, mais de ça, non.

Elle m'en dévoile un peu plus. Elle a déjà été punk. Pour se révolter contre son père. Elle a fait des fugues, en quelque sorte. Elle aime marcher sur des voies ferrées. Elle boit beaucoup, mais beaucoup moins qu'avant.

On se raconte mutuellement comment on n'est pas complètement heureux avec nos conjoints respectifs. On boit de la bière. Elle me fait des confidences sur son passé punk, où elle a dormi dehors, dans des arbres, à Montréal, Toronto, Vancouver. Elle a eu un premier chum, le meilleur de sa vie jusqu'ici, qui l'a d'abord initiée à toutes les drogues, et sans doute à plus encore. Mais ce dernier a fini par mourir subitement d'une overdose. C'est un événement fort, pour elle. Une leçon de vie. Quelque chose de marquant. Elle me raconte les moments importants de son histoire. Il est clair qu'on ne se connaît qu'à peine. Le décès de ce garçon est le coup le plus dur qu'elle a eu à encaisser. Elle est devenue clean à partir de là. Elle me raconte plus en détail ne pas bien s'entendre avec son père. Et considère que sa mère est une femme soumise qui ne prend jamais sa place. Nous commandons un autre pichet. On arrive à tout boire, et à en vouloir davantage.

Elle me raconte que son chum actuel ne fait jamais ce qu'il dit. Ce n'est pas la première fois que j'entends une fille se plaindre de ce genre de chose. Elle l'écoute tenir un discours devant ses copains, quand ils ont des amis qui viennent à la maison, par exemple, et une fois que tout le monde est parti, tout devient faux. Elle a été très déçue quand elle s'est rendue compte qu'il était comme ça. Elle aurait préféré qu'il soit à la hauteur. Je me demande s'il existe des filles qui tolèrent que leur chum déblatère des balivernes, fasse des promesses, énonce des principes et des valeurs, tout en sachant qu'une fois à la maison, le ballon se dégonflera. Je me demande s'il y a des filles qui acceptent tout de même après coup de baiser avec des garçons comme ça. Je pense que cette prise de conscience a été pour elle un moment de bascule. Une déception qui s'inscrit et ne s'efface pas. Mais elle reste avec lui. Et ne s'empêche pas de venir boire avec moi.

En rentrant chez moi vers minuit (nous avons passé six heures à boire et à discuter), il me vient dans la tête la chanson des Vulgaires Machins : « On s'en va nulle part, si l'action confirme pas le sens de nos paroles... » Je pénètre dans la maison sans faire de bruit. Je m'endors comme une masse. Je ne fais aucun rêve.

Début mars. On se donne souvent rendez-vous à l'agora. À l'endroit où cette historique nuit de poésie, captée sur pellicule par Jean-Claude Labrecque, eut lieu. Portée par une foule enfiévrée, comme plus jamais une foule au Québec ne le sera. C'était le 28 mars 1980. Dans un tout autre monde que celui d'aujourd'hui. Il y avait Gérald Godin, Lucien Francœur, Gilbert Langevin. C'est donc à l'agora que l'on se donne rendez-vous, Prunella et moi. Elle est toujours là pile à l'heure. Je suis toujours là aussi. On a envie de se voir. On ne se fait pas attendre.

On parle et on rit. Elle admet être tellement mal prise avec son mec, qu'elle rêve des fois qu'il se tue sur l'autoroute en fonçant dans un chevreuil, pour être débarrassée et changer de vie d'un coup sec. Sans avoir à le quitter. On rit. Je lui avoue que c'est pareil pour moi, que je désire souvent que l'avion de ma femme tombe dans l'océan et que le système de canots pneumatiques fasse défaut. Un stupide problème de moteur; un missile tiré par la Russie. Pour que les assurances paient l'hypothèque sans que je sois reconnu coupable de rien. Afin qu'elle disparaisse sans qu'il me faille porter l'odieux de la quitter. On rit. On se comprend. On se trouve insolents de souhaiter de pareils drames. On ne fait au fond que discuter. On est peut-être un peu soûls, à ce stade-ci de l'effondrement, mais on rigole quand même et c'est ce qui compte.

11 mars. Depuis que je lui ai fait découvrir leur album dans mon camion, en se rendant sur le belvédère du mont Royal, Prunella a acheté La patère rose.

Elle me fait remarquer que dans l'une de leurs chansons, il est question de l'*Arearea* de Gauguin : « Je me fracasse le crâne sur l'*Arearea* de Gauguin, là où y a le chien ». Elle m'en chante un petit bout et je reconnais en effet la phrase. C'est drôle, parce que c'est la toile qu'elle a choisie pour notre deuxième travail en *Analyse de l'œuvre d'art*. Il y a justement un chien orangé dans le coin gauche, en bas. Elle croit que c'est dans la chanson « L'éponge ». Je vais vite aller vérifier une fois chez moi. Pour ma part, j'ai choisi *Mahana no atua*. Aussi de Gauguin.

Je sais que Prunella n'espère rien. Elle me l'a répété quelques fois, entre deux hamburgers et une frite extra sauce. Mais les filles qui n'espèrent rien finissent toujours par espérer un petit peu quelque chose quand même. Elles prétendent souvent avoir compris, font comme si de rien n'était, mais se gardent une idée derrière la tête. Je ne connais pas grand-chose à l'amour, mais je ne suis pas non plus né de la dernière couvée.

Elle me dit qu'elle n'espère pas nécessairement coucher avec moi, et je lui réponds que peut-être que moi, oui. Alors on rit et on s'embrasse. Elle me regarde. Je la regarde aussi.

Elle a vingt-trois ans. Nous avons quatorze ans de différence. Bon. Lorsque j'ai fait l'amour la première fois, dans ma chambre au sous-sol, avec Magaly, Prunella avait trois ans et quart. Elle jouait encore à ce moment-là avec des ours et des poupées, et s'endormait avec un biberon serré contre elle. C'est évidemment une mise en perspective qui donne un air sordide à toute cette affaire.

On boit des pichets. On sort. Il fait un peu froid. On baise sans faire de chichi dans les gros sapins du cégep du Vieux Montréal, seul endroit tranquille dans le secteur. Debout, contre le muret. Elle est prête à tout. Ce n'est pas facile, au centre-ville, de trouver des endroits où faire l'amour. Il y a des caméras partout. De la lumière, du monde, des voitures. On baise en vitesse, on va droit au but parce que l'envie nous dévore. On se dépêche. Il y a des gens qui passent. On ferme les yeux pour ne pas voir si quelqu'un nous regarde. Mais on reste aux aguets tout de même.

Je lui fais remarquer qu'elle baise avec un vieux et cela la fait rire. C'est son côté punk. Elle dit qu'elle a déjà fait pire. Elle me regarde du coin de l'œil, mais ne livre aucun détail.

Je pense qu'elle est déçue que je ne l'emmène pas à l'hôtel. Elle voudrait que mon désir n'en puisse plus d'attendre et que je me fiche de ce que ça coûte, tellement ça urge. Elle se dit qu'elle vaut bien soixante-dix dollars, quand même. Et elle aurait raison de le penser. Mais elle ne me dit rien.

Je lui ai appris que j'étais en train d'écrire un journal sur mes études et que j'allais sans doute l'utiliser dans cette histoire. Elle m'a répondu: « Use me. » Tant pis pour elle. Tant pis pour les punkettes.

Encore la grève. D'une durée indéterminée. Le disque de La patère rose est extraordinaire. C'est un album profond, rempli de subtilités. Décidément, je suis en train de me dire que c'est l'album de mon hiver. Mon hiver à l'université. Mon hiver avec Prunella et mes shifts de nuit, où je travaille pour gagner mon pain et celui des miens. J'écoute cet album en boucle, partout, dans l'auto, à la maison, en marchant. Il est toujours bon. Je ne m'en lasse jamais. Au contraire. Les chansons que j'appréciais moins au départ sont devenues celles que j'aime le plus en ce moment.

« Duet tacet ». Onzième piste. La voix de la fille qui chante, Fanny Bloom, me fait penser à Prunella, qui a elle aussi une petite voix de mouche. Après le cours d'*Analyse*, qui n'a toujours pas lieu, nous sortons dans le soir. Ce sont des soirs d'hiver. Nous nous rendons à notre endroit de prédilection, où nous avons bu ensemble la première fois. Une piscine de bière forte. Les tables sont en bois, personne ne semble nous connaître. Nous pouvons manger quelque chose, rester jusque passé minuit. Nous parlons, nous sommes soûls, parfois très soûls. Prunella a l'habitude, elle tient la route sans frissonner. Elle n'est jamais malade. Même si elle n'est pas très grande. Lorsque nous sortons, c'est en titubant, les yeux vitreux. Il est tard. « La neige comme des cendres au milieu de décembre, comme le poids est lourd, comme le poids est lourd. » Bien que nous ne soyons pas en décembre, je dis à Prunella que c'est ma chanson préférée de l'album. Elle aussi l'avait repérée. Je lui dis que c'est une chanson qui me fait penser à elle, à nous. Elle ne dit rien. Car c'est l'histoire d'une fille qui aime un garçon qui rentre retrouver une autre fille qui l'attend. « J'ai déjà bien trop bu pour ce soir, il faudrait que tu m'accompagnes, dans la tempête. Nous irons silencieux, je ne prendrai pas ta main et demain si tu veux, retourne auprès d'elle. Et le sang qui me monte à la tête quand tu me parles d'elle et je souris pourtant et je sais que mon cœur est ailleurs dans tes sentiments... » Prunella connaît déjà les paroles. C'est pour cela qu'elle ne dit rien.

Vient le moment, chaque mercredi, où l'on doit se quitter. Elle doit retourner chez elle et moi chez moi. Nous marchons jusqu'au métro. Je la regarde partir et disparaître dans les tourniquets. La vie continue. À la maison, les enfants m'attendent.

·

Qu'on le veuille ou non, la grève nous fait décrocher des études. Le découragement. 28 avril. Le retour en classe arrive comme un coup de pelle. L'été. La pluie, la pluie et encore la pluie. Nous reprenons les cours alors que la session devrait techniquement être terminée. Puis le soleil comme une bombe. Les tracteurs des employés de la Ville, les odeurs d'asphalte et de gaz carbonique qui nous assassinent subrepticement. Tout cela condensé en une seule journée. Au Québec, à Montréal du moins, l'été arrive d'un coup sec. D'une minute à l'autre, les arbres se parent de cent mille milliards de feuilles nouvelles.

Je me souviens de Marc Jimenez, qui expliquait comment il en est venu à définir l'art contemporain. Marc Jimenez est un expert. Il en a vu d'autres et passe ses journées à tripoter la question. Il sait que le public s'est senti largué par les bizarreries de l'art moderne, considérant avec raison que c'était n'importe quoi, un truc de secte et d'initiés, de subventions et de comités autistes. Mais depuis, les choses ont changé. Et l'art s'est diversifié comme jamais.

Propulsé par Duchamp, et marqué par l'art conceptuel, dont on ne peut plus ignorer le traumatisme dans toute la production d'aujourd'hui, l'art contemporain ne se définit pas par un mouvement, ni par ses thèmes ou son iconographie. Les peintres modernes des années cinquante et soixante devaient apporter quelque chose de nouveau. Il était primordial pour eux de créer différemment, autrement, et de proposer quelque chose qui n'avait jamais été fait auparavant. Il fallait innover. Briser les codes à tout prix. Vous méritiez votre place d'artiste dans la mesure où vous arriviez à faire quelque chose d'unique et de nouveau : Warhol, Pollock, Miró, Kandinsky. Tous les codes et les poncifs explosaient alors. Pour se rendre dans une exposition, il fallait se préparer à être surpris.

Ce n'était pas comme au Moyen Âge ou à la Renaissance, où il était moins question de bouleverser les poncifs que de les imiter. À ce moment, il fallait plutôt apprendre à reproduire les grandes œuvres, tant leur splendeur était jugée insurpassable. On ne connaît pas Léonard de Vinci pour ses révolutions, mais pour ses inventions, et si nous admirons Michel-Ange, le Titien, la cathédrale Notre-Dame de Paris, Jan Van Eyck ou Hans Holbein, ce n'est pas en raison de leurs aspects révolutionnaires. Picasso, Matisse sont révolutionnaires. Et c'est en quoi ils sont modernes.

À l'époque du Moyen Âge, le talent, le savoir-faire, la maîtrise du matériau étaient ce qui comptait le plus. Ensuite, chacun pouvait y laisser son trait, son inspiration, son souffle, mais dans l'ensemble, un peintre ou un sculpteur était avant tout un ouvrier. Il n'était pas considéré comme un intellectuel, ni vénéré. Ceci viendra plus tard.

Mais l'enjeu de l'art contemporain, lui, se déroule sur une toute autre surface. Selon Jimenez, ce sont les matériaux utilisés qui définissent ce qui est, ou pas, de l'ordre du contemporain. La peinture, la sculpture dans la pierre ou faite de bronze, resteraient modernes, mais lorsque l'art a commencé à se faire avec de la ficelle, des vaches, du poil, de la nourriture, des cure-dents, de la viande, du sang, voire tout ce qu'il est possible d'imaginer par la suite, tel que le vent, les sons, les odeurs, les nuages, de la sauce tomate, des coupures de journaux ou du papier mâché, alors nous pouvons parler d'art contemporain. Ce que nous appelons art contemporain n'a rien à voir avec l'idée du temps. Une œuvre n'est pas contemporaine parce qu'elle est d'aujourd'hui. Ainsi, l'urinoir de Marcel Duchamp (intitulé *Fontaine*) serait de l'ordre de l'art contemporain, tandis que son *Nu descendant un escalier*, produit environ dix années plus tard, appartiendrait à l'art moderne. C'est une définition qui se vaut. Évidemment, il existe d'autres manières de voir. C'est la sienne et il est intéressant de la connaître.

Retour au musée. Collection permanente. Il me faut faire le choix d'une œuvre pour mon analyse finale. J'hésite. Je m'arrête à Neri di Bicci, qui a vécu vers 1460. Je suis intrigué, mais je reviens finalement à l'*Annonciation* de Bernat Martorell. Plus je parcours les salles, plus de nouvelles possibilités s'offrent à moi. Je vais devoir me décider, pour enfin pouvoir commencer à travailler. Je quitte l'endroit.

Bernat Martorell s'impose. Même si j'ai peu de connaissances à propos de Barcelone en 1427, et de l'activité des peintres catalans de cette époque, ce tableau m'accroche. Il s'agit d'un panneau de bois, extrait d'un retable commandé pour un monastère franciscain. En discutant avec d'autres étudiants, j'apprends qu'aucun d'entre eux n'a encore arrêté son choix. Je regarde longuement cette œuvre, comme nous a recommandé de le faire madame Doyon. J'y vois de plus en plus de choses, j'arrive à la faire parler ; à faire parler l'œuvre en question. Les plans, la perspective, la colombe, Dieu, les motifs d'influence mozarabe, la décoration, les lys, les contrastes, Marie et l'ange Gabriel, les rayons dorés, et plus encore.

Mardi 9 juin. Il pleut sur Montréal comme ce n'est pas possible. Avec le temps qui passe, je sais que Prunella aurait voulu que je lui annonce mon désir de vivre avec elle. Louer un petit appartement et passer de longues journées devant la télé, sous des couvertures. Même si elle a déjà connu la désillusion, une simple phrase de ma part l'aiderait sûrement à continuer. Elle m'a reparlé aussi de notre projet de partir faire du camping quelques jours. Avec une tente et du matériel à gaz propane. Le temps a passé. On a parlé d'autre chose. Elle a voulu me faire remarquer qu'encore une fois, il y avait un projet entre nous, et que celui-ci ne se réaliserait pas. Elle est remuée parce que c'est désormais terminé avec son ex. Elle le lui a dit. Elle l'a quitté. Elle a été surprise de l'effet que cette déclaration a eu sur lui. De le voir pleurer. De le voir aussi perdu. Même s'il ne se passait plus rien entre eux. Elle le voit dévasté. Et ça la fait pleurer depuis deux jours. Elle pleure tellement qu'elle n'a pas le temps de dormir. C'est une rupture qui aura laissé ses marques. Trois ans de vie commune. Ce n'est pas avec du Drano liquide que l'on arrive à digérer tous les souvenirs. Même si dans cent ans, personne ne sera là pour se rappeler de cette descente en flèche, tout comme la pression atmosphérique en ce jour de tornade et de pluie, elle trouve la semaine ardue. Une chance que la beauté existe. Heureusement que l'art est partout.

J'ai remis ce matin mon dernier examen *take home,* portant sur le postmodernisme et l'œuvre de Cindy Sherman.

Ça y est. La session est officiellement terminée. Inutile de dire que ce n'est pas trop tôt. Nous terminons presque en même temps que les écoles secondaires. Après, on va manger aux Trois Amigos, Prunella et moi. Elle mange un burrito et moi des fajitas. C'est correct, mais on n'a pas envie d'y retourner.

Je confie à Prunella que j'ai envie de prendre des antidépresseurs. Pour aller voir ailleurs si j'y suis. Pour sourire même lorsque la vie paraît tragique. J'y pense parfois et je n'ai pas grand-monde avec qui en parler. Alors j'en discute avec elle, même si ce n'est pas très glamour. Elle me prend la main, me regarde et me dit de ne pas faire cela, que ce serait du gâchis. Je crois que si elle n'était pas là pour me donner ce genre de réplique, ordinaire et attendue, je n'hésiterais pas à consulter un médecin. Pour admettre enfin que c'est assez. Que je n'en peux plus et que j'abdique. Comme tous les autres. Que je ne peux pas porter le siècle à bout de bras tout seul et que je n'en peux plus. Que je ne suis pas meilleur que tout le monde. Que je n'en peux plus de m'en faire servir, moi non plus, du XXIe siècle, chaud le midi, froid le soir. Dans mes sandwichs et mon eau potable, dans les symptômes de mes enfants hyperactifs et les éventuels amants de ma femme; de ma femme qui ne m'aime plus malgré tout ce qu'elle est encore capable de me dire et de me faire croire, pour me tenir en vie.

•

10 juin 2009. Vu : Robert Polidori au Musée d'art contemporain. Acheté le livre de l'exposition, moins cher que les cinq autres disponibles. La qualité de l'imprimé n'a toutefois

rien à voir avec les photographies originales, grandioses et limpides.

En second programme : Betty Goodwin. Cette fois, je n'y arrive pas. Ce n'est pas la première fois que cette artiste me laisse de glace. Je ne vois pas ce qu'on lui trouve. Je risque de me faire électrifier par la foudre des vrais connaisseurs, mais j'ai l'impression que sa plus grande qualité, vu l'époque durant laquelle elle a sévi, fut d'être une femme. Une seule œuvre est un peu intéressante dans l'ensemble de ce qui nous est proposé : un bidule qui fait des bruits.

Je vois Prunella très souvent. On mange au resto tous les midis. On boit beaucoup, puis on se rend dans des musées, voir n'importe quoi. On marche ensemble. On s'assoit, on discute, on flâne, et lorsqu'il pleut, on reste sous la pluie parce qu'on s'en fiche. Et on s'embrasse en se tenant la main et en fermant les yeux.

Elle me demande comment se fait-il que cela ne me dérange pas, d'être vu avec elle. Par des étrangers ou par des gens qui pourraient me connaître. Étant donné qu'on ne se cache pas. Elle pense à des choses comme ça quand on est trop heureux, ensemble, tout à coup. Je lui réponds, sans trop méditer, que je déteste la façon qu'a ma femme de s'habiller, de se coiffer, de dépenser son argent. Je déteste les choses qu'elle achète aux enfants. Elle sourit. Elle me dit qu'elle comprend. Elle me dit que je suis chanceux d'être beau, et d'avoir de belles fesses. Comme si cela suffisait à justifier le fait que l'on soit ensemble, elle et moi, un jour de plus.

12 juin. Je lis encore et toujours *L'art paléochrétien et byzantin*.

Un « catéchumène » est quelqu'un qui attend pour entrer dans un ordre.

Un « anachorète » est une personne qui vit retirée. Chez les moines, certains choisissaient de vivre en ermites, dans la solitude la plus complète. Ils ne parlaient à personne et ne mangeaient que de la salade. Je reste sur mes gardes, puisque Moutier veut quand même dire « moine ».

Un « catholicon » est l'endroit dans un monastère où se situe l'église principale.

« Théotokos » est un mot grec, servant à désigner Marie en tant que mère de Dieu. Pas seulement Marie en tant que femme ordinaire et normale. Cette réalité hors du commun rend le concept compliqué, puisque c'est elle qui, de ce fait, engendre le Dieu qui l'a créée, elle, Marie mère de Dieu. Il aurait donc lui-même créé celle qui l'a engendré. C'est à n'y rien comprendre, mais c'est normal. En 431, lors du concile d'Éphèse, où l'on débattait de ce genre de questions cruciales, on décida de statuer sur cet état de fait. Non sans disputes et controverses. C'était une époque évidemment bien différente de celle de maintenant. Où l'on se questionnait également à propos du sexe des anges, de l'unité de Dieu ou de la double nature du Christ. Ce dernier était-il un dieu ou un humain ? Ou les deux ? Le cas échéant, comment pouvait-il être les deux, puisqu'il était un vrai être humain, avec une barbe et des cheveux, et qu'il était possible de le crucifier comme tous les autres bandits sans que cela semble déranger qui que ce soit sur le moment ? C'étaient des questions très compliquées.

13 juin. Full été. Avec Prunella, la situation vient de prendre une nouvelle tournure. Hier soir, on s'est parlé au téléphone. Elle avait totalement changé d'idée. Elle m'a dit ce que nous savions déjà : que je ne lui donnerais rien, qu'elle n'allait que se faire du mal avec moi, se casser les dents et se retrouver en bout de course le bec à l'eau. Elle m'a dit qu'il valait mieux tout arrêter, que j'étais égoïste, qu'elle ne faisait que choisir des relations impossibles qui ne pouvaient que mal se terminer, que personne ne l'aime, que les hommes ne sont bons qu'à manger des crottes de fromage et à regarder des matchs de baseball. Évidemment, l'amour fiévreux que nous avons connu tourne toujours au vinaigre. Elle m'a dit en un seul coup ce qu'elle va finalement me redire, au dernier moment. À la fin. Quand il faudra que ce soit la fin. Un jour ou l'autre. Elle le sait. Elle m'a déjà dit que c'était moi qui finirait par me lasser, et par la jeter aux orties pour aller tranquillement rejoindre ma femme et mes enfants. Tandis qu'elle se retrouverait sans rien. Elle me garantit qu'elle s'attend à cela, qu'elle a compris, mais qu'elle veut quand même coucher avec moi, autant que possible, et me voir souvent. Elle ne veut pas que j'arrête de lui parler ni de lui écrire des gmail toute la journée. Mais hier soir, elle a basculé vers cette autre réalité, qui est l'envers d'une belle histoire d'amour et qui est aussi notre réalité. Soit celle où elle ne veut plus. Où elle se retire et préfère déguerpir. Tourner le coin et ne plus se retourner. Pour ne plus me revoir. Jamais. Ne plus se rappeler. Ne plus

jamais croire à toutes ces choses que nous nous sommes dites et que nous avons partagées.

•

J'achète des livres sur l'art depuis plusieurs années. Chaque fois que je les regarde, même si je les ai déjà regardés dix fois auparavant, j'ai l'impression que c'est du nouveau. Le sentiment de voir tout cela pour la première fois est encore au rendez-vous. C'est très étrange. Ce type de livre coûte cher, mais la jouissance que j'en retire est exponentielle. J'en choisis un au hasard dans ma bibliothèque, sur n'importe quoi, même si je sais que c'est du connu et que je me rappelle l'avoir regardé cent fois : Basquiat, Warhol, Ron Mueck ou Vanessa Beecroft. Je l'ouvre, et j'ai envie d'en parler. Il m'est arrivé d'apporter un de ces livres dans un party chez des amis, pour partager avec eux l'existence d'une démarche. Leur montrer une œuvre ou leur faire connaître un artiste. Chacun son truc. Il y en a qui emmènent leur chien, leur nouvelle blonde ou des côtelettes à faire griller sur le barbecue. Alors pourquoi pas un livre d'art ?

14 juin. Je choisis de me jeter dans l'histoire de l'art parce qu'il s'agit d'abord et avant tout de me jeter quelque part. Mon mariage est un fiasco. Je me retiens de péter les plombs presque tous les jours. Je suis un homme admirable, puisque ma femme travaille et que je reste à la maison. Le contraire serait impensable aujourd'hui. Tandis qu'elle est dans un important meeting aux Bahamas, je sors péniblement la voiture du banc de neige. À nous deux, nous faisons ce qu'il est bien de faire.

Ma femme n'est pas là pour le dimanche de la fête des Pères. Elle n'est pas là pour la rentrée des classes, ni à la remise des bulletins, ni au spectacle de fin d'année, ni à la fin des classes, ni pour la rencontre entre la maîtresse et les parents. L'année dernière, elle n'était pas là pour le jour de l'An, ni pour la Saint-Jean-Baptiste. J'ai marié une femme d'aujourd'hui. Qu'aurais-je pu faire d'autre ? Son estime personnelle est une chose capitale. Ce n'est tout de même pas ma faute. Ou peut-être est-ce de ma faute. Quoi qu'il en soit, je me retrouve très seul à la maison, à changer des couches et à faire des lunchs. Mais je suis admiré de tous. On me demande comment je fais. Je suis un homme qui aide sa femme à être une femme. Nous travaillons à appliquer la théorie. C'est merveilleux. Je suis vraiment chanceux. Les enfants sont heureux. J'ai une maîtresse et je trompe ma femme. Et puis tout le monde au bout du compte, reçoit une tonne de cadeaux pour Noël. Je reçois des cravates et les enfants des jouets. Des bébelles et des bricoles. Nous vivons en accord avec notre époque. Nous devons probablement être dans le droit chemin.

21 juin. Prunella prévoit aller célébrer la Saint-Jean durant trois jours, à Dunham, au bord d'un lac, en faisant du mush. Probablement avec son ex. Mais rien n'est confirmé. Que pourrais-je lui dire pour l'en empêcher ? Pour la retenir ici, auprès de moi ? Alors que je n'ai rien de plus à lui offrir que ce qu'elle connaît déjà ? Elle a sa vie à vivre. On en a vite fait le tour, des hommes mariés, quand on a vingt-trois ans.

Terminé les 424 pages de *L'art paléochrétien et byzantin*. J'ai appris au moins 277 nouvelles choses. J'ai cru avoir envie de le lâcher à un moment donné. Mais j'ai poursuivi.

Je retiens que l'histoire de l'art est une histoire de destruction. Il ne reste dans le monde qu'une infime partie de ce qui a existé. À peine un pour cent. Des bronzes disparus, refondus ; des fresques recouvertes, détruites ; des butins pillés, déplacés ; des livres détruits parce que reniés par une religion différente qui tout à coup cherche à s'imposer dans une ville où elle n'avait pas dominé pendant des siècles. De l'or, de l'argent, des bijoux, des trônes, des couronnes, à tout jamais disparus. Il faut s'y faire. Mettre de côté sa nostalgie des temps passés. Étudier une histoire de l'art si ancienne revient à étudier autour de trous, de manques ; tout cela comblé par des suppositions, des calculs, des déductions. L'histoire de l'art est une histoire de pertes et de disparitions définitives. L'histoire de l'art est une histoire tragique.

Malgré le désintérêt de Prunella, j'apprends que si la plupart des trésors des églises sont presque exclusivement faits en argent, c'est parce que l'or, par exemple au Ve siècle, était réservé au battage de la monnaie.

J'apprends que des temples furent d'abord construits sans toits. Parce que les intempéries telles que la pluie, le soleil, provenaient directement de Dieu, et qu'il aurait été prétentieux pour les humains de se priver de tant de bénédictions. Ces dons de Dieu devaient donc pouvoir y entrer librement.

Information pertinente, puisque l'on aurait tendance à penser que le toit de certaines constructions s'est tout simplement effondré avec le temps, ou qu'il fut détruit, ou que des incendies ravageurs, allumés par des méchants, l'auraient fait disparaître. Mais non. Les ouvriers laissaient des ouvertures dans les toits pour permettre à Dieu d'entrer. Ce Dieu pour lequel on construisait justement ces temples. C'est fou.

Je sais désormais que, mort en 459, saint Siméon était un ascète qui passa les 36 dernières années de sa vie juché au sommet d'une colonne de 16 mètres. Ce qui est tout de même assez haut. Cela fait penser aux performances de Chris Burden, ou de Marina Abramović. Saint Siméon devint ainsi le premier saint « stylite », du grec « stylos », qui veut dire « pilier » ou « colonne ». Lorsque nous achetons des stylos-bille, c'est à lui qu'il nous faut désormais penser. Plusieurs autres moines, impressionnés par tant de dépouillement, décidèrent ensuite de l'imiter. Chris Burden passa quant à lui cinq jours dans un locker.

J'apprends que « monachos », toujours en grec, veut dire moine, mais signifiait à l'origine « seul » ou « solitaire ». Chris Burden, en avril 1971, pour son projet de maîtrise à l'université, est resté enfermé dans un casier de consigne, le casier n° 5, pendant cinq jours. Le casier mesurait 60 cm de haut sur 60 cm de large, pour une profondeur de 90 cm. L'artiste a cessé de manger plusieurs jours avant la performance, afin d'éliminer le problème des excréments. C'est d'ailleurs la question que l'on se pose lorsque l'on pense à saint Siméon. Comment faisait-il pour se nourrir et pour faire ses besoins ? Ce n'est tout de même pas parce que l'on est un ascète que ce genre de problèmes ne nous concerne plus. Le casier au-dessus de Burden contenait toutefois 20 litres d'eau, tandis que celui situé au-dessous contenait un jerrican de 20 litres vide. Tout cela disposé à même un mur de casiers, comme ceux que l'on retrouve au terminus Berri.

Chris Burden est un artiste qui s'est ensuite fait crucifier sur une Volkswagen, en 1974. Il n'avait pas froid aux yeux. En 1971, quelques années plus tôt, il s'était fait tirer une balle de carabine dans le bras gauche par un ami. Une œuvre intitulée *Shoot*. En 1972, il est resté pendant 22 jours dans une galerie d'art, couché dans un lit. Il fait de lui une sculpture. Il se présente comme un objet. Le geste de l'artiste est alors réduit au simple fait de son existence. Une réduction qui constitue, au fond, l'essentiel de notre expérience à tous, qui est celle d'exister. Cette œuvre consiste à nous faire éprouver le temps qui passe. Le temps qui passe est un concept très important dans l'art en général.

Je pense à Joseph Beuys qui, à peu près au même moment (1974), s'enferma avec un coyote dans la galerie René Block de New York, et ce, pendant sept jours. Il ne s'était muni que d'une lampe de poche, d'une couverture de feutre (matériau plusieurs fois utilisé par l'artiste au fil de son œuvre) dans laquelle il s'enroulait et d'une canne. C'est tout. Le coyote était un coyote sauvage que l'on venait de capturer. Il s'agissait pour l'animal et l'homme de s'apprivoiser. C'était la première performance de Beuys réalisée en sol américain. Des photos et des films furent réalisés à ce propos. Il existe d'ailleurs un livre sur cet événement, intitulé *Joseph Beuys Coyote*. Je l'ai regardé trois ou quatre fois déjà, à la librairie Gallimard du boulevard Saint-Laurent. J'ai très envie de me le procurer. Mais il coûte cinquante dollars.

Mon fils pénètre peu à peu dans l'adolescence. L'adolescence est le moment où il nous faut apprendre à négocier avec la contradiction. Une période qualifiée d'extrêmement difficile, tout autant que le mariage, la vie de couple, la famille et les bébés. Il devra faire des choix. Évidemment, ses parents ne sont pas des exemples à suivre. Sa mère et moi sommes les derniers sur la liste à pouvoir lui faire la morale et lui donner de judicieux conseils. Ni elle ni moi ne choisirions la vie que nous avons, si l'on nous proposait de recommencer. S'il choisit le célibat, il est cuit. S'il choisit de vivre avec quelqu'un, il est cuit aussi. Il y a des générations de jeunes hommes qui durent inévitablement mourir à la guerre, puisque la guerre arrivait dans leur vie au même moment. Dix-sept, dix-huit, dix-neuf ans. Lorsque l'on visite les cimetières du nord de la France, on constate que c'est l'âge qu'avaient les soldats à l'instant de mourir. On leur mettait un fusil entre les mains et, sans formation, on leur demandait d'aller se battre, de tuer et de se faire tuer. Les jeunes d'aujourd'hui devront peut-être aussi, à leur tour, mener une guerre. Une guerre avec le sexe opposé. Et s'engager dans un parcours où ils devront tout mettre en jeu, sans quoi rien ne sera possible. Au risque de tout perdre. Mais tout en restant positifs. En se concentrant sur le bon côté des choses. Je regarde mon fils, et je me dis qu'à chaque époque son ennemi.

Acheté : *Joseph Beuys Coyote*. Pas pu me retenir. 42,48 $ avec le rabais pour les Amis du musée. On va devoir couper sur l'eau chaude ce mois-ci. Je n'avais plus rien à lire, de toute façon. Un très beau livre, publié chez Hazan, comme seule cette maison d'édition sait en produire. On y explique que *Coyote* est la performance la plus connue de Beuys. Le coyote en question fut nommé Little John. Pour réaliser son œuvre, Beuys est arrivé en Amérique déjà tout emballé dans son carré de feutre. Sans regarder le sol américain, pour « ne rien voir d'autre de l'Amérique que le coyote ». Il fut transporté en ambulance jusqu'à la galerie René Block, dans l'unique but de réaliser cette performance. Celle-ci fut d'ailleurs présentée dans le cadre de l'inauguration de la galerie. Le titre exact de l'action est *Coyote, I like America and America likes me*.

En plus des éléments déjà cités, l'artiste était muni d'une paire de gants en caoutchouc. Chaque jour, pendant sept jours, il se faisait également livrer l'édition du jour du *Wall Street Journal*, une pile d'une cinquantaine d'exemplaires. Mais sur les photographies, on le voit avec un triangle (l'instrument de musique) accroché au cou. On peut le voir aussi en train de fumer une cigarette. Il avait donc aussi des cigarettes.

À la fin de la performance, une semaine plus tard, de nouveau isolé dans du feutre, Beuys fut reconduit en ambulance jusqu'à l'aéroport, pour son voyage de retour jusqu'en Europe. Sans doute en Allemagne. Et c'est tout.

Prunella et moi sommes très différents l'un de l'autre. Je lui parle très peu de mes enfants, de ce que j'ai fait en fin de semaine, de ma femme que je vois tout de même de temps en temps. Le ménage, le spectacle de fin d'année, les cours de gymnastique le samedi midi, le piano, la guitare, les mimiques chaque fois prodigieuses de la plus petite de trois ans et deux pommes. Elle ne me tient pas trop au courant non plus de tout ce qui se passe dans sa vie. Ses amis, son travail, ses parents, son frère. Quand on se parle, il y a des trous. On ne se raconte pas tous les détails de ce que nous avons fait la veille. Je ne sais pas si elle couche avec d'autres gars. Elle m'assure qu'elle n'est pas jalouse de ma femme, mais qu'elle serait probablement dérangée si j'avais une autre maîtresse. J'apprends du même coup qu'elle se considère comme telle, comme une maîtresse. Je n'avais jamais vu cela de cette façon. Mais il est évident qu'elle a raison. De plus, elle me croit capable de négocier avec deux maîtresses. Cela ne fait aucun doute pour elle. Elle me voit comme un fou. Elle croit qu'il n'y a pas de limites à ce que je suis capable de faire. Elle exagère.

Elle ne sait pas trop ce qu'elle fera en septembre prochain, ni ce qu'elle fera exactement dans la vie plus tard, lorsqu'il lui faudra choisir un métier stable et sérieux. En attendant, elle fait des partys, prend des drogues dures et passe des nuits blanches. Elle s'est remise de son angoisse des derniers jours. Elle marche sur la voie ferrée, avec des amis, où chacun transporte sa caisse de bière dans son sac à dos. Elle dit qu'elle pense à moi. Elle m'envoie des bisous en forme de « x », et termine en disant qu'elle a fait un rêve la nuit dernière dans lequel j'étais. J'avais le cancer et je riais. Il ne me restait que 75 dollars dans mon compte de banque et je trouvais cela tout aussi drôle. Elle me fait part de ses disponibilités pour la prochaine semaine. Elle veut que l'on se voie.

25 juin. Été. Accident saisissant. Je découvre pour la première fois de ma vie le pavillon Liliane et David M. Stewart, situé sur l'avenue du Musée. Je connaissais ces noms. J'avais déjà vu le bâtiment de l'extérieur, mais je n'avais jamais compris qu'on pouvait y entrer librement. Personne ne m'avait dit non plus qu'à l'intérieur se trouvaient des objets extraordinaires. Architecte : Fred Lebensold. Construit entre 1973 et 1976. Je suis allé mille fois au Musée des beaux-arts, mais ce n'est qu'aujourd'hui, en compagnie de Prunella, que j'entre dans ce pavillon. C'est fou comment des lieux que l'on croit connaître sont tout à coup capables de nous ouvrir de nouveaux espaces. Il ne faut rien sous-estimer. Cela doit être comme avec les gens. On croit avoir fait le tour d'une personne et tout à coup, au détour d'un bosquet, à travers une ou deux phrases d'une discussion banale, une nouvelle dimension surgit soudainement. Et voilà qu'une personne différente apparaît. Comme une poupée russe dans une autre poupée russe. Avec Prunella, je découvre de nouveaux endroits. Des choses qui m'étaient inconnues, sans trop que je sache pourquoi, des choses dont j'ignorais l'existence, que je ne voulais peut-être pas voir. Il fallait peut-être que je sois avec elle pour oser passer cette porte conduisant dans ce pavillon inouï. Tout le monde peut y aller. Librement. C'est gratuit. Je voudrais être riche pour pouvoir construire de pareils bâtiments. Les plafonds sont superbes, la lumière parfaite. On y est bien. On voudrait

dormir là, s'installer, se faire cuire des brochettes. On voudrait y vivre et en faire sa maison.

Je suis attiré par un vitrail mystérieux, de forme oblongue. Il me semble avoir déjà vu cela quelque part. Je m'approche. Il s'agit d'une œuvre de Wim Delvoye. Une acquisition récente. Quelle bonne idée! Je ne m'attendais pas à tomber là-dessus aujourd'hui. Je suis content. Je vais chercher Prunella, perdue devant *Le chemin de l'illumination* de Marc Quinn, pour le lui montrer. Il s'agit de *Callioppe*, 2001-2002. En fait, les objets exposés ici sont des pièces de collectionneurs montréalais, prêtées à long terme. Sans doute préfèrent-ils les voir là que de ne pas les faire voir du tout. Et de devoir les faire épousseter par une femme de ménage qui risque de les briser bêtement, sans trop comprendre de quoi il s'agit.

Je ne devrais peut-être pas m'en vanter, mais c'est un peu la même chose qui s'est produite avec une grande partie de la collection permanente du pavillon Jean-Noël Desmarais. Grâce à mon cours d'*Analyse de l'œuvre d'art,* il m'a fallu m'y intéresser. Et m'y promener. Encore une fois, ce fut comme la découverte d'un continent. Comment avais-je pu ignorer tous ces trésors, les bouder, les sous-estimer? Continuer d'évoluer en imaginant tout connaître, tout savoir, alors qu'en fait, en vérité, dans le réel de la réalité, je ne savais rien. J'y suis retourné plusieurs fois les semaines qui ont suivi.

Je pense à des portes condamnées depuis des siècles, que l'on découvre soudain en arrachant le papier peint pour rafraîchir la décoration. Je pense à des trappes au plafond, dissimulant des greniers endormis. Je pense à des abris nucléaires, cachés au fond du jardin, derrière les fougères, et qui n'apparaissent pas sur les plans et les cadastres. Je pense à des coffres, à des malles, à des tiroirs secrets.

Je fais l'amour avec ma femme. Nos gestes, avec le temps, paraissent de plus en plus dérisoires. Je lui tiens les mains et j'ai envie de lui faire mal. Tout en la pénétrant, comme il se doit, je me retiens pour ne pas penser à autre chose. Demain, je ne sais pas ce qu'elle fera, ni où elle ira, ni avec qui elle sera, et encore moins quand elle sera de retour. Je ne sais même pas si c'est elle qui est avec moi en ce moment, dans notre lit conjugal, en train de faire l'amour, ou s'il s'agit d'une autre qu'elle m'a fait livrer par la poste, pour faire le travail à sa place. Elle non plus, elle ne sait rien de ce que je fais. Nous n'avons plus le temps de nous parler, plus le temps de nous expliquer. Je sais qu'elle a de gros problèmes à résoudre au travail, beaucoup de poids sur les épaules, toujours de nouveaux défis à relever. Je dois me faire petit. Je l'admire aussi pour cette raison. C'est passionnant pour elle et très satisfaisant. Elle est ailleurs. Elle est chanceuse. Chanceuse de pouvoir être ailleurs.

26 juin. Réception des notes finales. *Analyse de l'œuvre d'art*: B+; *L'art après 1968*: B. Je suis déçu. Ce qui est bête avec les notes, même si ce n'est pas le rôle d'une note d'évaluer votre ivresse, c'est qu'elles ne représentent pas toujours la passion que vous avez déployée durant les cours. J'ai tellement aimé ces deux cours. Pour rien au monde je n'aurais manqué une des périodes. Je dois reconnaître que je n'ai pas cessé de les trouver difficiles et exigeants. Je ne crois pas avoir appris autant de choses lors de mes précédentes études universitaires. Ma vie s'en trouve à tout jamais changée. Ma façon d'observer ce qui m'entoure est transformée. Dans ces cas-là, on espère au moins être bon et se faire dire qu'on ne s'est pas trompé. Mais voilà, je comprends que ce n'est peut-être pas le cas. C'est peut-être le prix à payer pour être vieux. Je suis là par amour, rien de plus. Au final, j'en arrive à penser que c'est peut-être parce que je ne comprends rien que je trouve la matière aussi passionnante. Lacan disait: «Gardez-vous de comprendre!» À l'université comme dans la vie, cela vaut peut-être mieux.

30 juin. Plein été. Mardi matin, en me rasant de près, je découvre une bosse dans mon cou. Une assez grosse bosse en fait. Un phénomène incongru dans ma vie courante. Je ne crois pas qu'il s'agisse d'art contemporain, cette fois. Même s'il me vient des images d'Orlan, cette Française qui se fait insérer sous la peau des implants de toutes sortes, dont deux en forme de cornes de démon sur le front. Je pense plutôt à un cancer. Ce n'est pas la première fois que j'entends dire que c'est par une bosse dans le cou que se manifestent et se déclenchent des tumeurs de première importance.

Je suis puni. Pour ma mauvaise vie. C'est le diable qui est entré en moi, pendant mon sommeil. Il me vient toutes sortes d'idées délirantes, mais surtout celle d'aller faire renouveler ma carte soleil au plus vite, ce que j'ai négligé de faire pendant des siècles. La dernière fois que je suis allé consulter un médecin, j'avais huit ans. C'était avec mon père, je ne sais plus pour quelle raison. Cela fait donc 30 ans. À part au moment de ma célèbre crise cardiaque (une péricardite aiguë, en fait) survenue à l'âge de trente-et-un ans, qui m'a cloué aux soins intensifs de l'Hôpital Notre-Dame durant une semaine, et pour laquelle je me suis présenté là aussi sans carte d'assurance maladie, avec la promesse baragouinée de régler ces problèmes administratifs dès ma sortie, jamais je ne suis allé voir un médecin depuis. Je ne sais même pas comment faire ni où aller. Je n'ai pas de médecin de famille. Être malade n'est pas ma spécialité, même si c'est gratuit.

Je me présente donc pour commencer au bureau de la Régie de l'assurance maladie du Québec. Je tombe sur une salle d'attente bondée de Tamouls, des gens de toutes les nuances de couleurs possibles : des bleus, des bruns, des beiges. Des gens aux tons purs, criards, ternes, chauds, froids, vifs et pastel. Ils sont au moins huit cent cinquante. La moitié est accompagnée de bébés. Dans un coin, on sert des brochettes et des merguez. Une femme accouche sous une tente. Les trois Rois mages sont également venus, mais ils sont arrivés en retard en raison de l'ascenseur qui est resté coincé. Je vais devoir attendre. Mais finalement, pas tant que ça. Puisque c'est pour un renouvellement. On me prend en photo, on me fait prêter serment devant un type engagé pour la cause, qui me fait dire des phrases comme « toute la vérité ; rien que la vérité », ce qui m'étonne à m'en faire échapper mes papiers. Jamais je ne me serais attendu à ce qu'il soit encore question de vérité dans notre société, surtout au sixième étage d'un édifice du boulevard Maisonneuve, sous les néons. Une heure plus tard, je ressors avec une nouvelle carte toute neuve. Prêt à être malade autant que je le souhaite.

Le lendemain matin, je déniche dans le bottin une clinique sans rendez-vous. Je trouve une place au CLSC de mon secteur où, non, je n'ai pas de dossier, ce qui surprend la dame à la réception. Une fois assis, je me rends compte que tout le monde se connaît dans la boîte : « Salut, mon Sylvain ; bonjour, monsieur Bellefeuille ; comment va votre chien aujourd'hui ? » Des gens qui viennent passer leur journée dans cette salle d'attente, comme d'autres du même âge, dans d'autres pays, loin d'ici, vont jouer à la pétanque, aux cartes ou aux dés. « Bof, pas trop en forme... J'viens voir le médecin parce que je me sens un peu nerveux ces temps-ci... » Il n'y a qu'une autre dame, à peu près de mon âge, assise un peu plus loin, qui semble prendre son mal en patience et qui n'a pas non plus, tout comme moi, l'air de se sentir dans son élément. Sur les murs, il y a de quoi lire. Des affiches sur les maladies vénériennes, avec des photos de gonorrhée et de chlamydia, grossies mille fois au microscope. De quoi vous ouvrir l'appétit. Puis des affiches sur la violence conjugale. Rien par contre à propos des bosses dans le cou.

Je vois d'abord une infirmière, puis une deuxième infirmière, qui me demande si je prends de la drogue et tout, puis enfin un médecin, une dame, qui me regarde environ deux minutes. Ce n'est pas un cancer, mais un ganglion. Sauf qu'il n'y en a qu'un, et qu'elle le trouve très gros. Dossier clos pour le moment. Conclusion temporaire : je vais probablement être très malade d'ici quelques heures. La troisième infirmière me fait un prélèvement au fond de la gorge, de même qu'une prise de sang. Il ne reste qu'à attendre les résultats du labo, on me téléphonera dans quelques jours. Je n'ai plus qu'à m'en retourner à la maison, un peu plus fatigué que ce matin. Et me trouver quelque chose à faire pour passer le temps. Pour le moment, personne ne peut me renseigner plus explicitement sur mon état.

4 juillet. Puisqu'on ne peut pas se parler pour l'instant, Prunella décide de m'écrire. Elle me demande comment je vais, si je me repose, si je bois encore 15 litres d'eau par jour. Je lui avais parlé de cette fatigue soudaine, et du fait que j'avais toujours soif, même après avoir pompé trois gigantesques verres d'eau bien fraîche.

Elle me dit que c'est parti pour être une drôle de semaine... Elle pète souvent les plombs (surtout au travail). Elle achève de lire *Psychopathologie de la vie quotidienne* de Sigmund Freud, sous ma recommandation. Elle a hâte d'en parler avec moi. Prunella est une fille qui lit beaucoup. Elle lit n'importe quoi et ne résiste pas aux classiques de la littérature française : Stendhal, Hugo, Sartre, Mauriac, Diderot, Gide. Elle marche beaucoup sur les voies ferrées, ce qui est interdit, mais elle s'en tape. Aujourd'hui, elle a vu un lapin, ou plutôt un lièvre. Elle me raconte qu'elle fait plein de découvertes de cette façon. Dans la ville comme dans la nature. Elle visite des édifices abandonnés, près de Saint-Henri. As-tu déjà vu des plantes pousser à l'intérieur d'un bâtiment ? me demande-t-elle. Pas souvent, en fait. Elle me raconte son étonnement devant des choses en apparence ordinaires et cela me touche.

Elle dort peu. Elle rêve en rouge. C'est à cause de sa lecture de Freud, croit-elle. Quand on se met à lire Freud, on a des symptômes qui apparaissent. On se trouve des névroses et on a l'impression d'avoir tous les problèmes du monde.

Il nous arrive de devenir bizarre et on peut même se surprendre à engueuler des étrangers sur le trottoir pour aucune raison justifiable. J'ai même connu des gens qui s'étaient mis à vouloir étrangler leur mère après avoir entamé les *Trois essais sur la théorie sexuelle*. Prunella rêve aussi à moi, un peu. Elle rêve que je lui téléphone, que je vais la rejoindre à son travail, que je la demande en mariage, que je souhaite lui faire un enfant. Elle rêve aussi que je l'embrasse tout le temps. Le jour, le soir, la nuit.

Elle veut que je lui écrive. Elle me dit que je lui manque. C'est même devenu physique, précise-t-elle. Quelque part tout près des poumons, elle ressent comme une pression.

Elle termine en ajoutant des bisous de tailles variables. Et elle signe : Ta Prunella Commune.

Cela me fait du bien, même si mon ganglion ne rétrécit pas.

7 juillet. Je reçois les résultats de mes tests sanguins. Côté bactéries, celles prélevées au fond de la gorge indiquent que c'est négatif. Par contre, mon sang révèle les signes d'une mononucléose. Un truc qui ne trompe pas. « Mono » veut dire seul. Mais ce n'est pas sur cette interprétation qu'insiste le médecin. Je lui parle au téléphone. Il m'explique ce qui se passera désormais pour moi : arrêt de travail obligatoire et d'une durée indéterminée. Avec mon poste de nuit, mes trois nuits blanches par semaine n'aideront certes pas à mon rétablissement. De toute façon, il n'existe aucun traitement. Aucun médicament. Rien à faire. Repos forcé. Ne pas bouger, et boire beaucoup : de l'eau, des jus de fruits. Aussi, éviter de pratiquer des sports extrêmes. Parce qu'une mono peut faire enfler la rate, et si la rate éclate, en raison d'une chute par exemple, cela peut être très grave et mortel. Donc je ne dois pas faire de chute.

Je pense à tout cela. Ne pas pratiquer de sport extrême est équivalent pour moi à cesser de vivre. Je ne le dis pas au médecin. Je suis sûr que lui aussi trouve et pense que la vie normale et contemporaine peut s'avérer parfois plus aventureuse que de se jeter en bas d'une falaise avec un BMX, un ski ou une table à pique-nique. Mais bon, je comprends qu'il me faut rester au lit. Autrefois, une mononucléose nous envoyait à l'hôpital pour une durée illimitée. Je pense à « mono ». Je vais voir dans le dictionnaire Robert ce que celui-ci en dit : « Leucocytose caractérisée par l'augmentation du nombre de monocytes. » Évidemment, cela ne m'apprend rien. Bande de prétentieux frappés, que je me dis. Mais à qui donc s'adresse ce genre de définition ? Je ferme le dictionnaire.

Les jours qui suivent s'avèrent effectivement diaboliques. Je sue comme un porc. Je suis tout blanc, incapable de dormir en dépit d'une fatigue méphistophélique. Je n'ose même pas répondre à la porte de peur d'effrayer le facteur. Je dois changer de vêtements deux fois par nuit. Je fais quarante de fièvre et me tape des maux de crâne qui me font vivre de grandes passions. C'est difficile à comprendre, mais la nuit, les douleurs sont d'une telle intensité que je pense à des mots comme « céleste », « paradisiaque » ou « astral », pour les décrire. Dans ce cas, par contre, je me dis qu'il est question d'art contemporain. Je n'ai d'autre choix que de le prendre comme une expérience, une expérience du corps, et de saisir à plein ce qui se passe pour moi. Alors, je le fais. Inutile de pleurnicher. Je n'ai aucun contrôle.

Ce qui m'embête le plus est que je suis trop épuisé pour lire. Je n'en peux plus d'être assis, couché, et beaucoup trop détruit pour accomplir la moindre tâche. Je pense. Je ne fais que penser, incapable de dormir. Je me demande même si je ne suis pas en train de délirer, parfois. J'ai des maux de tête carabinés. D'ailleurs, si j'avais une carabine, je me ferais une petite chirurgie à la va-vite, la tête appuyée contre une souche.

Les jours qui suivent, je reste alité. Le simple fait de répondre au téléphone m'épuise. Me rendre à la toilette pour faire pipi me vide de toutes mes énergies. Je n'ai jamais vécu cela. Je suis vaincu. Je n'ai pas le choix. Je dois dormir.

18 juillet. Au bord d'une piscine. Vive discussion à propos des escaliers du pavillon Jean-Noël Desmarais, avec un fils d'architecte considérant que Moshe Safdie est un incompétent. Je suis malade et fatigué, même lorsque je ne fais rien, mais je découvre que je suis encore capable de tenir mon bout, et de faire la part des choses entre ce qui est juste et ce qui ne l'est pas. Selon lui, des escaliers comme ceux du Musée des beaux-arts sont inutilisables. Quand on les emprunte, on ressemble à des personnes âgées en train de chercher où poser leurs pieds. Pour lui, ces escaliers sont une erreur architecturale. Car tout architecte devrait savoir faire des escaliers aux proportions normales (comme l'ont bien sûr découvert les Grecs et les Romains) afin que l'on ne s'y casse pas la margoulette. Je comprends ce qu'il veut dire, mais je ne suis pas d'accord. Selon moi, les proportions choisies par Safdie dans ce cas-ci font justement exister les escaliers. Effectivement, il est vrai qu'ils posent certaines difficultés pratiques, mais je vois dans cette décision un trait de génie, et surtout, je ne crois pas que Safdie est un incompétent. Puisqu'il est évident qu'il l'a fait exprès. Si Picasso a mis un nez sur le côté du visage d'une de ses victimes, ce n'était pas parce qu'il était incompétent en dessin, mais bien parce qu'il en avait décidé ainsi. Certains n'y ont d'abord vu qu'un mauvais dessin. Mais Picasso savait ce qu'il faisait. Les escaliers de Safdie font parler. Ils emmerdent les visiteurs. On s'en souvient. Ils dérangent et fatiguent, et nous

font nous arrêter et nous poser des questions. Alors que normalement, personne ne remarque les escaliers d'un bâtiment, ceux de Safdie existent plus que tout le reste. Plus que les portes, les fenêtres et les interrupteurs. Selon moi, il s'agit d'une réussite. Cet ami défend le fait qu'un escalier n'a pas à voler la vedette et doit passer inaperçu. Il doit être conçu pour servir la cause des escaliers, un point c'est tout. Un escalier est un escalier, tout comme une fenêtre doit rester une fenêtre. Je lui fais d'ailleurs remarquer qu'il y a des fenêtres au Musée des beaux-arts qui ne servent à rien, puisqu'elles sont inaccessibles. Il n'est pas convaincu pour autant. Il tient à son idée.

Je ne crois pas à l'incompétence dans les bâtiments postmodernes. Ils sont ainsi dessinés, justement parce que la postmodernité tente de rompre, et y réussit, avec toutes les façons de faire connues et admises jusqu'ici. Personnellement, je ne suis pas non plus toujours d'accord avec ce désir de rompre à tout prix avec la fonctionnalité, puisqu'il permet aussi de faire n'importe quoi. Il ouvre en apparence toute grande la voie au chaos, mais c'est aussi cela, la postmodernité. C'est également au nom de celle-ci que se sont créées les familles d'aujourd'hui, en rupture avec les traditions. Que cela permette et donne du crédit à des constructions comme le musée du quai Branly de Jean Nouvel à Paris, ou le Musée des beaux-arts de Frank Gerhy à Toronto, où même les prises électriques sont situées dans des endroits improbables, ou encore le musée de Daniel Libeskind à Berlin, m'apparaît tout à fait normal. Faire du Le Corbusier aujourd'hui, alors que lui s'attardait précisément à calculer des proportions parfaites et indiscutables, avec des portes d'entrée percées aux bonnes places, des plafonds à la bonne hauteur et des tiroirs de cuisine aux bons endroits, serait de nos jours impensable et dépassé. C'est fait. On le sait. Tout cela est su, compris et digéré. L'architecture de maintenant propose à son tour des allures de n'importe quoi, comme bien d'autres choses que l'on accepte aujourd'hui. Comme les familles de transsexuels et les enfants conçus dans des laboratoires, sans arbres généalogiques ordinaires et faciles à déchiffrer.

À propos de la mononucléose, je prends du mieux. Même si je n'arrive pas à me reposer comme il se doit. Avec les vacances de ma femme et celles des enfants qui s'amorcent, il me faut tout à coup partir à la campagne, me coucher tard, avoir envie d'inviter des amis et faire des activités de plein air. Il me faut sortir la tente et les bâtons de golf qui ne servent à rien. Je suis en meilleure forme qu'il y a deux semaines (alors que je n'avais même pas la force de me rendre jusqu'à la toilette), mais je me sens tout le temps fatigué. Je lis *Brève histoire du monde*, de Gombrich, commandé il y a quelques jours à la librairie Gallimard. Mais à petites doses. Je termine les entretiens radiophoniques de Pierre Legendre et Philippe Petit, sur la désymbolisation de masse, la déraison et le non-sens. Il s'agit d'un texte très intéressant. Même si je le sais déjà, que c'est la fin du monde. C'est toujours intéressant de se le faire rappeler par des gens plus intelligents que soi. Pierre Legendre a au moins le mérite d'expliquer pourquoi, à sa manière. Comme moi, il fait partie de ceux que l'on appelle les « catastrophistes ». Comme moi, il est une personne lucide qui n'a pas froid aux yeux. Sans vouloir me prendre pour un autre, il a lui aussi compris que de toute façon, nous courons tous vers la catastrophe ; alors pourquoi se retenir de tenter d'expliquer pourquoi ? C'est pour cette raison que je le lis. Disons qu'entre lui et Marie Laberge, j'ai fait mon choix.

Je me bats encore moi aussi contre la fin du monde. Mais c'est comme de partir se battre contre une hydre à sept têtes aussi grosse qu'un volcan, muni d'une débarbouillette et d'une paire de baguettes à sushis. Je sais moi aussi que le combat est à l'avance perdu. Alors autant en emporte le vent. Autant faire une mononucléose en plein été.

Je n'ai pas pris de douche depuis trois jours. Je n'ai pas envie. Pas la force. Cela ne changerait rien de toute façon. J'entrevois la tâche de me doucher comme une partie des Alpes à traverser. Je lis dans un journal que Quentin Tarantino entrevoit ses films comme de l'art. Il dit que lorsqu'il s'adonne à son art, rien d'autre n'existe. Il se fiche du reste du monde. Pour lui, faire un film équivaut à gravir l'Everest. Lorsque tu grimpes l'Everest, tu ne fais pas autre chose en même temps. Tu ne t'occupes pas d'aller chercher tes enfants à la garderie avant 18 heures, ni de savoir s'il te reste des pommes de terre dans le frigidaire pour la soupe aux légumes. En ce qui concerne ma vie, devant l'écriture, je n'ai pas choisi de faire exactement comme Tarantino. Puisque je vais tout de même reconduire et chercher mes enfants à l'école. Mais je considère toujours que mes livres sont de l'art contemporain.

Si je suis pour les bâtiments de Gehry, de Safdie ou de Libeskind, c'est parce que l'art y prévaut sur la logique architecturale. Il s'agit peut-être en ce qui les concerne de déconstructivisme, et cela implique peut-être qu'ils soient inutilisables. Et puis après? Cela change quoi? L'important est que des gens acceptent de les construire, et de les imposer dans le paysage. Je trouve ces actes extrêmement subversifs. Les escaliers du pavillon Jean-Noël Desmarais sont subversifs.

Prunella devait officiellement quitter son mec il y a quelques semaines. Elle trouvait cela difficile à faire et à assumer. Elle a attendu jusqu'au dernier moment. Elle s'était fixé une date, correspondant à son anniversaire, pour se planifier le début d'une nouvelle vie. Elle avait fait des calculs et souhaitait avoir le temps de se trouver un appartement rien que pour elle, avant le 1er juillet. Quelque chose de pas trop cher. Finalement, après avoir amorcé la discussion fatidique, les choses, comme toujours, n'ont pas tourné comme prévu. Lui a pleuré. Et elle a pleuré elle aussi. Il lui a dit : « je t'aime ». Ce qui a fait que finalement, de fil en aiguille, ils ont essayé de faire l'amour et puis voilà. Elle reste avec lui. Je ne lui ai de toute façon jamais demandé de le quitter pour moi. Nous nous parlons de moins en moins de nos vies respectives. C'est mieux comme ça. Et à quoi bon ? Je ne me vois quand même pas lui raconter ma vie avec ma femme et mes enfants chaque fois que l'on se croise. On le sait. On ne se dit rien. C'est tout. Elle peut faire ce qu'elle veut. Je ne lui demande rien. Et elle non plus. Je n'ai pas de château à lui promettre. Je ne suis que là, avec ma mononucléose ridicule et mes envies de lui parler. De l'écouter. Tout en n'ayant rien de plus merveilleux à lui proposer comme activité. Elle fait ce qu'elle veut. C'est peut-être triste, en quelque sorte.

Je ne suis plus le même qu'avant. Je ne suis plus le mari fidèle que tous admiraient pour sa retenue et son sens du sacrifice. Je ne suis pas un bon père, qui parle calmement pour expliquer les choses de la vie à ses enfants. Je pète souvent les plombs et perds patience pour de mauvaises raisons. Je n'ai plus la même santé qu'autrefois. Et je sens la vieillesse imposer tout doucement son cadre et son programme.

Je ne suis plus l'élève le plus drôle de la classe. Je n'ai plus la vivacité d'esprit des jours heureux, ni non plus la même vitesse d'exécution. Je ne suis plus celui qui dit tout ce qu'il pense, qui a le bras long et la mèche courte. Je ne suis plus celui qui cherche à tout savoir de la vérité qui se cache, sous les cailloux ou derrière les arbres. Je fais semblant de rire. Je fais semblant de trouver les amis de ma femme intéressants, pour ne pas lui faire honte, parce que je m'efforce avant tout de savoir vivre. Je vais dans des barbecues l'été, et je fais semblant d'être content et de trouver ça drôle. J'ai appris avec le temps. Je sais désormais bien me tenir. Je sais donner l'exemple et apprendre de mes erreurs.

Je ne suis plus celui qui attendait. Je n'attends plus mon heure de gloire. J'oublie les noms et les prénoms. Je ne crève plus de ne pas savoir, de ne pas comprendre, de ne pas être au courant de quoi demain sera fait. Ni demain, ni dans cinq ans, voire dans vingt ans. Désormais, je faillis sans difficulté. Je m'excuse. Je connais mes limites. Je hais. Je regrette. Je mange de la crème glacée et en reprends deux fois et parfois trois. Je ne comprends plus toujours exactement ce qui m'arrive. Je comprends peut-être de moins en moins les aléas de l'existence, mais je m'adapte et je m'y fais.

Je fais l'amour avec ma femme plus fermement. Elle ne me reconnaît plus et trouve que j'ai changé. Elle me dit qu'elle aime la façon que j'ai de la toucher, et en redemande toujours plus. Je me console en me disant qu'au moins, je ne pense pas à une autre femme pendant ce temps. Pas encore. Il m'arrive de me tromper de porte, de sortir de l'ascenseur au mauvais étage, d'oublier mon agenda et même de foncer dans les murs. J'ai l'air ridicule, évidemment. L'autre jour, j'ai brisé mes lunettes en trébuchant dans les escaliers : trois marches, au milieu d'un corridor, sans avertissement. J'ai passé tout droit alors que j'aurais dû savoir, et me suis royalement pété la gueule. Avec mon sac à dos et ma veste sur les épaules. J'ai mordu la poussière, comme on dit. De loin, des gens ont dû percevoir un nuage de fumée. Mon sac s'est ouvert et mes livres se sont éparpillés partout. Décidément, on ne peut faire mieux comme acrobatie.

20 juillet. C'est encore et toujours l'été. Il pleut presque tous les jours. Comme d'habitude, les gens se plaignent. Phénomène étrange, depuis une semaine, je me mets à bégayer quand je parle. On dirait que quelque chose à l'intérieur de moi cherche à me faire taire, ou cherche à faire en sorte que je choisisse de garder le silence, plutôt que d'oser dire des bêtises et de passer pour un demeuré. J'ai le sentiment d'avoir une maladie qui me fait vieillir de trois mois à chacun des jours qui passent. Je ne vois plus clair lorsque je lis le journal. J'ai des courbatures aux épaules et aux bras, qui persistent depuis cette satanée mononucléose. L'épuisement ne me fait pas dormir. Je ne dors plus. J'entends des ascenseurs qui résonnent, des téléphones qui sonnent, des bébés en détresse qui pleurent à l'extérieur, au beau milieu de la nuit, à trois heures du matin. J'ai chaud. Je suis trempé. Je vais répondre à la porte alors que personne n'a frappé. Je pense que ce sont des jeunes qui font des mauvais coups. Sur le balcon, en robe de chambre, je reste interdit. J'attends quelques minutes, je cherche dans les arbres, sous le balcon, entre les voitures stationnées. Je retourne me coucher.

Le jour, ce n'est guère mieux. J'hallucine des restes dans le réfrigérateur. Je me dis qu'il y a des pâtes à faire réchauffer, je vois des carcasses de homard, alors que je ne me rappelle pas avoir mangé du homard la veille. Je vois de la soupe et des croûtons alors qu'il n'y a rien. Je crois devenir fou, mais je n'en parle à personne. Je referme la porte, me frotte un peu les yeux, me secoue la tête, respire un grand coup et retourne voir à l'intérieur du frigo. Il n'y a rien de ce que je croyais avoir vu l'instant d'avant. Sur le moment, je ne me sens pas très bien. Que de la moutarde, une vieille tomate, des bouteilles d'eau, une dernière bière. Il va falloir penser à quelque chose pour le souper. Les enfants vont rentrer de l'école sous peu. Je vais devoir aller faire des courses, ne serait-ce que pour les lunchs du lendemain.

Heureusement, je n'entends pas de voix. Mais j'entends parfaitement le voisin prendre des douches, jouer du violon, écouter de la musique (ou la télé), beaucoup trop fort. J'ai la certitude d'avoir eu une discussion avec ma tante, ou ma belle-sœur, ou mon beau-père, à propos de ceci ou de cela, mais ce n'est pas le cas. Cela n'était que dans ma tête. Il y a comme des dialogues dans ma tête. Mais rien de méchant. Je m'imagine en train de faire l'épicerie ou d'aller retirer de l'argent au guichet automatique. Alors qu'il n'en est rien. Cela ne s'est pas produit. Je ne suis pas sorti. Je dois y aller et lorsque j'y vais, j'ai l'impression d'y retourner une deuxième fois. Je suis mélangé.

Je crois que ce sont les effets d'une solitude excessive. Extrême et extrasensorielle. L'autre jour, j'ai fait semblant de farfouiller dans le bottin à la section des numéros de lignes d'écoute : Tel aide, SOS j'écoute, Solitude excessive, Vie de merde. Non, ces deux derniers organismes n'existent pas, mais je repère les Détresse anonyme et les Dépendance affective anonyme. Je trouve que toutes les appellations me conviennent. J'ignore de quoi il s'agit, mais j'ai envie d'appeler. Je vais attendre que les enfants soient couchés et endormis. Je pense également à téléphoner à des associations de parents d'enfants souffrant de schizophrénie, même si mes enfants ne souffrent pas de schizophrénie. Je me cherche un ultime recours. Je suis même prêt à me faire passer pour plus malade que je ne le suis, question d'obtenir de l'aide. Question de tomber sur un être humain qui saurait m'écouter et qui prendrait le temps.

Cela doit faire deux semaines que je ne suis pas allé au musée. Je suis peut-être en manque. C'est peut-être cela qui ne va pas. Nous sommes en plein été, il pleut, il vente, il neige, et j'ai besoin que les cours reprennent, et que commence cette putain de session d'automne. Je me sens perdu. Je ne rêve pas de m'envoler, ou de ne plus penser. Je n'ai pas envie de faire de la poésie, et de composer des vers sans m'arrêter. Je ne veux plus rester seul dans l'immensité. Je ne me sens pas serein une seule seconde. Je voudrais léguer quelque chose à l'humanité avant de mourir. Car j'ai le sentiment que je vais bientôt mourir, avec mes bosses dans le cou, et mes pulsions de vomir n'importe quand. Il me faudra sans doute une éternité avant que mon corps ne pourrisse jusqu'à la lie, et qu'il n'en reste rien. Je voudrais aimer quelqu'un avant de me décomposer, et pourtant, il y a plein de gens autour de moi qui attendent de moi tout cet amour. Pourquoi cela ne marche-t-il pas ?

•

Je voudrais que ma femme porte une robe longue fendue sur le côté. Avec des Doc Martens et des colliers de marguerites. Mais je ne sais pas comment le lui dire. Je voudrais que l'on dorme tous les deux sur de la paille, que l'on fasse de la voile, que l'on aille au cinéma. Mais pour cela, il nous faudrait changer de vie. Alors je voudrais, mais je ne suis pas certain que mon gérant de banque puisse me venir en aide afin d'appliquer ce genre de rectificatif.

Ma femme, je la vois vêtue de longues robes fendues sur le côté, mais je la vois aussi déboulant les escaliers. Je la vois s'écraser en avion, faire du parapente et s'emmêler dans les câbles et les cordages ; aller à la toilette et être aspirée intégralement, tête première, par le renvoi de la chasse d'eau. Je la vois au Rwanda, pendant le génocide, courir jusqu'aux marais. Je la vois partir et ne jamais revenir. Se faire dévorer par un requin, là où il n'y a jamais eu de requins. Au lac des Castors, dans la piscine du parc Baldwin ou dans le lavabo de la salle de bain. Un monstre marin surgissant soudain, avec des dents et des tentacules, croquant ma femme comme un sushi. C'est étrange, ce paradoxe. Ma femme que j'aime et que je déteste. Que je voudrais voir revenir près de moi et que je souhaite voir disparaître. Étrange que deux sentiments contradictoires, bien que contradictoires, puissent ainsi coexister et paraître aussi vrais l'un que l'autre. Comment se fait-il que de telles pensées se manifestent en nous ? Alors qu'il serait plus avantageux de se concentrer sur mon bonheur ?

•

La session d'automne commence le 8 septembre. Je viens de recevoir mon état de compte. J'espère pouvoir conserver les trois cours que j'ai choisis : *L'Architecture aux XIXe et XXe siècles*, *L'Architecture de l'Antiquité au XVIIIe siècle* et *Les arts visuels du Moyen Âge à la Renaissance*. J'ai hâte. Ce sera une session de trois cours. Plus intense et difficile que la précédente. Pourvu que les profs soient aussi bons que l'hiver dernier. Je recharge mes piles. Je bois toujours plusieurs litres d'eau par jour. Je guéris tranquillement de ma mono.

21 juillet. Rapporté dans les pages du journal *Métro*, que je lis distraitement entre les stations Frontenac et Berri-UQAM. Encore une chose qui n'arrive que l'été, dans nos sociétés civilisées. Dans une ville de la banlieue nord de Montréal, une grande fête de quartier a lieu dans la cour d'un voisin. Tout le monde s'amuse, on mange du blé d'Inde et on fait cuire de la viande et des légumes sur le barbecue. Les enfants sont là, nombreux, et profitent du spa nouvellement installé. C'est une nouvelle mode, les spas. Moins coûteux qu'une piscine et davantage en phase avec la vie d'aujourd'hui. Une fois de plus, comme souvent dans les fêtes où plusieurs familles sont réunies, on compte plus d'enfants que d'adultes. Tout le monde est bienvenu. Suffit d'apporter son alcool, ses grillades et son maillot de bain. Le soleil plombe et il fait chaud. C'est vendredi et pour plusieurs, les vacances approchent. Dans quelques jours, tout le monde pourra enfin relaxer et ne plus penser à son patron. On rit et on écoute de la musique. Sauf qu'à la fin du repas, alors qu'il est temps pour certains de s'en aller, on fait sortir tous les enfants du spa. On ramasse les sacs et les serviettes. Le soleil, qui quelques heures auparavant plombait, finit lui aussi par s'en aller. Puisque toute bonne chose a une fin. Mais en faisant le compte, il manque un enfant. Celui-ci n'est pas resté coincé dans la salle de bain et n'a pas pu franchir tout seul la palissade. On le cherche. On crie son prénom. Une partie de la foule panique un peu, puis deux minutes plus

tard, un parent horrifié constate que l'individu manquant, un petit garçon âgé d'à peine cinq ans, se trouve dans le fond du spa. Sa mère reconnaît facilement la couleur de son maillot. On ne sait pas depuis combien de temps il est là, mais on comprend que personne ne s'en est rendu compte. Pas même les autres enfants qui jouaient à s'arroser au-dessus de lui. Ils étaient peut-être trop nombreux. Trop occupés à s'amuser et à être heureux. Les adultes surveillaient pourtant du coin de l'œil, entre une tranche de pétoncle grillé et un autre verre de vin. Mais un enfant qui se noie, chose que l'on ignore ou que l'on oublie souvent, ne fait pas de bruit au moment de couler. Ce n'est pas comme dans les films. Rien à voir avec ces images où des requins voraces s'aventurent trop près de la côte tandis que tous les baigneurs paniquent les bras en l'air. Au rythme d'une musique angoissante. Un enfant qui se noie, dans la vraie vie, ne se débat pas toujours, ne trouve pas chaque fois l'oxygène nécessaire pour crier au secours. Il boit la tasse et coule calmement. Le petit est mort noyé. Ce n'est la faute de personne. Personne n'a rien vu venir. C'est la faute de l'été, des fêtes qui se prolongent et des discussions, et de peut-être un peu l'alcool et des amis que l'on est content de retrouver dans ces occasions-là.

C'est une anecdote dont les contours ressemblent à un simple fait divers. Un truc dont on parlera le temps de quelques jours, puis que l'on oubliera. Comme on a oublié sans problème la mort de ces adolescents sur l'autoroute 25; comme ce schizophrène poignardant sa vieille mère le soir de son anniversaire. Pas de quoi en faire chaque fois toute une histoire, quand on regarde tout cela de loin. Et que nous ne sommes pas impliqués. Ni de près, ni de loin.

22 juillet. Journée grise et morose. Il ne pleut pas, mais le ciel est chargé de nuages inquiétants. Visite improvisée au Palais des congrès de Montréal, en compagnie de Prunella, que je n'avais pas vue depuis plus d'un mois. Comme nous ne savons pas quoi faire ni où aller, et que nous avons peur de nous faire surprendre par la moitié de la ville qui risque de nous reconnaître, nous décidons d'aller manger dans le quartier chinois, où il n'y a que des Chinois, des nouilles et de la soupe. Ensuite, nous filons à pied vers l'ouest, en passant par-dessus l'autoroute Ville-Marie. Nous croisons des punks et des itinérants endormis dans leur sac de couchage, ce qui rappelle de mélodieux souvenirs à Prunella. Elle m'explique qu'elle a déjà dormi à l'intérieur de cette sculpture de Charles Daudelin, sans savoir qu'il s'agissait d'une sculpture de Daudelin. Elle me dit que nous devrions essayer, une nuit, de venir dormir là, elle et moi, comme dans le bon vieux temps. Avec des sacs de couchage et des boîtes de carton. Elle m'assure qu'il n'y a rien à craindre. On se fait rarement importuner, quand on dort ainsi à la belle étoile, au milieu d'un centre-ville. Suffit d'avoir l'air de rien et de ne pas attirer les ennuis. Elle l'a déjà fait plus de cent fois, à Toronto, à Vancouver. Inutile d'avoir peur. Il n'y a que notre ombre qui puisse venir nous déranger.

Nous laissons cette faune derrière nous et nous entrons dans le quartier des affaires. Nous flânons. Nous traversons le rez-de-chaussée du Palais des congrès, où Prunella n'était

jamais entrée. On passe régulièrement tout près de ces bâtiments, mais il est rare qu'on y pénètre sans prétexte. Moi, je
le fais souvent. Je découvre alors des espaces magnifiques,
que les hommes d'affaires, toujours au bord de la faillite, n'ap-
précient certes pas avec la même extase. Nous nous asseyons
cinq minutes place Jean-Paul Riopelle. Nous fumons une
cigarette. Puis, direction Caisse de dépôt et placement du
Québec. Probablement le plus bel endroit de style contemporain de Montréal. Architecture plus que splendide, blanche
et aérée. Nous découvrons des œuvres d'art : un Riopelle qui
remonte à 1953, c'est-à-dire à l'époque de sa première exposition d'envergure à New York, où on le faisait se frotter aux
expressionnistes abstraits, dont Jackson Pollock et Willem
de Kooning. Nous découvrons également une femme accrou-
pie de Daudelin, et deux œuvres de Geneviève Cadieux. Pas
mal du tout. Deux autres toiles sont accrochées dans un
corridor menant aux ascenseurs, mais un gros bonhomme
avec une cravate et un air sérieux, nous en interdit l'accès. Il
est là pour ça. C'est son métier. Même s'il ne doit personnellement pas faire la différence entre un Jean Paul Lemieux et
un pot de fleurs. Même au nom de l'art, il nous est défendu
de passer. Je tente de lui expliquer que nous sommes des
passionnés, des étudiants en histoire de l'art. Peu importe,
cela ne le fait pas frémir. Il ne faut pas exagérer pour autant.
Encore une fois, il ne faut pas exagérer. C'est fou le nombre
de fois, dans ma vie, où quelqu'un doit m'expliquer qu'il ne
faut pas exagérer. Je me demande s'il existe d'autres œuvres
qui dorment aux autres étages, dans les bureaux et les salles
de réunion. Payées par nos impôts et dont tout le monde se
fiche. Mais pour le savoir, il faut être un grand financier.
Avoir étudié aux HEC. Déambuler promptement dans les
corridors avec un attaché-case, trois espressos Tassimo au

fond de la gorge. Ceux qui ne connaissent rien aux œuvres d'art et qui ne songent qu'à leur piscine creusée, qui viennent de perdre quelque 40 milliards en quelques mois, sans trop savoir pourquoi, qui ont bien d'autres chats à fouetter et d'autres comptes à rendre, qui rebondissent entre deux gags salés et trois bonus. Ils peuvent bien avoir des Riopelle et des Borduas devant les yeux toute la journée, cela ne semble pas les aider à réfléchir plus intelligemment à leur avenir, ni à cogiter sur l'existence et la métaphysique.

Je montre ensuite à Prunella la décoration intérieure de l'hôtel W. Magnifique. Nous obtenons des deux gorilles la permission de monter jusqu'au bar, à cette heure-ci fermé, pour regarder les trois œuvres en triptyque de Carlito Dalceggio, toujours accrochées devant les ascenseurs du premier étage. Elles me semblent encore plus belles qu'autrefois. Nous restons au moins cinq minutes plantés là, à les examiner. Je lui explique qu'elles ont été réalisées à une époque forte et brillante de Dalceggio. Avant qu'il ne devienne fou.

Je remercie le portier en sortant. Nous avons tort d'hésiter à visiter ces bâtiments. Ils nous appartiennent. Ils sont beaux et leur beauté n'est pas que pour les putes et les escortes qui ne remarquent rien, trop engagées dans leur mission.

Nous revenons par la rue Notre-Dame, où nous trouvons encore quelques petites choses à apprécier, puis je la reconduis jusqu'à son travail, où elle commence à 15 h 30. Petits baisers dans le cou et sur les clavicules, à cause de la mono. Il me faut éviter la bouche. Puis nous nous échangeons des au revoir bien sentis. Après-midi mémorable.

Je rentre chez moi. Je pense à ma femme qui n'est toujours pas là. Je ne sais même plus où elle se trouve sur le globe. En Chine, à Dubaï ou en Californie. Cela ne change rien, puisque tout ce qu'il me reste de cette réalité, c'est que je me retrouve encore seul. Je vois ses vêtements qui traînent sur la chaise de notre chambre, et je pense à elle. Peut-être qu'elle dort, peut-être qu'elle vient de se réveiller. Peut-être qu'elle est en train de parler à des Chinois dans un restaurant. En train de chercher à les convaincre d'investir quelques millions dans l'un de ses projets.

J'ai appris cette année que, concernant l'iconographie, tout est une affaire de connaissances. Pas moyen de décoder les éléments d'un tableau avec notre seule intuition. Même s'il est bien réalisé, il faut être cultivé, et se renseigner sur son époque pour l'apprécier. Il y eut même un temps où les peintres ont tenté de se hisser parmi les gens intelligents. Considérés surtout comme des ouvriers, ces derniers n'ont pas toujours eu beaucoup de prestige. On pouvait embaucher des dizaines de peintres, pour décorer l'intérieur d'une cathédrale ou d'un château. Cela se faisait souvent. Il y avait un boulot à réaliser, et comme pour les tisserands, les doreurs, les vitriers, les fondeurs et les sculpteurs, on avait toujours besoin de talents pour compléter le travail. Sauf qu'un jour, cela a commencé à bien paraître d'être un intellectuel, un savant, voire un érudit. Comme l'étaient les astronomes, les architectes et les médecins, les peintres ont voulu se hisser jusqu'à ce rang. C'est à ce moment-là que nous avons vu apparaître des gens comme Léonard de Vinci, autant peintre qu'ingénieur, étudiant l'anatomie, la botanique, les étoiles, les mesures grecques et ainsi de suite. Léonard, pour ne citer que lui, était bien plus qu'un peintre. C'était un homme savant, capable d'inventer toutes sortes de gadgets. Et connaissant tout autant la vie secrète des insectes que la trajectoire de la balle courbe.

Plusieurs peintres se sont donc mis à ajouter, intégrés au décor ambiant de leur sujet, et cela est encore plus évident avec les natures mortes –, des objets divers, tels que des globes terrestres, des livres, des encriers, des compas, des sextants. Cela pour exprimer qu'ils n'étaient pas que des peintres capables de dessiner, mais aussi des hommes de lettres et de sciences. Puis il y eut les métaphores, et les détails renvoyant à telle ou telle signification : un fruit qui pourrit, ou une chandelle qui se consume, pour rappeler que le temps passe et que la vie est éphémère ; ce qui avait pour but de nous ramener sur Terre, de nous rappeler à l'ordre et de nous réintroduire à l'humilité nécessaire à une vie juste et bonne. Une palanquée de symboles, comme le lys blanc, la colombe, les livres, les tentures, devait donc être connue de ces nouveaux peintres intellectuels. Il ne leur était pas interdit d'ajouter leur touche personnelle, mais ils se devaient de respecter certains codes, édictés avant eux, et dont la présence serait bien vue. Le manteau rouge de Marie, l'ange annonciateur, presque toujours à gauche, la présence des commanditaires, sur le bas-côté, souvent la femme et son mari, placés au hasard dans une foule, mais toujours quelque part. Les peintres montraient ainsi qu'ils étaient dans le coup. Sans compter les sources et les références sacrées : la Bible, les Évangiles apocryphes, les écrits intertestamentaires, puis la mythologie grecque et romaine, justifiant que rien n'est là pour rien.

Le public fréquentant ces œuvres connaissait ces références. Même si leur allure et leurs différentes représentations se modifièrent à travers les siècles et selon les régions de l'Europe ou de la Russie, elles ciblaient le même thème, parlaient de la même scène ou évoquaient le même moment de l'histoire. Si, aujourd'hui, nous devons posséder des guides iconographiques pour comprendre ces œuvres, et passer de longues heures à en étudier les détails et les complexités, c'est parce que nous avons oublié ces références. Parce que nous sommes obnubilés par autre chose. Mais à l'époque de leur conception, le public intellectuel pour lequel elles étaient faites connaissait ces codes. Je n'oublie pas pour ma part que l'histoire de l'art est une histoire de l'oubli, une histoire de perte et de destruction.

C'est un peu comme pour le personnage de Batman. Essentiel au sein de l'iconographie du XXe siècle. Tout le monde reconnaît ses traits. Idem pour Mickey Mouse, Coca-Cola ou McDonald's. Nous évoluons dans un bassin de représentations, que nous apprenons vite à reconnaître, même si, parfois, leur allégorie change et se modifie. C'est la même chose pour la Vierge Marie. Batman est toujours Batman. Alors qu'il est interprété différemment, depuis les comic books de DC Comics jusqu'aux films de Tim Burton et de Michael Keaton, en passant par la version de la série télé des années soixante, Batman reste toujours Batman. On en fait ce qu'on veut. Avec des ailes de cuir ou de stainless steel, peu importe, Batman reste toujours Batman, et tout le monde le reconnaît. Et le public embarque, sans s'empêtrer à propos des ressemblances plus ou moins justes de la version de l'un ou de l'autre. Pareil pour James Bond, qui change d'interprète selon les époques, mais qui a l'avantage de rester chaque fois James Bond. Avec ou sans moustache.

Dans 400 ans, lorsque nous aurons tout oublié, il sera difficile de reconnaître un personnage parmi les autres, tellement ses avatars sont différents. Nous aurons peut-être alors besoin de dictionnaires, ou de guides iconographiques, nous indiquant qu'un personnage vêtu de noir, souvent représenté avec une cape (mais pas toujours), souvent accompagné d'une voiture noire (mais pas toujours), sachant voler entre les buildings, agrémenté parfois d'une paire d'ailes de chauve-souris, est sans doute quelque chose ressemblant à Batman. Cette connaissance ne sera pas offerte d'emblée à tout le monde. Alors, il nous faudra peut-être faire des études, et s'intéresser à l'iconographie du XXᵉ siècle.

Le peintre d'autrefois pouvait lui aussi traiter les thèmes à sa guise, mais les sujets choisis venaient avec leurs règles, précises et strictes. Le peintre jouissait d'une marge de manœuvre, mais dans une certaine mesure seulement. Ainsi, si un peintre allemand recevait la commande, pour le mur d'une église évangélique de Hanovre, par exemple, d'une scène du Jugement dernier, il devait souvent partir en voyage, en général vers l'Italie, pour visiter des endroits où d'autres peintres avant lui avaient déjà traité ce thème. Il prenait alors des notes. Internet n'existait pas. Et il n'était pas facile de se contenter de deux ou trois informations pour commencer les esquisses. Le peintre étudiait donc la fresque, puis revenait faire le travail chez lui. En ajoutant sa touche personnelle. Mais il ne pouvait pas faire n'importe quoi. Ce n'était pas encore le règne de la subjectivité, où chacun peut faire ce qu'il veut comme il le veut. Bien que nous ayons tout de même connu d'indéniables manifestations de génie, comme avec Michel-Ange, Raphaël ou Le Titien, il y avait des codes à respecter. Pareil pour une interprétation de Glenn Gould des *Variations Goldberg*. La partition est là, personne ne peut la modifier, mais tout le monde peut la jouer. Cependant, aucun musicien ne peut le faire à la manière de Glenn Gould. Les peintres les plus connus de ces périodes, Moyen Âge, Renaissance, ne sont pas réputés pour rien. Si on parle encore de leur travail aujourd'hui, ce n'est pas gratuitement. Ce n'est pas parce qu'on les voyait à la télé qu'on en parle encore aujourd'hui, mais parce que leur touche, supérieure en tout, s'est imposée. Et même très fortement. Et que vraiment, au bout du compte, ils étaient magistraux, et apportaient quelque chose de nouveau, ouvraient des portes, possédaient un geste, une lumière, une courbe, qui poussait le public à s'arrêter un instant, traversé par quelque chose de mystérieux et d'invisible. Ils arrivaient à faire vivre à ce public une expérience transcendantale, tout en se soumettant sans difficulté aux prescriptions de leur époque.

Cela existe. Cela se peut. Pas toujours nécessaire de réaliser un costume de Batman en rose fuchsia avec des plumes pour se démarquer. Michel-Ange et Raphaël auront su nous donner des leçons d'audace à ce propos. Mais aucun n'aurait pu peindre la Vierge Marie avec des palmes et un tuba. Tout comme il ne serait pas possible aujourd'hui de représenter Batman sans ses petites oreilles pointues et ses pouvoirs surnaturels.

Je comprends un peu mieux ce que peut vouloir dire « sortir de la postmodernité ». C'est depuis mon cours sur *L'art depuis 1968* que je médite sur cette question. Une fois encore, les artistes sont en avance sur leur temps. Autant nous pataugeons toujours dans l'ère du n'importe quoi et du « Je fais ce que je veux comme je le veux et comme cela me plaît », autant les artistes, dont certains ont entrevu le risque et le danger d'une telle idéologie, ont travaillé à se sortir de cette vase. C'est en voulant préserver leur liberté et la possibilité de se renouveler et d'être inattendus, que certains artistes avertis se sont un jour demandé quoi faire. Comment parvenir à s'extirper de ce chaos ?

Puisque la postmodernité consiste essentiellement à rompre avec tout ce qui a été fait avant, en se délestant de tous les codes, contraintes, façons de faire, traditions, ordres, lois, comme de tout ce qui les précède, celle-ci nous a vite fait tomber dans le tout est possible, tout est permis, y compris le n'importe quoi, y compris le fait de ne plus être compris, et de se retrouver seul avec son trip. Pris dans sa bulle. Au creux de son marasme. La postmodernité, au final, est un discours qui rend seul. Cela donna un dur coup aux arts visuels en général. Le public ne suivant plus, l'art étant devenu pour beaucoup une débilité inutile et inintelligible, les artistes de la génération nouvelle prirent garde de ne pas tomber dans le piège de l'autisme. Cela ne fut pas facile. Mais ils étaient avertis. Et s'étaient eux-mêmes cassé les dents sur le travail de leurs prédécesseurs. Qui leur avaient laissé, avouons-le, des tas et des montagnes de merdes inutiles et sans signification.

Certains, toujours actifs à cette heure, se mirent à pratiquer l'art de la citation. C'est-à-dire que dans leurs œuvres, souvent très originales, se trouve une structure, voire une fondation, faisant référence à quelque chose du passé, souvent à des icônes déjà confirmées. Cindy Sherman est de ceux-là. Pratiquant l'autoportrait depuis ses débuts, elle se met elle-même en scène dans ses photographies. C'est à la fois elle-même que l'on voit, ce qui nous permettrait de l'accuser de narcissisme, mais en même temps, ce n'est jamais tout à fait elle-même. Elle est toujours au centre de ses photographies, certes, mais aucune ne parle d'elle. Elle n'en est pas le sujet. On peut admirer des centaines de ses œuvres, jamais celles-ci ne nous apprennent quoi que ce soit sur l'identité de Cindy Sherman. S'il est possible de déceler chez elle une sortie de la postmodernité, qu'elle en soit ou non consciente, c'est que beaucoup de ses photographies réfèrent à des scènes de films connus, souvent des classiques, des images marquantes que nous reconnaissons, nous renvoyant à quelque chose de déjà vu. Comme des arrêts sur image, des reprises, des scènes refaites, réinterprétées. Elle n'invente rien, et semble à l'aise et en paix avec les découvertes et les trouvailles du passé. Elle les reprend à son compte. Comme une manière de leur rendre hommage, de leur rendre la monnaie de la dette que nous avons à leur endroit, puisque ces films, ces icônes, ces représentations, nous ont influencés et nous ont faits tels que nous sommes. Nous connaissons tous ces images en noir et blanc, celles de Hitchcock, par exemple, ayant marqué notre imaginaire. Elles sont fortes, inspirent l'inquiétude, la peur, l'effroi.

Sherman pourrait facilement revenir sur ces images. Et les rejouer.

Je vois un lien entre cette idée de sortie de la postmodernité et certains cinéastes d'aujourd'hui, comme Quentin Tarantino, pratiquant la citation à profusion, se référant à des films asiatiques, des films de kung-fu, d'autres de série B, d'autres encore appartenant à l'esthétique gore. Même chose pour Peter Jackson, quand il refait King Kong. On peut penser que tout cela n'est qu'une affaire d'argent, et qu'un film aura plus de chances de faire résonner la caisse enregistreuse en choisissant de reprendre des succès ayant déjà fait leurs preuves. Ce n'est pas faux. Mais en tant qu'artiste, celui qui refait ce film revient sur le passé, refait, en métaphore ou en métonymie, quelque chose ayant marqué son enfance, sa vie, son adolescence. Encore une fois, il n'invente rien, tout comme les peintres de la Renaissance, pâmés devant le talent de leurs prédécesseurs ou la perfection des quantificateurs éprouvés de la Grèce antique.

Ce n'est pas comme le désir du nouveau roman, qui cherchait quant à lui à bouleverser tous les poncifs du roman classique, prédominant jusque-là, ni comme le théâtre de Ionesco, qui écrivit des pièces de théâtre sans acteurs et sans décors, ni comme les pièces pour « piano préparé » de John Cage, dont le rendu restait inaudible. Autistes parce que renfermés sur eux-mêmes, et dont la signification des œuvres ne réfère à rien d'autre qu'à ce qu'elles sont. On pourrait très bien les entendre prononcer des phrases, comme celles que l'on entend souvent de nos jours : « Moi, je me comprends, et c'est ce qui compte. » Il est difficile, 60 ans plus tard, d'apprécier ce genre de compositions. À moins de le faire par intérêt intellectuel ou dans le cadre d'études en histoire, il est indigeste de se plonger dans l'œuvre de

Nathalie Sarraute aujourd'hui. Cela peut être pertinent en ce qui concerne l'évolution du roman au XXe siècle, mais sans plus. Les romans de Nathalie Sarraute, bien qu'ils s'insèrent dans l'histoire générale du roman, sont nuls et inintéressants. Tout comme une grande partie de l'art moderne des années 50 et 60. Il fallait sans doute passer par là, mais le résultat est souvent médiocre.

Il fallait le faire. Et ces œuvres préservent toute leur valeur pour cette raison : l'audace, le culot, la recherche de nouveauté et de déstabilisation ; leur intelligence. Mais le temps est finalement intervenu pour nous rendre étouffante cette liberté. Cette liberté qui, au fond, ne paraît être portée par aucun sens, par aucune déduction esthétique. Pour les comprendre, il faut s'informer sur leur raison d'être, et savoir pourquoi ces œuvres ont été réalisées. Que visaient-elles exactement ? Pourquoi un morceau de tissu dans le coin d'une pièce peut-il être une œuvre d'art ? Pourquoi une ampoule ? Pourquoi un simple cercle sur le sol ? Pourquoi les introduire dans des musées ? Ce sont des œuvres qui nécessitent d'être expliquées.

Peut-être devons-nous désormais, comme nous le proposent les artistes contemporains, réinterpréter la famille, la religion, la croyance, la politique. Ce dont nous nous sommes habilement débarrassés, désencombrés, afin de se retrouver au bout du compte devant le vertige du rien, du néant blanc. Puisque la postmodernité est une maladie ayant infecté, comme toute grande idéologie, à peu près toutes les sphères de notre vie courante, du moins ici, en Occident. De la famille jusqu'à la politique. Peut-être ne nous reste-t-il plus qu'à réinterpréter ce que nous connaissons déjà. Ces idées qui ont déjà fait leurs preuves et donné des fruits. C'est quelque chose qui mérite probablement d'être exploré.

S'en sortiront peut-être ceux qui feront le choix de refonder les éléments du passé, consciemment ou non. Et de revenir enthousiastes sur ce qui ne se fait plus : le travail du fer forgé, le vitrail, le bois sculpté, la famille nucléaire, les enfants qui jouent dans les ruelles, plutôt qu'attachés dans un centre de la petite enfance ; la présence des grands-parents et de la machine à coudre dans la salle à manger. Ceux qui oseront cesser de compter sur l'État, pour préparer eux-mêmes les confitures. Sans produits chimiques et sans agents de conservation. Vouloir cultiver ses propres légumes, réécrire des lettres et des cartes de souhaits à Noël, à nos proches, nos amis ; s'adonner à la pratique de la calligraphie à l'encre de Chine, avec une plume et de petites éponges, à une époque où tout le monde tape sur un clavier ; aller chez le barbier se faire raser ; tenir coûte que coûte au partage d'un repas, ensemble en famille avec ses enfants, avant qu'ils ne se sauvent et fassent des fugues ; apprendre à ses enfants à devenir de meilleurs êtres humains (ce que nous avons cessé de faire depuis la fin des années soixante) ; choisir d'être fidèle, d'être un professeur qui se fait respecter, de vouvoyer les inconnus. Peut-être que les bonnes choses ont déjà été trouvées, et que le bonheur que nous cherchons tant ne se trouvera pas dans le progrès. Le choix est vaste et infini. Mais celui-ci implique chaque fois que l'on se plie à quelque chose. Puisque la véritable liberté réside dans l'accomplissement d'une tâche. Comme à peu près ce que disait déjà Antoine de Saint-Exupéry, du haut de son avion survolant les Andes. En s'allumant une cigarette. À l'époque où il était permis de fumer dans les avions.

Reste qu'une des tendances de l'art actuel, pas encore tout à fait étudiée à l'université pour le moment, mais recensée dans les catalogues et par les critiques avertis, consiste à reprendre des œuvres déjà réalisées par des artistes confirmés. Plus ou moins fidèlement. Mais toujours avec déférence. Certains refont des œuvres, reprennent des performances, réhabilitent des expositions telles qu'elles furent mises sur pied en un autre temps. Une manière comme une autre de rendre hommage. De dire aussi qu'il ne sert à rien de toujours vouloir faire autrement et différemment. Une façon de saluer le passé, d'avouer nos influences, de montrer que l'on respecte le travail de nos prédécesseurs. Humblement. À genoux. Sans désir de faire des flashs et de rechercher les stunts. Une façon comme une autre de dire merci. De dire bravo. Comme certains musiciens, beaucoup plus jeunes, revisitent le travail de Serge Gainsbourg. Sans obligatoirement se sentir mutilés. Mais comme nous le rappelle le gardien de la Caisse de dépôt, peut-être ne faut-il pas non plus exagérer.

Alors que je peux recommencer à lire, j'avance dans *Brève histoire du monde*. Je me repose et la mononucléose se résorbe. Je dors toute la journée. Je bois des litres et des litres d'eau potable. Finalement, c'est un livre passionnant. Difficile d'absorber plusieurs chapitres sans faire de pause, tellement on y apprend des choses et que des liens entre ces choses s'imposent. Je pense offrir ce livre à tout le monde. J'ai envie d'en acheter une dizaine d'exemplaires. Pour ma mère, mon père, ma belle-mère, ma grand-mère déjà morte, mes enfants et mes meilleurs amis.

Entre mille et une autres choses, Gombrich raconte que la préoccupation majeure des Athéniens n'était pas, comme pour les Spartiates de 480 avant J.-C., de savoir mourir dans la dignité, mais de savoir vivre. Ce qui est bien plus difficile encore. Ces derniers ne cherchaient pas à ce que la vie soit agréable et plaisante, gorgée de bonheur, de positif et d'optimisme, mais à ce que celle-ci ait un sens. Ce sens, la poursuite de ce sens, devenait alors supérieur au confort personnel de chacun. Les Athéniens réfléchissaient et philosophaient sur beaucoup de problèmes. Ils se réunissaient à l'assemblée, et pratiquaient le raisonnement par arguments et contre-arguments. Ils débattaient sur ce qui était bon ou mauvais, sur ce qu'il était juste ou injuste de faire pour un homme, sur comment on pouvait distinguer l'essentiel du superflu, et tentaient d'évaluer en quoi ces valeurs avaient de l'importance dans une vie. Ils inventèrent une toute nouvelle façon de voir le monde. À force de discuter. Car ils n'avaient pas peur de discuter ni de se remettre en question. Ils nous ont ainsi légué un savoir indispensable, par le biais d'inestimables écrits. Leurs questionnements s'avèrent encore d'actualité, et beaucoup d'individus, aujourd'hui perdus dans nos grandes villes, cherchent encore des réponses à ces mêmes questions fondamentales et essentielles. Des questions devant lesquelles ils ne trouvent pas le moindre indice d'éclaircissement dans les séries télé. Des questions sans réponses qui les rendent désormais inaptes à vivre. Impuissants devant la pratique normale de l'existence.

Cela par contre, c'est moi qui le dis. Ce n'est pas Ernst Hans Josef Gombrich, né à Vienne, le 30 mars 1909, qui se permet de l'avancer. Les Grecs ne perdaient pas leur temps. C'est moi qui le sais, grâce à mon expérience comme intervenant dans un des centres de crise du Grand Montréal. Moi qui sais d'une certaine façon de quoi souffrent à peu près nos contemporains, trop concentrés sur leur bonheur et la réalisation de soi, et trop peu enclins à lire les textes que nous ont laissés ces Grecs. Trop peu intéressés à aller chercher dans la littérature des réponses aux questions qui non seulement les tarabustent, mais les empêchent de vivre heureux. Ces questions que d'autres, bien avant eux, se sont posées avec sérieux et gravité. À l'époque où l'on prenait ces interrogations à bras-le-corps, parce qu'on les considérait comme importantes et capitales, où l'on ne tassait pas ce qui était crucial du revers de la main, pour mieux miser sur le positif et la conception naïve d'un bonheur niais et sans ambages. C'est moi qui sais que nos contemporains, plutôt que d'aller puiser leur dose massive de divertissement sur Internet, devraient s'intéresser aux textes de la philosophie. Moi qui préfère aussi me concentrer lâchement sur mes études en histoire de l'art parce que bon, il n'y a pas grand-chose de mieux à opposer au bulldozer de l'industrie pharmaceutique, qui invite les gens à ne pas se poser de questions, à prendre sagement leurs pilules, pour être avant tout calmes et gentils, concentrés sur l'harmonie du monde et du cosmos, sans trop faire chier le peuple, ni le voisin, ni les infirmières du CLSC, ni le gouvernement, puisque de toute façon, entre vous et moi, il n'existe pas de solutions.

Comment vivre ? Comment exister ? Quoi faire quand il s'agit de prendre des décisions justes et altruistes ? Comment demander pardon quand cela s'avère nécessaire ? Comment faire la différence entre le mal et le bien ? Lorsque tout est équivalent et que toutes les valeurs se valent ? Comment faire des choix ? Comment revenir en arrière, comment aller de l'avant, comment faire tout ce que nous voulons sans sacrifier le bonheur de ceux que nous aimons ? Comment ne pas faire la pute tout en étant aimé ? Comment se respecter ? Comment se respecter soi-même tout en ayant de l'égard pour cet autrui que nous aimons et qui nous aime ? Comment aimer ? Comment aimer d'un amour vrai ? Comment ne pas être faible ? Comment être fort ? Comment ne pas se sentir coupable tout en se donnant la main ? Comment ne pas voir de quoi demain sera fait tout en restant lucide ? Comment faire des enfants autrement qu'en se contentant d'éjaculer dans un vagin ? Comment les faire grandir ? Comment les guider dans un monde absurde et sans valeurs ? Tout en leur expliquant qu'il est possible de vivre heureux, même si nous n'en sommes pas tout à fait convaincus ? Comment continuer de regarder leur sourire et apprécier cette étincelle dans leurs yeux, sans se dire que demain sera tragique aussi pour eux ? Tout cela, il y a quelque cinq mille ans, des gens s'affairaient, mille fois mieux qu'aujourd'hui, à le prendre en charge. Parce que des Grecs, avec leurs toges et leurs bouclettes ridicules, se demandaient comment bien vivre. Plutôt que d'aller jouer à la pétanque les soirs d'été.

30 juillet. Villégiature. Soleil de plomb. Activités familiales avec crème solaire, chasse-moustiques, chapeaux pour tout le monde et bouteilles d'eau. Voilier, pédalo, kayak. Un tout autre monde sur une tout autre planète. Obligation de se relaxer, même si on n'en ressent pas le besoin. Horaire chargé, pluie soudaine et torrentielle, balade en forêt, coincés au milieu des marécages parce que nous avons perdu notre chemin. Peur de mourir au milieu des fougères, piqués par des insectes inconnus. Et de se faire dévorer par un faon carnivore, même si les faons ne mangent pas les humains. Ni dans les livres, ni dans la vie.

Je suis satisfait de mon rendement. Je n'ai vomi que deux fois en six jours. Et n'ai saigné du nez qu'à une seule reprise, en me mouchant un peu trop fort. Je prends des vacances malgré la mononucléose qui bat toujours son plein. Je dors neuf heures chaque nuit. Je redeviens normal. Incroyablement normal.

La nature est belle et quasiment parfaite. Les odeurs nous rappellent la campagne, les sous-bois, la plage, le vent. Nous mangeons comme des porcs, matin, midi et soir. Nous buvons des jus de fruits à volonté. Mais l'université me manque. La solitude, dont j'ai l'habitude de souffrir, me manque également. Les enfants s'amusent comme des fous et en redemandent jusqu'à s'écraser de fatigue le soir venu. Ma femme est là, tout à coup, et j'ai perdu l'habitude de vivre avec elle au jour le jour. J'ai hâte qu'elle reparte en voyage, pour espérer qu'elle ne revienne pas trop tard, qu'elle ne s'absente pas trop longtemps, qu'elle nous rapporte de petits cadeaux qui ne servent à rien. Pour l'instant, c'est l'été. Il me faut en profiter. Et faire comme si j'étais content. Tous les miens sont heureux et cela me rassure.

Piscine. Voiliers. Canot-kayak. Lac à l'eau claire. Bouteilles de vin. Sourires. Cris de bonheur et disputes à propos de tout et de rien. Rideau de pluie. Appareil photo. Souvenirs fugaces et temps qui passe. Plein air. Feu de bois.

J'apprends que la fin de l'Antiquité correspond à la fin de l'Empire romain. En 476. Alors que Rome était déjà très affaiblie par de multiples guerres, invasions et conquêtes laborieuses, les Romains savaient que les Huns, avec Attila comme chef de bande, se dirigeaient tout droit vers eux. On les disait cruels et sans pitié, on racontait qu'ils remportaient chacune de leurs batailles, du haut de leurs chevaux, tout aussi fous que ceux qui les montaient. La ville ne pouvait plus compter sur une armée puissante pour la défendre. La capitale était vulnérable. Tout le monde était fatigué. Le sort en était jeté. Si Attila et toute sa troupe parvenaient à traverser les Alpes et à se rendre jusqu'à nos portes, nous étions cuits.

C'est dans ce contexte que le pape Léon le Grand, celui-là même qui accepta que l'on illustre les enseignements de la Bible sur les murs des églises, ouvrant ainsi l'histoire du monde à l'art religieux peint, décida d'aller au-devant des Huns. Inutile de les attendre bêtement les mains dans les poches, et de se laisser piétiner sans réagir. Avec quelques acolytes, il partit lui-même un matin à la rencontre d'Attila. Il le trouva au détour d'une clairière. En train de faire une sieste. On ne sait pas ce qu'il lui dit, ni de quoi ils discutèrent exactement, mais il réussit à convaincre les Huns de rebrousser chemin, et même de quitter l'Italie. Ce pape, décidément, n'était pas n'importe qui. Il venait dans son initiative de sauver Rome, au grand étonnement de tous. Il paraît que si le pape n'avait pas sauvé Rome à ce moment-là, l'Empire romain d'Occident aurait probablement cessé d'exister. Comme quoi le destin ne tient souvent qu'à un rien.

Tout le monde était soulagé, certes, mais ce ne fut que partie remise. Car peu de temps après, un chef militaire germanique destitua sans difficulté le dernier empereur romain, Romulus Augustule, dont le pouvoir sur la cité se trouvait très affaibli. Puisque personne ne le prenait au sérieux. L'Empire de l'époque était alors surtout dirigé par des chefs militaires, qui buvaient du vin toute la journée et mangeaient des cuisses de poulet entre deux roupillons, ce qui rendit facile à leurs ennemis la tâche de les destituer. Attila, en battant retraite, ne fit en quelque sorte que laisser le champ libre aux Germains, qui ne se firent pas prier deux ans plus tard pour prendre Rome. Le monde latin tel qu'il avait existé jusque-là s'éteignit donc, signant du même coup la fin d'une longue période de gloire et de moments forts appelée « Antiquité » par les historiens. Ensuite, sans que l'on s'en rende compte sur le moment, le Moyen Âge s'installa. Et une tout autre histoire débuta.

La fin de l'Antiquité correspond donc à la fin de l'Empire romain.

31 juillet. Toujours le plein été, franc et cru. Il me faut aimer ma femme. Maintenant que c'est les vacances et qu'elle est présente avec nous, matin, midi et soir. On ne se dispute pas. On se racole. On se rabiboche. On fait une trêve. Avec de la colle et des agrafes. Il me faut manger du sanglier, trois desserts, de la nourriture à buffet où l'on peut goûter tout ce qu'on nous offre et nous propose, sans aucune retenue. Il me faut m'intéresser à la course de régates du lendemain. Prendre du soleil et me faire bronzer un tantinet. Me faire piquer par les moustiques, aller jouer sous la chute, chercher les sandales de la petite, chercher la petite un peu partout, puis retourner manger du buffet, avec trois desserts encore et du café, et des jus, et du pain, et de la viande rôtie, et des salades agrémentées d'un choix de vinaigrettes variées. Il me faut jouer au volley-ball de plage, avec d'autres adultes tout aussi en vacances, et se féliciter en se tapant dans les mains chaque fois qu'un point est remporté, chaque fois que l'équipe adverse rate un smash ou s'enfarge dans les tas de sable.

Il me faut aimer ma femme, lui faire des sourires, lui donner un coup de main avec la crème solaire, les maillots de bain, les grains de sable qui collent à la peau. Le soir au chalet, je fais du feu. J'allume des bougies, que je place sur le rebord des fenêtres. Lorsqu'il pleut la nuit, l'ambiance est à couper le souffle. Nous laissons la porte ouverte. Les arbres décuplent le bruit de l'eau, tout comme le toit de notre petite habitation extrêmement rustique, louée pour l'occasion. Je continue d'aimer ma femme, même si j'ai le sentiment qu'elle se fiche de moi à longueur d'année. Peut-être que je me trompe. Mais je me dis que je l'aime encore et pour toujours. Je voudrais qu'elle soit là plus souvent, mais elle n'a pas tellement plus qu'il ne le faut envie d'être là, avec moi, parmi nous. Je le comprends. Elle est très occupée et a beaucoup mieux à faire. Elle consulte constamment ses courriels et ses messages. Nous prenons tout de même des vacances en famille. Il nous faut sans doute en profiter. Le temps que cela dure.

7 août. Quelques jours plus tard, j'apprends qui est le cardinal de Richelieu, qui est le général Wallenstein, mort assassiné en 1634 par un ancien ami. La guerre de Trente Ans nous explique que nos véritables ennemis ne se trouvent pas toujours nécessairement de l'autre côté d'une frontière ou d'une chaîne de montagnes, mais qu'ils sont souvent parmi nous, tout près, au sein de notre propre famille, de nos ministres ; ce sont nos hommes de confiance, notre femme, nos enfants, nos plus fidèles amis. Je suis stupéfait d'apprendre ce qui s'est passé avec Elisabeth Ire, Marie Stuart, Charles Quint et Philippe II. Louis XIV fut nommé roi de France à l'âge de cinq ans, assisté dans cette tâche par Mazarin jusqu'à ce qu'il soit assez grand pour réaliser toutes les idées de grandeur qu'on lui connaît.

J'apprends que si la France est devenue aussi forte et vigoureuse, c'est justement en raison des stratégies de son ministre, le cardinal Richelieu, qui eut l'idée de ne pas trop se mouiller dans la guerre de Trente Ans, ou du moins d'une manière qui servirait surtout à affaiblir l'Espagne et l'empire Allemand, deux grandes puissances à l'époque. Ces dernières, engagées dans une glissade déjà amorcée par la Hollande, l'Autriche, la Hongrie et la Suède, sortirent exsangues de cette guerre historique opposant catholiques et protestants. Il faut se remettre dans le contexte. Des catholiques et des protestants se trouvant disséminés un peu partout dans toute l'Europe, certains pays firent politiquement l'erreur de prendre parti pour un côté ou pour un autre. Restée à l'écart, observant de loin ses voisins s'entretuer, la France sortit donc gagnante d'une guerre qui ne l'avait pas concernée. Dans laquelle elle ne s'était pas mouillée. Ceci grâce à Richelieu. À ce moment-là, dans le premier quart du XVIIe siècle, les conséquences du schisme de l'Église étaient encore fraîches.

L'idée vint un jour aux empereurs de la famille des Habsbourg, régnant alors sur l'Autriche et une partie de la Hongrie, de rétablir la souveraineté de l'Église catholique dans leur empire. Ils gouvernaient aussi l'Allemagne, et d'autres régions sur lesquelles ils n'avaient plus qu'une influence réduite. Leur royaume, disons-le, depuis la Réforme et ses suites, s'étiolait. L'inspiration n'était pas si mauvaise, puisque ces gens étaient pieux, et qu'ils ne supportaient plus d'assister à la dissolution de leur religion, de même que de leur pouvoir sur leurs contrées. La création de la religion protestante, et la divergence de vues soudaine de certains fidèles quant à leur rapport à Dieu, divisèrent toute l'Europe.

Ce fut le début d'un conflit dont on perdit totalement le contrôle. On massacrait tout le monde, n'importe quand, n'importe où, pour aucune raison valable. Pour boire un coup ou pour s'amuser. Un peu comme il n'y a pas si longtemps en Tchétchénie, où tout le monde s'attaquait à tout le monde, surtout des innocents sans défense, au nom de n'importe quoi, sans véritables commandements, le plus souvent dans l'unique but de tuer et de piller. Les armées, désordonnées et à bout de souffle, se muèrent donc en bandes de voyous sanguinaires. Des pirates, assoiffés de chaos et de sang, incendiant les villages et saccageant les récoltes, prirent alors le contrôle des opérations.

Lorsque nous reprochons aujourd'hui à l'Église catholique d'avoir tant tué au nom de la religion, c'est à cette époque que nous faisons référence. Sur les quelque deux mille ans de règne de l'Église, cette période difficile ne dura toutefois pas plus d'un siècle. Cela bien sûr n'excuse rien, car ce ne fut pas complètement tout rose, pour les personnes qui ont eu le malheur de naître à ce moment-là de l'histoire du monde. Que le Dieu miséricordieux puisse encore à ce jour protéger leur âme.

Ce n'est qu'une fois cet épisode sanguinaire apaisé qu'apparut en France Louis XIV. Le Roi Soleil. Né du croisement d'un chou et d'une églantine. Avec ses mille perruques et son faste théâtral. Riche à n'en plus savoir quoi faire, s'ennuyant à mourir de sa toute-puissance morbide et mortifère, il se passionna pour la construction de châteaux. Et pour la vie de roi. Il devint un modèle à suivre pour les autres rois d'Europe, impressionnés par tant de décorum et de dorures et d'argenterie, et par tout ce protocole qui fit de lui bien plus qu'un roi, mais pratiquement un fils de Dieu.

Ce que je comprends également, et qui s'avère d'une infinie tristesse, c'est que depuis des lustres, conquérir un pays, assiéger une ville ou l'emporter sur un ennemi consistait non pas à soumettre une population ou à faire signer des redditions, mais à détruire *de facto* la ville principale. Moins à la Renaissance, mais encore beaucoup au Moyen Âge et surtout durant l'Antiquité. Troie fut assiégée, mais surtout complètement mise en ruines. Chaque fois, tout était pillé, puis détruit. Nous avons perdu un nombre considérable de monuments en raison de cette fâcheuse habitude qu'avaient les armées. On raconte que lorsque l'Égypte tomba entre les mains des Arabes, au moment de la chute de la ville d'Alexandrie, on aurait demandé au calife Omar ce qu'il fallait faire de la prestigieuse bibliothèque de cette ville, garnie de plus de 700 000 ouvrages de poètes, de philosophes et d'écrivains grecs. Comme il n'y avait plus que le Coran qui comptait véritablement pour lui, il aurait, dit-on, ordonné l'incendie de la bibliothèque. Cette destruction, on le devine, constitue une perte inestimable pour les gens qui s'intéressent à l'histoire du monde. Prendre un pays revenait à éliminer sa culture. Chose impossible, mais tout de même chaque fois souhaitée. On sait pourtant qu'aucune culture ne s'est totalement imposée dans un pays conquis, les influences se sont plutôt mélangées, parfois de façon extraordinaire et, d'une certaine manière, pour notre plus grand bien. Une exception peut-être : les conquistadores en Amérique, qui anéantirent salement tout un peuple, le réduisant à néant, l'effaçant avec ses villes et ses caractéristiques déjà bien ancrées, bien avant ce que l'on nomme la « découverte de l'Amérique et de son nouveau monde ». Comment se remettre de pareils chapitres, quand on est sensible à l'art et à l'architecture ?

À la météo pour aujourd'hui, on annonce une alternance de soleil et de nuages, avec 40 pour cent de probabilités d'averse. Un maximum de 21 degrés. Pour ce soir et cette nuit, quelques nuages et un minimum de 13 degrés. Samedi sera ensoleillé, avec un maximum de 24 et pour dimanche, des averses, avec un minimum de 18 et un maximum de 28 degrés.

Nouvelles données statistiques sur l'emploi. Au Québec, le taux de chômage a légèrement progressé. Le prix du litre d'essence est à la hausse dans plusieurs régions. Le prix du pétrole brut tourne autour de 71 dollars américains, alors que la semaine dernière, le baril oscillait autour de 62 dollars.

Je vomis. Très fort. J'éjecte de gros morceaux. Directement dans la poubelle. J'arrête la voiture pour vomir sur le trottoir un liquide saumâtre, je cours me cacher derrière un buisson, à l'abri des témoins. Je crois parfois vomir le siècle tout entier, d'hier et d'aujourd'hui. Mais moins celui d'hier que celui d'aujourd'hui. Je m'essuie le coin de la bouche avec le bas de mon polo, sourit faiblement à ma femme qui me regarde, de même qu'aux enfants, interdits, puis je reprends la route. J'attache ma ceinture de sécurité. Monte le son de la radio. Ouvre un peu la fenêtre.

Je ne sais pas trop ce qui se passe avec mon estomac. Un ver solitaire ou une indésirable bestiole du genre. Peut-être la maladie de Crohn. Je connais de plus en plus de gens qui souffrent de cette inflammation chronique et qui doivent rester attentifs à tout ce qu'ils mangent.

10 août. Avec tout cela, je n'ai pas encore parlé de Betty. Il est clair que je devrais lui accorder une place dans mon *Journal*. Dans ce *Journal d'un étudiant en histoire de l'art*. Betty, c'est notre femme de ménage. Elle vient une fois toutes les deux semaines, une matinée complète, celle du vendredi, nous offrir un coup de main pour les travaux ménagers. On la paye pour ce faire. Elle lave le réfrigérateur, le four, la salle de bain ; range les jouets dans les chambres des enfants, brosse à grande eau le plancher en ardoise de la cuisine. Elle est précieuse et ses services ne coûtent pas cher.

Comme je suis là souvent, et que ma femme est au travail, et que les enfants sont à l'école ou au centre de la petite enfance, affairés à faire des bricolages, je me retrouve seul à la maison avec Betty. Je monte à mon bureau, me lève faire du café, fais semblant de donner des coups de fil. Betty est notre quatrième femme de ménage. Il y en a d'abord eu une, d'origine polonaise, qui n'est restée que deux mois. Ensuite, nous avons eu une grosse Haïtienne, que nous aimions beaucoup parce qu'elle adorait nos enfants, mais qui n'a pas pu rester pour des raisons inexplicables. Un mec est venu ensuite, une seule fois, puis nous avons eu Betty, restée fidèle depuis maintenant plus d'un an. Elle nous connaît, connaît les airs de la maison, et se met au travail sitôt la porte franchie. Dès huit heures le matin. Je l'aime beaucoup. Elle est efficace et gentille. Je sais qu'elle a trois enfants, elle aussi. De grands adolescents, alors qu'elle n'est pourtant pas si vieille. Je sais qu'ils n'ont pas Internet chez eux, parce que maman juge que c'est trop cher. Elle ne parle pas beaucoup. Elle se fait plutôt discrète. Comme il se doit pour une femme de ménage.

Je ne peux plus éviter d'en parler, puisque je pense à elle tout le temps. Elle a les cheveux roux, et porte des souliers de course, pour leur adhérence au plancher mouillé. Au début, je m'en fichais un peu. Je trouvais qu'elle faisait bien son travail, et c'est tout ce qui importait. Mais à force de la voir, à force de me retrouver seule avec elle dans la maison, je me suis mis à la regarder d'un œil différent. Comme il m'arrive des fois d'avoir envie de baiser toutes les femmes, toutes celles que je vois, que je croise, je ne sais plus comment, mais il s'est un jour produit ce qui devait se produire. Je me suis approché de Betty, tandis qu'elle trempait ses éponges dans un seau d'eau chaude et savonneuse et parfumée. Depuis, nous faisons l'amour chaque fois qu'elle vient. Debout dans la salle de bain, contre la cuisinière, dans les escaliers du sous-sol, au sous-sol, contre les armoires ou la porte d'entrée. Je la trouve abusivement sexy. Il est devenu clair, à un moment, que nous allions baiser, et c'est ce que nous avons fait. Je ne sais même pas si elle a quelqu'un dans sa vie, nous n'en avons jamais parlé. Nous ne nous parlons d'ailleurs que très peu. Nous faisons chaque fois comme si nous n'avions pas de temps à perdre. Comme si c'était l'été, et que les vacances allaient forcément se terminer et que nous allions cesser de nous voir.

Je la trouve haletante, quand elle s'affaire à frotter nos électroménagers. Elle est toujours un peu en sueur, un peu moite, les mains humides et les joues rosies. Je n'ai pas pu faire autrement. Je préférerais que ce soit ma femme qui fasse ainsi le ménage, mais j'ai renoncé à ce fantasme. Ma femme fait autre chose et s'adonne à d'autres tâches. Davantage payantes et gratifiantes. Je n'en parle pas à Prunella Vulgaris, parce qu'elle s'offusquerait et voudrait probablement ne plus jamais me voir. Elle me l'a déjà fait savoir, à demi-mot. Elle sait que j'ai une femme, que je suis marié avec la corde au cou, et ne me demande pas de tout quitter pour partir officiellement avec elle. De toute façon, je suis trop vieux. Et je suis déjà flanqué de trois garnements, qui lui feraient subir les pires misères si nous vivions ensemble. Je sais de quoi ils sont capables. Pas de quoi faire le fier et espérer séduire une jeune nymphette. Sur ce plan-là, je suis grillé. Je le sais. Tout le monde le sait. Alors Prunella veut bien que je sois marié, mais elle refuse que j'aie une autre maîtresse. Au royaume des maîtresses, elle veut être la seule au portillon. N'importe qui la comprendrait. Moi-même je la comprends.

Il me revient des souvenirs. Des souvenirs que j'ai toujours connus, mais qui semblent prendre une importance renouvelée à ce moment-ci de mon existence. Des souvenirs qui deviennent autre chose que de simples images laissées derrière. Il y est question de peinture à l'huile, et de mon père. Car mon père avait beau avoir été peintre durant une quinzaine d'années, il s'est un jour trouvé dans l'obligation de songer à faire autre chose de ses journées, pour gagner un peu plus d'argent. On a beau tous rêver d'être un artiste, il vient un temps où le principe de réalité frappe à la porte, et nous rappelle qu'il faut payer le compte d'électricité, le gaz, l'hypothèque, voire la nourriture, aussi frugale soit-elle, ou encore les tubes de peinture à l'huile, les toiles, les encadrements, le gesso, déjà hors de prix. Pas les moyens de gaspiller ni de ne pas refermer les tubes après usage.

La deuxième femme de mon père, qui se plaignait tout le temps de tout et qui ne m'aimait pas, eut un jour l'idée de l'encourager à donner des « cours de peinture ». Il pourrait ainsi rester dans son domaine, transmettre son savoir à des gens venus précisément dans ce but, sans avoir à négocier avec un patron et des horaires. Le sous-sol de la maison était alors aménagé aux deux tiers. Un escalier extérieur permettait un accès direct à la cave, où chacun pourrait, l'hiver, déposer ses bottes et accrocher son manteau. Mon père perça donc un trou dans la cloison, et installa de grandes tables contre les murs, où chacun des élèves déposerait son chevalet.

Il plaça des affiches un peu partout dans le quartier, à la caisse populaire, dans l'entrée du bureau de poste, et publia des annonces dans les journaux locaux. Son initiative se mit tout de suite à porter fruit. En très peu de temps, il eut quelque cent cinquante élèves par semaine, à raison de quinze élèves chaque fois, souvent le soir, de dix-neuf à vingt-deux heures, parfois le samedi matin, de neuf heures à midi. Des hommes et des femmes, quelques fois des jeunes. En général des gens ordinaires et normaux, des comptables, des médecins, des professeurs, des camionneurs, qui désiraient se poster devant une toile, trois heures par semaine, et jouer aux peintres du dimanche. Pour se détendre et penser à autre chose, réaliser un rêve. Oublier leurs soucis.

Après le souper des jours de semaine, mon père descendait les rejoindre. Il était devenu professeur de peinture, et il était très aimé de ses « élèves ». Il passait d'un chevalet à l'autre, assistant chacun dans son travail. Aux non-initiés, parce que la peinture à l'huile n'est pas ce qu'il y a de plus simple à manier, il proposait un programme : un an durant, il leur fallait étudier le dessin au fusain, et réaliser des formes imposées comme des cubes et des sphères, le plus souvent avec leurs doigts, pour apprendre à créer les ombres et comprendre la perspective. Ensuite, ils pouvaient se lancer dans une réalisation de leur choix, à l'huile, presque toujours à partir de dessins ou de photos repêchés au préalable dans des revues ou dans un gros cartable que mon père avait préparé. Les élèves faisaient des paysages, spécialité du professeur, mais aussi des portraits parfois difficiles, des clowns. Ils les faisaient pour le plaisir, ou pour offrir en cadeau. Certains n'avaient pas toujours beaucoup de talent. Alors mon père venait les corriger, leur suggérer des modifications, et rire un bon coup avec eux.

Durant les cours, j'avais le droit de descendre discrètement au sous-sol, pour ne pas rester seul en haut toute la soirée. À cette époque, la télévision ne remplaçait pas encore les êtres humains, et il était possible de se sentir abandonné chez soi dans une grande maison comme la nôtre. Je m'occupais de la radio, et à la pause, je préparais du café pour ceux qui en voulaient. Ou du thé. Équipé d'une bouilloire électrique qui se branchait au mur, je mélangeais une cuillerée de café instantané à de l'eau bouillante, avec soit du lait, soit du sucre, ou les deux. C'était ma tâche. Je me sentais moins seul, et j'avais fini par prendre goût à ces rendez-vous hebdomadaires. Le reste du temps, je restais à côté, dans la section de la cave restée non rénovée, où trônaient la laveuse et la sécheuse, et je bricolais toutes sortes de choses. Avec des outils, de la colle, des sécateurs et des bouts de bois. Je construisais des villages, faisais fondre de la cire à l'aide de la chaleur d'une ampoule, placée au-dessus d'une grosse boîte de conserve en métal, une boîte de café, puis versais le tout dans des tubes de papier de toilette, après avoir fixé une mèche bien droite au centre. Je fabriquais des bougies. Je coulais différentes couleurs de cire. Une fois mes œuvres durcies, il était facile de défaire le carton du tube pour admirer le résultat. Je me brûlais souvent. Mais j'apprenais et perfectionnais d'une fois à l'autre ma technique.

Les premières années de son nouveau métier, mon père cessa complètement de peindre. Il conservait toujours un atelier dans la maison, où dormaient son matériel, ses produits, ses canevas restés vierges, mais il ne faisait plus de toiles. Il donnait des cours. Il était populaire et apprécié. Il commença même à aller jusqu'à Repentigny, où l'occasion d'enseigner lui avait été offerte. Deux soirs par semaine, à deux groupes différents de quinze élèves. Mais dans un centre commercial cette fois, en dehors des heures d'ouverture. Car à cette époque, tous les commerces fermaient à 18 heures du lundi au mercredi. Les gens s'installaient sur les tables du restaurant Pik-Nik qui occupait la place centrale. Mon père naviguait sans mal entre les tables orange et jaune. Un gardien de nuit, vêtu d'un pantalon propre et d'un veston, faisait régulièrement des rondes. Il se tenait généralement à l'écart, mais des fois il passait dire bonjour, et regardait les œuvres évoluer. Il était gros et sympathique. Et faisait du bruit quand il se déplaçait avec son énorme trousseau de clés.

Sans doute encore trop petit pour rester seul à la maison toute une soirée, j'accompagnais tous les lundis mon père à Repentigny. J'apportais mes devoirs. Je me suis donc souvent trouvé entouré de peinture, de chevalets, de pinceaux grands et petits, de chiffons, d'odeurs de térébenthine et d'huile de ricin, de spatules et de toiles de coton. Un loisir qui, mine de rien, coûte cher en matériel. Les élèves de mon père peignaient silencieusement. Parfois, un éclat de rire, une parcelle de discussion, une blague, venaient relever l'ambiance. La peinture est une activité qui se pratique sans faire de bruit.

Il peut paraître difficile d'évaluer l'influence que cette époque a pu avoir sur moi et mon amour pour l'histoire de l'art. Mais il est évident que la situation de mon père m'aura permis de comprendre qu'il est financièrement pénible d'être un artiste peintre. Le talent et la passion, si souvent louangés, ne sont pas toujours suffisants lorsque vient le moment de nourrir sa famille. Exactement comme pour les écrivains. Mon père évoquait parfois le fait qu'il est bien beau de se prendre pour un artiste, cela ne devait jamais être une excuse valable pour se la couler douce et ne rien faire de ses dix doigts. Même lorsqu'il peignait, il le faisait tous les jours.

Assidûment. Il aura vendu plus de 3 000 toiles durant sa vie d'artiste. Je me rappelle l'avoir suivi dans les boutiques pour acheter du matériel, l'avoir aidé à fabriquer ses toiles en agrafant le canevas sur des supports en bois. Je me souviens l'avoir entendu faire des crises au téléphone à des galeristes de centre d'achat, qui cherchaient à l'arnaquer, et être allé avec lui reprendre ses œuvres mises en consigne, parce qu'il était insatisfait des accords qu'on essayait de lui imposer. Je me rappelle avoir constaté qu'il ne cédait jamais, même s'il était sans le sou dans sa grande maison canadienne, et qu'il lui fallait mettre du beurre d'arachide sur mes tranches de pain du matin. Il ne faisait pas de compromis. Mais il n'attendait pas non plus que la fortune lui tombe du ciel. Il ne croyait pas en ce genre de chose. C'était mon père et il était comme ça.

13 août. Il ne se passe plus rien. Les vacances sont enfin terminées. Nous sommes épuisés, mais ragaillardis. J'ai terminé Gombrich. Et j'entreprends sans tarder *L'Art grec* de Nigel Spivey. Encore une fois publié chez Phaidon. Dans la collection « Art et idées ». Je ne suis toujours pas retourné à mon travail de gardien de nuit. J'ai rempli ma demande d'assurance chômage avec beaucoup de retard. Je suis techniquement toujours malade. Il y a des risques que je sois pénalisé. Mais je n'ai pas l'habitude avec les histoires de chômage et de maladie. La vie normale reprend son cours. Il fait chaud. Ma femme est de retour au travail. On ne se parle pas beaucoup, elle et moi. Prunella est en vacances. J'ignore où elle est allée, mais elle n'est pas à Montréal en tous cas. Betty doit venir demain, 8 h. Je ne sais pas si elle sera en forme et de bonne humeur. En deux mois, en raison de nos vacances respectives, elle n'est venue qu'une fois. Je n'ai pas l'intention de lui demander quoi que ce soit, mais j'ai tout de même un peu hâte de la revoir. Je me suis attaché, je crois. À son odeur, à sa sueur, à sa fougue et son entrain. Il faut de l'énergie pour être femme de ménage.

Je me suis attaché au fait qu'elle accepte de faire gratuitement l'amour avec moi. J'aime comment elle crie, comment elle veut et à quel point elle se donne à moi, sans rechigner. Je ne suis pas en manque lorsqu'elle n'est pas là, mais je pense tout de même à elle, à son corps moite et blanc. Et je suis chaque fois ravi de la retrouver. Durant les vacances, j'ai fait un rêve dans lequel elle se trouvait. C'était un rêve clair et simple, où elle acceptait de faire l'amour avec moi, où elle le voulait et où elle savait que cela allait se produire. Elle souriait. Elle n'avait pas besoin de parler. Elle savait que je savais, et ne comptait pas prendre mille et un détours. Elle voulait. Elle en avait envie. Elle savait qu'elle était là et savait aussi pourquoi moi j'étais là. Elle savait qu'elle ne serait pas déçue. Elle m'attendait et moi j'arrivais. On ne se ratait pas. Elle ne s'endormait pas, elle n'était pas venue pour rien. Elle se souvenait de moi et connaissait mes habitudes et mes envies. En conclusion, il s'agissait d'un rêve. Avec Betty. Telle que je l'aime. Les cheveux attachés, les manches relevées. Elle avait ses souliers de course et me regardait comme une personne contente de me retrouver. Heureuse que je sois là.

Elle sait que j'aime la prendre sur le comptoir. Elle sait que j'aime l'odeur de l'eau savonneuse et des éponges de laine d'acier. Elle sait que pendant ce temps, elle ne pense pas à ses enfants. Elle oublie son ex et ses menaces, elle oublie la pension alimentaire que ce dernier refuse de lui verser. Elle vient bien évidemment pour le ménage, mais accepte de se faire chaque fois baiser comme une sauvage. Elle ne se fait pas prier. Elle ne se sent pas obligée. Elle sait aussi qu'elle pourrait dire non sans difficulté, mais justement, elle ne dit pas non. Elle ne me connaît pas et moi non plus, je ne la connais pas. Elle ne me demande pas si je suis heureux. Elle ne dit rien à son patron. Elle sait que demain, tout peut être terminé. Elle ne sait pas que ma femme est souvent partie, que c'est elle qui paie pour ses services, et elle ignore complètement que je fais des études en histoire de l'art. Elle se fiche complètement des études et de l'université. Elle sait peut-être qu'elle aurait mieux fait d'y aller, pour récolter un autre métier que celui de femme de ménage, mais il y a long-temps qu'elle ne pense plus à ces choses-là. Cela ne sert à rien de regretter. Il lui arrive de se faire croire qu'elle aurait pu devenir chirurgienne, mais elle sait très bien que toutes ces histoires se sont envolées en fumée. En même temps que son enfance et son adolescence. Elle est tout de même heureuse, et quand elle vient et qu'elle me voit, elle se jette éperdument dans mes bras. Elle se rappelle son ex qui l'a abandonnée avec ses trois enfants et se demande pourquoi elle se retiendrait de s'abandonner dans mes bras, alors qu'elle lui a donné, à lui, bien plus qu'il ne le méritait, quand on y pense. Elle est heureuse et cela se voit, et cela se ressent, quand on est bien inséré entre ses reins. Même à neuf heures du matin.

La collection « Art et idées » de chez Phaidon annonce toute une série de projets à paraître, et dont les titres sont imprimés sur le rabat de la page couverture. Au début, je salivais. Dès après la lecture de *L'Art conceptuel*, je n'ai pas hésité à commander *Minimalisme*, *Pop Art*, et plusieurs autres. C'est là que j'ai appris que ces livres n'existaient pas encore, que certains seulement étaient parus, parfois depuis quelques années. Bon. J'ai donc décidé de m'en tenir à ceux déjà publiés. N'importe lesquels. Il y a deux jours, j'avais le choix entre *L'Art grec*, et *L'Art nouveau* (ceux qui se trou-vaient au magasin). Deux livres aux thèmes fort différents. J'ai choisi *L'Art grec*, à cause de mes deux cours sur l'archi-tecture qui commencent dans trois semaines. C'est déjà une lecture passionnante. J'ai lu 100 pages hier, et presque autant aujourd'hui. Je ne fais que cela. Après, j'attaquerai *L'Art nou-veau*. Je compte également lire *L'Homme en jeu – Les génies de la Renaissance*, de Daniel Arasse.

Toujours août de l'an de grâce 2009. Mauvaise nouvelle. Betty arrive en trombe dans la cuisine alors que ma femme vient tout juste de quitter les lieux. Je suis là. Elle est là également. Elle me regarde et reste un temps plantée devant moi sans dire un mot. D'habitude à cette heure-ci, elle est déjà en train de se débattre avec la moppe. Je sens qu'elle n'a pas nécessairement envie de travailler, mais je sens également qu'elle n'a pas non plus envie de faire l'amour. Pas envie que je la prenne sur le comptoir sans lui poser de questions comme le ferait une brute. Il s'est passé quelque chose. Elle a quelque chose à me dire. La situation est simple, Betty est enceinte. C'est confirmé et cela ne peut être que de moi. Elle le sait. Cela ne fait aucun doute. Pas la peine de discuter. Elle sait aussi qu'elle ne veut pas le garder, que cela serait ridicule. Elle a déjà trois enfants et me fait remarquer que j'ai moi aussi, de mon côté, trois bambins qui n'en demandent pas davantage. Elle va droit au but. Il nous faut faire quelque chose. Il n'y a pas trente-six solutions. Nous l'aurions tous deviné. Elle se propose de faire quand même sa part de ménage pour aujourd'hui, peut-être un peu plus sommairement qu'à l'habitude, parce qu'elle est tout de même sonnée par la nouvelle, mais s'attend à ce que je l'accompagne éventuellement à l'hôpital Charles-LeMoyne de la Rive-Sud, pour arranger le tout. Elle a déjà fait ses recherches, et a déjà choisi sa clinique. On ne passera pas par quatre chemins. On pourra s'arrêter prendre un café et partager une torsade française chez Tim Hortons sur le chemin du retour, mais il est clair qu'il ne sera pas nécessaire de réfléchir plusieurs semaines, ni de se demander à quoi il ou elle aurait pu ressembler, ni dans quelle école il aurait pu faire son cheminement, ni s'il aurait été pourvu de cheveux blonds ou roux. Je la comprends. Et je comprends qu'il est préférable que je me mette rapidement d'accord avec sa décision. Elle n'a pas envie d'être toute seule dans ce tourbillon, même si elle sait déjà qu'elle sera toute seule à se faire aspirer tout ce qu'il y a à aspirer dans ces cas-là. L'avortement est une expérience difficile à partager.

La semaine suivante, nous avons tous les deux rendez-vous au quatrième étage de l'hôpital Charles-LeMoyne. Au même étage que celui des naissances. D'ailleurs, personne ne sait qui est ce Charles-LeMoyne. Cela ne doit sans doute pas avoir trop d'importance. Un rideau de plastique suspendu sépare la salle des naissances de celle des avortements. Les nouveau-nés, leurs mamans et leurs papas, on ne peut plus heureux de mettre au monde un nouvel être humain, côtoyant sans gêne cette autre clientèle, un peu plus grise et moins ravie, venue se faire libérer de cet éventuel enchantement. Probablement par manque de place. Chacun son bonheur.

Betty et moi ne sommes pas là pour rigoler, et encore moins pour réfléchir. On ne se remet toujours pas en question. Je remarque qu'elle ne me parle pas beaucoup et qu'elle n'a pas non plus pris le temps de s'habiller sexy pour l'occasion. Nous attendons le médecin Kini Van Tran Banchong-Phanit. On ne sait pas s'il s'agit d'un homme ou d'une femme. On n'est pas là pour s'arrêter sur ces détails. On ne doit pas perdre notre papier rose. Je peux par contre attendre sur une chaise droite, bien gentiment, et ne pas protester. Personne ne me demande ce que je suis venu faire là. Tout le monde se doute que je ne me suis pas trompé d'étage, et que je n'attends pas pour me faire opérer de l'appendicite. Le docteur se présente finalement. Il s'agit d'un grand maigre avec un gros nez rouge. Il n'a pas l'air dans son assiette. Deux infirmières l'accompagnent. L'une d'elles demande à Betty si elle croit qu'elle est sûre qu'il s'agit de la bonne décision. Affirmatif. Elle ne me regarde pas. Elle griffonne nerveusement quelques informations sur un papier. Le tour est joué. Nous retournons attendre dans la salle d'attente. Une foule de deux ou trois mille personnes se masse sous les néons. Toutes sont venues pour des avortements. Des femmes de tous âges. De quatorze à soixante-huit ans. Certaines parlent de la petite robe qu'elles iront s'acheter ensuite, pour se consoler. D'autres lisent le magazine *7 Jours*, avec Nathalie Simard sur la couverture. Un vieux numéro. On appelle Betty quelques heures plus tard. C'est à son tour.

Je n'ai pas le droit de la suivre, et ma participation s'arrête ici. Les infirmières la lancent sur la table. Elles ne sont pas contentes. On ne sait pas trop pourquoi. L'une d'elles lui explique sommairement cette affaire de tuyau, et la prévient du bruit impressionnant de l'aspirateur. On lui insère des broches pour écarter son col. C'est froid. Elle ne doit pas trop pousser de cris, même si c'est un peu surprenant et douloureux, et doit retenir ses larmes afin de ne pas effrayer les autres candidates patientant derrière le rideau. Des larmes salées se forment tout de même et coulent sur ses tempes. Le docteur actionne la machine et l'on entend la petite fraise passer avec tous ses morceaux. On se croirait dans un film d'horreur. L'opération dure quarante-cinq secondes. C'est terminé. On lui donne une épaisse serviette hygiénique, car il est probable qu'elle saigne un peu, au moins toute la journée.

Aucune raison de s'inquiéter. Si les saignements ne s'estompent pas au bout du troisième jour, elle peut téléphoner à ce numéro. Il n'y a aucuns frais. Elle doit juste signer ici, ici et là.

Nous repartons sans demander notre reste, dans un taxi. Betty n'est pas fâchée, mais elle n'a pas le cœur à la joie non plus. Elle regarde par la fenêtre et réfléchit. Je la trouve belle, mais je n'ose pas le lui dire. Nous savons bien que tout ce qui compte dans notre société est de garder le moral. Qu'il est permis de faire n'importe quoi, mais qu'il nous faut nous concentrer sur le bonheur et la pensée positive. À la radio, une femme médecin prodiguant des conseils sur la vie nous rappelle que notre société est une société où tout va vite, vite, vite. Et qu'il est primordial d'apprendre à reconnaître où placer ses énergies. Un jour à la fois. Elle nous incite à ne pas lâcher, à regarder toujours vers l'avant. Je laisse Betty devant la porte de l'école primaire de l'un de ses enfants. On se revoit vendredi prochain. Je lui demande pardon, mais elle ne me répond pas. Elle me laisse payer la course. Je ne proteste pas. Mais je n'ai pas non plus envie de faire la fête.

Une fois rentré à la maison, je débouche la bouteille de Glenfiddich que m'a offerte mon ami François pour mon anniversaire. Je m'installe dans le salon entre mes oreillers. Je suis claqué même si je n'ai rien fait de concret de toute la journée. Je pense aux trois brassées de blanc que je n'ai pas encore affrontées. Je pense aux bienfaits de l'eau de Javel sur les chemises, puis je m'endors devant un épisode de *Six Feet Under*.

22 août. Canicule sur Montréal. Je ne sors pas. Il fait trop chaud. Je lis devant le ventilateur. Celui-ci tourne jour et nuit à la puissance maximale. Je mange des céréales. J'écoute la radio. Je ne sors pas. Je vis comme un vieillard malade, quasiment dans le noir. Personne ne voudrait passer une journée en ma compagnie. Pas même un chat. J'apprends tout de même qu'après la « préhistoire » commence « l'histoire ». À quand remonte exactement le début de ce qu'on appelle l'histoire ? Jusqu'à quel événement, ou quel texte, devons-nous remonter lorsque l'on s'intéresse à ce genre de problème ? Les Grecs nous ont proposé de répondre par une date précise : 776 av. J.-C. Année des premiers Jeux olympiques. Car les Grecs étaient justement du genre, nous le savons maintenant, à statuer sur ces questions.

L'arrêté de cette date devint vite un repère dans la chronologie antique, et les historiens de tous les temps s'y sont ensuite référés. Car il faut savoir que les Jeux olympiques étaient très importants pour ces gens-là. Aux quatre coins du triangle que formait le pays, quatre à cinq peuplades se partageaient la terre. Celles-ci ne s'entendaient pas très bien. Elles se disputaient tout le temps, en fait. Pour un oui comme pour un non. Pas comme les Romains qui, eux, avaient eu le temps de construire des villes et de fonder des institutions solides. Chose qui se fait difficilement dans une ambiance de guerre perpétuelle. La principale différence entre les Grecs et les Romains de cette époque était justement que les

Romains coulaient des jours heureux alors que les Grecs, divisés entre tribus, se disputaient sans s'épuiser.

Les Jeux étaient une occasion de s'accorder une trêve. À ce moment-là, et à ce moment-là seulement, on oubliait nos différends pour se concentrer sur la pratique du sport. On venait des quatre coins de la Grèce pour y participer. Une paix momentanée régnait alors entre les clans, le temps de quelques semaines. On se disputait toujours, mais au lancer du disque, au lancer du javelot, à la course à pied et à la lutte. Les Jeux prirent donc une importance primordiale. Des artisans spécialisés dans la fonte du bronze fabriquaient jour et nuit des trophées pour honorer les gagnants, élevés parfois au rang de héros, c'est-à-dire pas très loin des dieux. C'est par le travail de ces artisans que nous évaluons l'importance que revêtaient les Jeux. Car c'est aussi grâce à ces traces que l'idée de considérer une renaissance de la Grèce, à partir de cette date précise, n'est pas loufoque. 776 avant Jésus-Christ. Voilà encore une chose apprise.

À la maison, nous n'avons pas d'air climatisé. Je vais prendre une douche. Seul remède efficace contre la violence extérieure de ce soleil hurlant.

24 août 2009. Interview de Chris Burden dans le magazine *Artpress* de juillet-août. Je mange une poutine au poulet viande brune de chez Au Coq. Il fait toujours aussi chaud. Même les oiseaux restent cachés dans les feuillages. À l'extérieur, même en plein jour, il règne un silence inquiétant.

Dans le cadre d'une exposition qui lui est consacrée à Anvers, Burden réalisera devant public *Beam Drop Antwerp*. Sans être une performance au sens traditionnel, la réalisation de la sculpture est un événement spectaculaire en soi. Peut-être plus encore que son résultat. Au-dessus d'une grande dalle de béton fraîchement coulée, des poutres d'acier, comme celles utilisées pour la construction des buildings, flottent dans les airs, retenues par une sangle au mât d'une grue. Une à une, elles sont lâchées, au son des applaudissements des spectateurs. Certaines viennent se planter dans le béton, tandis que d'autres tombent aléatoirement, selon un angle inattendu, à l'horizontale. Toutes resteront fixées ainsi pour l'éternité. La force de la gravité, combinée aux lois de l'accélération, est en cause dans la réalisation de cette œuvre. Le hasard compte également pour beaucoup. Un an plus tard, dix ans plus tard, on pourra encore aller admirer le résultat. Même si nous n'étions pas tous là le jour de sa réalisation, l'objet final exprimera cet unique instant.

Dans cette longue entrevue qu'il accorde à David Zerbib, Burden revient évidemment sur les moments forts de sa carrière. En 1971, pour réaliser *Five Day Locker Piece*, il s'est enfermé dans un casier métallique durant cinq jours. Début radical, débouchant sur une certaine idée du corps, de la sculpture et de la performance. Il suffisait de le faire. Et il l'a fait. Ce qui est tout à son honneur. Il nous est possible aujourd'hui de critiquer ce genre de démarche, mais il faut aussi nous rappeler qu'au même moment, il y avait des gens qui ne faisaient rien. Qui grimpaient tous les matins dans leur voiture, pour se rendre à leur travail dans le but de gagner de l'argent et de payer des impôts. Burden explique avoir découvert très tôt que la sculpture traditionnelle oblige le spectateur à se déplacer. Un Rodin exige que l'on tourne autour pour l'apprécier, contrairement à une peinture, accrochée contre un mur, qui peut être regardée sans bouger. Il y a pour lui quelque chose de physique dans la sculpture. On apprend également que, toujours en 1971, il a réalisé une performance appelée *Disappearing*, pour laquelle il a disparu pendant cinq jours. Durant ce laps de temps, il n'a révélé à personne où il était. Il a simplement disparu. Certains se sont inquiétés, alors que d'autres ne s'en sont pas formalisés. Il s'agissait d'une performance. Et c'est précisément en cela que consistait la performance. L'indifférence alors créée comptait tout autant que l'émotion entourant son absence.

Burden fait de l'art conceptuel. Il dit que « performance » et « concept » ont quelque chose à voir avec la dématérialisation de l'objet. Ce qui lui permet d'ajouter que l'on peut réaliser une œuvre sans qu'un objet quelconque lui soit nécessairement associé. Évidemment, il y a des traces. Des témoignages et des photographies. Chez lui, ces restes sont appelés « reliques ». Ils témoignent que quelque chose a eu lieu. Il a ainsi exposé les clous ayant servi à sa crucifixion, en 1974, sur le coffre arrière d'une Volkswagen. Dans cette performance, il n'y a rien à acheter ni rien à posséder. Au mieux, les clous prendront peut-être un jour une certaine valeur, mais c'est tout. Burden est un artiste connu, mais ce n'est pas un artiste riche. Christo, de son côté, vend ses croquis. Il met sur le marché ses demandes de dérogation, ses dessins, ses esquisses. C'est ainsi qu'il finance ses projets. On ne peut pas le critiquer ni lui en vouloir, cela fait partie de sa démarche. Chris Burden se pose en réaction contre cet état de fait, mais cela ne regarde que lui. L'objet de l'art conceptuel est le concept. Un artiste conceptuel n'est pas nécessairement quelqu'un qui devient riche et dont on accroche les œuvres dans les musées. On parle de ce qu'il a fait, mais cette rumeur ne lui rapporte rien. Son travail consiste entre autres à réagir contre le fait que l'art doit être vendu et rapporter des sommes faramineuses avec le temps.

Bien que j'aime beaucoup la démarche de Chris Burden, de ce côté-ci de la rue Fullum, je me permets de ne pas être d'accord avec lui lorsqu'à la fin de l'entrevue, il se fâche contre les jeunes artistes d'aujourd'hui. Il réagit contre ces artistes qui veulent reprendre et refaire des performances des années soixante-dix, dont lui-même est un monarque. Il dit que c'est ridicule, qu'on ne peut pas perdre sa virginité une deuxième fois. Il avance que sur le plan de l'art, ce qui a été fait ne peut être refait. Pas d'accord avec lui. Il explique avoir refusé à Marina Abramović l'autorisation de refaire cette performance de crucifixion sur une automobile. Quel dommage! Cela aurait été lui rendre hommage, comme je le disais au sujet d'une possible sortie de la postmodernité. Comme si un auteur pouvait refuser qu'on le cite. Non pas pour le copier, mais pour s'y appuyer. Burden est sans doute un modèle, une référence pour Abramović. Elle lui reconnaît son invention. En reprenant l'une de ses performances, elle en reconnaît toute l'importance, sans prétendre en être l'auteure. La pratique de la citation est dominante dans le travail des «jeunes» artistes de maintenant. Burden ne comprend pas, et va même jusqu'à s'emporter contre des artistes qui auraient apparemment repris ses performances, devenues des classiques, mais avec des mannequins. Pour ma part, et toujours de ce côté-ci de la rue Fullum, je trouve cela génial.

Les artistes font ce qu'ils veulent. Et compte tenu que Marina Abramović n'est pas née de la dernière pluie et qu'elle a déjà réalisé plusieurs œuvres majeures, il aurait été tout à fait pertinent de la laisser aller, et de lui permettre de reprendre une œuvre de Burden. Paraît même qu'elle a déjà refait des œuvres de jeunesse de plusieurs autres artistes, intitulées *Seven Easy Pieces* (2005) et exposées au Guggenheim Museum. C'eût été évidemment moins facile de reprendre *Trans-Fixed*, parce qu'il lui aurait tout de même fallu se faire clouer les mains dans une carcasse en tôle, mais Abramović aurait été capable de le faire. Elle a déjà fait pire. Un rendez-vous manqué selon moi. Je me demande si Chris Burden, avec ses idées d'un autre temps, n'est pas devenu un peu ringard et dépassé.

David Zerbib est critique et chercheur en esthétique. Il enseigne à l'École supérieure d'Art d'Annecy, de même qu'à l'Université de Paris 1. Son entrevue avec Burden se trouve dans le numéro 358 de la revue *Artpress*.

Betty est bel et bien venue ce matin. Huit heures pile. On était en train de s'engueuler, ma femme et moi, comme souvent le matin. Elle était splendide. Comme il fait chaud et humide, elle portait une camisole légère, ce qui lui permet de dévoiler ses épaules pointues. Sans dire un mot, elle a attaché ses cheveux dans les airs, et a commencé son ouvrage. Entre elle et moi, c'était comme si de rien n'était. C'est son travail, après tout. Betty semble être passée maître dans l'art de faire comme si de rien n'était. Je le découvre au fur et à mesure que le temps passe. Je suis loin d'avoir fait le tour de tous ses talents. C'est une fille profonde et difficile à cerner.

Je crois que ma femme se doute de quelque chose à propos de Betty. C'est de ma faute. L'autre jour, je me suis échappé, et j'ai dit que je m'ennuyais de Betty. Elle a entendu que j'aimais bien Betty. Et sans aller jusqu'à soupçonner quelque chose de précis, depuis ce temps, elle passe des commentaires sur le travail de cette dernière. Elle la trouve un peu rapide sur l'époussetage de la bibliothèque. J'espère qu'elle ne va pas demander à l'agence de remplacer définitivement Betty par quelqu'un d'autre, une Polonaise ou une Péruvienne. Elle en serait bien capable. Ce serait une perte énorme dans mon décor. Moi qui cherche à me creuser des galeries, Betty est devenue un élément essentiel de cet univers qui se construit dans ma tête. Comme elle s'est fait avorter d'un enfant qui était le mien, il me faudrait être très fort pour la considérer comme une femme toute simple et ordinaire parmi les autres. Il y a des choses qui ne s'oublient pas. Et même si je ne lui en parle pas, je tiens tout de même à ce qu'elle revienne frotter notre lavabo.

Dans un tout autre ordre d'idées, muni de mon Raid Spider Blaster, je tue depuis quelques jours des araignées. Dehors, devant la maison, ainsi que derrière, dans notre petite cour humide et ombragée. Je n'ai rien contre les araignées, mais en ce moment, elles sont beaucoup trop nombreuses. Il y en a partout, et elles n'ont besoin que d'une nuit pour retisser leurs toiles. Nous avons également des problèmes de fourmis. Comme chaque été à pareille date. Elles sont grosses et vigoureuses, et le voisin d'en haut nous a dit craindre qu'elles ne mangent le bois de nos balcons. Cela s'est produit chez une amie d'une amie. Cinq cent mille fourmis, grignotant dans un même élan les balcons, puis la charpente et la structure. Le fléau ne s'arrête pas nécessairement quand on le veut. Alors il faut intervenir. Sur le produit acheté à la pharmacie, à la suite des consignes concernant le dosage et le mode d'emploi, il est expliqué ceci : « Qu'il reçoive la poudre directement sur le corps ou qu'il circule sur le sol saupoudré, l'insecte ne pourra se débarrasser du produit. La poudre pénètre et traverse l'enveloppe externe cireuse de l'insecte indésirable. Ce dernier perd graduellement tous ses fluides et finit par en mourir. La bestiole peut mettre jusqu'à deux jours pour mourir. » Dans le cas d'une application avec appât, on précise que « L'insecte est attiré par la poudre appâtée et a tendance à vouloir l'avaler. De fait, l'ingestion de la poudre affecte le système digestif de l'insecte. » Le texte est décidément vraiment bien écrit. Et ne laisse aucun doute sur l'efficacité de son action. Difficile d'imaginer scénario plus dramatique.

GARDER HORS DE LA PORTÉE DES ENFANTS. Éviter de respirer la poussière de particules. Éviter tout contact avec les yeux. Laver les mains après usage.

Au final, il faut placer la poudre dans les fissures et les fentes du béton, en petites piles dans des endroits discrets, sous ou derrière les appareils ménagers, les meubles ou les placards. Vérifier l'appât périodiquement et employer l'aspirateur. Nettoyer avec de l'eau chaude si le tout moisit ou se détériore.

Je vais bientôt devoir reprendre mon travail de gardien de nuit. Je n'ai toujours pas reçu mon premier chèque d'assurance chômage. Mon dossier est en examen. Je ne suis plus tellement malade, même s'il paraît que la fatigue d'une mononucléose est pernicieuse, et reste sous-jacente même si son intensité ne semble plus être ce qu'elle était. Même si ce n'est plus comme les jours où vous vous traîniez sur le sol, jusqu'à la toilette, dans l'espoir d'y trouver de l'eau.

Je me demande s'il pourrait m'arriver un jour, comme à d'autres, de ne plus être capable de travailler. Ni de gagner de l'argent. Je m'occupe des fourmis, mais cette passion ne rapporte rien. Je continue d'être psychanalyste, ce qui me maintient tout juste la tête hors de l'eau. Sauf que je n'ai plus les moyens de payer mes dettes. Les enfants sont heureux. Ils chahutent et rient. Ils savent comment.

Betty n'est pas rentrée travailler vendredi dernier. Peut-être saigne-t-elle toujours beaucoup. Elle ne me donne pas de nouvelles. C'est une Haïtienne de huit cent cinquante livres qui est venue la remplacer. Très gentille, mais pas du tout du même style que ma Betty. Elle a frotté le four et fait les lits. Elle fredonnait en nettoyant. Je me suis inquiété, et c'est à ce moment-là que je me suis rendu compte que je n'avais pas le numéro de téléphone personnel de Betty. Elle pourrait ne plus jamais se présenter, se faire remplacer ad vitam aeternam, et je n'aurais aucun moyen de la revoir.

Cet événement de l'avortement aura alors été notre dernier souvenir fort à tous les deux. Ce qui est absurde.

Un ami m'explique devant une bière que lorsque vous achetez une œuvre d'art d'un artiste connu, vous n'en possédez pas les droits d'auteur. Vous ne pouvez pas la prendre en photo, en faire des cartes postales et les vendre sur le marché. Vous avez beau l'avoir payée, celle-ci ne vous appartient pas. Vous n'en n'êtes pas complètement le propriétaire, même si cette dernière vous a coûté les yeux de la tête. Toutefois, vous avez le droit de faire ce que vous voulez de cette œuvre, y compris la détruire. Vous pouvez acheter une toile de Marc Séguin, et lancer dessus le contenu de votre tasse de café, l'enduire de beurre d'érable ou y mettre le feu, mais il vous est interdit par les organismes chargés de protéger ses droits de vous en servir pour faire la promotion de quelque produit que ce soit. Vous ne pouvez pas la vendre pour une publicité, et récolter de l'argent par la suite. Vous ne pouvez pas non plus vous faire photographier devant elle et publier cette même photo dans un journal. Il vous faut obtenir l'autorisation de l'artiste pour ce faire. Mais vous pouvez l'enterrer sans problème dans votre jardin. Personne ne vous embêtera. Encore une chose que je viens d'apprendre.

Je vais peut-être avoir l'air d'idéaliser le système universitaire, mais en ce qui concerne l'histoire de l'art, je trouve à l'UQAM un réel lieu de formation. Sans doute que mon désir de base joue un rôle important, mais une chose me semble indiscutable, c'est que tous les éléments sont là pour y trouver son bonheur, et prendre son pied. C'est peut-être une affaire de disposition, ou d'âge, ou de désespoir, ou tout cela un peu mélangé. Je suis un passionné d'art et j'ai encore l'enthousiasme naïf de celui qui découvre. Je sais que je ne suis pas le seul. J'ai lu souvent des témoignages de collectionneurs, de commissaires, d'agents d'artistes, avouer cette chose qui les dépasse à propos de l'art et des artistes. Je suis de ces gens. Tous ne sont pas des arrivistes et des profiteurs empreints de cynisme. Même si plusieurs flottent dans des bassins de billets de banque. Si j'étais milliardaire (et je devrais l'être), si Dieu n'était pas si injuste, je ne ferais que cela, acheter des œuvres d'art. Je constituerais une collection. Je ne suis pas blasé. J'ai toujours hâte de savoir sur quel livre je vais tomber. Je me déplace pour aller voir n'importe quelle exposition, même dans les petites villes. J'ai toujours faim, j'y crois, et je suis plus souvent d'accord que pas d'accord. Toutes les personnes qui s'escriment à faire quelque chose d'impensable ont mon appui. Elles peuvent compter sur moi. Je suis leur collègue. J'aurais probablement dû être galeriste, gardien dans un musée, concierge dans un musée, vendeur de tickets dans un musée, déménager à New York ou choisir d'aller vivre à Londres ou à Paris, en fonction des musées qui auraient besoin de quelqu'un pour passer la serpillière et la vadrouille. Tant qu'à frotter du marbre et des rampes d'escalier, autant le faire au Guggenheim, au MoMA ou dans le portique de chez Saatchi. Et rentrer chez soi, le soir, dans son petit appartement, manger des céréales en attendant le lendemain.

J'aurais dû, j'aurais dû, j'aurais dû. J'aurais dû être chanteur, surtout. Ou conseiller financier. Ou comptable. Ou agent d'immeubles. Et faire autre chose que ce que je fais dans le moment.

•

Ma femme m'annonce avoir découvert dans son petit livre sur la santé que la mononucléose pouvait être causée par un manque d'attention. «Pas étonnant qu'on la dépiste surtout chez les adolescents», ajoutent les auteurs. Il est vrai qu'une fois qu'elle a été présente à mes côtés, parce qu'en vacances (phénomène rare), je me suis mis à guérir plus rapidement. Dès que ma femme est rentrée de voyage, j'ai commencé à me sentir mieux. Pourtant, si obtenir de l'attention est à ce point constitutif pour moi, il me semble que je serais resté animateur de télévision. Je ne serais pas devenu psychanalyste, caché dans mon coin, tapi dans l'ombre à ne rien dire pour mieux écouter, maniant la retenue et l'art du silence.

26 août. Il fait toujours très chaud. Ne reste plus qu'à attendre la rentrée, prévue pour le 8 septembre. Dans vingt jours. Je suis sans nouvelles du chômage. Mon dossier est dans la « machine ». Dans le « système ». Celui-ci fait des calculs. Il voit des détails que l'on ne voit pas. Et l'on ne peut qu'attendre patiemment qu'il recrache ses réponses. Même les fonctionnaires n'y peuvent rien. Paperasse administrative qui ne me dit rien qui vaille. Je suis sans revenus (ou presque) depuis quasiment deux mois. J'ai quand même acheté une nouvelle boîte à lunch pour ma fille la plus grande. En forme de petite sacoche, noire avec une ganse. Environ 15 dollars. Elle est folle de joie, et veut déjà l'utiliser pour terminer le camp de jour cette semaine. Elle lui va à ravir. Elle est heureuse et le résultat vaut un million.

Canicule encore à Montréal. 31 degrés. 35 degrés. Tout le monde se plaint, alors que la semaine dernière, on s'émouvait d'avoir subi tout un été pluvieux. On se demandait même s'il n'existait pas une police d'assurance contre les étés pluvieux et les saisons de golf compromises. Toujours est-il qu'en ce qui me concerne, ce temps humide et chaud n'est guère idéal pour la chasse aux araignées. Je les extermine une à une, mais dès le lendemain matin, à deux pas de la porte, barrant le passage, une grosse toile avec une grosse araignée, figée en son milieu, est revenue comme par magie. La nuit, pas de répit pour les insectes.

•

Toujours sans nouvelles de Prunella. Normal, puisqu'elle est à la campagne et qu'elle n'a pas son ordi. Mon cœur de père ne fait qu'un tour et ma vésicule biliaire, en forme de poire et accolée au foie, lorsque j'y pense, sécrète sa dose excessive de bile visqueuse. J'espère qu'il ne lui est rien arrivé. Ou que rien n'est venu compromettre ses projets de retour à Montréal. L'université commence aussi pour elle le 8 septembre. À son âge et sans attaches, tout peut arriver. Et même le pire. C'est dans cet état d'esprit que l'on peut décider de suivre n'importe quelle troupe de saltimbanques visitant la région, agrémentée d'un clown qui nous promet un avenir meilleur. Le cas échéant, je ne pourrai plus être là pour l'encourager à faire des dessins. Pour la critiquer et l'inciter à recommencer. Car j'ai parfois peur qu'elle cesse de dessiner, vu son talent et son attirance pour le métier d'artiste. Je crois en elle, mais je sais que cela ne suffira pas nécessairement à la faire changer d'idée. Elle peut tomber sur un jongleur ou un cracheur de feu, et faire le choix de ne jamais revenir.

Quant à moi, je ne sais pas si je vais un jour réaliser mon rêve d'enseigner l'histoire de l'art au cégep. Mon éditrice me dit que cela ne sert à rien, que des professeurs d'histoire de l'art, on n'en engage que très peu, dans les cégeps. Elle en connaît tout plein qui doivent se contenter de quelques charges de cours à droite et à gauche. Et qui ont du mal à boucler leur budget. J'aurais probablement plus de chance de me faire embaucher comme professeur de français, voire comme concierge. Elle a sans doute raison. Elle est lucide, mon éditrice, et ne cherche pas à me faire emprunter des chemins chimériques.

Comme c'est l'été, et que je suis techniquement malade, j'ai le temps de cogiter. À mon avenir, mes désirs, mes empêchements ; les finances, l'hypothèque, les assurances, le coût des frais de scolarité, dérisoires comparés à l'ensemble du coût de la vie. Je voudrais enseigner. J'envie les profs qui ont des classes, composées d'étudiants tout neufs et disponibles, capables d'en prendre et qui n'attendent que cela. Je les imagine blasés, tannés, déçus, sans passion depuis la signature de leur dernière convention collective. Je les trouve chanceux d'être des profs. Je les trouve idiots de ne pas savoir en profiter. J'en connais des milliers qui se plaignent des corrections, des étudiants qui ne savent rien et qui ne connaissent rien et n'en ont que pour leurs téléphones cellulaires. J'aurai bientôt 40 ans, et je me dis que c'est une autre des absurdités de mon siècle d'être en train de me demander ce que je vais faire de ma vie, à mon âge. Je connais des mères de famille, mariées, qui font le choix soudain de vivre autre chose. Sans doute au nom d'un bonheur qui ne s'est toujours encore pas présenté. Alors que j'ai déjà des enfants, un terrain, deux poissons rouges, des plantes et des fleurs qui rugissent au printemps ; de la lessive à terminer, des rénovations mineures jamais complétées. Assis au fond de mon jardin, je me demande quoi faire et à quoi penser. Pour quelle équipe voter.

Je dois être comme ces intellectuels de la Renaissance, qui n'avaient pas de spécialité (puisque le concept n'était pas encore inventé), et qui cherchaient à tout connaître, ajoutant leur grain de sel un peu partout, dans tous les domaines. Quelque chose d'impossible aujourd'hui. Même si la vérité, c'est que ma réelle spécialité est la théorie psychanalytique. Et que mon désir véritable aurait été d'enseigner la psychanalyse : Freud, Lacan, les névroses et les psychoses. Mais cette matière n'existe pas. Alors je me rabats sur l'art, épuisé de ne pas avoir trouvé de lieu où pouvoir parler convenablement de psychanalyse, sérieusement, sans me buter aux niaiseries institutionnelles de la psychologie comportementaliste ambiante, comme à la résistance de mes collègues, des directeurs, des autres psychanalystes, sans doute les meilleurs véritables ennemis de la psychanalyse. À piétiner toujours dans les mêmes fougères, on finit par se fatiguer de ne rien pouvoir faire avancer. Je crois que c'est un peu ce qui m'est arrivé avec le temps. J'ai renoncé à toujours vouloir parler de psychanalyse. Même si je ne suis véritablement moi-même que lorsque je parle de psychanalyse, j'ai renoncé. Et j'ai remis le couvercle sur la marmite. Sans doute à cause des circonstances. Sans doute aussi à cause de moi. Plutôt que de ne plus avancer, plutôt que de me plaindre et de mourir à petit feu, j'ai préféré changer de sillon. Advienne que pourra. Seul l'avenir saura me dire si j'ai eu tort. Même si l'avenir a toujours l'air d'avoir raison.

Pour le moment, je me dis que les Grecs ne cesseront jamais de nous étonner. Et Nigel Spivey, dans son livre sur l'art de cette époque que l'on appelle Antiquité, se demande en quoi l'arrivée de la démocratie fut si importante pour le développement de l'art. Pour considérer cet instant à sa juste valeur, et pour décrire les changements stylistiques qui correspondent à l'avènement de cette démocratie, il se demande pourquoi nous osons sans retenue parler de « révolution grecque ». Nous savons que les Grecs étaient conscients de l'avoir inventée, cette démocratie. Et qu'ils ne se gênaient pas pour s'en faire une fierté. Ils considéraient la « règle du peuple » comme inhérente à leur destin de citoyens.

La question qui nous intéresse dans ce cas-ci reste brûlante, et se traduit comme suit : l'action artistique prolifère-t-elle de la même manière sous une dictature ? On sait que les artistes de cette époque, de par l'importance que prirent les Jeux olympiques, ont joué un rôle crucial. On attendait beaucoup d'eux. Taillant dans le bronze et le marbre l'effigie des athlètes victorieux, ou produisant à qui mieux mieux de multiples statuettes de divinités afin de rendre hommage aux héros de la mythologie, leur savoir-faire était prisé et respecté. Mais que la démocratie les ait à ce point influencés, les incitant à travailler dans un sens plutôt que dans un autre, on n'y pense pas spontanément. Nigel Spivey nous invite à nous pencher sur la question. Un régime démocratique est-il plus propice à la survie des artistes, ou si une dictature totalitaire, comme celles d'Adolf Hitler ou de son copain Mussolini, en les faisant travailler au rayonnement de la propagande et de l'idéologie ambiante, ne favoriserait-elle pas davantage l'évolution de leur art ?

Nous savons que la fabrication de l'art est une chose importante. Mais nous savons aussi que depuis toujours, ceux qui encouragent les artistes, tout autant que ceux qui ont les moyens de les payer, jouent un rôle fondamental dans l'évolution de l'histoire de l'art. Ce sont les commanditaires qui engagent les artistes. Ce sont eux qui ont des sous et qui se trouvent capables de financer de grands projets. C'était ainsi pour Michel-Ange avec le pape et le Vatican. C'est encore en quelque sorte toujours ainsi avec François Pinault, et les nombreux crédits d'impôt dont il a profité. Ainsi avec Coca-Cola, Walt Disney et les Warner Brothers.

Chapitre 2

Deuxième session, automne 2009

Lundi. 7 septembre 2009. La session d'automne débute demain. Avec un cours sur *L'architecture de l'Antiquité au XVIIIe siècle*, local R-M510. Je serai en compagnie de Prunella. Entre ses périodes de sculpture et de dessin, elle s'est inscrite au même cours, afin que l'on soit ensemble et que l'on puisse aller boire de la bière après, jusqu'à très tard. Pour faire comme l'hiver dernier, comme il se doit. Cette première semaine, on se donne rendez-vous un peu plus tôt, coin Sainte-Catherine et Sanguinet. Je dois faire renouveler ma carte étudiante. Avec photo et code permanent. Elle doit pour sa part obtenir un casier où ranger ses travaux. J'ai traversé toute la dernière session sans carte étudiante. Cela est possible, mais embêtant quand il s'agit par exemple d'aller à la bibliothèque des arts pour emprunter des documents capitaux. Surtout en fin de session. Lorsque c'est urgent et que tout le monde capote.

•

Lecture de *L'Homme en jeu - Les génies de la Renaissance*, de Daniel Arasse. Pointu. Sans l'avoir prévu, je me retrouve plongé tête première dans la question du maniérisme. Maniérisme dans lequel, si j'ai bien compris, on peut déjà déceler l'amorce d'une modernité. Je mesure surtout l'importance fondamentale de Raphaël et de Michel-Ange, sans oublier Léonard, et des vingt premières années du Cinquecento.

L'esthétique, le style, sont indissociables du contexte politique trouble dans lequel l'Italie tout entière se trouve alors plongée. Le reste du XVIe siècle devra se contenter d'une série d'artistes conscients d'être venus après ces trois génies, et conscients de vivre dans un contexte culturellement difficile. Car ce n'est pas qu'aujourd'hui que les contextes culturels sont difficiles. Ce n'est pas qu'à partir du XXe siècle qu'il faut attendre les subventions et les bienfaiteurs pour pouvoir créer. Cette période est donc celle du maniérisme, dont la connotation péjorative est une erreur, selon Daniel Arasse. Celui-ci ne se gêne pas pour remettre les pendules à l'heure, et nous propose de regarder différemment le travail de ces artistes talentueux.

Je prends conscience également de la réussite de la plupart de ces peintures. Alors qu'il s'agissait à ce moment-là de peindre non pas des paysages, ou des décors réalistes, mais des états, voire des émotions, comme la dévotion, l'intervention divine, la piété, la prière, le « Vrai révélé » différencié du « Vrai rationnel » ; la contemplation, la glorification, et plus encore. Leurs peintures répondent aux besoins idéologiques du moment. Elles ont un but, et servent à quelque chose. Bien en marge de l'art pour l'art. Arasse nous montre de quelle façon cette peinture reflétait les difficultés ressenties à propos du phénomène divin, du mystère de la foi, de la toute-puissance de Dieu. On commençait à douter de toutes ces choses. Celles-ci vacillaient. La peinture, donc, comme réponse, comme élément de culture. Cet aspect frappe davantage chez Michel-Ange quand il avance en âge, et c'est une des raisons pour lesquelles son génie reste inimitable. Car la peinture de Michel-Ange témoigne de son état d'esprit, paradoxal et déchiré à ce moment-là.

Le renouveau nécessaire dans lequel s'engage la Contre-Réforme, par exemple, doit aussi être conduit par les moyens de la peinture, de la sculpture et de l'architecture. Tout un contrat. Au même titre qu'il fallut, avant la Réforme, redonner un peu de fraîcheur à une foi qui se fatiguait, la Contre-Réforme désire s'appuyer sur un nouvel art sacré. Elle a plus que jamais besoin de cet art. Celui-ci devra donc désormais *illuminer l'intelligence, exciter la dévotion et émouvoir le cœur*. Rien de moins. Ceci par l'ordre, la clarté, la simplicité, la maîtrise des formes et le refus des extravagances du maniérisme. 1545. Concile de Trente. Les historiens de l'art soutiennent que ces orientations feront passer la peinture du style de la Renaissance à celui du Baroque. Beaucoup plus émouvant, pour ne pas dire exagéré. Constat intéressant.

Même si je dévore un livre après l'autre, j'ai dans un premier temps trouvé difficile la lecture de ce livre de Daniel Arasse. Mais son propos me trouble encore. Il faut toujours un certain effort pour apprivoiser le style d'un auteur, et aucun livre, bien que rigoureux et universitaire, n'est écrit de la même façon. J'ai commencé à comprendre le projet à la page 230. Je lisais patiemment, attendant la surprise, la perle. Mais rien ne m'allumait. Une chance que je ne suis pas d'accord avec les gens qui préconisent d'abandonner une lecture lorsque, passé un temps, celle-ci ne leur dit rien. Heureusement que je m'obstine, et que je poursuis la lutte malgré mes résistances. Je découvre des « intelligences » qui m'auraient échappé autrement.

Voilà quelques années, lorsque j'ai entrepris de lire tous les *Séminaires* de Lacan (il y en a vingt-six) les uns après les autres et dans l'ordre chronologique, je me faisais la même remarque. Je trouvais qu'aucun des *Séminaires* n'était écrit de la même façon, et que Lacan, sans doute cela témoignait-il de son évolution, changeait de style. Pourtant, Lacan parlait. Et ses *Séminaires* ne sont que la transcription de cours qu'il donnait. Il avait donc l'été pour mûrir son projet, et cogiter à ce qu'il allait daigner offrir à son public l'année suivante. Mais bien que son discours reste « du Lacan » – on le reconnaîtrait à cent lieues – il est frappant de constater ce bond stylistique, chaque fois qu'une nouvelle année s'amorce. Il est clair pour tous les lecteurs de Lacan que le Séminaire I n'a rien à voir avec le Séminaire XX. Il faut donc être patient. Et s'accorder un certain temps pour s'habituer, année après année, à ces changements. Lacan n'est jamais tout à fait le même, de fois en fois. Ce n'était pas un ordinateur. Il faut le suivre dans ses dédales, et accepter le fait que, comme nous tous, il évolue.

•

Sinon, j'ai acheté trois nouvelles pochettes de carton coloré. Une pour chacun de mes trois cours. Mes crayons de bois sont encore bons, et mon étui tient également encore la route. Je n'envisage toujours pas de passer à l'ordinateur pour prendre mes notes de cours en classe. J'y ai songé, en regardant les autres, surtout quand la matière est dense et que l'on n'a pas le temps de souffler, mais j'ai eu peur de ne pas me sentir à l'aise. Ce doit être l'influence de la « vieille école » qui reste en moi, avec mes cahiers quadrillés, mes crayons HB et ma gomme à effacer, sans oublier le taille-crayon, toujours à portée de main. Je me souviens de mon grand-père, qui encore tout récemment écrivait ses cartes postales de Noël avec de l'encre et une plume. C'est de cette façon qu'il retrouvait sa plus belle calligraphie. Plus parfaite que celle d'une imprimante, parce que frémissante par endroits. Celle des enfants de 1914, inconcevable aujourd'hui.

Demain, je mets le doigt dans l'engrenage. Les disputes avec ma femme vont reprendre, de même que mon envie de fuir, de partir, d'abandonner, de démissionner de tous mes engagements. Elle va reprendre le rythme de ses voyages et de ses absences prolongées, mettant un terme à ce répit d'été. Il me vient des souvenirs de détresse, d'extrême solitude et de panique et de désespoir. Mais les jours passent, la rentrée des enfants s'est faite sans trop d'obstacles – bien que l'école secondaire du plus grand nous demande de nous lever à 6 h 30, pour ne pas le laisser seul dans sa préparation. L'université reprend, j'ai un peu peur, et je ne fais rien pour freiner la machine. Une autre session où l'on ne pourra pas se suicider. Car il faut coûte que coûte respecter les échéances. Et c'est tant mieux.

8 septembre. Dispute avec ma femme la nuit dernière. Elle m'accuse de capoter pour rien, à propos des activités para-scolaires de nos soixante-dix-huit enfants. En fait, nous n'en avons que trois, mais il m'arrive certaines semaines d'avoir l'impression d'en avoir soixante-dix-huit. Parce que les enfants d'aujourd'hui sont exigeants. Ou bien ce sont les désirs que les parents d'aujourd'hui ont pour eux qui sont sans répit. Les activités que souhaite ma femme pour les enfants nécessiteraient que nous soyons deux, alors que je vais être seul, durant des périodes de temps plus ou moins longues, pour gérer tout ce bordel et maintenir un équilibre familial à bout de bras. Nous avons trois enfants, et nous avons créé une vie qui nous rend impossible le fait d'avoir trois enfants. Tout le monde autour de nous panique et pète les plombs, pour des raisons similaires aux nôtres, qu'il soit divorcé ou pas. Et c'est moi qui capote. Je ne sais pas com-ment arriver à rendre praticable la réalisation de tous les désirs de chacun. Alors que chacun des enfants, au fond, ne demande rien. Je me sens inutilement coupable. Je m'op-pose aux cours de gymnastique, de piscine, de couture et de cuisine. Il me faudrait des employés.

•

Premier cours dans cette ambiance conflictuelle qui nous sape le moral à tous les deux. Plan de cours, évaluations, examens sans droit aux notes, perte de points pour les fautes d'orthographe, travail de session de quinze à vingt pages sur un bâtiment de notre choix. Chargé de cours jeune et sympathique. J'ai un instant un vent de découragement, mais dès le moment où les lumières s'amenuisent, et que le professeur commence à parler d'architecture, la raison pour laquelle je me suis inscrit à l'université me revient. J'apprends déjà des choses, de nouvelles choses, et cela suffit à rallumer la flamme. Comment se fait-il que le phénomène du « savoir » ait acquis une telle valeur dans ma vie ? Je prends déjà des notes. Je rentre ensuite à pied jusqu'à la maison. Superbe soirée d'été. Il y a peu de monde dans les rues. On peut sortir en manches courtes, mais il est clair que Montréal en a assez de fêter. C'est la rentrée pour à peu près tout le monde. Il faut retourner aux choses sérieuses, répétitives et quotidiennes. Je reprends mon poste de gardien de nuit dans dix jours, le 19 septembre. Je suis encore un peu fatigué, mais je n'ai plus d'argent. Je n'ai plus d'argent depuis longtemps. Dans deux semaines, il nous faudra planifier les vacances de Noël. Ma femme reconnaît que l'université me fait du bien. Cela lui permet sans doute de repartir en voyage sans trop se sentir coupable. Il y a longtemps qu'elle ne se sent plus coupable. C'est son métier. Nous devons tous nous adapter et nous serrer les coudes.

·

Je vois Prunella l'après-midi du lendemain. Tandis qu'elle va réclamer un casier, je fais faire ma carte étudiante : photo, code permanent, et promesse de rabais sur certains achats à la Coop. Cela officialise administrativement mon statut d'étudiant. Je vais manger avec Prunella, dont je me suis ennuyé durant tout l'été. Je m'en rends compte en la regardant, en passant du temps avec elle. Elle me dit qu'elle me trouve intéressant lorsque je parle. Elle ne m'a pas oublié. Personne ne m'avait dit cela depuis des siècles. Je ne pensais plus pouvoir être intéressant pour qui que ce soit en racontant mes péripéties. Il est clair que la présence de Prunella ne me fait pas de tort. Aussi bien le dire de cette façon.

Paradoxes contemporains à pleines pelletées. Détermination de ma femme, qui veut être la meilleure mère au monde tout en étant la plus disponible et dévouée à son travail. Frayeur devant les exigences universitaires, et enthousiasme devant ce que j'y apprends, doublé d'une passion claire pour une matière que je ne pourrais jamais aborder seul, avec toutes ses exigences. Besoin de repos. Mais engagement tout de même dans d'impossibles projets. Besoin d'être seul et besoin de voir du monde et d'entretenir des amitiés. Envie de voir mes parents tout en les trouvant plus déments que jamais, exécrables et vieillissants. Inquiétude devant les enfants qui écoutent trop la télé, et envie de les flanquer devant la télé afin d'avoir la paix. Amour incommensurable pour ma femme alors que je la trompe avec une autre. Amour pour ma femme alors qu'il est clair que des fois, je ne l'aime plus. Tout comme elle ne m'aime plus. Amour pour les patates frites et désir de maigrir un tantinet. Désir d'écrire de nouveaux livres et répugnance à l'idée de les publier.

•

Une nuit, alors que je n'arrivais pas à dormir, je suis sorti du lit. J'ai essayé de lire, mais cela n'a pas marché. Alors j'ai commencé à vider le lave-vaisselle. Comme je faisais du bruit, ma femme s'est levée pour voir ce qui se passait. Il était trois heures du matin. Elle croyait que j'étais en train de faire mes valises. Pourquoi a-t-elle pensé à cela ?

Hier soir, alors que j'étais sorti faire un tour en voiture pour me changer les idées, j'ai écrasé sans le vouloir un chat qui traversait la rue. Un chat tout gris, qui traversait la rue sans regarder. L'incident a fait un drôle de bruit, comme si j'avais roulé sur quelque chose. J'ai d'abord, je l'avoue, ressenti une petite satisfaction, mais je me suis vite demandé si je ne devais pas revenir sur mes pas, le voyant grouiller et se tortiller dans mon rétroviseur, alors que je m'éloignais. Les entrailles étaient sorties. Une expérience similaire m'était déjà arrivée dans le passé, mais avec un écureuil. C'était il y a longtemps, sur le boulevard Saint-Martin. Même sensation : un petit boum qui fait tout drôle, et auquel on repense encore des années plus tard. Si j'étais retourné sur mes pas, qu'aurais-je pu faire ? Tenter d'appliquer les manœuvres de la respiration artificielle ? J'ai mon attestation de cours de secourisme, obligatoirement suivi tous les deux ans en raison de mon emploi de gardien de nuit. Je sais comment faire. Pour retourner un corps, le maintenir en vie artificiellement jusqu'à l'arrivée des ambulanciers. Je sais panser une plaie ouverte où qu'elle se trouve, immobiliser des membres, réanimer un cœur. Mais pour un écureuil ou pour un chat, je me suis demandé si cela valait le détour. J'ai augmenté le son de la radio encore une fois. Ouvert un peu la fenêtre. Cruelle est la vie. Surtout quand on meurt en pleine rue, loin des siens.

8 septembre. *Architecture du XIXe au XXe siècle*. Premier cours. J'apprends déjà des dizaines de nouvelles choses qui me font voir la vie tout autrement. J'en prends pour mon rhume. Pas besoin d'échinacée. Le professeur, allumé (et drôle sans le savoir), explique qu'en histoire de l'architecture, nous sommes très rarement en contact avec le bâtiment. Nous l'étudions en photo, comme pour une toile ou une sculpture. Mais quand il s'agit d'un bâtiment, il y a peu de chance que nous puissions chaque fois le visiter, et le comprendre en déambulant autour ou à l'intérieur. Même un bon voyageur, animé de toute la passion du monde et toujours en vacances, aurait du mal à parcourir tout ce qu'il y a d'important à visiter dans le monde. Il est donc préférable de faire tout de suite le deuil de ce fantasme, et d'accepter le monde tel qu'il nous est offert à travers les photographies.

J'apprends également que le métier d'architecte, tel que nous le connaissons aujourd'hui, n'a pas toujours existé. Avant, il y avait des maçons, des ingénieurs et des spécialistes en bâtiment, dont le travail consistait à construire, à ériger. Certains portaient le chapeau de maître de chantier, et avaient pour tâche de mener à bien le projet pour lequel ils étaient engagés. Ce n'est que plus tard qu'une différence s'est établie entre la simple construction de chantier et l'« architecture ». Un jour, à la Renaissance, on accorda plus d'importance au projet, à l'idée, élaborée dans une tête ou sur papier. Bien sûr, de nos jours, nous avons l'habitude de construire rapidement. Mais à l'époque où nous pouvions consacrer des décennies à l'érection d'une cathédrale ou d'un château, le projet s'élaborait au fur et à mesure de sa construction. Celui-ci évoluait, se modifiait au gré des tendances. Des choix très différents étaient faits selon des directives changeantes. Ainsi, plusieurs styles risquaient de se mélanger. Des cathédrales nécessitaient un siècle de labeur avant de s'achever, voire plus. Parfois, on manquait d'argent en cours de route. En raison d'une guerre, d'une conquête, d'un changement d'idéologie. Il n'y avait alors pas de plans à respecter. Des générations de charpentiers pouvaient consacrer toute leur vie à la construction d'une seule cathédrale. Rien à voir avec maintenant.

J'apprends que la brique est une invention anglaise. Que le triplex est une habitation typiquement montréalaise et que l'on ne trouve nulle part ailleurs dans le monde ce genre d'habitation. J'apprends que l'ossature d'acier fut inventée à Chicago, bien avant la tour Eiffel et le Grand Palais. Et que c'est grâce à la légèreté de celle-ci que l'on a pu ériger des gratte-ciel à n'en plus finir. On ne pense pas souvent à cela, la légèreté d'un gratte-ciel, mais au moment où les constructions se faisaient en pierre et en maçonnerie, le poids des matériaux limitait les envies de hauteur des concepteurs, même si l'on avait déjà conçu la voûte, et inventé les arcs et les demi arcs, permettant d'atteindre des records en matière de grands espaces, comme dans le cas de certaines cathédrales gothiques, par exemple. Celles-ci sont hautes et graciles, mais surtout ne pèsent rien. À un certain moment, rien ne pouvait entrer en compétition avec l'acier. Solide comme le roc et léger comme du pop-corn.

C'est d'ailleurs grâce à l'acier que l'on a pu terminer le mât du Stade olympique de Montréal, et en venir à bout. La base est en béton, mais tout le reste est assemblé sur une structure en acier. D'après les plans de départ, tout devait être fait en béton. Mais les ingénieurs se sont rendu compte que cela ne serait sans doute jamais possible, malgré l'ingéniosité de son architecte, Roger Taillibert. C'est donc un Québécois qui, quelques années plus tard, bien après la fin des Jeux, a trouvé la solution, et qui a su faire en sorte d'achever ce projet fou.

J'apprends la semaine suivante que sans l'invention de l'ascenseur, présenté à Paris lors de l'Exposition universelle de 1867, nous n'aurions jamais pu imaginer construire des gratte-ciel de plusieurs centaines d'étages. Mine de rien, personne n'aurait accepté de grimper des escaliers pendant des heures, afin de se rendre à leur bureau situé au cent dixième étage. L'invention de l'ascenseur est donc fondamentale dans la conception de grandes villes comme New York ou Chicago. Sans lui, nous n'aurions pas pu nous lancer dans des chantiers comme celui de l'Empire State Building. Cela paraît tout simple de le dire ainsi, mais l'ascenseur illustre bien que l'architecture fut de tout temps tributaire des inventions techniques. Idem pour le béton, les escaliers mécaniques et les fenêtres thermos.

•

Il apparaît de plus en plus clair que j'aurais dû être prof. Je crois que je souffre beaucoup de savoir plein de choses, d'avoir envie d'en parler tout en ne trouvant pas le moyen de les communiquer. On dirait que tout le monde s'en fout. J'en parle un peu à la Chinoise du dépanneur, mais il est clair qu'au bout du compte, même si elle me trouve peut-être un certain charme, elle s'en fout. C'est probablement la raison pour laquelle je tente de tenir jour après jour et avec assiduité, ce *Journal* débile d'un étudiant en histoire de l'art. J'en parle à mes plantes, tout en les arrosant, mais il est clair également que cela ne leur fait pas l'effet escompté.

Je rentre chez moi abasourdi. Je ne sais pas si les enfants seront tous couchés et endormis à mon retour. Deux fois en deux jours, j'ai entendu parler de l'importance de Viollet-le-Duc, à qui on a entre autres confié le mandat de restaurer la cathédrale Notre-Dame, à Paris, au milieu du XIXe. Cette dernière est magnifique, certes, mais elle ne ressemble pas nécessairement à l'idée qu'on en avait au départ. Après la Révolution, il a fallu la restaurer. Et en restaurant, forcément, on modifie. Bien sûr, on ne pouvait alors pas faire n'importe quoi. Il fallait savoir comment s'y prendre. Et Viollet-le-Duc, lui, le savait. Il savait surtout comment ne pas tout bousiller, et comment ne pas intervenir de n'importe quelle façon. Un mandat du genre impliquait tout de même parfois de remplacer certaines choses, d'en détruire d'autres, voire d'en ajouter. Comme des siècles et des siècles s'étaient écoulés, on construisait différemment. Sans être conduit par une conscience patrimoniale aiguë, invention assez récente au demeurant, Eugène Viollet-le-Duc pouvait se permettre quelques libertés, tout en s'assurant de respecter l'idée de départ. Il s'est avéré un spécialiste en la matière. Et aujourd'hui, en ce qui concerne ses interventions sur Notre-Dame de Paris, rien n'y paraît et tout semble normal à celui qui la regarde.

En architecture, nous admirons et respectons souvent les habitudes du passé, mais il nous est impossible de reconstruire les bâtiments comme autrefois. Si par exemple une bombe tombait sur Sainte-Sophie, ce serait une perte inestimable pour les historiens que nous sommes. Nous pleurerions pendant des semaines, mais il ne nous viendrait pas l'idée de la reconstruire afin de faire renaître toute sa magnificence. Impossible. Nous ne serions pas capables. Tout comme nous n'avons pas été capables de reconstruire le World Trade Center. Cela devra être compté comme une pure perte. Idem pour les pyramides en Égypte. Seuls les Égyptiens de l'Antiquité pouvaient y arriver. Nous aurions l'air de quoi, aujourd'hui, avec notre béton armé et nos poutres en acier, en train d'essayer de refaire ce genre d'ouvrage? Cela n'aurait aucune pertinence. Aussi bien se concentrer sur autre chose. Et travailler sur des projets tels que le Burj Khalifa à Dubaï. Puisque c'est là que nous en sommes.

Matin du 10 septembre 2009. *Les arts visuels du Moyen Âge à la Renaissance.* Toujours armé de mon cahier Clairefontaine et de mon crayon HB. Comme prévu. Programme exigeant, lectures abondantes. La professeure semble tout droit sortie d'un trip d'acide. Un travail final est à prévoir, sur une œuvre de notre choix, qui devra être contenue dans cette période couvrant onze siècles de vie sur notre planète. Et deux examens. Deux examens pas piqués des vers. Cela se déduit tout de suite de la ferveur de la professeure.

Encore assis derrière une fille qui regarde des photos d'elle-même sur son portable : des photos d'elle-même avec sa sœur, d'elle-même avec son chum, d'elle-même toute seule avec elle-même ou d'elle toute seule avec sa nièce. L'une après l'autre. Sans se fatiguer. Je ne sais pas comment celle-là, qui n'écoute visiblement rien de ce que dit la prof, pourra y arriver. Je ne sais pas non plus comment moi-même je vais pouvoir y arriver.

13 septembre. Drôle de première semaine qui vient de se terminer. J'ai eu tout le loisir de voir venir le début de la session et pourtant, je n'ai rien senti passer. Je mélange et confonds la matière de tous les cours. Je me demande sérieusement comment je vais faire pour m'en sortir. Rien ne va plus. J'apprends à faire fonctionner ma boîte de courriel UQAM. Je découvre l'existence d'un petit bar où l'on peut boire des pichets de bière à onze dollars, caché derrière la cafétéria du pavillon Thérèse-Casgrain : écrans géants, musique à la mode et tables de billard. Il me faut éventuellement maîtriser un site Internet où il me sera possible de repêcher les centaines de diapositives utilisées en classe, de même que des indications pour les examens et les travaux de fin de session. Pas le choix. Il y a des profs qui ne jurent que par les documents Power Point. Nous ne sommes plus en 1990.

Il serait également bon, nous prévient-on, de consulter régulièrement le site Web de l'UQAM concernant la prévention de la grippe, régulièrement mis à jour, afin de connaître les développements relatifs aux « risques pandémiques », et les mesures de prévention obligatoirement mises en place par l'université. Le professeur du mercredi nous indique que trois semaines sont déjà prévues à l'agenda pour être des semaines marquantes. Dans l'hypothèse d'une fermeture complète de l'institution, les professeurs ont dû adapter leur plan de cours. Dans un courriel, le directeur du

Service de la prévention et de la sécurité nous demande de déclarer sans attendre tout symptôme constaté chez nos proches, ou sur nous-même. C'est du sérieux. Si un de vos voisins se met à tousser de manière incongrue, il est préférable de le dénoncer. S'il n'y a pas de fièvre, mais un mal de gorge, un nez qui coule, un nez bouché ou encore une toux, c'est probablement un rhume. Il nous est alors conseillé de prendre du repos. Un tableau nous est distribué dans le but de nous aider à « prendre une décision » selon tels ou tels critères. On nous invite à le consulter. On nous incite également à nettoyer, à l'aide de crèmes antiseptiques, l'ensemble des objets composant notre environnement, de nous laver fréquemment les mains et de tousser ou d'éternuer dans le pli de notre coude ou le haut de notre bras, si nous ne disposons pas de papiers-mouchoirs à portée de main. Jamais je n'aurais pu imaginer que j'apprendrais enfin à tousser convenablement en retournant à l'université. Je croyais jusqu'ici savoir comment. Mais non. Le mémo ne nous dit pas par contre, ce qu'il faut faire si nous n'avons pas de bras. Cela se peut, j'ai vu une fille en fauteuil roulant, l'autre matin, se rendre à son cours, et cette dernière n'avait pas de bras. Tout le monde a le droit d'étudier. Elle avait un clavier, faisait avancer sa chaise à l'aide d'un bâton qu'elle pouvait manipuler avec ses dents, et semblait avoir toute sa tête. Enfin. Peut-être que je m'inquiète pour rien. Mais tout le monde ne parle tellement que de cette grippe aviaire, qui fait mourir les gens en moins d'une semaine, qu'il nous arrive d'extrapoler et de se demander.

Toujours est-il que s'il nous arrive d'être atteint d'une fièvre soudaine, d'être essoufflé, d'avoir de la difficulté à respirer, de ressentir des douleurs anormales en expirant et que nous avons vomi dans les quatre dernières heures; si nous constatons une fièvre chez un enfant subitement trop calme et moins énergique qu'à l'habitude, un enfant qui refuse de jouer, au ballon ou à autre chose, il vaut mieux cesser toute activité et filer droit chez le médecin, sans tarder. Toutefois, si la difficulté à respirer persiste et augmente, que nous avons les lèvres bleues, du mal à bouger et des raideurs importantes au cou; si nous nous endormons, paraissons confus, désorienté, ou que nous avons des convulsions sans être allé uriner depuis 12 heures, alors sans hésiter, il faut composer le 3131. Où que nous soyons sur le campus, il nous est conseillé de faire ce numéro, ou de nous rendre illico à l'urgence de l'hôpital le plus près. Le cas échéant, la direction déclarera peut-être une fermeture temporaire de l'université et la suspension momentanée de tous les cours.

En ce qui me concerne, ces symptômes m'apparaissent ordinaires et familiers, et je n'ai toujours rien déclaré. Il y a longtemps que je n'ai pas vomi, c'est vrai, mais pour la confusion et les étourdissements, c'est encore très présent. D'ailleurs, cet après-midi, je me suis retrouvé en train d'attendre devant un conteneur à déchets pendant une bonne demi-heure, croyant qu'il s'agissait du secrétariat du département d'histoire de l'art. C'est un passant, intrigué, qui m'a aidé à me sortir de cette impasse en m'indiquant la bonne direction. Une heure plus tard, je n'avais toujours pas trouvé le bon secrétariat. Et je tournais toujours en rond entre le deuxième et le troisième étage. Je ne sais pas si c'est cela que l'on considère comme de la confusion.

J'ai tout de même l'intention de consulter le dépliant sur la grippe A (H1N1), publié par le ministère de la Santé et des Services sociaux du Québec. Je dois apprendre à faire des efforts. Et à me concentrer. Je suis un bon citoyen. Je paie des taxes et des impôts. Je participe au monde ambiant et dois me soumettre sans rechigner. Je fais confiance à mes institutions. Puisqu'il y a peu de choses en quoi je puisse avoir confiance.

15 septembre. Prunella était d'une humeur massacrante aujourd'hui. Je ne sais pas ce qu'elle avait. Nous avons un cours ensemble le soir, et nous arrivons chacun un peu plus tôt pour nous voir quelques heures. Elle doute de ses capacités à réussir ses cours, et se demande si elle a bien fait de s'inscrire à un cours de philo le lundi matin. Elle a examiné le plan de cours et se demande si elle a raison de s'affoler. Elle dit qu'elle n'est pas bonne avec sa mémoire, et que la somme des lectures à ingérer la décourage un peu. Elle ne sait pas. Elle ne se sent pas à la hauteur. Aujourd'hui, et jusqu'à minuit ce soir, c'est la dernière journée où il nous est possible d'abandonner un cours sans que ce dernier nous soit facturé. C'est un pensez-y-bien. Je crois qu'elle y pense. Et peut-être va-t-elle m'annoncer tout à l'heure qu'elle a pris la décision qui s'imposait. J'ai respecté ses silences, après avoir essayé de la rassurer, mais sans succès. Il faut la laisser seule, dans ces cas-là, et attendre. Prunella préférerait faire de la sculpture et de la peinture tout le temps. Elle n'en a rien à foutre de Nietzsche et de Hegel. Surtout dans les moments où elle se sent triste et morose. Comme c'est le cas depuis ce matin.

Vendredi dernier, alors que nous mangions des frites et que l'après-midi était doux, elle s'est arrêtée pour me demander combien de temps je croyais que tout cela allait durer. Elle voulait dire tout cela entre elle et moi. Je sais qu'elle m'a déjà dit qu'elle s'attendait à tout instant à ce que je fasse le choix de ne plus la voir. Que je lui dise que cela suffit, et que je reparte vers l'est avec mon sac à dos. Je lui ai dit que je n'envisageais pas de cesser de la fréquenter. Que je ne savais pas. Je lui ai raconté qu'un de mes amis sortait présentement avec une fille qui, pendant cinq ans, avait fréquenté un homme marié. Mais cette dernière avait fini par se lasser, et par se dire que bon, malgré sans doute l'amour et les bons moments, cette relation ne la mènerait nulle part et qu'un choix s'imposait. On ne peut pas être la deuxième jusqu'à la fin de l'éternité, j'imagine. Un homme marié qui reste marié, et qui parfois ne nous appelle pas pendant plusieurs jours, et qui doit sans doute faire encore l'amour avec sa femme même s'il ne nous en parle pas, au bout de l'expédition, ce n'est pas très fécond. N'importe qui se tannerait. J'en suis bien conscient.

Tout à l'heure, tandis qu'elle avait l'air triste et tourmentée, je lui ai retourné la question, et lui ai demandé si elle pensait des fois à me demander de ne plus lui adresser la parole, de m'asseoir de l'autre côté de la classe, sans la regarder, et de faire comme si elle n'existait pas. Elle m'a dit que oui, elle y pensait. Elle y avait déjà pensé. Mais pas souvent, a-t-elle précisé. Je crois tout de même, en secret, qu'elle mérite qu'on lui fasse des promesses. Et qu'elle mérite d'être la première. C'est une fille bien, Prunella. Mais je crois qu'elle s'ennuie, elle aussi, et qu'elle se dit qu'il vaut mieux vivre cette histoire le temps qu'elle dure, plutôt qu'autre chose. Plutôt que quoi, de toute façon ? Elle doit sans doute se contenter à ce stade-ci d'un simple « pourquoi pas ». Comme elle l'a fait quand elle est partie vivre en Colombie-Britannique avec des punks. Comme elle l'a fait le soir où l'on s'est croisé devant le McDo, ou lorsqu'elle a commencé à prendre de l'héroïne, jusqu'à ce que quelque chose de grave finisse par la stopper. Et la faire changer de cap.

Comme elle, je capote moi aussi sur cette foutue session qui débute. Celle-ci s'amorce tel que prévu, mais l'ampleur des travaux et des exigences qui nous tombent dessus nous font l'effet d'un train. C'est comme si tout à coup, on ajoutait des problèmes à notre vie normale. Finies les vacances. Comment faire à présent? Par où commencer? En raison des travaux et des évaluations, inévitables pour assurer une formation qui se tient, les étudiants que nous côtoyons ont presque toujours l'air fâchés.

16 septembre. Il faut être lucide. Aucun avenir pour Prunella à mes côtés. Si bien que je m'attends à tout moment à ce qu'elle me plaque dans le caniveau. Des semaines comme celle qui vient de s'achever me ramènent à cet état de fait. J'avoue que cela ne me donne pas l'envie de fêter. On passe de bons moments, mais je ne peux pas m'occuper d'elle avec la même dévotion que saurait le faire un prince charmant, ni l'appeler tous les jours, ni la voir autant qu'elle le voudrait, ni autant qu'il le faudrait. Je ne peux pas faire l'amour avec elle dans les sapins deux fois par jour. Des princes charmants, il n'en reste plus chez Omer DeSerres. Ils ont vendu le dernier le mois passé. Je crois qu'elle va finir par se lasser. Je sais que de son côté, elle s'attend aussi à ce que je la plaque officiellement du jour au lendemain. Parce que je suis beau, m'a-t-elle dit, que je peux avoir tous les succès que je mérite et que n'importe quelle fille du département ferait le travail. Je ne suis pas d'accord avec elle, mais je ne dis rien. Je ne me trouve pas si beau. Je ne désamorce rien. J'attends. Je la vois. J'en profite. Elle est là. Je ne me fais pas la moindre illusion, et elle non plus. Elle attend que je la plaque. Et moi j'attends qu'elle me plaque.

Elle aurait besoin que je sois là plus souvent, plus disponible devant ses états d'âme. Elle voudrait que je lui achète des fleurs, que je l'amène au restaurant. Je le sens. Elle n'a pas besoin de le dire. Même au téléphone, une froideur et des silences qui n'étaient pas là auparavant, pas là avant cet été, se sont installés. Notre relation est sans doute moins extraordinaire qu'au début. Elle a compris. Je crois qu'elle n'ose pas arrêter de me voir, et que c'est pour le moment la meilleure des solutions, autant pour elle que pour moi. Statu quo. De toute façon, elle avait prévu que je la jette après quelques semaines. C'était inscrit à son agenda. Et moi, je lui dis que ce moment n'est pas encore venu et qu'il n'est même pas encore envisagé dans les plans et les devis. Je lui dis cela en pensant qu'elle se réjouirait de cette annonce. Que cela viendrait pour elle comme un soulagement. Mais ce n'est pas exactement le cas. Je me sens coupable. Je me sens plus coupable de ne pas m'occuper d'elle comme il le faudrait, que coupable envers ma femme, qui n'est plus gentille avec moi depuis je ne sais plus quand. Prunella n'osera peut-être pas me quitter. Ce sera donc à moi de le faire.

Prunie est née en 1985. Elle n'a jamais vu le film *E.T.* Elle ne connaît pas non plus le groupe Pink Floyd. Elle ne sait pas que des gens se sont déjà suicidés à force de jouer trop sérieusement à Donjons et Dragons. Ceci aux États-Unis. Toujours aux États-Unis. Elle n'a pas connu la sortie d'un nouveau disque de Ozzy Osbourne, avec les affiches et les spectacles. À l'époque où l'on se demandait s'il y avait effectivement un nain qui mourait pendu à chacun de ses spectacles. Et s'il était réellement possédé du démon, et s'il pouvait chaque soir arracher la tête d'une chauve-souris avec ses dents comme si de rien n'était. Alors qu'il faisait peur et qu'il était encore crédible. Prunie n'a pas connu cela. Comme elle n'a pas non plus connu les disques de vinyle ni les annonces de lait avec Normand Brathwaite.

Elle rit de moi parce que je ne sais pas comment utiliser un iPod, et je me moque d'elle quand elle avoue qu'elle ne sait pas ce que c'est qu'un BMX. Elle dit que je ne connais rien en musique. Mais elle ignore que quelques années seulement avant sa naissance, tout le monde fumait, y compris le ministre de la Santé et les médecins. Je lui explique que même Lucky Luke et le capitaine Haddock fumaient autrefois sans se cacher. Elle me répond que de toute façon, elle ne connaît pas ces gens, alors... À quoi bon s'en faire. Bon.

18 septembre. Encore excédé. Je ne sais pas ce qui m'arrive. Je me sens incapable d'amorcer mes travaux. Je dois en remettre deux pour la semaine prochaine. Je me sens totalement dépourvu des qualités nécessaires pour aller à la bibliothèque faire mes recherches, ni capable de trouver des livres et des articles concernant Brunelleschi et le dôme de Florence. Je capote. Il me faudrait agir et me mobiliser, mais je n'y parviens pas. On dirait que je suis atteint d'une nouvelle infirmité mentale. Tout à l'heure, en sortant du monitorat sur la lecture analytique, perdu dans le dédale des corridors du premier étage (il me semble que c'était le premier étage), je me suis mis à pleurer. À chaudes larmes. Comme je ne me rappelle pas avoir déjà pleuré, même si je pleure de plus en plus souvent. Et pour aucune raison. Tout d'un coup, comme si une courroie venait subitement de céder. Je me suis caché vite fait derrière les poubelles. J'ai habilement fait semblant de chercher mes verres de contact ou quelque chose du genre. Heureusement, il n'y avait pas beaucoup de monde dans les parages. J'aurais eu l'air de quoi, avec mes larmes, à ne pas savoir quoi répondre aux inquiétudes bienveillantes des passants? J'ai sorti des mouchoirs de ma poche, j'ai fait mine de me précipiter sur un téléphone public afin de téléphoner. Difficile de dire si cet état de fragilité a quelque chose à voir avec les restes de la mono. L'an dernier à pareille date, je vomissais partout sans crier gare et pouvais subitement devenir tout pâle. En trois

secondes, je suais à grosses gouttes et perdais l'équilibre. Il me fallait m'asseoir ou m'allonger. À ce stade-ci, j'ai encore chaud, mais je ne vomis plus. Je pleure. Tout simplement. J'ai de la peine, je crois.

•

Je me suis arrêté manger chez Zyng, rue Saint-Denis. Je me suis dit que peut-être, je manquais de sucre ou de protéines. Bols-repas à 16,26 $, tel que proposé sur le menu : nouilles cantonaises, poulet grillé et sauce thaïe épicée. Avec un Sprite, servi par Stéphanie, qui souriait un peu trop pour nous donner l'impression d'être véritablement contente. Je n'ai pas fait de commentaire. Elle aussi doit avoir sa part de soucis dissimulés. Tout comme les autres et tout comme moi. Elle sait qu'il vaut mieux sourire, et attendre que les heures passent. La sauce épicée fait couler du nez et permet d'avoir les yeux bouffis. Tout cela sans trop attirer les soupçons. En mangeant rapidement, j'ai pu continuer de pleurnicher un peu. J'ai pu également continuer d'utiliser plusieurs serviettes de papier, ainsi que le coin de la nappe, elle aussi en papier, sans que l'on intervienne pour me demander si j'allais bien. Je n'ai pas pris de dessert. Il y avait des litchis, mais je me suis contenté d'un thé.

Je songe déjà à abandonner un cours, mais je ne sais pas lequel. Ils me passionnent tous, mais je ne vois pas comment je vais pouvoir y arriver avec le boulot, ma femme et les journées pédagogiques des enfants. Je voudrais pourtant m'avancer comme il se doit dans mon programme de certificat, et ne pas terminer le tout dans cinq ou six ans. J'aurais l'air ridicule. Je ne voudrais pas que mes enfants se rendent à l'université avant que je parvienne moi-même à en sortir. Mais il est clair que je me fais vieux, que je n'ai plus la mémoire d'autrefois, que les nuits blanches de mon travail détruisent tranquillement ce qu'il me reste de neurones, que je ne sais plus comment faire des recherches à la bibliothèque, que je ne m'y retrouve plus avec tous les codes d'accès et les mots de passe à n'en plus finir pour obtenir le droit d'utiliser les ordinateurs de la bibliothèque des arts, que je panique grave à essayer d'accéder aux sites Internet où les professeurs hébergent leurs notes de cours et tout le reste. Je me sens vieux et sans ressources.

Il me faut lire une incroyable quantité de textes, faire des résumés universitaires dépourvus de toute subjectivité, de tout style, et apprendre à être concis, bref, rigoureux et sans âme. Tout le contraire des artistes que nous étudions. Je trouve cela extrêmement difficile. Je ne vois plus clair et n'ai pas le temps de m'occuper de tout : des enfants, des lunchs, des innombrables papiers à remplir pour les écoles ; des rencontres et des réunions inutiles, des devoirs, des bains, des pipis et des cacas ; donner des câlins, passer du temps avec Prunie qui maugrée, sans doute avec raison, fêter mon anniversaire de naissance, virer une brosse pour l'occasion, me faire couper les cheveux, prendre moi-même une douche, acheter de l'encre pour cette imprimante que j'ai envie de jeter au bout de mes bras ou par la fenêtre ; dormir, me lever, faire du café, des déjeuners, aller conduire les filles, téléphoner à la professeure de piano pour annuler la séance de la semaine prochaine, faire des chèques, appeler le chômage, dégeler une lasagne pour le souper du soir, réparer les planches pourries du balcon des locataires du troisième avant l'arrivée de la neige et de l'hiver. J'ai l'impression de ne pas avoir le temps. Même pas le temps de devenir fou. Ce serait un luxe qu'il est impensable de me permettre.

19 septembre. Ça y est, j'ai repris mon emploi de gardien de nuit. Première fin de semaine de trois nuits quasiment blanches consécutives. Finie la mono. C'est un travail où je suis seul. Le silence emplit la salle où je passe des nuits entières à être tout simplement là. Il ne se passe à peu près rien. Le téléphone sonne quelques fois, peut-être deux ou trois fois sur une période de huit heures. On peut cogner à la porte pour me demander quelque chose, me signaler une difficulté, me prévenir d'une angoisse soudaine, me deman- der l'autorisation d'aller fumer une cigarette au fumoir, d'écouter la télé un peu, parce qu'on ne s'endort pas; me demander une dose supplémentaire du médicament que l'on peut prendre au besoin. Je fais des rondes. Je vérifie si les portes sont bien fermées. J'éteins les lumières. Je suis là. Je suis présent. L'essentiel de mon travail consiste à être là.

Il fait noir. Seule une petite lampe, allumée sur un bureau, me tient compagnie. Je lis. Je suis dans le silence le plus complet. Je suis habitué. Ce n'est pas désagréable, lorsque l'on est habitué. Les bruits de la rue, comme les auto- bus sur le boulevard, rugissent dans la quiétude nocturne du fond des temps. Je lis. Je pense à la vie. Je tente parfois de dormir un peu, tout habillé, sur un fauteuil deux places, le dos plié en quatre, les jambes en l'air. Ce n'est pas un travail où, comme on dit, je me réalise. Mais il me permet de gagner une partie de ma vie. C'est un travail éprouvant, dans la mesure où je suis par la suite groggy durant quatre jours.

Je tente de me reposer un peu, de reprendre un horaire normal, adapté à celui des enfants. Il m'arrive souvent de perdre l'équilibre et de me retenir contre les murs de notre appartement. Je suis irascible, parce que toujours fatigué. En fait, j'aurais sans doute besoin de dormir vingt-quatre heures d'affilée, mais je suis la plupart du temps incapable de trouver le sommeil. On dirait que je suis trop fatigué pour parvenir à m'endormir. Oui, c'est possible. Alors je continue. Il me faudrait peut-être essayer les capsules de valériane.

Lorsque ma femme est absente, ce qui se produit n'importe quand, nous n'avons qu'à demander à quelqu'un de venir dormir à la maison. Pour veiller sur les enfants. Je rentre vers huit heures le matin. Les enfants n'ont pas conscience que je travaille, puisque je pars une fois qu'ils sont endormis. Ils le déduisent cependant, puisque j'ai l'air malade le lendemain, que je suis blême, que je pète un câble contre le pot de moutarde ou que je cherche mes chaussures dans le frigidaire. Il est probable que ce soit ce mode de vie qui ait favorisé l'éclosion de la mononucléose. Le manque de sommeil n'est jamais très bon pour la santé. Cela peut affaiblir le système immunitaire et même contribuer à l'émergence de la dépression.

C'est un emploi que je n'aime pas, mais qui me donne la possibilité d'être présent pour les enfants à tout moment, même lorsqu'ils sont malades. Il me permet aussi de suivre des cours à l'université, question de ne pas mourir de ma belle mort. Il me fait peut-être vieillir prématurément, provoque chez moi des trous de mémoire et augmente le risque de diabète, mais je n'ai pas vraiment le choix de faire des choix. Il me faut faire des compromis. Et sacrifier quelques acquis.

•

Je suis sans nouvelles de Prunella. Depuis trois jours, elle ne tente pas de me joindre. Ni sur Gmail, ni au travail, ni rien. Je ne sais pas ce qu'elle fait, ni où elle est. Elle est peut-être vraiment fâchée. Je me demande si j'ai raison de m'inquiéter. Si elle a rencontré un grand costaud avec des cheveux longs, qui lui a formulé des promesses bien senties. Comme savent le faire les grands costauds aux cheveux longs. Un homme inspirant, de qui elle n'aurait pas encore fait le tour, qui sait se dépatouiller avec un moteur et se sortir des situations difficiles, qui a un permis de conduire encore valide et moult trésors à lui faire miroiter. Je ne sais pas. Elle pourrait judicieusement me rétorquer que tout cela, de toute façon, ne me regarde pas. Et je n'aurais qu'à prendre mon trou.

21 septembre. On fête mon anniversaire. Quatre jours avant la date officielle, parce que ma femme devra bientôt se rendre à Trois-Rivières pour un contrat, et elle ne pourra pas être présente autrement. C'est elle qui organise la réception. Elle invite plusieurs de ses amis, on mange du cochon et cela finit par composer une fête réussie. Il y a de la musique et des ballons. Je me dis que c'est le plus bel anniversaire que l'on a organisé pour moi depuis longtemps. Je suis heureux et satisfait. J'ai eu 256 ans. Je reçois le livre de David Lachapelle, que je n'ai pas vraiment le temps d'examiner en profondeur sur le moment. J'avais demandé les *Classiques Phaidon du design*, en trois volumes, à travers 999 objets. Un bijou. Mais il coûtait vraiment trop cher et ma femme n'avait pas les moyens. Le cochon à lui seul, avec les pommes de terre, dépassait le budget prévu. Pas grave. J'ai de beaux enfants qui courent partout et qui collent au plafond. Il est clair à présent, et même depuis longtemps déjà, qu'il n'y a rien de plus précieux.

25 septembre. Ce n'est pas pour encore être négatif, mais Nelly Arcan s'est suicidée. Dans son appartement du Plateau Mont-Royal. Elle s'est pendue. Cette annonce n'aura surpris personne. Comme si nous nous étions tous déjà préparés au suicide éventuel de cette fille. Et que nous savions qu'il n'y avait pas grand-chose à faire pour la sauver. Cela est triste, mais ce n'est pas étonnant. J'ai pour ma part surtout pensé sur le coup que c'était dommage. Je me suis fait la réflexion que c'était niaiseux de se suicider. Personnellement, je comprenais tout ce que disait cette fille quand elle essayait d'articuler publiquement quelque chose à propos de la souffrance qui la travaillait. Je me disais que je pourrais facilement l'aider à réparer tout cela. Il me semblait que ce dont elle pâtissait était franchement assez simple à résoudre. Et qu'il n'y avait pas de quoi se suicider pour si peu. Mais je devais sans doute me tromper. Et comme chaque fois, il n'en tenait qu'à elle. Qu'à elle de vivre avec ce mal qui la rongeait.

Évidemment, ce matin, tout le monde se met à dire du bien de son écriture, de son talent, de son succès flamboyant. Nelly Arcan disait pourtant des autres qu'ils étaient méchants, impitoyables envers elle et ce qu'elle était. Particulièrement les femmes. Et elle avait raison. Elle le savait. Elle savait qu'elle avait raison, même si tout le monde la regardait avec des yeux étonnés. Elle ressentait de manière aiguë l'agressivité que déclenchait sa personnalité chez les autres. Elle en parlait au « nous ». Elle disait « nous les femmes ». Quelques-uns lui reconnaissaient une écriture forte, mais tout le monde la trouvait difficile à digérer. Elle s'apprêtait à publier un livre. Il est possible qu'elle n'ait pas tenu le coup. C'est toujours difficile de sortir un nouveau livre. Et de se soumettre au jugement des autres. Les autres qui la regardent. C'était son problème. Son talon d'Achille. Elle essayait dans ses livres de dégager une vérité de tout cela. Mais au fond, elle parlait d'elle.

Cette réalité ne semble pas avoir autant d'importance, ce matin, dans le témoignage de tous ces gens qui subitement se mettent à dire du bien de Nelly Arcan. Il est peut-être trop tôt. Trop tôt pour être franc. Tous ces gens qui la trouvent belle et magnifique et talentueuse. Alors que nous savons tous qu'ils étaient rares, très rares, ceux qui avaient des choses gentilles à dire à son propos, quand elle était encore vivante et qu'elle passait à la télé. Lorsqu'elle accordait des entrevues, elle le faisait rarement avec le sourire. On la sentait crispée et maladroite. Tout cet amour qui déferle à présent autour de sa mémoire, on ne le lui a pas manifesté, au moment où il aurait sans doute été préférable de le faire. L'amour est quelque chose qui très souvent arrive trop tard.

Je me rappelle l'avoir interviewée dans le cadre d'une série d'émissions produite par Robert Guy Scully. C'était *Bibliotheca junior*. Diffusée à ARTV, si ma mémoire est bonne. Je l'interrogeais à propos de ses lectures de jeunesse et des livres qui l'avaient marquée. J'avais à cette époque les cheveux longs, et me souviens qu'elle m'avait parlé avec emphase de la Bible, que son père lui lisait le soir avant de s'endormir, et de Witold Gombrowicz. J'ignore ce qu'il est advenu de cette émission. Je ne l'ai moi-même jamais vue. C'était à ma demande que Nelly Arcan était venue. On m'avait permis de choisir les invités. Nous étions seuls, elle et moi, l'un en face de l'autre, pour discuter une demi-heure de temps des livres de son enfance. Je n'ai par ailleurs pas le moindre souvenir de ce que l'on s'est dit durant cet entretien. Mais je me rappelle son visage dans la lumière des spots.

Nelly Arcan s'est suicidée le jour de mon anniversaire.

30 septembre. Le temps passe. J'ai le sentiment de ne rien voir. J'emmagasine de l'information à grands coups de bulldozer. Comme un obèse morbide mange du gâteau. Pas le temps de digérer convenablement. Parce que pas le temps de catalyser la moindre réaction biochimique. Tout passe tout droit. Je travaille sur la cathédrale Santa Maria del Fiore de Florence, plus exactement sur la conception spectaculaire de son dôme, élevé par Brunelleschi. Je remets également des notes de lecture concernant un essai d'Étienne-Louis Boullée, mort en 1799. Le cours d'architecture est passionnant, mais j'ai l'impression de ne pas avoir le temps de fignoler mes travaux comme je le devrais. Je tourne les coins ronds. Je lis des textes de Claude-Nicolas Ledoux, de Jacques-François Blondel, de Marc-Antoine Laugier, ainsi qu'un texte, en anglais, sur l'architecture ogivale, d'Augustus Welby Pugin. Rien de moins. J'assiste à des monitorats sur la lecture analytique, et d'autres axés sur la manière de rédiger des notes de lecture, de même que sur la manière de faire des résumés informatifs, dans lesquels on ne doit déceler aucune subjectivité. Mais alors aucune. Je fais les exercices. Je ne suis pas certain de tout comprendre. J'approfondis la pensée d'auteurs que je n'aurais jamais lus autrement. Je travaille en parallèle sur l'art juif, l'art islamique, puis sur l'art carolingien. J'étudie. D'importants examens sont prévus. Le premier a lieu dans quatorze jours. J'accumule chaque semaine du retard sur mes lectures. Je m'enfarge dans les

fleurs du tapis alors qu'il n'y a même pas de fleurs et même pas de tapis.

•

J'ai à peine le loisir de rédiger ce *Journal*, auquel je suis énormément attaché. Des fois, j'ai le sentiment de poursuivre mes études universitaires dans l'unique but d'écrire ce *Journal*. C'est ce *Journal* qui me tient debout, comme une prothèse. J'achète des cartouches d'encre, des cartons, du papier. Je me sens complètement débordé. Nous vivons, ma femme et moi, comme si nous étions en chute libre, avec le vent qui s'engouffre dans nos vêtements et la difficulté chronique de reprendre notre souffle ou de cligner des yeux. Comme si plus rien parfois ne nous rattachait à quoi que ce soit de la réalité. Nous surnageons, arrivant à peine à faire le strict nécessaire pour que tout le monde retrouve sa place le lendemain, et puisse se rendre jusqu'à l'école, au travail, au bureau, avec un lunch et un manteau de saison. On escamote quelques détails. Comme si nous contractions chaque jour de nouvelles dettes.

•

Je ne sais pas si j'apprends des choses. Sans doute que oui. Mais je le fais sans m'en apercevoir. Je ne vois pas comment je vais pouvoir remettre mon plan de travail pour le cours sur *L'architecture de l'Antiquité au XVIIIe siècle*, mardi prochain, 18 heures. Je ne sais plus à quoi ressemblent mes enfants. Je ne sais même plus si j'en ai trois, ou quatre ou deux ou cinq. L'autre jour à la table, il y avait un petit Africain qui ne parlait pas français, et je ne me souvenais même plus si ma femme avait déjà accouché d'un enfant noir. Cela ne me disait rien. Alors j'ai fait comme si tout était naturel, comme si la journée se déroulait normalement. Pour ne pas éveiller les suspicions. Les autres enfants ne disaient rien, alors je n'ai pas non plus voulu faire de vagues. Il s'est au bout du compte endormi dans l'un des lits de la maison, comme tout le monde, puis a pris le chemin de l'école le lendemain, en même temps que tous les autres, avec son lunch et son bonnet, sans demander son reste. Il m'appelait « papa ». Ce qui a suffi à m'attendrir. Comme je n'avais pas le temps de m'attarder à quoi que ce soit de métaphysique, ni de me questionner sur notre vie débilitante, je me suis concentré sur les bains, les douches, les interdictions relatives à l'utilisation de l'Internet, les papiers à remplir, tout cela entrecoupé de lectures sur la polychromie et le syncrétisme, et je n'ai rien dit. Je n'ai rien dit parce que je n'ai pas eu le temps. Et la vie s'est poursuivie.

•

J'ai à tout le moins la conscience tranquille. Comme les bouddhistes, je vis un jour à la fois. Mais c'est parce que je n'ai pas le choix. Je fonctionne. Prendre de l'avance, payer mes comptes à temps, faire mes lectures et réussir mes examens est tout ce qui compte. Même s'il s'agit d'un luxe que techniquement, je ne peux m'offrir. Je ne sais plus faire de différence lorsque je fais l'amour avec un être de l'autre sexe. Je ne sais plus si je suis en train de faire l'amour avec Betty, avec ma femme ou avec Prunella. Je risque bientôt de faire l'amour avec la petite Chinoise du dépanneur, dans le frigidaire parmi les caisses de bière, et je ne suis plus certain d'avoir encore les facultés me permettant de faire la distinction entre elle et les autres. Malgré ses yeux bridés et ses cheveux raides. Pourvu que je ne fasse pas l'amour sans m'en rendre compte, avec le gros bonhomme grec poilu de la pizzeria Ikaros, située un peu plus bas sur la rue Fullum. Je gagne de l'argent, je dépense de l'argent. Je me salis, je sécrète et je sue, puis je prends ma douche pour nettoyer tout ça. Je vis ma vie et fais la fête. Je dors six heures, puis repars de plus belle vers de nouvelles aventures. Les enfants ne se doutent de rien. Je ne suis pas toujours certain d'avoir mangé, je ne sais plus si mes parents sont morts ou toujours vivants. Je n'ose pas composer leur numéro de téléphone. Je perds la mémoire et je disjoncte. Je ne sais plus où j'ai posé les clés de mon cadenas. Je ne connais plus les neuf chiffres de mon numéro d'assurance sociale, ni si j'ai répondu correctement aux questions des policiers avant-hier soir. Je suis perdu. Je trouve des enveloppes de condoms dans le réservoir à eau de la machine à café. Je reste interdit et je ne comprends plus rien. Je suis perdu. Mais tout le monde a l'air de ne se rendre compte de rien. Tout semble se dérouler tel que prévu.

30 septembre. Quelque chose de rassurant. Une information qui fait du bien. J'apprends que le Louvre, après le déménagement du roi Louis XIV vers Versailles, et donc bien avant que le bâtiment ne devienne le musée qu'on connaît, fut momentanément prêté aux artistes. On ouvrit ses portes et ses espaces aux peintres, issus des strates les plus pauvres de la population. Ces derniers avaient toujours besoin d'un endroit où poser leurs chevalets. C'est Françoise David de Québec solidaire qui aurait été contente. Certains étages accueillirent également les académies de peinture, de sculpture et d'architecture. Comme si des « résidences » d'artistes y avaient été aménagées. Des artistes y logèrent donc gratuitement, bénéficiant du toit, mais surtout des grandes salles et de leur lumière, ce dont tout peintre qui se respecte aura toujours besoin, et ce, sans devoir remplir de demandes de bourse. Anecdote intéressante, certains racontent que c'est le roi lui-même, déjà complètement fou, qui était à l'origine de cette initiative. Il est loufoque d'imaginer que le roi de France ait pu permettre une pareille chose : offrir des résidences d'artistes dans son ancien palais. Mais cela eut bel et bien lieu. Et plusieurs en auront profité. Tout en prenant mon déjeuner, c'est une information qui me redonne du courage, même si cela remonte à loin.

1er octobre. Je lis, feuillette et potasse. Je me concentre sur mon travail en architecture. L'ouvrage de Giulio Carlo Argan, *Brunelleschi*, traite des différents principes de construction, de technique et de la place occupée par le Dôme dans l'œuvre de Brunelleschi. Je m'y attarde pour les dessins, les plans de coupe et d'élévation. Je lis aussi *L'Italie entre ciel et terre*, de Maria Antonietta Crippa, surtout le chapitre 5, consacré aux grands travaux publics de même qu'aux chantiers civils et religieux de grandes dimensions. Le *Guide Vert* des éditions Michelin, *Florence et la Toscane*, de Hervé Deguine. Puis un guide de voyage sur Florence et la Toscane, publié par la National Geographic Society; très intéressant en ce qui a trait aux informations sur la plaza, le campanile et le baptistère. Malgré son caractère généraliste, l'ouvrage fournit une quantité considérable d'informations. Je lis Bertrand Jestaz, *La Renaissance de l'architecture, de Brunelleschi à Palladio*, dans la collection « Découvertes » de Gallimard. Je vomis. Mais pour les photos de maquettes en bois, réalisées à partir des plans originaux, pour l'architecture religieuse de la Renaissance et le bouleversement créé par les innovations de Brunelleschi, c'est un livre on ne peut plus pertinent.

•

Au courant de la semaine prochaine, nous devrons fêter l'anniversaire de Catherine G. (qui est la blonde de Charles et la mère de ses enfants). Ce sera aussi la fête de Nicolas et le baptême de la petite Jane. Il y aura aussi Stéphane C., qui donne un show avec ses musiciens dans un bar du boulevard Saint-Laurent, puis le retour de Philippe, parti vivre en Estonie, mais finalement revenu parmi nous. Je n'en peux plus. Chaque fois nous allons devoir boire, et fumer et manger et danser et reboire encore. Tout ce qu'il faut pour être heureux. Nous allons nous coucher tard, et nous lever très tôt le lendemain. Il me faudra malgré tout terminer Pugin, répondre à la première question du premier examen du cours d'architecture des XIXe et XXe siècles; baiser ma femme, baiser Prunella, dans un bosquet ou dans une chambre de motel; et voir avec Betty s'il y a moyen que l'on recouche ensemble une dernière fois, contre la rampe de l'escalier ou sur le lavabo. Vite fait bien fait. La vie rêvée, quoi.

Cinquième semaine. Nous avons tous atteint notre vitesse de croisière. Plusieurs étudiants semblent avoir abandonné. Les classes archipleines des premiers jours offrent à présent quelques places libres. À ce stade-ci, nous saisissons le style du professeur et ce que celui-ci attend de nous. Ne reste qu'à faire en sorte que s'écoulent les jours, jusqu'à ce qu'arrive la fin de session, les examens, les dates limites et fatidiques. La fin de session avec ses travaux, ses problèmes d'imprimante, la difficulté d'intégrer sur nos ordinateurs les images requises, puis les fautes d'orthographe et l'impossibilité de programmer une pagination adéquate, sans que le logiciel ne choisisse de n'en faire qu'à sa tête.

Je suis toujours aussi confus. J'ai un monitorat demain après-midi. Une sorte d'atelier de lecture, je crois. Le plus difficile est de switcher d'une vie à l'autre. J'attrape mes cartables et me dirige vers l'université, sans trop savoir si j'ai fait toutes mes lectures. Je ne regarde jamais mes plans de cours, ni les syllabus et encore moins les addendas aux syllabus. Cela doit sans doute faire de moi un mauvais étudiant. J'observe les autres, et presque tous ont l'air de décrypter ce qui se passe. Je suis hagard. Le type à ma gauche dort à poings fermés. Il n'a même pas ouvert son sac. Il disparaît après la pause. Les deux filles devant moi passent tout leur temps sur Facebook. Je remarque que celle qui se trouve assise en diagonale par rapport à moi se renseigne sur les benzodiazépines ; elle étudie les dosages et les effets secondaires.

Personne ne semble s'inquiéter. Tout le monde a l'air d'avoir pris une avance relaxante. Je les trouve chanceux. Je ne sais pas comment ils font.

5 octobre. J'ai croisé Betty ce matin. Mais rapidement. J'avais mille choses à faire : planifier la journée pédagogique du plus grand, trouver des papiers d'impôts qu'on ne trouve jamais parce que perdus dans le néant de cette vie que nous ne comprenons pas, ni ma femme, ni moi. Je devais partir à la course travailler à la bibliothèque, alors je ne l'ai vue que trois secondes. Mais elle était présente. Dès qu'elle entre dans la maison, elle se met en marche. J'ai vu son cou, ses épaules. J'ai remarqué sa peau. Elle ne m'a pas regardé. J'ai trouvé qu'elle était mince et me suis demandé si elle avait maigri. Puis j'ai dû me sauver. La petite pleurait, ma femme courait partout, un feu venait de naître dans la cuisine et il m'a fallu l'éteindre en tapant dessus avec ma veste, tout en parlant au téléphone avec le comptable, qui appelle tôt pour être sûr de pouvoir nous attraper.

Je ne vois plus Prunella. Nos deux dernières rencontres ont été un peu froides. Nos messages Gmail sont désormais laconiques. On peut dire en tous cas que ce n'est plus comme avant. Et comme je ne me consacre pas à elle autant qu'il le faudrait, elle doit se dire que finalement, je ne vaux pas grand-chose. Nous n'irons probablement pas à la cathédrale Marie-Reine-Du-Monde, ni à la station-service (aujourd'hui fermée) de Mies van der Rohe sur l'Île-des-Sœurs. Nous n'irons plus au cinéma l'après-midi, ni manger chez Frite Alors ! Nous n'explorerons plus les bâtiments méconnus de Montréal, en nous parlant de la pluie et du beau temps, collés l'un contre l'autre et transportés par la joie. Nous nous sommes négligés. Nous avons manqué d'eau et le cœur s'est progressivement desséché. Je m'en doutais. L'été a été ravageur pour notre relation. Prunella est restée trop long-temps toute seule à m'attendre. Et moi, trop longtemps enfermé avec ma mononucléose.

La menace de la grippe A (H1N1) plane toujours sur les locaux de l'Université du Québec à Montréal. Certains prétendent l'avoir entraperçue, tournant le coin et filant rapidement vers les escaliers mécaniques. On parle de fermer l'université en cas de besoin, de suspendre les cours et les examens, le temps de tout désinfecter. À l'école, à la polyvalente comme à la garderie, on répète la même chose à nos enfants. Tout le monde a peur. Tout le monde est aux aguets. Des bulldozers sont en action afin d'agrandir les cimetières et faire de la place. Nous pourrions être des millions à mourir en moins de quelques jours. Il faut songer à profiter des derniers instants qu'il nous reste. Et vivre intensément nos rêves. Pour atteindre le bonheur dont on nous parle depuis l'enfance.

Nous devons tout de même étudier pour l'examen d'architecture de la semaine prochaine. Plan, coupe, élévation ; l'encorbellement, les pyramides, les temples, ceux de la vallée des Rois, ceux des Grecs et des Romains ; la Mésopotamie, le plan minoen, le mycénien, le plan oriental vs le plan occidental, les Mayas, les cinq ordres et leurs proportions de même que les différentes parties du temple, de la basilique, de la mosquée, évoluant au fil des siècles et des conquêtes. Les choses se déroulent rapidement. J'ai à peine le temps de savourer l'enivrement d'une vie aussi chargée.

J'achète des oranges et des kiwis. Je pense à la santé et au système immunitaire de mes enfants. Je fais le plein de vitamines, et lis tout ce qui nous est offert concernant les maux de notre monde. Je fais des efforts et me tiens au courant. Je suis un bon père de famille même si je ne travaille pas. Et la pharmacie de notre salle de bain est à la fine pointe de tout ce qui se fait en matière de prévention, de suppléments et de médication. Dans les chambres de mes enfants, tout le monde s'endort à poings fermés.

10 octobre. Surprise et revirement complet de situation. Je n'ai pas pu tenir ce *Journal* durant plus d'une semaine en raison d'un incident qui s'est produit entre Prunella et moi. Je ne dirai pas tout de suite à son sujet qu'elle est une folle, une hystérique qu'il faudrait enfermer, voire une fille comme il ne s'en fait plus depuis le XIXe siècle. Parce que je n'y suis sans doute pas tout à fait pour rien dans cette histoire. Mais il s'est passé quelque chose de grave et de sérieux entre elle et moi. Encore une fois, j'y suis sans doute pour quelque chose, mais peu importe.

Alors que j'avais décidé de lui donner rendez-vous, pour discuter avec elle du fait qu'on ne se voyait plus, ou encore du fait que lorsqu'on se voyait, elle me lançait des pointes et trouvait toujours quelque chose de désagréable à me dire, les choses n'ont pas tourné comme je l'avais prévu. Je voulais lui dire qu'elle me semblait plus distante, moins disponible, moins encline à être avec moi. Et lui avouer que moi aussi, de mon côté, j'étais moins disponible que le printemps dernier. Je voulais lui rappeler que je savais qu'on avait prévu passer l'automne à faire les fous dans la ville, à se baigner dans les fontaines, à voler des hot-dogs jusqu'à se faire poursuivre par des policiers. Je voulais lui dire que si on se voyait moins, c'était pour des raisons qui échappaient à mon contrôle. En quelque sorte, je voulais m'excuser.

Nous nous trouvions à la cafétéria. Elle avait enfilé son justaucorps fleuri, et cette petite veste de laine qui lui va si bien. Encore une fois dépeignée, les yeux brumeux, elle m'écoutait en silence baragouiner mon récit bringuebalant. Je lui ai dit que je pensais qu'on devrait peut-être se voir un peu moins, ou cesser de se voir... mais que l'on pourrait malgré tout faire ensemble nos révisions, se préparer pour les examens. Et patati et patata. J'allais ajouter que ce serait peut-être mieux comme ça, pour elle comme pour moi, et tout ce que l'on dit dans ces cas-là. Toutes ces niaiseries que l'on évoque dans ces cas-là. Mais je n'ai pas eu le temps de me redresser. Ni de voir venir ce qu'elle me réservait.

Prunella a très mal réagi. Je la savais franche et spontanée, mais pas à ce point. Je n'ai pas trop compris ce qui s'est passé, mais l'infirmière ne m'a pas cru. Je ne voulais pas dénoncer Prunella, ni porter plainte contre elle. Alors je n'ai pas tout dit. J'ai bricolé quelques informations improbables, et me suis laissé désinfecter la plaie sans dire un mot. Je sais de toute façon que Prunella a sans doute eu raison de réagir ainsi. Qui sommes-nous pour juger ? Je suis retourné à l'urgence. Mais pas à celle du CLSC. J'ai plutôt choisi l'hôpital le plus proche. Rien de moins. Je me suis trouvé chanceux de m'en tirer à si peu de frais. Je me suis dit qu'elle aurait pu attendre quelques minutes, et tenter de me pousser dans la rue, devant une voiture, en faisant semblant de me coller, avec en tête l'idée funeste de se venger. Elle aurait pu s'arranger pour que je me fasse attaquer en rentrant à pied jusque chez moi le soir. Elle connaît tellement de monde dans le milieu des punks.

Je voulais lui faire avaler mes histoires de vieux débile qui cherche à la convaincre qu'il vaut mieux être raisonnable. Puis qu'après la tempête revient le beau temps, et qu'il est toujours préférable d'opter pour la stabilité et la modération, éviter les risques inutiles. Mais elle ne m'en a pas laissé le temps. Je crois qu'elle m'a tout simplement vu venir. Avec mes grands sabots. Et même si elle n'avait pas prévu son coup, elle avait l'intention de me rendre la monnaie de ma pièce, et de me faire passer un très mauvais quart d'heure. Quels qu'en soient le style et la manière.

Alors avant que je puisse avoir le temps de terminer ma dernière phrase, elle a bondi. Elle a lancé un cri qui a subjugué tout le monde autour, et s'est jetée sur moi. Rapidement, elle a saisi la fourchette de plastique qui traînait sur la table d'à côté, et me l'a plantée de toutes ses forces dans la joue droite. Alors que je parlais, en ajoutant du miel et des excuses. Elle ne m'a pas laissé finir mon exposé. Elle avait sans doute déjà compris. Et a préféré me couper la parole. Évidemment, je n'ai rien vu venir. Mais j'ai tout de même senti les dents de la fourchette rentrer dans ma chair comme dans du beurre. Du beurre dur. Du gras de cochon ou quelque chose du genre. Aussitôt, le sang a giclé. Dans un feu d'artifice impressionnant. Ma chemise est devenue toute rouge (moi qui ai l'habitude de porter des chemises blanches) et j'ai regardé Prunella s'enfuir, sans que personne ne fasse un geste pour la retenir. Je tentais de retenir à deux mains le sang qui coulait, saisissant des serviettes de papier qui se trouvaient à portée de main. Sur le coup, je n'ai pas hurlé de douleur. J'ai plutôt regardé Prunella partir en courant. De toute façon, cela ne faisait pas si mal. Il m'a semblé l'avoir entendue pousser un petit cri, ou commencer à sangloter. Je l'ai regardée s'éloigner. Et j'ai souhaité qu'elle s'esquive et prenne de la vitesse pour ne pas être rattrapée par qui que ce soit. Bien fait pour moi, que je me suis dit. Des gens se sont approchés pour voir si tout allait bien. Un peu par obligation. Un peu pour observer et faire semblant de me porter secours. La fourchette de plastique était restée plantée dans ma joue. Je la sentais gratter mes gencives. On a tout essuyé, en épongeant le plus gros. Puis je me suis à mon tour dépêché de quitter les lieux, devançant l'arrivée des gardiens de sécurité de l'UQAM, toujours en retard pour les choses graves, et toujours trop en avance lorsqu'il ne se passe rien. On pourrait croire parfois qu'ils s'informent de la situation avant de quitter leur bocal à l'entrée.

J'ai ajouté quelques serviettes de table, que j'ai mises en tas, et me suis tenu la joue jusqu'à la sortie. Je n'ai évidemment pas tout raconté à l'infirmière de l'Hôpital Saint-Luc, ni au spécialiste en points de suture par la suite, qui paraissait s'en foutre qu'il soit question d'un chien, d'une flèche empoisonnée ou d'un kalachnikov. Celui-ci faisait des points, méticuleusement, sans discuter ni faire de blagues. Il arrivait d'une autre salle, où il avait dû faire d'autres points de suture, et songeait à ce qui l'attendait ensuite : une cuisse, une tête, quelques doigts. Il devait surtout penser à sa prochaine cigarette, grillée en vitesse dans la porte d'entrée, une demi-heure avant la pause. Je n'ai pas fait de déposition. Des policiers sont venus, mais je n'ai pas souhaité les rencontrer. Ils n'ont pas cherché à insister. J'ai avoué à l'infirmière que l'on m'avait planté une fourchette dans la joue, parce qu'il me semblait difficile d'inventer une meilleure histoire qui tiendrait debout. Il est rare qu'on se plante une fourchette dans une joue en mangeant de la soupe, ou en faisant ses travaux scolaires. L'infirmière en question n'a pas cherché à comprendre, et n'a jamais paru douter de mes explications. Dans cet endroit du centre-ville, elle en a visiblement vu d'autres. Elle s'est contentée de vérifier que j'avais toute ma tête, et s'est concentrée sur le prochain patient. Celui qui venait d'arriver sur une civière, les yeux crevés et la langue arrachée.

Quoi dire à ma femme, à présent? Heureusement qu'elle est en Grèce, et qu'elle ne rentre que dans sept jours. Cela me donne le temps pour construire un récit. Et pour gratter les croûtes de mes blessures. Je sais toutefois que les enfants ne sont pas dupes. Ils ont beau regarder la télé toute la journée lorsqu'ils sont en congé, ils sont capables de pressentir que quelque chose cloche et ne tourne pas rond, lorsque quelque chose cloche et ne tourne pas rond. De retour à la maison avec un gros coton collé sur la moitié du visage, il me faudra vite inventer une histoire pour ne pas trop les effrayer. En me rasant? En voulant sauter une clôture? Attaqué par un chien en traversant le parc? Je ne sais pas encore. Il me faudra réfléchir ferme. Il ne me reste que deux heures avant leur retour de l'école.

Cet incident de la fourchette n'est encore pas un événement qui va m'aider à étudier convenablement. Ce n'est pas comme si cela me dégageait du temps pour me détendre et relaxer. Déjà que j'ai tout juste le loisir de me brosser les dents. Il me faut ajouter cet incident à mon agenda. Avec une blessure de cette ampleur, et Prunella qui court toujours et qu'il me faudra rattraper avant qu'elle ne commette d'autres frasques, sur un chauffeur de métro ou sur un professeur, je sens que Noël n'arrivera pas de sitôt.

•

Je prends deux aspirines tous les soirs avant de m'endormir. Je tente de me calmer et de faire de la méditation. Avec une serviette froide et de la musique. Je pense à Siddhartha et cherche à appliquer sur moi les principaux principes de la spiritualité orientale. Je me dis que celle-ci a fait ses preuves. Je pense aux Beatles. Je me concentre sur

les manifestations universelles de paix, de calme et d'harmonie. Je cherche dans le bottin des endroits où l'on offre
des sessions de yoga à bon marché. Du yoga chaud comme
du yoga froid. Peu importe. Du yoga en plein air et du yoga
en altitude. Il me faut trouver quelque chose. Quelque chose
d'autre que la bière et le champagne. Je connais déjà les spas
et les massages, les escales forfait-splendeur et les promo-
tions cocooning. Il est à présent clair qu'il me faut passer à
un autre niveau de relaxation.

Le vaccin contre la grippe A (H1N1) est tout récent. Des laboratoires de génie viennent de l'inventer. Sitôt qu'il fut question de pandémie, on a trouvé la solution. Tous sont désormais invités à y goûter. Tout le monde dans le même bateau, main dans la main. Il en existe à la cerise, au citron, et bientôt on prévoit élaborer une saveur de raisin vert. Il est fabriqué selon le même procédé que le vaccin contre la grippe saisonnière normale, lui-même inventé depuis moins de dix ans. Il est composé de parties de virus inactif, et ne peut donc pas transmettre la grippe. J'ai vérifié sur Internet. Il contient une substance que l'on nomme adjuvant, obtenue à partir de la vitamine E, et une autre substance appelée squalène, mélangée à du polysorbate 80. Rien que de bonnes choses. L'adjuvant confère au vaccin une plus grande efficacité, et ne peut faire de mal à quiconque. Inutile de s'inquiéter. La vitamine E, nous le savons, est une vitamine essentielle au bon fonctionnement de l'organisme. Le squalène est produit naturellement par tous les êtres humains, et sert d'intermédiaire pour la fabrication du cholestérol. Rien à craindre. Le polysorbate, quant à lui, est une substance utilisée dans de nombreux vaccins et médicaments (donc sans danger) afin d'en assurer l'homogénéité. Le vaccin contre la grippe de cette année ne contient finalement qu'une petite quantité de thimésoral, un agent de conservation qui ne cause pas l'autisme, nous dit-on. Pourquoi au juste nous parle-t-on d'autisme, à ce stade-ci du dévoilement de l'information ? Personne n'a pourtant posé de question à propos de l'autisme. J'imagine que c'est le rôle de la science de nous devancer dans nos questionnements.

De plus amples renseignements peuvent nous être communiqués via notre CSSS, où se trouvent des infirmières et des médecins compétents. En résumé, si je comprends bien, plus on aura vacciné de monde au cours des prochains mois, moins le virus circulera dans la population. Un simple petit effort de notre part aidera à réduire le nombre de personnes pouvant contracter la maladie. On serait fou de s'en priver ? C'est gratuit. Et de petits gâteaux, des jus et du café, seront gratuitement distribués pour l'occasion. Sans doute afin de nous attirer. Comme on attire des mouches avec du miel.

15 octobre. Quelques jours ont passé. Je sais que j'en parle souvent, mais je n'ai toujours pas revu Prunella. Je lui ai envoyé des dizaines de courriels, pour lui expliquer que je la comprenais et que je ne lui en voulais pas. Mais elle ne me répond pas. Je dois lire attentivement des textes de Panofsky, né à Hanovre en 1892, et incontournable en histoire de l'art. Ma blessure à la joue ne guérit pas très vite. Pas aussi vite que prévu. Elle me fait encore mal, surtout lorsque je baille, et m'oblige à ne manger que de la soupe et à ne boire que des jus de fruits. Je préfère encore les conséquences d'une mono-nucléose. Mais je déclare cela sans réfléchir, et parce que je suis en colère. Je sais que l'on ne peut pas chaque fois tirer le bon numéro. Surtout pas plus d'une fois par année. Et que je devrais plutôt me taire, et simplement aller m'acheter des crèmes à la vitamine D. Personne n'aurait pitié de moi dans les circonstances.

Je me rends compte également que la tenue de ce *Journal* me draine une dose d'énergie non négligeable. Ce genre de chronique ne s'écrit pas tout seul. Cela pourrait compter pour un travail à part entière. Comme toutes les fois où l'on décide de s'attarder à quelque chose qui nous tient à cœur, la tâche se trouve naturellement ponctuée d'obstacles. Je ne peux écrire qu'une ou deux heures chaque semaine.

Je me rappelle que le médecin de l'hôpital m'a proposé des analgésiques. Dans le cas où la douleur m'empêcherait de dormir. Puis une quarantaine de gélules d'antibiotiques.

Il a griffonné devant moi une prescription. Illisible. Les médecins sont toujours rapides sur les prescriptions d'antibiotiques. Je connais une amie qui s'est fait prescrire des antibiotiques parce qu'elle venait de divorcer et qu'elle envisageait la suite comme une corvée. J'hésite et je ne sais pas. Pour le moment, je préfère continuer à ingérer de l'aspirine trois fois par jour. Il m'en reste un gros pot dans mon armoire. 500 comprimés de 50 milligrammes. En solde chez Jean Coutu. Je peux tenir plus ou moins vingt-quatre semaines.

•

Ma femme n'est toujours pas rentrée de Grèce. La chanceuse. Elle a eu des problèmes avec son billet d'avion, une tempête tropicale a chambardé ses plans et elle devra obligatoirement prolonger son périple de quelques jours. Elle compte me rappeler pour me tenir au courant. Elle est désolée et elle me dit qu'elle m'aime. Tant mieux pour elle. Elle pourra au moins se faire bronzer.

Il y a Prunella qui s'est entre-temps retransformée en punk. Comme à l'époque de son adolescence. Une punk qui crache dans les lieux publics, qui mâche de la gomme et qui est prête à se battre avec quiconque la regarde de travers. Je me sens responsable de ce qui lui arrive et de ce qu'elle devient. Mardi prochain, 18 heures, je dois malgré tout subir un important examen sur les Minoens et les Mycéniens. Où vais-je donc trouver le temps pour étudier, s'il me faut tenter de la rattraper avec mon lasso ?

16 octobre. Dernière semaine avant la relâche. Je ne sais pas trop si cette pause me permettra de relâcher quoi que ce soit. Ma femme n'est toujours pas rentrée. Et c'est tant mieux, parce que je n'ai toujours rien trouvé pour lui expliquer ma blessure. J'y ai pensé, mais toutes les explications me paraissent faibles. Ma femme n'est pas souvent présente, mais je sais qu'elle m'aime encore suffisamment pour se méfier. J'ai dû jeter ma chemise ensanglantée. Elle était complètement fichue. Irrécupérable. J'ai déjà proposé une version aux enfants, qui n'ont pas tergiversé longtemps avant de demander des précisions. J'ai répondu n'importe quoi. J'ai dit que j'avais essayé tant bien que mal d'emprunter un Bixi, mais qu'il y avait eu un problème avec le frein avant, et que j'étais tombé dans une crevasse et que dans ma chute – spectaculaire comme il se doit – je m'étais éraflé la joue. Sur le guidon, pour être plus précis. Quand ils m'ont vu remonter du sous-sol, où se trouve la machine à laver, et qu'ils se sont aperçus que je tentais de cacher ma chemise derrière mon dos, j'ai dit que je l'avais déchirée. Pendant l'accident. Parce que c'était un accident spécial et pas du tout ordinaire. Avec un gros sourire pour faire passer la grosse pilule. Comme ils ne m'ont posé aucune question, et qu'ils ont continué de mastiquer les croûtes de leurs sandwichs dans un silence englobant, j'ai vu qu'ils ne me croyaient pas. Évidemment, ils ne sont pas fous, mes enfants. Ils savent bien que je ne suis pas du tout du genre à faire du vélo, et

encore moins à essayer de m'attarder pendant vingt minutes sur le fonctionnement des bornes où les fucking Bixi sont attachés. Encore moins à la mi-octobre, quand les foulards et les mitaines s'imposent – la petite venait justement d'inaugurer son manteau d'hiver ce matin-là. Mon histoire ne tenait pas debout. Et me voilà maintenant contraint de soutenir la même fiction devant leur mère, lorsque celle-ci sera de retour. Si elle finit par être de retour. Dans trois ou quatre jours. Si elle finit par revenir et par avoir envie de rattraper le temps perdu auprès de ses enfants.

Je pense à ces femmes qui disparaissent dans le brouillard. Qui se suicident ou qui ne rentrent pas. Je pense à cette amie qui nous confiait que sans sa séparation, et sans la garde partagée, elle n'aurait jamais pu continuer de faire progresser son entreprise. Je pense à ma femme qui rencontre un autre homme. Totalement différent de ce que je suis. Un homme qui voyage et qui n'est là qu'à l'occasion. Un homme parfait pour ce qu'elle est, ou ce qu'elle est devenue au fil des ans. Qui ne lui demande pas de rentrer tous les soirs, et qui de toute façon préférerait qu'elle ne soit pas nécessairement là tout le temps pour les enfants. Je pense à ma femme qui fait le tour du monde et qui un jour, sans crier gare, ne rentre pas.

Je pense à ma plaie qui ne guérit pas. Je pense à mon fils qui se prépare à faire ses premiers pas dans le domaine de l'adolescence. Je pense à ses sœurs qui ont encore besoin de nous. Je ne me repose pas. Je viens écrire au Café des arts. Sixième étage du pavillon Hubert-Aquin. C'est ici que, pour le moment, je rédige mon *Journal*. Je ne suis pas chez moi. Je ne suis pas déconcentré par les coups de fil et les diverses tâches ménagères. Lorsque je trouve un endroit tranquille où je peux avoir un peu la paix, et ne pas songer à mes

problèmes du quotidien, je l'adopte et tente d'y aller régulièrement. À chacun son refuge. Certains optent pour les ham-
mams et les restaurants, moi je trouve finalement du
soulagement dans les endroits où il m'est possible d'écrire.
Où il y a une prise électrique pour brancher mon ordinateur.
Lorsque le Café des arts ne me permettra plus de le faire, il
me faudra chercher un autre endroit.

•

En ce moment, j'ai envie de travailler sur un ancien projet. Un projet sur lequel je ne suis pas revenu depuis presque
un an. *Scellé plombé.* C'est le titre. J'y pense souvent, et je
me dis que si j'avais du temps à perdre, je m'y consacrerais.
Je souffre, en quelque sorte, de ne pas pouvoir le faire. Mais
je m'arrange aussi pour ne pas pouvoir le faire. Probablement pour éviter d'affronter un obstacle qu'il me faudra un
jour franchir. Que je le veuille ou non. Il m'arrive de mettre
en veilleuse un projet qui me tient à cœur, parce que je ne
trouve pas de solution. Je me consacre à autre chose car il
ne sert à rien d'insister. Dans ces cas-là, il faut attendre.
Attendre qu'apparaisse d'elle-même la solution. Même si
cela demande plusieurs années. Pour écrire ce que j'écris, il
ne faut pas être pressé. Ce n'est qu'avec le temps qui passe
que je suis arrivé à m'en rendre compte. Je pense à Marc
Séguin qui, dans un extrait du film que lui consacre le réali-
sateur Bruno Boulianne, avoue aimer cela, attendre.

Toujours est-il qu'à ce moment-ci, même s'il est inutile
de se presser, je suis sollicité par le projet *Scellé plombé.*
Malgré ma joue qui ne guérit pas. Malgré Prunella et l'avortement de Betty, malgré ma femme qui ne revient pas et
qui ne reviendra peut-être jamais, malgré l'écriture de ce

Journal, mes études en histoire de l'art et l'intelligence impressionnante de mes deux filles, la solution que j'attendais m'est apparue. Je l'entends désormais qui m'interpelle. Et je me dis qu'il me faudrait m'y atteler. Prendre des vacances ou m'octroyer un temps de recul, pour revenir sur ce récit dormant dans un tiroir.

•

Je pense à ma femme qui renonce à la vie de famille parce qu'elle a beaucoup mieux à faire et des projets beaucoup plus intéressants. À ma femme qui est encore belle et qui a confiance en elle et en ses possibilités. Je pense à ma femme qui change d'idées. À notre siècle où tout est désormais possible. Je comprends que tout le monde trouve cela génial. Je pense au progrès. Je pense au culte du progrès et au fait que le monde entier s'en accommode et que personne ne lui résiste. Je pense au fait qu'il fait l'affaire de tous. Même si tout cela nous rend malades.

Un jour, cela est clair, ma femme devra soit changer de métier, soit modifier sa configuration familiale. Le bon père de famille qui attend à la maison qu'elle revienne à temps pour le souper, entrera inévitablement en contradiction avec le métier qu'elle souhaite poursuivre. La garde partagée sera pour elle beaucoup plus adéquate. Beaucoup plus malléable. Elle optera alors pour un autre homme, une autre situation, une nouvelle réalité. Un chum qui ne lui demandera pas d'être là plus souvent. Qui sera lui aussi très occupé, et qui aura tout comme elle renoncé au quotidien lourd et encombrant de la vie familiale. Elle ne changera pas de vie. Elle travaillera en éprouvant moins de culpabilité. Elle aura plus de temps. Plus de temps pour elle. Du temps pour les séances de yoga et les meetings qui durent parfois jusque plus tard que prévu. Elle rencontrera un homme gentil, qui prend les choses en charge et qui ne lui en veut pas tout le temps. Un homme qui n'est pas toujours fâché contre elle. Ce qui lui fera du bien. Un homme plus beau, qu'elle trouvera drôle et qui partagera sa passion pour la méditation. Un gars qui sera resté jeune, qui fera du skateboard et qui lui offrira des voyages, encore des voyages, pour qu'elle puisse aller le retrouver. Un homme avec qui elle apprendra à faire l'amour différemment. Et qui lui fichera la paix le reste du temps.

Elle me dira qu'elle ne m'aime plus. Qu'elle ne reviendra pas, qu'elle a choisi de vivre autre chose. Elle songera à la possibilité d'acheter avec lui un chalet en Estrie. Rien ne l'obligera à lui demander de s'occuper de ses enfants, puisque je serai toujours là, moi, dans l'autre coin, pour assurer cette tâche sans défaillir. Elle et lui ne partageront que des moments de qualité. Des instants mémorables et merveilleux. Comme tout ce que recherchent les gens qui travaillent trop. Ils ne se verront peut-être pas souvent, mais toujours dans des occasions exceptionnelles : sur la plage, dans des hôtels, entre deux avions, parfois chez lui, d'autres fois chez elle, quand les enfants seront avec leur père.

Je lis un article dans le journal *La Presse*, qui rapporte des témoignages de parents divorcés. Plusieurs admettent vivre beaucoup plus harmonieusement depuis leur séparation. Car ils ont enfin la possibilité de passer du temps seuls avec leur nouvel amour. Ce qu'ils n'avaient pas à l'époque de leur vie conjugale. Ils se sentent mieux, plus épanouis. Lorsque les enfants sont avec l'autre parent, ils ont du temps. Du temps pour voyager et faire l'amour, sans être inquiets de ce qui se passe avec leur progéniture. Décidément, la séparation semble être une des meilleures choses que les êtres humains avec des enfants ont pu inventer comme solution à la vie de famille. C'est une leçon à retenir.

17 octobre. Une lettre de l'université m'enjoignant à faire mes choix de cours pour le prochain trimestre me laisse pantois. Déjà? Alors que je n'ai même pas eu le temps de souffler. À ce moment-ci de ce qui ressemble fortement à quelque chose comme une période d'examens et de remise de travaux, il m'est impossible d'envisager l'amorce d'une nouvelle session. Dans seulement quelques semaines, après le répit des Fêtes. Quand nous aurons à peine mangé de la dinde, reçu des cadeaux décevants et critiqué le *Bye Bye*, il nous faudra recommencer. Je n'ai vraiment pas le temps de comprendre tout ce qui se passe. Je gobe et j'encaisse. J'envisage cette fois de ne m'engager que pour deux cours. Je n'ai pas envie que s'éternise mon programme de certificat, mais je n'ai pas tout à fait l'intention de mourir tout de suite non plus. À mon âge, il nous faut faire attention. Des apoplexies peuvent survenir sans crier gare, et nous annoncer subtilement que le temps passe et nous rattrape, et qu'il vaudrait mieux désormais manger des fruits et faire du sport.

•

La plupart du temps, au Café des arts, il n'y a pas beaucoup de monde. Une ou deux personnes. Sans compter la fille qui tient le comptoir. Il y a de la musique. Je les entends qui parlent. Je les trouve enthousiastes, comparées à mes anciens collègues qui étaient chaque jour quasiment morts.

À la pause, ou à l'heure du dîner, le Café se remplit. Puis se revide à nouveau une heure plus tard. À force de me voir assis à la même place depuis quelques jours, il y en a qui me saluent. On ne se connaît pas bien. Ils ne sont pas dangereux.

J'entends les autres étudiants parler de leurs travaux. Tous sont dans leur fin de session jusqu'au cou. Je ne crois pas que l'histoire de l'art soit un programme facile. Je ne crois pas que la majorité des étudiants trouvent ce programme facile et reposant. Je ne suis pas le seul à capoter. Le capotage des autres ne fait que me rappeler que moi aussi, je suis en train de capoter. Et met l'accent sur le fait que ce *Journal* me bouffe du temps. Je dois donc par la suite étudier la nuit, en m'injectant du café dans les yeux à l'aide d'une seringue, pour intégrer par cœur les colonnes et les ordres, et le porphyre, et la chapelle des Scrovegni, et la pierre et le bois et le métal, et le gothique, et l'Angleterre, et l'arrivée de l'acier dans le monde de l'architecture. Gustave Eiffel, Viollet-le-Duc, et le Grand Palais. Et l'hiver qui se fait sentir. Et l'Halloween dans moins de deux semaines. Avec un costume de princesse à confectionner et quatre ou cinq tonnes de bonbons à distribuer. Parmi les fantômes et les sorcières. Et Justin Bieber avec sa coupe de cheveux et Hannah Montana dans tous les magazines, qui nous expliquent à quoi demain ressemblera.

Pas le choix, nous voilà tous plus que jamais dans un contexte de pandémie de la grippe A (H1N1). Gregory Charles en parle. Véronique Cloutier en parle. L'Agence de la santé et des services sociaux du Grand Montréal, en collaboration avec la Direction régionale du ministère de l'Éducation, du Loisir et du Sport, conviennent conjointement de procéder à la vaccination de tous les jeunes fréquentant le milieu scolaire de toutes les régions. Des camions chargés de doses sont en route. Les étudiants que nous sommes continuent de recevoir des lettres sérieuses et officielles. Des responsables ont mis sur pied des centres de vaccination de masse. La télévision nous éclaire jour et nuit sur la situation. Elle ne lésine sur aucun détail. Sur le tarmac de l'aéroport de Saint-Hubert, des hélicoptères sont sur un pied d'alerte. On nous dit que ce sera la panique, que le gouvernement n'a pas fait tout ce qu'il aurait dû, et qu'un chaos social est à prévoir. Il faut se dépêcher. On nous rassure en nous disant qu'il y a suffisamment de doses de vaccin pour tout le monde, mais à d'autres moments, on nous révèle qu'il y aura une pénurie, à la vitesse où vont les choses, et qu'alors ce sera terrible, atroce, abominable, terrifiant. Nous recevons d'autres feuillets d'information. Régulièrement, on nous tient au courant. On ne nous abandonne pas. On ne nous laisse pas tomber.

La télévision fonctionne encore. C'est en quelque sorte tout ce qui compte. On nous envoie des formulaires. Notre enfant doit porter un chandail à manches courtes (sans doute pour faciliter le passage de l'aiguille), et on nous demande de prévoir une collation, à prendre avant la vaccination. Des transports scolaires sont organisés pour conduire les enfants jusqu'aux centres en question. On nous donne des numéros de téléphone, des liens vers des sites Internet, et on nous invite à nous adresser au personnel de l'école en cas d'inquiétude extrême. On nous propose également de profiter de la journée pédagogique du 20 novembre pour y aller nous-mêmes, en guise de petite sortie en famille. Une activité comme une autre. De 14 heures à 20 heures sur semaine, et de 8 heures à 20 heures la fin de semaine.

•

12 h 46. Malgré l'Apocalypse, je vais manger au Grimoire. Ambiance pourrie, mais l'endroit est bondé d'étudiants. Une barquette de sushis avec une Coors Light à trois dollars. Accoté contre un faux mur de pierres médiévales, en face d'une armure déglinguée qui me regarde, je m'installe. Musique de bar et tables de billard. Le Grimoire est situé dans une autre faculté, où les gens sont décidément très différents. On y rencontre surtout des filles grandes et minces, avec des sacoches et des talons hauts. Une tout autre faune. Les garçons sont en t-shirts et la plupart portent une casquette. Cela me change des pouilleux du Café des arts, même si je n'ai rien à la base contre les pouilleux. Je dois réviser mes notes pour mon examen de mardi, et préparer un plan de travail autour d'une *Annonciation* de Giotto. Mon travail sur Santa Maria del Fiore mériterait également un peu plus d'amour. Déjà que les livres empruntés à la bibliothèque sont en retard... Je vais devoir payer une amende.

Encore une autre chose étonnante avec l'histoire de l'art, c'est qu'elle nous permet de comprendre que de tout temps, quels que soient les lieux et les circonstances, les hommes ont fait de l'art. Peinture, dessin, écriture, sculpture, architecture, poterie. Dans des contextes de richesse ou de pauvreté, équipés de lingots d'or ou d'un simple morceau de fusain, les êtres humains ont fait de l'art. Cependant, nous savons aujourd'hui que leur motivation ne fut pas toujours déterminée par les mêmes raisons. Parfois, l'art avait pour but d'honorer Dieu, d'autres fois il visait à asseoir le pouvoir d'un État sur une région donnée. Dans d'autres cas, on faisait de l'art pour de l'argent, ou pour contenter des familles riches qui avaient les moyens de s'offrir des portraits. Ensuite, on s'est mis à faire de l'art pour s'affirmer, pour dire « je », et pour parler de soi. Pour s'exprimer, pour faire mieux qu'un rival, pour s'extraire de la masse, pour réparer des torts, admettre des péchés et donc pour demander pardon ; pour faire quelque chose d'inédit et de jamais réalisé, pour laisser sa marque, pour inscrire son nom dans l'Histoire, pour exposer son talent et son savoir-faire, ou pour séduire des femmes qui autrement ne nous auraient pas remarqué. Et ainsi de suite. Or il y a une énorme différence entre le fait de reproduire des icônes, comme instruments servant à la pratique de l'idolâtrie, et faire de l'art pour s'exprimer soi-même et laisser sa marque. À ce propos, il est primordial de ne pas oublier que pendant longtemps, les artistes n'étaient même pas des artistes. Car ce statut n'existait pas.

Ceux qui faisaient de l'art étaient des ouvriers. Et ces derniers ne signaient pas leurs œuvres. Au même titre qu'un tireur de joints aujourd'hui, ou un électricien, ne signe pas son travail au moment de quitter un chantier. Pendant longtemps, on a engagé des artistes pour s'occuper, par exemple, de la décoration d'une chapelle. On les embauchait parce qu'il y avait un travail à accomplir, comme on ferait appel aujourd'hui aux services d'un décorateur ou d'un designer d'intérieur. Il existait des gens dont c'était le métier. Certains travaillaient mieux que d'autres et pouvaient jouir d'une certaine réputation. C'était tant mieux pour eux. Car c'était une époque où l'on apprenait à être peintre pour être peintre. Parce qu'il fallait bien sûr savoir comment s'y prendre, avant de se lâcher contre un mur, avec ses éponges et ses pinceaux. Même si personne ne se sentait principalement motivé par son orgueil, aucun ne se serait risqué à faire n'importe quoi. Le travail de qualité était une chose commune.

Ce qui est fou quand on y pense, c'est que même si les raisons se sont transformées, on a toujours fait de l'art. Pourquoi? Pourquoi insistons-nous autant? Comme si de toute façon, quelles que soient les sources et les justifications, que ce soit pour le gouvernement ou dans le dessein d'être admiré ou d'être aimé; que ce soit pour vivre éternellement ou pour être reconnu par Dieu, l'art devait exister. Compte tenu de la diversité de ses prétextes, une autre cause doit probablement être en jeu. Une cause bien plus secrète et intérieure, puisqu'elle perdure à travers les siècles et les époques, contre les vents et les marées et dans toutes les cultures. Une cause secrète et invisible qui nous pousse à faire de l'art. Une raison innommable, tarabustant tout autant Léonard de Vinci que Jackson Pollock; tout autant Damien Hirst que Vanessa Beecroft ou Francis Bacon. Même si le travail des uns n'a rien à voir avec celui des autres. Il est étourdissant de constater cela. Mais il est tout autant vertigineux de se rendre compte que les causes ne sont peut-être pas si importantes, puisque le résultat reste du même ordre. Dans un cas comme dans l'autre, il s'agit d'art, tout simplement. Et cet art est étudié à l'université.

Dans le domaine de la psychologie, nous savons qu'il arrive à certaines personnes de répéter les mêmes erreurs. Même avec la volonté de repartir à neuf et sur des bases différentes, elles reviennent toujours au même résultat. Prouvant ainsi que quelle que soit la cause et la manière de faire, la conclusion semble être chaque fois la même. Et leurs échecs les plus récents finissent par ressembler à quelques exceptions près à leurs échecs antérieurs. Qu'ils changent de femme ou de travail, qu'ils déménagent en Antarctique ou aux dernières extrémités du Panama, avec leur gourde, leur tente et leur sac à dos, avec ou sans argent, poussés par un désir obstiné de faire tabula rasa, il arrive à certains, quoi qu'ils fassent, qu'ils tournent à gauche ou tournent à droite, d'en arriver au même résultat. Et de revivre les mêmes revers. Cela est aussi fou quand même. Tout aussi fou que de se dire que peu importe le point de départ, peu importe la raison au nom de laquelle nous agissons, notre destination restera peut-être toujours la même.

19 octobre. Je ne sais toujours pas comment je vais pouvoir me préparer convenablement pour mon examen. Ni par quel miracle je réussirai à fournir un plan respectable, et pas trop délirant, dans le cadre de mon cours sur les arts visuels. Il me faut déjà me concentrer sur mon choix de cours pour la session d'hiver, alors que je ne suis pas encore tout à fait assuré de survivre jusque-là. Je me sens faible. Je manque de vitamines et ne parviens pas à consommer chaque jour les quatre groupes alimentaires obligatoires selon le guide alimentaire. Je bois du lait et incorpore ma dose de fibres. Et je me dis que tout va bien. Comme tout le monde autour de moi, je me rassure en me disant que les enfants sont en santé. Je reprends mon souffle, avale ma salive et me répète qu'au fond, c'est tout ce qui compte. La petite est joyeuse et fait des blagues. Le plus grand se consacre à la pratique du sport et ne consomme pas encore de drogue. Du moins, pas en apparence. Celle qui a huit ans découvre la vie à sa manière, à travers les cours de piano et les périodes de gymnastique.

•

J'ai toujours mal à la joue. Chaque soir avant de me mettre au lit, à l'aide d'un coton imbibé d'alcool à friction, je désinfecte la plaie. J'en profite pour refaire le pansement. Ainsi que me l'a montré l'infirmière, avec de la gaze propre et du Polysporin. Malgré ces gestes, j'ai toujours la manie de vérifier, en appuyant avec ma langue, si la douleur se fait encore sentir. Je décèle une bosse, une croûte, un aphte. Je me demande si je vais garder une cicatrice. Une cicatrice en forme de dents de fourchette. Trois ou quatre petits trous alignés, qui ne ressemblent à rien de mieux qu'aux dents d'une fourchette. Comme une constellation que tout le monde remarquera parce que difficile à dissimuler. En dépit de la barbe qui repousse indubitablement.

•

Les raisons pour lesquelles on fait de l'art doivent sans doute s'apparenter aux raisons pour lesquelles on produit des enfants. Dans un article du journal *La Presse* de cette fin de semaine, une journaliste se demandait si nous mettions des enfants au monde pour servir la société, ou si la plupart d'entre nous n'avaient pas plutôt choisi de les faire naître pour « soi ». Pour notre pomme et pour le compte de notre fierté. Pour donner un sens à notre vie misérable ou pour ajouter l'impression d'un espoir à notre curriculum, comme la tentative d'une quelconque réussite dans le bocal de l'Occident.

Au fil de cet article, une réalité semble ressortir : nous faisons maintenant des enfants par choix. Ceux-ci ne proviennent plus d'un accident lié à la sexualité. Que ce soit pour soi-même, comme quelque chose que l'on s'offre, comme on s'offrirait quelques gâteries, pour donner la vie ou pour lutter contre la mort, on fait toujours des enfants, et ces enfants ne sont plus les mêmes qu'autrefois, parce qu'ils sont désirés pour des raisons différentes. Au même titre que le Titien, ou Léonard de Vinci, ne sont pas des artistes semblables à ceux d'aujourd'hui. Pourtant, il y a de l'art. Et encore des productions artistiques. Mais paradoxalement, réunis dans un souper spaghetti, tous ces gens n'auraient probablement rien à se dire.

Que ce soit pour contenter notre fantasme personnel ou pour la planète et sa pérennité, on ne s'arrête pas de faire des enfants. Que l'on soit riche ou pauvre. Que l'on soit né à Outremont ou dans un chou sur le bord d'une ruelle d'Hochelaga-Maisonneuve, cela ne change rien. Mais pour quelles raisons bizarres, alors, faisons-nous des enfants? Certainement pas pour garantir la survivance de la race. Comme aurait pu le supposer Claude Lévi-Strauss. Puisqu'il n'est pas si évident que dans son for intérieur, chacun souhaite à ce point que la race se perpétue. Si ce n'est plus dans le but de servir la religion, pourquoi continuons-nous de faire des bébés? Est-ce à cause des congés parentaux, des crédits d'impôt, du premier ministre venu faire sa lessive entouré de caméras, en évaluant sans trop savoir comment l'état du carré d'assouplisseur? Pour démontrer qu'il a à cœur l'avenir de nos familles canadiennes? Même s'il n'y a plus de champs à labourer ni de relève à espérer?

Il est sans doute pertinent de se demander pourquoi. Alors que tout cela coûte cher, et nous condamne à nous lever tôt et à nous inquiéter pour les vingt prochaines années. Alors que nous avons des préservatifs à portée de main et de multiples moyens de contraception, à saveur de fraise ou de chocolat au lait à la cannelle. Pour garder son conjoint près de soi encore un an ou deux? Peut-être. Pour être certain de ne pas vieillir tout seul et isolé et sans ressources à la fin du parcours? Probable. Pour que perdure et se perpétue notre génétique? Pour la société qui demandera toujours sa dose de citoyens capables de payer leur juste part de taxes et d'impôts? Ou par amour, et transporté par le souci de sauver le monde, grâce à une génération toute neuve et remplie d'espoir, un peu moins débile que fut la nôtre ? La question reste entière. Une chose est sûre, nous faisons des enfants. Des jaunes, des noirs, des blancs. Pour Dieu. Pour le clergé et la communauté. Pour dépasser le sort de nos parents, ou pour faire en sorte que l'existence sur terre ne soit pas qu'une chose absurde, même si elle est tout de même absurde.

À me questionner sur toutes ces choses, il est normal que je n'aie pas le temps d'étudier pour mes examens. Il me faut dormir, et me lever demain sur un meilleur pied.

20 octobre. Prunella ne m'adresse plus la parole. C'est maintenant officiel. Nous avions le même examen tout à l'heure, et je l'ai vue assise à l'autre bout de la classe. Comme prévu, elle ne m'a pas regardé. Oui, j'avais l'air d'un con avec mes cotons et mon gros diachylon. Elle avait l'air concentrée, regardant droit devant elle, hypnotisée. Elle ne m'a pas attendu non plus à la sortie, afin que l'on puisse échanger sur les questions et comparer nos réponses, devant trois ou quatre pichets de bière molle et tiède, comme nous le faisions l'hiver dernier. Elle me manque.

•

Mon fils de bientôt treize ans me faisait la réflexion l'autre soir que, selon ses calculs, il était stupide de se suicider. Ils avaient sans doute discuté de ce fléau en classe. On a une vie à vivre, disait-il, et on n'a qu'à la vivre. Un point c'est tout. C'était son opinion. Sous-entendu que si tu souffres, tu n'as qu'à vivre ainsi, et ne pas te poser la question du choix. Même si tu dois le faire en te tordant de douleur. Comme une obligation. Avec toute l'expérience de celui qui travaille depuis quinze ans avec des gens qui songent à s'enlever la vie, je lui ai répondu que je trouvais qu'il avait raison. Il aurait peut-être fallu le dire à Nelly Arcan avant qu'elle ne passe à l'acte. Je ne voyais pas quoi lui répondre de mieux. Et ce n'était pas pour lui faire plaisir.

22 octobre. L'heure est grave. Un nouveau virus circule dans le monde depuis le printemps 2009. Et il nous est impératif de le prendre en compte. Cette fois, ni Tom Cruise ni Bruce Willis ne pourront nous en sauver. Déjà, au cours du printemps dernier, on estime qu'entre 1 et 3 % de la population québécoise a été atteinte par ce virus. Même des personnes qui ne le savent pas ont peut-être été infectées. Ce n'est pas grand-chose, pour le moment, mais nous savons qu'inexorablement, cette nouvelle grippe se propagera à un rythme foudroyant. Presque aussi rapidement que si elle voyageait sur Internet.

L'âge moyen des personnes récemment hospitalisées a été de 28 ans, alors que la grippe saisonnière normale, que l'on traitait autrefois avec des bols de soupe jaune et une claque en arrière de la tête, n'entraîne habituellement l'hospitalisation que de personnes âgées. Ce qui est tout dire. Au cours de cet été, près de 600 Québécois, nos compatriotes, ont dû être hospitalisés d'urgence, avec des tuyaux dans les narines, des solutés dans le bras et tout et tout. Parmi eux, il y avait des femmes enceintes, des enfants, des personnes âgées de 20 à 49 ans. Plus d'une centaine ont été soignées dans un service de soins intensifs.

Ce virus circule donc même au Québec. Et pas rien qu'en Afrique, cette fois. Et il continuera de circuler dans les prochaines années. On sait qu'il se déguise, qu'il possède des talents d'imitation et qu'il maîtrise les accents de plusieurs langues officielles. Il peut se faire passer pour quelque chose d'autre, et paf, il nous infecte. En donnant une poignée de main, en regardant sa secrétaire se pencher face au classeur afin d'accéder aux dossiers du tiroir du bas, en ouvrant ses fenêtres ou en saluant son voisin. Le virus de cette année est complètement différent de celui que l'on est habitué de combattre depuis notre tendre enfance. C'est pour cette raison, est-il écrit dans un dépliant de Santé et Services sociaux Québec, qu'une forte proportion de la population l'attrapera à un moment ou à un autre. C'est inévitable. On ne perd rien pour attendre. Et il est inutile de faire les fins finauds. Il ne sert à rien de courir, le virus nous rattrapera. Seule la vaccination, et la prière massive, permettent de développer les défenses naturelles nécessaires pour s'en protéger.

Le virus. Le méchant virus. Partout autour de nous. Sous notre lit, dans la lumière d'une lampe, sur la cuvette de la toilette, dans le fromage que l'on donne aux enfants, dans l'eau courante, dans le coffre de la voiture, derrière une porte, paré à nous sauter dessus. Des spécialistes l'ont observé au microscope, et ils ont vu qu'il possédait de vilaines dents et des ongles en forme de fourches. Il serait irresponsable de ne pas les croire. Ceux-ci possèdent des microscopes ultra-puissants, à la fine pointe de la technologie d'aujourd'hui. Dans le même ordre d'idées, ces spécialistes effrayés ajoutent que les avantages de la vaccination sont beaucoup plus importants que le risque d'effets secondaires graves qui ne surviennent que dans de très rares cas, et dont seules certaines âmes possédées évoquent l'existence.

Décidément, notre gouvernement s'occupe bien de nous. Ne manquent que les bouquets de fleurs et les massages de pieds en rentrant le soir. Programme de crédits d'impôt, congés parentaux et garderies à sept dollars par jour ; un véritable paradis terrestre. Je me dis que cela commence à ressembler à du harcèlement. Mais je suis probablement seul à le penser.

23 octobre. Mercredi soir dernier, je suis allé parler à des étudiants du Cégep de Lanaudière. Situé à Terrebonne. Autoroute 640 direction est, sortie boulevard des Entreprises. Ils étaient une vingtaine à s'être préparés pour un marathon d'écriture qui allait durer jusqu'à minuit. La plupart d'entre eux manifestaient un intérêt marqué pour la littérature. Même si la grande majorité n'avaient pas lu mes livres, on m'avait tout de même confié le mandat de donner le coup d'envoi. De stimuler le moral des troupes en leur parlant de l'écriture, de mon métier d'écrivain, de ma démarche.

À la fin de mon exposé, deux excellentes questions m'ont été adressées. Des questions qui m'ont obligé pour une fois à réfléchir à de nouvelles données. L'une d'elles, aussi spontanée qu'une question d'enfant, visait à savoir si je considérais que je perdais quelque chose en écrivant. Ou lorsque je publiais. J'ai répondu qu'il s'agissait essentiellement de cela, pour moi, écrire comme je le faisais. Perdre. Me défaire, me départir, me délester. Même si l'exercice a souvent comme conséquence de m'affaiblir. Et de me déposséder de certaines forces que je ne pourrai plus jamais regagner par la suite. Un peu comme un boxeur qui accumule les commotions cérébrales. Même s'il remporte chacun de ses combats et reste champion, il en perd un peu plus chaque fois. J'avoue que je n'aurais sans doute pas répondu de la même manière, si la question n'avait pas été formulée avec autant de naïveté.

Quelques minutes plus tard, en m'entendant évoquer le travail de certains artistes contemporains, tels que Robert Gober, Thomas Schütte ou Urs Fischer (parce que je ne peux pas me retenir), une fille aux cheveux rouges me demande si je me considère comme un artiste contemporain. Une question comme une autre, qui me laisse un temps ébloui. Je comprends qu'elle écoute. Se peut-il que cela paraisse sans que je m'en rende compte? J'ai encore répondu «oui». Il m'apparaît clair que je m'identifie beaucoup plus à Chris Burden qu'à un écrivain d'aujourd'hui, qui gagne des prix et reçoit des bourses. Il ne me semble jamais qu'un écrivain est hot, ou fait quelque chose de fou. Alors que je retrouve cette ferveur que j'admire tant, et qui me pousse à écrire, dans le travail de plusieurs artistes conceptuels. C'est à eux que je souhaite ressembler. En raison de leur audace, du courage qu'ils déploient parfois lorsque vient le temps d'imposer une idée, une démarche, sans jamais se soucier de l'assentiment des autres. J'ajoute que la littérature en général, je m'en fiche. Je ne fais pas de la littérature, mais de l'art contemporain. L'écriture est un matériau, comme certains choisissent le fer, le corps, le bois, l'urbanisme ou les fines herbes. Je ne crois pas être un écrivain. Je l'ai souvent dit. Même si j'écris.

Je rentre chez moi le soir venu. Ce fut encore une fois une rencontre mémorable. Je parle tellement peu en ce moment que l'obligation de le faire une heure durant, sous forme de questions et réponses, me fait sortir de mon endormissement. Et me donne le courage d'élaborer une approche plus personnelle de l'écriture. Il est vrai que je trouve génial que quelqu'un sculpte dans des nuages (Vik Muniz), ou qu'une personne décide de se faire tirer une balle dans le bras afin de pousser l'art jusque dans ses derniers retranchements. Lire des romans ne m'intéresse pas. Je pense qu'un enfant qui a comme père quelqu'un qui tresse des branches d'arbres ou qui photographie une foule de gens nus dans des villes ou des paysages enneigés, ne sera pas un enfant comme les autres. Et c'est toujours souhaitable de ne pas tout à fait être comme les autres.

Je pense à cela sur le chemin du retour, en conduisant la voiture de ma femme sur l'autoroute 640. Ici, la psychanalyse dirait sans doute que de toute manière, chaque sujet, dans son for intérieur, ne se sent jamais tout à fait comme les autres. Même s'il le souhaite certains jours, tout en cherchant par ailleurs ardemment à s'extirper du lot. Et qu'il n'a pas obligatoirement besoin d'un père, ou d'une mère, qui réalise des trucs débiles pour avoir le sentiment d'être décalé. Tout le monde a le sentiment d'être décalé, même s'il ne l'avoue pas toujours à son voisin. Mais tout de même. C'est quand même mieux. Sans vouloir cracher dans la soupe, il serait selon moi beaucoup plus intéressant d'être un artiste qui écrit des livres, et dont le travail serait un jour étudié dans le corpus d'un cours d'histoire de l'art, que d'être étudié dans un département de littérature québécoise. Mais pour le moment, il est tard, et je rentre chez moi. En déverrouillant la porte de la maison où tout le monde dort déjà, je me dis qu'il n'est tout de même toujours pas interdit de rêver. Du moins je tente de m'en convaincre. Et je cours me brosser les dents avant de me mettre au lit.

24 octobre. Dur retour à la réalité étudiante. J'ai eu C+ et B- dans mes deux récents travaux sur Pugin et Durand. Je suis plutôt déçu. Encore une fois, je suis persuadé de comprendre la matière, de pouvoir en parler et en discuter. Je trouve le cours excellent, passionnant. Et le professeur est génial – tandis que je vois les autres étudiants dormir et ne pas prendre de notes. Mais je n'obtiens pas pour autant de bons résultats. Je ne sais plus quoi faire ni comment m'y prendre. Il est possible que je passe à côté de la question. Que je me trompe de trottoir. Je vais pourtant à tous les monitorats, où il n'y a que huit étudiants sur 80 qui profitent de ces rencontres, et je me plante quand même. Je perds des points pour de bonnes raisons, des bibliographies mal faites, des oublis techniques. Je ne suis pas frustré. C'est aussi cela, faire des études. Je trouve que le correcteur attitré est juste. Nous sommes à l'université et il corrige selon les règles de l'université. Je ne suis pas là pour m'autoriser à dire ce que je pense. Il faut plutôt que j'opte pour la rigueur, et que je fasse des citations. Je ne score pas. Mais je n'ai pas non plus une vie qui me permet de me consacrer entièrement aux études. Il y a deux semaines, lorsque j'ai remis ces travaux, je me rappelle avoir pensé qu'ils n'étaient pas à la hauteur. Je n'avais pas eu le temps, ni la libido requise, pour leur consacrer deux ou trois heures de plus. Pourtant, je ne me contente pas de faire le minimum. Mais les professeurs ne sont pas là pour nous faire des cadeaux.

Lorsque je suis entré à l'université en janvier dernier, je me souviens avoir craint que ma passion soit gâchée par l'importance obsessive qu'il me faudrait accorder à la logique universitaire. J'avais peur de perdre de cette frénésie qui me faisait encore hier croire en la vie. C'est peut-être un peu ce qui se produit. J'ai visiblement des difficultés avec ce genre de travaux. Il me faut lire, comprendre, ne rien analyser, ne rien interpréter. Tant pis pour moi. Je savais ce que je faisais, en venant ici. Et je ne vais pas reprocher aux professeurs d'université d'être des professeurs d'université. Ce ne sont pas eux qui ne sont pas à la bonne place. Ils jouent leur rôle comme il se doit.

Il me faut continuer. Alors je continue. Tout en ignorant comment je vais parvenir à me sortir de ce labyrinthe. J'en ai encore pour six ou sept semaines. Je m'accroche au bastingage. Je me crispe. Et j'attends que la tourmente s'estompe. Cette rude épreuve ne peut que me faire du bien.

25 octobre. J'ai récolté une note de 9 sur 10 pour mon plan de travail sur l'architecture de l'Antiquité au XVIIIe siècle. Je suis confiant d'obtenir un bon résultat dans l'examen pour lequel j'avais beaucoup étudié. Je connaissais toutes les réponses. J'aurais pu répondre les yeux fermés. Peut-être que j'exagère lorsque je dis que je viens d'une autre planète, mais je vois bien que je suis à côté de la plaque. Je m'abreuve de tout ce que disent les professeurs. Je les aime, je nous trouve chanceux de pouvoir être là, à si peu de frais. J'apprends énormément de choses et cela me sort de l'insignifiance du quotidien. Je plonge dans l'histoire de l'art comme un déchaîné, comme un enfant obèse dans un gâteau au chocolat. Je comprends tout, je fais des liens. J'ai tout le temps envie d'en parler, de partager ce que j'apprends avec mes amis, mes enfants, ma femme, Prunella (quand elle était là), la madame chinoise du dépanneur, qui donne l'impression d'être toujours contente de me voir alors qu'elle doit s'en foutre, en vérité. Mais les résultats ne sont pas au rendez-vous. Outre l'atteinte à mon orgueil, mes notes décevantes rendent davantage énigmatique la manière correcte d'aborder les travaux qui s'annoncent. Peut-être que je ne fais pas assez de sport et de musculation. Comme doivent normalement le faire les hommes de mon âge. Peut-être que je n'oxygène pas suffisamment mes alvéoles et mes voies respiratoires. Je ne sais pas. Il est parfois difficile d'établir un diagnostic avec

justesse, lorsque nous sommes en train de tout remettre en question. Je tente à présent de ne pas obtenir des C. Je révise à la baisse mes ambitions.

28 octobre. Les jours de l'automne se sont écoulés inexorablement. Nous sommes maintenant le 28 octobre. Déjà le 28. Je ne vois plus Prunella. Je sais qu'elle n'est pas morte, puisque je l'ai repérée à l'examen. Mais son silence et cette rupture brutale me forcent à faire comme si elle était morte et enterrée. C'est regrettable, mais ce n'est pas si grave non plus. Lorsque je me regarde dans le miroir, je comprends qu'il me restera une marque sur la joue. Une marque en forme de trois petits trous blancs. Avec une barbe de quelques jours, j'arriverai peut-être à dissimuler la cicatrice. Mais je vais encore devoir inventer une blague, pour les fois où l'on me posera la question : dire que c'est une vieille morsure de vampire, du temps où je vivais en Roumanie, rigoler un instant, puis changer de sujet.

Ma femme a fait semblant de croire en l'histoire du BIXI. Elle sait que je ne suis pas du genre à faire du vélo, mais que je suis complètement du genre à me casser la gueule un peu partout, n'importe quand. Surtout n'importe comment. Elle était trop occupée pour faire attention à ce que je disais. Il y a longtemps, de toute façon, qu'elle me trouve assez con pour ajouter ce genre d'incartade à mon pedigree. J'ai déboulé trois fois les marches de l'escalier de devant depuis janvier dernier, et avalé deux fois ma brosse à dents. Plus rien depuis ne la surprend. Elle est habituée.

Au spectacle de Björk à l'île Sainte-Hélène, il y a quelques années, j'ai réussi à me faire matraquer sans raison par un groupe de policiers lors d'une intervention musclée. Je n'avais rien fait, je mangeais un cornet de crème glacée et devais sans doute m'être retrouvé au mauvais endroit, au mauvais moment. La semaine d'après, je me suis fait mordre par un chien qui m'avait pris pour un facteur, et j'ai réussi à mettre le feu dans les cheveux de mon toupet, en m'allumant une cigarette un jour de vent. Le plus cocasse, c'est que je ne fume même pas. Qu'étais-je donc en train de faire avec une cigarette et un briquet? Personne ne le sait. Comme cet été, quand je me suis fait trancher le doigt par un homard qui dormait dans ma trousse de voyage, sans que personne ne puisse m'expliquer pourquoi ce genre de crustacé s'était retrouvé dans mon sac de voyage. Je devrais probablement essayer d'en parler avec la Chinoise du dépanneur. Elle qui a l'air de comprendre tellement de choses, mine de rien. Cachée derrière ses barils de friandises. En train de rire de tout.

Je suis mûr pour aller voir une ou deux expositions. Besoin de me remonter le moral et de comprendre à nouveau pourquoi j'aime l'art et pour quelle raison je me suis lancé tête première dans un tel pétrin.

30 octobre. Bonne journée aujourd'hui. Vendredi de la fin de la relâche. Je me suis avancé dans mes travaux, soutenu par mon assiduité aux monitorats, où j'apprends à lire des textes et à faire des travaux. Il est toujours un peu difficile de se rendre compte, à l'âge de trente-huit ans, que l'on ne savait pas lire jusqu'ici. Il n'est jamais trop tard pour bien faire, dit-on. Heureusement. Angela Merkel vient d'être réélue chancelière fédérale de l'autre côté de l'Atlantique. Je dors un peu mieux.

Nous sommes à ce moment du parcours où plusieurs étudiants songent à abandonner un cours, en général pour éviter la casse, sans mention d'échec au bulletin. Franchie cette date, rien ne va plus. Il faut poursuivre jusqu'au bout. C'est comme un Rubicon. Une ligne au-delà de laquelle il nous est impossible de reculer ou de demander pardon. Une fenêtre qui s'entrouvre une dernière fois. J'y songe, moi aussi. Je songe à me libérer de certains engagements pris dans l'enthousiasme de la rentrée scolaire. Mais cette pensée ne dure qu'une journée.

Je profite également du temps doux pour me rendre au MAC à pied. Francine Savard, très bon, très cohérent. Dommage que les enfants ne soient pas avec moi. J'apprends que la librairie Olivieri, enfoncée dans le sous-sol du musée, s'apprête à fermer. Pas rentable. Grand solde de feu : de 30 à 50 pour cent sur tous les livres. Argent ou pas, impossible de passer à côté et de repartir les mains vides. Les livres soldés ne sont pas nécessairement ceux qui me font le plus envie. L'occasion est de toute façon trop belle pour regarder la qualité de la bride. Les deux tomes de l'œuvre complète de Moshe Safdie, et *L'Architecture moderne depuis 1900*, de William J. R. Curtis, un livre savant recommandé par notre professeur, Louis Martin ; une brique de 736 pages, publiée chez Phaidon, avec des photos à profusion. Un ouvrage phare, récompensé par plusieurs prix. Indispensable.

Lourde préparation pour mon examen d'Arts visuels. Je travaille comme un fou. Je n'en dors pas de la nuit. Cela me profite bien. Je possède à présent toute la matière sur le bout des doigts. Cette fois, j'en suis certain, même si l'examen est difficile, il m'est impossible de me planter. Je peux donc en profiter pour sortir un peu.

5 novembre. Ma fille la plus grande décide de se présenter aux élections de son conseil de classe. Elle vise la présidence. Elle est en troisième année. Nous recevons une douzaine de lettres de l'enseignante pour nous inciter à l'encourager dans sa démarche. La participation des parents est primordiale. Un mémo de la psychoéducatrice, avec trois fautes d'orthographe, nous rappelle qu'il est important de nous intéresser à ce que font nos enfants, à leurs désirs, leurs intérêts, leurs ambitions. Elle ajoute que l'amour est également indispensable dans leur croissance. Des fois qu'on oublierait. Par ailleurs, sur une autre feuille, on nous explique de quelle manière il faut se laver les mains à la maison, combien il est nécessaire de bien se brosser les dents, de manger comme il faut beaucoup de légumes et de ne pas trop disputer nos enfants pour rien, même si l'on est doublement stressé au travail ou que le manque de reconnaissance, voire les embouteillages de l'heure de pointe, mettent notre patience à bout.

Ma fille se prépare donc. Elle y pense souvent. Une semaine avant la date des élections, elle peaufine son discours, qu'elle répétera plusieurs fois devant moi jusqu'au matin fatidique. Tout en se faisant coiffer par sa maman, elle repasse les moments forts de son discours dans sa tête : ses engagements, ses promesses. Elle a même prévu une petite blague. Elle est un peu nerveuse. Elle nous avoue avoir mal au ventre.

Ce mois-ci à l'école, on leur apprend ce qu'est la démocratie. Ses grands principes, ses valeurs, la signification du vote populaire. Dans la classe, il s'agira donc, au final, en guise de travail pratique, de choisir quelqu'un pour représenter le groupe. Notre fille prend cette mission à cœur.

Le soir venu, au souper, elle nous annonce que ce n'est finalement pas elle qui a gagné. Elle le prend plutôt bien. Son principal adversaire, qui avait oublié que les élections se jouaient ce matin-là, et qui ne s'était donc pas préparé, s'est mis à pleurer une fois devant le groupe. Il est resté surpris. Il ne savait pas. Il a flanché. Alors tout le monde a tenté de le consoler. « C'est pas grave, tu vas être capable quand même, vas-y ! » Alors il a baragouiné un discours improvisé. Il s'est excusé d'avoir pleuré tout à l'heure, puis a remercié le groupe de l'avoir encouragé. À l'instant du vote, c'est lui qui obtient le plus grand nombre de suffrages. Haut la main. Il l'emporte par une écrasante majorité. La classe a voté pour celui qui n'avait rien préparé, mais qui a pleuré. Un peu comme dans *Star Académie*, lorsque le public vote pour celui ou celle qui pleure le plus, et qui s'enfarge dans les escaliers.

Secrètement révolté, je lui ai dit que, d'après moi, elle n'avait rien perdu. Très bel exercice de démocratie, quand on y pense après coup. Le peuple vote, mais souvent pour de curieuses raisons. Je lui explique que si Céline Dion se présentait aux élections provinciales, elle l'emporterait sans doute largement. Ma fille a alors compris ce que je voulais dire.

7 novembre. Évidemment, lorsque globalement les choses vont mieux, allez savoir pourquoi, cela ne dure jamais long-temps. Durant cette semaine de relâche, un bébé s'est fait frapper par un métro. Nous avons pu voir et revoir des cen-taines de fois cet événement spectaculaire sur Internet. Très divertissant, en cette fin du mois d'octobre, habituellement morose et sans actualité. On y voit la mère sur le quai, à côté de la poussette. Elle parle au téléphone et regarde ail-leurs. Elle doit sans doute entendre comme tout le monde le métro arriver dans la station. Mais la poussette, elle, se met à rouler, comme entraînée par un fantôme malveillant. La mère parle au téléphone, le métro arrive. Elle voit la pous-sette qui avance toute seule. Elle s'élance, mais tout juste un peu trop tard, et glisse avec ses grandes bottes. Elle tré-buche, puis la poussette tombe sur la rame, et le train passe dessus. Comme dans un film d'horreur. La mère se met à hurler. Mais à quoi bon ? Le mal est fait. Finalement, le pou-pon n'a rien. On ne sait pas si c'est vrai, mais dans la vidéo, on nous explique que le bébé dormait, qu'il a tout simple-ment roulé avec l'impact. Protégé dans sa poussette, il n'au-rait pas non plus reçu de chocs électriques. Il aurait même paraît-il poursuivi sa sieste.

Qu'adviendra-t-il de cet événement dans la vie de cet enfant ? L'oubliera-t-il avec le temps qui passe et qui norma-lement fait son œuvre ? Aurait-on dû poursuivre la mère au criminel ? Comment justifier qu'elle n'a pas su retenir la poussette de son bébé au moment où le métro mugissait ? Est-il possible de regarder ainsi au plafond et de rigoler au téléphone avec une amie ou n'importe qui d'autre, précisément à cette seconde ? Dans la vie, c'est tout à fait possible. Mais dans l'inconscient de ce bébé, sa mère aura fait preuve de négligence, jusqu'à risquer de le tuer. Même si on dira en famille qu'il s'agissait d'un accident malheureux. Il aura plus tard à se débrouiller tout seul avec ce qui s'est passé ce matin de novembre. Peut-être dans des cauchemars ou des angoisses nocturnes. C'était un mercredi. Espérons qu'il saura comment.

Trop froid sur Montréal pour espérer rentrer à pied. Taxi : dix dollars incluant le pourboire.

10 novembre. Mardi soir. Je m'assois comme à l'habitude tout près de la porte, même si je n'ai pas vomi spontanément depuis plus d'un mois. Je me tiens prêt. Je traîne quelques sacs de papier brun dans une poche de mon manteau. Je n'aperçois pas Prunella. Le cours débute. Elle n'est pas là. Bâtiments religieux, chrétienté qui s'implante, religion plus puissante que les États-nations, et ce, jusqu'au XIXe siècle. Prunella arrive avec dix minutes de retard. Elle prend place à côté de moi comme si de rien n'était, ce qui me sort de ma concentration cybernétique. Elle prend la place qu'elle occupait avant notre « conflit ». Elle ne boude donc plus. On se salue. Un peu froidement, mais bon. Je remarque sa blouse fleurie avec du mauve, mais on ne se parle pas, le cours est commencé. Le professeur parle, et nous sommes immergés dans la pénombre. Silence obligé. Chapelle Palatine, Germigny-des-Prés, les Bénédictins, les Cisterciens. Pour la première fois depuis le début de la session, le professeur se rend au tableau pour y écrire quelque chose avec une craie : C-i-s-t-e-r-c-i-e-n-s. Les professeurs d'aujourd'hui peuvent très bien donner des cours sans écrire le moindre mot.

Pendant que le système de ventilation vrombit, Prunella dessine un petit bock de bière sur un papier, et me le tend. J'accepte illico. Après le cours, à 21 heures, nous nous rendons au Grimoire. Une partie de hockey est entamée : Canadiens - Trashers. Cammalleri, Gionta, Plekanec. Les buts semblent faciles à compter, mais les Trashers répliquent chaque fois. L'excitation est à son comble, il y a du monde partout, fixant les écrans et criant à chacun des points. La bière coule à flots. Nous optons pour les deux Coors Light en spécial à cinq dollars. Nous en prenons quatre. Et nous nous faufilons pour aller nous installer près du mur. Prunella n'a pas fait grand-chose durant la relâche. Elle a beaucoup fait la fête, mais sans trop savoir ce qu'il y avait à fêter : les 20 ans de la chute du mur de Berlin, l'arrivée de l'hiver, l'ouverture d'une clinique de grippe à Sherbrooke la semaine dernière, tout est valable et toutes les excuses sont bonnes. Elle s'est couchée tard, elle a bu énormément et consommé quelques drogues que des amis lui proposaient. Ce qui est bien normal.

On se regarde. On parle un peu. De l'examen, du travail final, de la sortie du quatrième album d'Avril Lavigne, mais pas de mon pansement sur la joue, ni de ma blessure qui me faisait souffrir hier encore, lorsque je mastiquais mon sandwich au jambon. Elle est souriante. À un point où je commence à me méfier. Je la trouve un peu trop joyeuse, et je me demande si sincèrement, ce sont les deux points d'avance des Canadiens qui lui confèrent un teint pareil. Mais une fois de plus, je n'écoute pas mes intuitions. Je n'ai pas le temps de réfléchir une deuxième fois, au moment précis où Cammalleri déjoue l'adversaire et que tout le monde se lève et se met à hurler en lançant du pop corn, Prunella en fait autant, mais sa bouteille à la main. Elle me regarde fixement, je reste hagard, la foule est en délire, et propulsée par je ne sais quoi, une intention violente qu'elle retenait, dans un grand élan du bras, comme pour un swing de golf, elle me casse sa bouteille de Coors Light en plein front. Une bouteille encore froide et presque pleine. J'ai tout juste le temps de me demander si ce qui m'arrive correspond à la définition d'être assommé : Prunella saisit la deuxième bouteille et me la brise sur la tête en hurlant une phrase en langage kung-fu. Personne ne se rend compte de rien, parce que tout le monde capote sur le but de Cammalleri. Cette fois, mes lunettes sont brisées. Je ne sais plus où elles sont. Pas grave, Prunella répète la même chorégraphie avec les deux bouteilles suivantes. Au total, elle me fracasse quatre bouteilles de Coors Light sur la tête et le front. Je suis trempé. Des éclats de verre ont pénétré mon cuir chevelu. Je ne vois plus rien. Je suis ébaubi. Prunella sort en courant, après avoir saisi son sac à dos, puis s'évapore dans la foule en tourbillon. Je tente de me lever, mais retombe aussitôt sur la chaise. Je n'ai rien pour m'essuyer. Je constate que c'est très dur, une bouteille de bière, même lorsqu'elles sont à deux pour cinq dollars. Ça ne se brise pas comme dans les films. Je viens d'avoir l'occasion de le constater.

Je retrouve finalement mes lunettes par terre, en deux morceaux. Une chance, parce que sans elles, je suis aveugle. Je me dépêche de sortir. Je rentre à pied. C'est une soirée froide. Je rentre en respectant mon parcours habituel sur Ontario, mais je ne vois rien. Je discerne à peine les couleurs des feux de circulation, tout de même juste assez pour ne pas me faire frapper. Il ne manquerait plus que cela. Je reconnais certains repères. Suffirait plus que je marche dans un caca de chien. Je tente de ne pas avoir l'air soûl. Je ne vois même pas mes souliers tellement ma myopie s'est amplifiée ces dernières années. Même la nuit, je ne prends plus le risque de me lever pour aller à la toilette sans d'abord mettre mes lunettes, de peur de me blesser.

Prunella trouvait que je n'en avais pas eu assez. Elle considérait sans doute que j'avais l'air d'être en train de m'en sortir à trop bon compte, et qu'elle n'avait pas encore tout à fait fini de me livrer le fond de sa pensée. J'aurais peut-être dû lui téléphoner dimanche dernier. L'idée m'a traversé l'esprit, mais je ne l'ai pas fait. Cette fois, en arrivant chez moi, je me mets à pleurer. Je trouve que c'est douloureux, et que j'en ai marre des relations humaines. Mes vêtements puent la bière. Je suis trempé. J'ai des éclats de verre dans les cheveux. Je saigne. Les Canadiens ont finalement perdu 5-4, malgré tous leurs efforts en prolongation. Je me demande si je vais retrouver facilement mes anciennes lunettes dans le bordel de mon bureau. Elles n'ont pas la prescription exacte dont j'ai besoin, mais tant pis. Sans lunettes, je ne peux pas vivre. Je ne comprends pas exactement ce qui s'est passé, si elles ont été brisées dès la deuxième bouteille, celle qui m'a semblé la plus dure, ou encore si j'ai marché dessus en me levant, ou si c'est la foule, ou quoi. Prunella n'a pas manqué de force. Elle n'a pas eu besoin de s'y reprendre à deux fois. Portée par le désir de se rendre justice, aidée d'une force surnaturelle. S'il y avait eu une cinquième bouteille sur la table, pleine ou vide, elle me l'aurait également fracassée sur le crâne. Une chance pour moi qu'il n'y avait pas de chaise de son côté, mais des banquettes vissées au mur. Une chance que la table ne se défaisait pas du plancher sans un outil approprié, parce que je crois qu'elle aurait aussi tenté de me la casser dessus. Elle aurait frappé jusqu'à ce qu'elle se brise. Dix fois, si nécessaire.

Je ne ferai pas de plainte. Je ne me demande pas si Prunella est folle. Je suis un peu surpris d'avoir pu m'extraire du Grimoire sans que personne ne se rende compte de quoi que ce soit. J'avais du sang dans le visage, les cheveux dégoulinants de bière fraîche. Je titubais, et j'ai pu me tirer de là sans que quelqu'un ne me vienne en aide. Ceux qui m'ont vu ont dû penser que c'était normal de se faire fracasser quatre bouteilles de bière sur la tête, en pleine foule, et qu'il était évident pour tous que je l'avais sans doute mérité. C'est le genre de mésaventure qui ne nous arrive pas sans raison. La musique, le bruit de la partie et l'euphorie des commentateurs, les écrans géants. Tous les éléments étaient réunis pour une grande soirée.

Je rentre à la maison sur la pointe des pieds. Tout le monde dort. En catimini, je me glisse dans le noir jusqu'à la salle de bain. Je passe une bonne heure à retirer les petits éclats de verre de ma peau. Il y en a mille. Je nettoie les plaies. Je commence à savoir comment m'y prendre. Je fais disparaître les traces. Une chance que ma femme s'est couchée tôt. Sinon, il m'aurait fallu attendre devant la porte que les dernières lumières s'éteignent, coagulant devant les voisins qui passent, ou dissimulé dans un buisson.

Je ne pensais pas que l'université pouvait être aussi difficile. Je ne l'avais pas envisagée ainsi. Je devais être naïf. D'autant qu'ils ne disent rien sur le site Internet de l'UQAM à ce sujet. Surtout pas que l'on risquait de se prendre le tiers d'une douzaine de bouteilles de bière sur la gueule, au moment des examens finaux.

J'ai étudié les cinq éléments de l'architecture moderne selon Le Corbusier ; je les ai appris par cœur, en essayant de les repérer sur différents bâtiments : les pilotis, le toit-terrasse, le plan libre, la fenêtre en bandeau et la façade libre. J'ai appris à reconnaître les différences entre la maison de verre de Philip Johnson et celle de Mies van der Rohe, mais j'ai surtout appris, à force de travaux pratiques, que ce n'était pas du tout facile et évident d'avoir une maîtresse. Les rendez-vous, les secrets, les mensonges et les cachotteries impossibles à gérer. Je pense à Jacques Dutronc, qui chante que le plus difficile n'est pas de la rencontrer, mais de la laisser tomber. Sagacité des chansons populaires.

•

Vendredi soir. 23 heures. Tout le monde semble énervé sur la route. Les êtres humains ne sont pas les mêmes le vendredi. Il fait encore froid sur Montréal. Il neige, il pleut, il neige. La ville s'est réveillée ce matin en laissant l'impression que le soir tombait déjà. Comme si les mécaniques du ciel avaient cédé, et que le soir précédant la nuit s'était écroulé sur la scène en catastrophe.

18 novembre 2009. On nous soûle encore avec cette indiscutable pandémie. L'État du Québec prend cette fois la décision de devancer la vaccination pour les malades chroniques de plus de 65 ans. Ceux-ci pourront passer avant les autres. Fièvre soutenue ; difficulté à respirer ; respiration douloureuse ; vomissements durant plus de quatre heures ; fièvre chez un enfant trop calme ou moins énergique qu'à l'habitude ; tout est à prendre au sérieux. On se méfie. On observe attentivement les autres et notre entourage. On reçoit des dépliants. Un kiosque est mis sur pied à l'agora, pour ceux qui auraient des inquiétudes.

« La vaccination est une bonne protection. » On commence à le savoir. Aucune nuance à ajouter. Même Amir Khadir, à la télé, au milieu d'une foule avec son porte-voix, a déclaré qu'il fallait absolument aller se faire vacciner. Il le sait, lui. Il est médecin. Le nouveau virus, apparu en avril 2009 nous dit-on, donc dans sa toute dernière version, infecte maintenant des innocents partout dans le monde. Seuls ceux qui reçoivent le vaccin se protègent contre ses nombreuses complications. On l'administre même aux bébés, à partir de six mois. Le vaccin est sécuritaire. Tout de suite après l'inoculation, on peut noter des convulsions, de la névralgie, des yeux rouges, des douleurs musculaires, un mal de tête, un gonflement des ganglions dans l'aisselle, des étourdissements, de l'insomnie, des troubles digestifs, de l'urticaire et des rougeurs sur la peau. Mais seulement dans un très faible pourcentage des cas. On nous en parle parce qu'il est nécessaire de nous en parler. Et nous avons bien le droit d'être informés. Il est recommandé d'appliquer une compresse humide et froide à l'endroit où l'injection vient d'être faite. Il n'est pas interdit de prendre un médicament du type acétaminophène, ou ibuprofène, pour soulager ces symptômes. En cas de panique, il est toujours possible de se rendre à l'urgence ou de consulter un médecin.

« La grippe A (H1N1) se propage facilement. Faites-vous vacciner ! » Un slogan que l'université a fait imprimer sur une grande banderole flottant dans le ciel de l'agora.

S'il n'y avait que cela, je me dirais que nous sommes un peu comme en vacances.

Deuxième semaine de décembre. J'émerge. Tranquillement, mais sûrement. Comme une montagne à travers les quenouilles et les nénuphars. Je reprends mon souffle. Je dors un peu plus. Je mange encore des fruits et des légumes, du fer et de la vitamine C. Je me renseigne à même le Guide alimentaire canadien. Portions de viande et substituts ; des fruits, des légumes, des vaches et autres produits laitiers.

Pour tout dire, j'ai dû cesser d'écrire ce *Journal* durant des semaines. Trop envahi par la fin de session et ses travaux et ses examens. Du temps s'est écoulé. Je ne sais pas comment j'y suis parvenu. Je sais que je n'ai pas lâché, même si j'en ai eu le désir à chaque instant. Une fois sur deux, je me suis dit que je n'allais pas être capable, que j'étais vieux et que toutes ces choses n'étaient plus de mon âge ; que je n'avais pas la liberté de faire ce qu'il faut, pas la quiétude d'esprit nécessaire ; trop de travail à l'extérieur, trop de soucis, de frustrations quotidiennes, de déceptions, de responsabilités ; trop d'enfants, trop de femmes, trop de patrons et de collègues débiles ; des horaires, des soucis, des dettes, des comptes à payer et la maison qui tombe en décrépitude. Il m'arrive souvent de ne pas avoir la tête aux études, ni à ce *Journal*, même s'il était encore, il y a quelques semaines, l'une des choses les plus importantes pour moi. Les éléments vitaux doivent passer en quatrième, cinquième, sixième place. Je n'ai parfois même pas le temps de boire de l'eau potable. Alors que nous sommes au Québec et qu'il y a des lacs partout. Normal que je meure.

Prunella a abandonné tous ses cours. Elle a disparu. On ne la voit plus. Elle a pris des vacances, ou s'est fait proposer de partir en Gaspésie avec des jeunes de son âge. Dans la classe, ce matin, malgré la foule habituelle et endormie, un grand vide s'est installé. Le noir est encore plus noir et le gris encore plus gris. L'université ne sera plus la même pour moi, sans Prunella. Elle a également cessé d'aller à son cours de dessin, de même qu'à son cours de matériaux mixtes. Elle est partie. Comme la neige au printemps. Elle ne s'est même pas excusée.

Encore décembre. Mais où donc est passée ma passion ? Je cherche dans les poches de ma veste, dans mon sac à dos, sous les crayons de mon coffre à crayons. J'examine méticuleusement toutes les fermetures Éclair. Mais je ne trouve rien. Peut-être suis-je tout simplement exténué. L'intérêt se dissipe. Personne ne trouve cela facile, les fins de session. Je ne pense qu'aux obstacles et plus du tout aux objectifs. Les professeurs ne nous laissent aucun répit. Les questions d'examen sont de vraies questions. Impossible de les enjamber en deux temps trois mouvements, sur un coin de table de cuisine en déjeunant, le jour même de leur remise. Nous ne sommes plus à l'école secondaire.

Personne n'a d'argument réconfortant, sinon que c'est la fin de session, que nous l'avons bien mérité. Les professeurs ne sont pas complaisants. Inutile d'espérer qu'ils nous réserveront peut-être quelques douceurs à l'approche de la fin. Non. Ce n'est visiblement pas la façon de faire à l'UQAM. Ils nous fournissent tout le nécessaire pour réussir, mais ne semblent en rien sensibles à notre douleur. L'histoire de l'art n'est pas un programme facile. Si l'objectif des professeurs est que les étudiants ne s'endorment pas, qu'ils restent alertes et allumés jusqu'à la fin, alors ainsi que l'articule Jean-Nicolas-Louis Durand dans son *Précis des leçons d'architecture données à l'École royale polytechnique* : « le but est atteint ».

J'ai encore appris des milliards de choses. Sans trouver le temps de respirer. À ce propos, je n'ai aucune critique à formuler à l'endroit de l'université. Pour une fois qu'il est possible d'atteindre un but dans notre monde, il ne me reste plus qu'à redoubler d'ardeur, et à fermer mon clapet. Si mon ambition avait été d'aller me faire bronzer dans le sud en République dominicaine, je m'y serais pris tout autrement.

Toujours décembre. J'ai oublié de dire que le professeur d'architecture est remarquable. Dès le premier cours en septembre, il nous a succinctement parlé de lui, pour ne plus être obligé de le faire par la suite. Il nous a raconté avoir d'abord fait des études pour devenir architecte. Mais comme à son époque, le travail et les contrats se faisaient rares, sans doute en raison d'une crise économique, il a fait le pari de retourner aux études, et de se concentrer sur l'histoire de sa discipline. À chaque époque ses difficultés. Il a de fil en aiguille été directeur du Centre canadien d'architecture, avant de donner des cours à l'Université du Québec à Montréal. Il appelle les cours qu'il donne des « conférences », selon la tradition américaine. Il s'agit d'un professeur extraordinaire. On le perçoit tout de suite et le résultat est sans équivoque. Qu'on l'aime ou non, cela ne change rien. C'est un personnage. Il est presque chauve, a les yeux croches, et tout ce qu'il dit est à déguster comme du petit lait. Dès qu'il commence à parler, c'est un feu qui s'allume dans la nuit. À la pause, entre étudiants, on se fait la remarque. Tout en se les gelant sur le trottoir avec une cigarette, on parle du cours, des travaux, des examens, de ce que nous venons de comprendre. Même lorsqu'on est à notre poste à 18 heures sans avoir mangé et d'une humeur massacrante, trente secondes plus tard, on est tout de suite happé par ses propos. On voyage au fil de ses phrases vers d'autres siècles, ailleurs, loin d'ici, et son récit est enlevant. Chaque fois, on apprend des choses qui changent notre vie. Le cours n'est jamais lassant, jamais inutile, jamais superflu. Et je ne suis pas le seul à le penser. Au soleil, sous la pluie, à midi ou à minuit, il est évident que le professeur se retient pour ne pas trop s'embourber dans les digressions, parce qu'il en sait mille fois plus que ce qu'il daigne nous livrer, sur chacun des sujets abordés. Faute de temps. Pas le moment. Pas la place. Il faut avancer, et couvrir la matière.

Dans les travaux demandés pour son cours (et il y en a beaucoup), j'ai souvent eu C+. J'ai beau passer une douzaine d'heures à peaufiner mes textes, il y a quelque chose, un mystère fulgurant, que je n'arrive pas à déchiffrer. Des travaux sur Labrouste, Le Corbusier, Teige ; les puristes et les fonctionnalistes, dont je crois comprendre tous les écrits et les propos. Je suis comme dépassé, décalé. Je sais que les autres, même ceux qui passent le cours à naviguer sur Internet en ayant l'air de se foutre totalement de ce que déblatère le professeur, ont de meilleures notes que moi. Comment cela est-il possible ? Devrais-je moi aussi prendre de la drogue ?

Je n'ai jamais eu de pareilles notes. Surtout que je travaille fort. Ce n'est pas comme si je brossais la veille, que je me levais en retard et que je m'en contre-crissais. Il y a sûrement quelque chose que je ne comprends pas. Je n'ai par exemple rien saisi au texte de Viollet-le-Duc, et j'ai eu une excellente note (A), alors que j'ai tout compris à propos du projet de la bibliothèque Sainte-Geneviève de Labrouste, et j'ai récolté un B-. J'ai l'impression de n'avoir aucun contrôle sur mes résultats. Je pourrais faire n'importe quoi et improviser selon la vitesse du vent, à la limite sans avoir lu les textes, mes résultats ne seraient pas plus énigmatiques.

Il m'arrive de me demander si je ne devrais pas essayer de coucher avec la petite Chinoise du dépanneur. Elle est tellement gentille, tellement magnifique. Pour dire « bonne journée », elle dit : « bonnounée » ; pour dire « bonjour », elle dit : « boyoul », avec une petite voix qui ressemble encore plus à une mouche que celle de Prunella. Tout à fait charmant. J'ai le sentiment qu'elle me comprend même si je ne lui parle de rien. Je ne sais pas quel est son âge. Elle est vêtue d'un gros manteau d'hiver, parce que le commerce n'est quasiment pas chauffé. Il faut économiser sur le coût de l'énergie. Alors les réfrigérateurs à bière sont au minimum l'été, et le chauffage, l'hiver venu, oblige les employés à conserver leur tuque et leur foulard. Même si je la vois tous les jours, parfois même plusieurs fois par jour, je ne sais pas qui elle est. Je ne sais pas ce qu'elle fait dans la vie ni quelles sont ses passions. Je ne sais pas si elle a un copain, mais je n'en ai pas l'impression. Elle n'est peut-être ici au Canada que pour faire ses études. Je ne sais pas si je saurais quoi lui dire advenant le cas où je réussirais à l'inviter au restaurant. Elle est pourtant vraiment très belle. Jeune et réservée. Elle doit se le faire dire souvent par les autres clients. Plusieurs viennent acheter de la bière alors qu'ils sont déjà complètement soûls et désinhibés. Elle doit se faire draguer. Sous son manteau North Face, elle semble avoir un corps parfait.

Ce n'est certes pas une fille avec qui l'on couche facilement. Je ne connais pas les Chinoises. Je me dis que je devrais peut-être essayer de coucher avec elle, mais je me demande si je ne souhaiterais pas plutôt l'inviter à boire un verre chez moi, pour essayer de discuter. Je lui dirais bonjour si je la croisais sur le trottoir, parce que je la connais un peu, de vue, mais elle me paraît totalement mystérieuse. J'ai l'impression qu'elle travaille tout le temps, qu'elle est toujours là, du matin jusqu'au soir. Elle connaît le fonctionnement de la machine à loterie, et elle ne semble pas avoir de vie. Je ne sais pas si elle a finalement réussi à obtenir son statut de résident permanent. Je ne sais pas où elle va une fois son shift du soir terminé. Je ne sais pas si elle habite en face ou si elle doit prendre l'autobus pour rentrer chez elle. On ne la voit jamais dans le quartier, en short ou en maillot de bain à la piscine du parc Baldwin. Elle est assez jolie, très mince, et garde le sourire en toute circonstance. Elle est toujours heureuse. Je me demande si elle me trouve intéressant, tellement elle sourit chaque fois que j'entre au dépanneur. Je me demande si elle sourit de la même manière à tous les autres clients, ou si ce n'est qu'avec moi qu'elle est aussi contente. Souvent le soir, en m'endormant, je pense à elle. Elle n'est pas loin, elle est juste à côté. À sept ou huit portes de la mienne. Je ne sais pas si je pourrais être heureux avec une fille qui parle à peine français. On se ferait des signes. Peut-être que cela serait plus facile.

12 décembre. Difficile de savoir si je suis le premier à le penser, mais en étudiant les textes de certains architectes, ceux qui ont élaboré des théories et pris la peine d'en faire des livres, il me semble que plusieurs d'entre eux étaient fous. C'est peut-être ma formation de psychanalyste qui me fait l'imaginer. Je dis cela parce que l'enjeu de ce qu'ils écrivent concerne parfois essentiellement le Bien, le Vrai, et plusieurs font la promotion d'une manière stricte de construire, établissant des règles incontournables, souvent pour le Bien de l'Humanité, voire le Bonheur de leurs contemporains. Il se pourrait donc qu'on étudie, à l'université, sans le savoir ou sans trop s'en inquiéter, des œuvres de gens complètement dingues. Des paranoïaques et des psychotiques. Surtout que beaucoup de ces architectes arrivaient mal à faire réaliser leurs projets. On ne les encourageait pas toujours. On ne les croyait pas. On les trouvait trop radicaux. Et peu d'investisseurs acceptaient de leur confier des millions pour mener à bien leurs constructions tordues. Souvent, on les recevait dans des bureaux, on les écoutait, on regardait leurs plans, puis on ne leur donnait jamais de nouvelles.

Alors, peut-être ces architectes se rabattaient-ils sur l'écriture de traités. Je pense à Le Corbusier. Mais pas rien qu'à lui. Peut-être ces génies sont-ils devenus fous parce que, justement, on ne les croyait pas ; ou peut-être proposaient-ils des plans trop innovateurs pour que l'on embarque dans leurs lubies. Leurs textes ne sont pas débiles, mais tous paraissent un peu candides, chargés d'idéalismes et de grandes valeurs à promouvoir. Pour eux, il y a d'un côté l'architecture vraie, la bonne; et de l'autre la fausse, la mauvaise. On comprend ce qu'ils veulent dire, mais on comprend aussi que pour eux, dessiner et construire ne servait pas qu'à héberger des êtres humains. Cela impliquait bien davantage que des considérations pratiques et terre à terre. Dans leurs textes, ils sont tranchants, impulsifs et sanguins. Ils font des crises et répondent par des brûlots à leurs détracteurs. L'architecture se discute. C'est un domaine d'erreurs et d'innovations, mais surtout de polémique.

Au fil des « conférences », j'apprends que l'on n'a pas fait le choix de construire l'architecture des années 20. Il reste quelques « prototypes », à quelques rares endroits sur la planète, mais l'architecture puriste, par exemple, n'a jamais convaincu les foules du moment. Trop absolue. Lorsqu'une nation, ou une ville, planifiait de réaliser un projet d'envergure, les responsables n'engageaient pas nécessairement les architectes qui cherchaient à repousser les limites de l'entendement. On les connaissait, mais rarement ils étaient choisis. Pour la majorité d'entre eux, c'est une sorte de rendez-vous manqué avec l'Histoire. Les rares bâtiments qu'ils purent construire malgré tout sont de nos jours des lieux d'attraction à visiter, abondamment photographiés par les étudiants et les mordus d'architecture. On pense à Brasilia d'Oscar Niemeyer. Difficile à apprécier, quoique bigrement d'avant-garde.

Le cube blanc, l'absence d'ornement, la ligne pure, en harmonie avec l'esthétique de la machine, ce n'est qu'aujourd'hui que ces prémisses remportent l'assentiment de tous. 70 ans plus tard. Ce que fait Pierre Thibault, ou ce à quoi ressemblent plusieurs lofts ou condos des grandes villes modernes, s'inscrit dans le droit fil des années 20. Un peu comme si le monde avait cessé de suivre l'évolution normale de la logique architecturale, peut-être à cause des guerres, pour n'y revenir que plusieurs décennies plus tard, et considérer celle-ci comme belle et pertinente.

Même Adolf Hitler, qui avait le fantasme de tout transformer et de refonder l'Europe jusque dans ses racines, dotant l'Allemagne d'une architecture nationale propre qui témoignerait de sa splendeur et de la force de son empire, n'est pas allé puiser du côté des architectes de sa génération. Même s'il en avait l'occasion. L'architecture du troisième Reich n'a donc rien de révolutionnaire. Au contraire. Avec ses grosses colonnes ridicules, surfaites, surmontées de frontons triangulaires anachroniques, ses colonnades aux allures indestructibles, elle semble tout droit surgie d'un autre temps. Pourtant, il fallait faire du neuf. Tout reprendre en amont. Et s'affirmer aux yeux de tous comme immuable et invincible. On se demande ce qu'il serait advenu de l'architecture, si Hitler avait fait du purisme son architecture de prédilection. Lui qui trouvait que les constructions des Grecs et des Romains exprimaient encore nettement, et mieux que tout autre style architectural, la puissance de son empire. Il voulait exprimer la même chose. Mais versa toutefois dans la caricature.

La tendance est différente aujourd'hui. Pour le moment, les villes ne construisent plus en se référant à des règles séculaires. L'audace a bonne presse. Mais il a fallu du temps et de la patience pour se libérer des normes de l'Antiquité. Toute une génération d'architectes a été sacrifiée au nom de ces principes. Comme bien d'autres choses ont été sacrifiées à ce moment-là, au nom du fascisme et du XXe siècle.

Encore et toujours décembre. Je crois avoir enfin cerné ma plus grande difficulté. Elle ne se loge pas dans l'apprentissage par cœur des dates de réalisation des œuvres, ni dans les fautes d'orthographe, ni vraiment dans le manque de temps, d'énergie ou d'intérêt. La difficulté principale est que je dois apprendre à ne pas être un auteur. Ici, on ne me demande pas de parler de mes idées, ni des liens qu'il m'est possible de faire entre ce que je sais déjà et ce que je suis en train d'apprendre. Il est vrai que je suis désormais habitué à être un auteur. Ce n'est pas de ma faute, puisque je suis ainsi fait. Et je trouve ardu de me contenter de répéter ce que je déniche dans des livres, où sont cités des auteurs qui citent d'autres auteurs qui citent des auteurs qui citent d'autres auteurs.

Pendant des années, j'ai travaillé à former mes propres idées, à ne pas copier les autres. Pendant des années, c'était le fait d'avoir mes propres idées qui était valorisé. La psychanalyse valorise beaucoup cette qualité, essentielle pour la pratique analytique et les actes qu'elle demande de poser. Pour être psychanalyste, il faut s'autoriser de soi-même, et donc être l'auteur de son discours, de ce que l'on fait. Cela n'est pas aussi facile qu'il y paraît. Lacan lui-même avouait tenir un discours aux allures sibyllines, précisément pour éviter que l'on ne fasse que répéter ses grands axiomes. Et qu'on s'en contente. Il est d'ailleurs difficile, aujourd'hui, d'essayer de le faire sans avoir l'air d'un idiot. Lacan ne voulait pas que l'on répète Lacan. Il voulait que l'on comprenne quelque chose, même s'il savait qu'au fond, personne, peut-être, ne comprenait quoi que ce soit à ce qu'il disait. À part quelques rares singes taillés dans le meilleur bois. Avec la psychanalyse, il ne nous est pas possible d'aller vérifier dans des livres afin de savoir quoi dire et quoi faire, comme peut allègrement le faire un médecin, quand il se trouve en face d'un nouveau symptôme, ou lorsqu'on lui parle d'un nou-veau médicament révolutionnaire. Pour être psychanalyste, il faut avoir fait soi-même une psychanalyse. Justement pour y dégager un savoir que nous seul pouvons dégager. Un savoir dont on est justement l'auteur, incomparable, unique et singulier. Lorsque cela se produit, les effets sont prodi-gieux. Pour les écrivains, c'est un peu la même chose. Un écrivain doit développer son style, son style propre, inimi-table. Et dire des choses que lui seul est capable de dire de cette manière. Cette aptitude n'est pas chose courante ni offerte à tout le monde comme un cadeau du ciel. On n'y arrive pas toujours consciemment, non plus. Un véritable écrivain ne peut donc pas être en compétition avec ses contemporains, car il sait que lui seul peut écrire ce qu'il écrit. Il ne copie personne et ne ressemble à personne.

J'ai personnellement travaillé longtemps pour parvenir à articuler un discours psychanalytique original qui soit le mien. J'y suis parvenu, au fil du temps. Et la quête se pour-suit toujours. Même si ma façon de faire en fait parfois flip-per quelques-uns. Lacan disait que chaque analyste a la tâche de réinventer chaque fois la psychanalyse. Il disait cela parce qu'il était exaspéré de voir des gens se contenter de répéter ce qu'il disait, et balancer des phrases toutes faites pour avoir l'air malins, des phrases qui ne sortaient même pas de leur propre intelligence. Si une cure analytique ne vous met pas sur les rails de la créativité et de l'invention, alors votre cure est une cure ratée. Ce qui n'est pas si rare dans le domaine. Une cure permet techniquement au sujet d'inventer sa propre réponse aux problèmes qu'il rencontre, et pour lesquels il est un jour venu consulter. Parce que cette réponse est la seule qui puisse fonctionner pour lui, étant donné que toutes celles qu'il trouvera ailleurs ne colleront pas. Ni les massages thaïlandais, ni les bouillons de l'âme, ni les recommandations quotidiennes de son horoscope. On fait une cure, souvent, quand on a tout essayé et que rien n'a porté fruits. Quand on est tanné et qu'on n'a plus le choix. Plus le choix de devenir l'auteur de sa propre guérison, pour enfin produire un savoir nouveau et singulier, la seule façon possible de continuer à vivre sa vinaigrette.

Or, à l'université, nous ne sommes justement pas là pour inventer. Mais pour apprendre et intégrer ce que les autres ont dit et fait avant nous. C'est correct. C'est l'université. Et celle-ci nous demande de rendre des travaux correspondant à une certaine forme, un certain cadre, assez strict et précis. Un cadre non discutable. Avec des références. Pour ma part, je trouve l'exercice quelque peu souffrant, mais je ne suis pas surpris. Je trouve dommage de devoir me rappeler qu'on ne désire pas nécessairement connaître autre chose que ce qui a déjà été dit avant par d'autres. Apprendre consiste à apprendre ce que les autres ont dit. Les professeurs et les correcteurs veulent d'abord savoir si tu as compris. Et ils t'accordent une note en fonction de ce principe. Alors je dois me calmer. C'est à moi de me calmer. Et d'oublier les idées qui surgissent dans mon cerveau lorsque j'écoute parler les professeurs. Je dois faire ce qu'il faut. Ne pas me prendre pour un poète. Au bout du compte, je suis docile, et je fais ce qu'il faut.

J'ai appris ceci. J'ai appris cela. J'ai appris à tousser dans le creux de mon coude plutôt que dans mes mains. J'ai appris à faire tremper les fèves douze heures à l'avance avant de cuisiner des fèves au lard comme il se doit, à la canadienne. J'apprends, j'apprends, j'apprends. Et je me demande quelquefois si cela fera de moi un meilleur être humain.

Chapitre 3

Troisième session, hiver 2010

Deux cours, cette fois. Deux fois 45 heures. *Les arts visuels en Europe de 1905 à 1940.* Et *Approches historiques et iconographiques en histoire de l'art.*

19 janvier. Mardi matin. Petite neige gentille. La meute des étudiants pénètre à l'intérieur de la grosse industrie universitaire où des centaines de cours se donnent en même temps. On distribue des dépliants, des journaux, des papiers. C'est la rentrée d'hiver. Il y a de l'action. On a mis des tables et suspendu divers écriteaux en grosses lettres. Pour répondre aux questions des nouveaux arrivés. On offre gratuitement du café. On annonce la campagne de la Croix-Rouge et des files d'attente se forment pour se procurer les recueils obligatoires de textes photocopiés. De grandes feuilles indiquant les locaux de chacun des cours sont épinglées sur des babillards à roulettes. C'est aussi le moment de se mettre en ligne pour obtenir un casier ou pour renouveler sa carte étudiante. La foule est dense. Mais tout le monde reste étonnamment calme. Si nous étions en Pologne, nous pourrions croire qu'il y aura assez de jambon pour répondre à la demande. Et qu'il n'est pas nécessaire de paniquer pour l'occasion. Qu'il suffit d'attendre docilement et tout se passera bien.

•

Premier cours. J'apprends déjà des faits que je n'oublierai plus. Au chapitre des impressionnistes, par exemple, j'ai compris qu'il y avait d'autres bonnes raisons de considérer leur importance. Puisqu'avec eux à cette époque, il s'agissait de peindre ce qui se trouvait devant soi. Tel quel. Et non plus de mettre en scène de grandes histoires tirées de mythes et de grands récits. C'est aussi le moment de montrer que dans le tableau, il y a de la peinture. Une volonté qui dérangeait beaucoup, à ce moment-là. Lorsque Manet laissait paraître les coups de pinceau dans ses tableaux, le public trouvait le résultat inacceptable. Car à l'Académie, on apprenait plutôt à peindre en dissimulant avec habileté les trucs et les procédés. Celui qui dissimulait le mieux, qui pouvait créer l'illusion la plus parfaite, était considéré comme le meilleur prospect pour l'avenir de la discipline.

Mais avec l'arrivée du réalisme, on se met à peindre des personnages non plus vêtus de toges éternelles, mais de vêtements contemporains, et on s'intéresse davantage à la réalité telle qu'elle se présente, non plus à travers des mises en scène idéalisées et des postures se référant davantage au théâtre. Alors on peint des paysans, des gens qui déambulent, de petits bateaux, des glaneuses, des cireurs de parquets. On montre la pluie, des parapluies, des arbres et des pavés. Les thèmes sont différents, et nouveaux. Et l'impressionnisme s'inscrit dans cet engrenage. Il procède lui aussi d'une forme de réalisme, dont les enjeux concernent « une esthétique de la perception ». Ce sont les mots de la prof.

Monet a souvent peint des meules de foin. Des meules de foin et des peupliers, qu'il retrouvait beaucoup dans la Normandie où il vivait. Roses, jaunes, violets, bleus. On le sait moins, car on connaît surtout ses jardins, ses ponts, ses bateaux. Mais il a fait une grande série de toiles représentant des meules. Des meules de foin. Dans des champs. Il en a fait tellement que l'on pourrait penser qu'il se faisait la main et qu'il cherchait à capter quelque chose d'imperceptible. Il en a fait une trentaine. Ce ne sont pas toutes des œuvres très jolies. Étant donné qu'une meule en soi, ce n'est pas très beau, pas même intéressant, et que personne ne souhaite avoir cela dans sa salle à manger. On retrouve des meules seules, des meules par groupes de trois, ou quatre. Des meules de près, en plus gros, puis des meules de loin. Des roses, des jaunes, des bleues. Mais voilà, tout l'enjeu, pour Monet, réside dans les couleurs qu'il choisit. Les couleurs relatives à la lumière du jour, à ce coin de pays, celui du nord de la France, de même qu'au temps qui passe.

Ce que peint Monet, à ce moment-là, entre l'été 1890 et l'hiver 1891, dans un champ situé à proximité de sa maison de Giverny, ce ne sont pas exactement des meules, mais des effets de lumière sur des meules. Au milieu du champ où celles-ci reposent en attendant d'être rentrées dans une grange. Paf! Car Monet peint la lumière. Non pas le paysage comme tel. Il peint, tenez-vous bien, l'effet du temps qui passe et qui s'écoule. Il peint l'atmosphère. Il tente alors de partager avec le spectateur une expérience de la vision. Il peint la fin de l'été, le soir; les effets de la neige sous un jour couvert; il peint le dégel, l'automne, le matin. Ce n'est pas nécessairement un exercice facile. Peindre le matin, la rosée. Mais c'est de cela qu'il s'agit dans sa pratique. Il ne cherche pas à montrer qu'il a du talent, ni à faire l'apologie d'un moment de l'histoire de la France.

À l'époque de Claude Monet, on commence à comprendre différemment les enjeux de la couleur et de la lumière. Et l'on souhaite peindre, avec de la peinture, le temps. Peindre la lumière. Ce à quoi personne n'avait jamais pensé auparavant. C'est entre autres cette volonté qui fait de Claude Monet quelqu'un d'innovateur. Un peintre aux préoccupations nouvelles et différentes. Et bien autre chose que ce vieux bonhomme hirsute et barbu, coiffé d'un chapeau, dont on dira plus tard qu'il devait à coup sûr être myope, pour proposer des lignes aussi floues.

Janvier. Je me demande de plus en plus si la Chinoise du dépanneur est une fille facile. Je ne le pense pas, mais lorsque je n'ai rien de mieux à faire, je me le demande. Je ne connais ni son nom ni son prénom. Je ne sais pas si son sourire est une invitation. J'ai en ce moment besoin d'une fille capable d'aller loin. Une fille cochonne, comme on dit. Qui a des idées claires et qui sait ce qu'elle veut et où elle s'en va. J'ai besoin de me faire surprendre, de me faire transporter à travers d'autres cultures et d'autres façons de faire. Je pense de plus en plus à elle. De plus en plus, je la trouve belle. Mais je ne sais pas si c'est tout simplement parce que je suis désespéré et qu'il me faut quelqu'un pour être avec moi. Que je suis donc prêt à m'intéresser à n'importe qui. Cette Chinoise n'est pourtant pas du tout n'importe qui. Elle travaille dans ce dépanneur depuis bientôt trois ans. Il me faut l'appeler « la Chinoise » parce que j'ignore son prénom. Même si je le lui demandais, cela ne me dirait rien. Elle s'appellerait probablement Li, ou Zu, et cela n'évoquerait de prime abord rien d'érotique en moi. Que de l'étranger. Que du mystère.

J'aurais vraisemblablement peur d'elle, si elle m'invitait à la suivre jusqu'à son appartement. Parce que je l'imagine vivre seule. Je l'imagine habiter dans un endroit très exigu, avec une table, un lit et quelques plantes. Je l'imagine toujours sourire quand elle y est. Et me recevoir avec du thé. En n'espérant rien de moi. En ne manifestant qu'une joie toute simple de me savoir enfin ici chez elle. Je l'imagine avec ses cheveux noirs. Sa peau quasiment jeune et ses dents toutes blanches. Assise sur son lit. Les mains sur les genoux. Me regardant dans une attente qui ne demande rien.

Je m'intéresse à elle, mais je ne le lui dis pas. Je m'intéresse également aux plantes, aux chiens, aux cactus. Je m'intéresse à la possibilité de pouvoir faire l'amour avec elle. À la possibilité qu'elle puisse s'intéresser à moi. Qu'elle puisse penser à moi, tout en attendant que je revienne chaque soir acheter mon litre de lait. Je l'imagine docile, mais capable de manifester des désirs inédits une fois ses vêtements retirés. Je l'imagine en manque, insatisfaite et frustrée depuis dix ans. Je l'imagine qui ne demande que cela. Qu'à se faire prendre comme il se doit. Dans sa chambre, sur son lit, dans la cuisine ou contre le lavabo de la petite salle de bain minuscule. Se dire parfois qu'avec une beauté comme la sienne, il est injuste de vivre dans un tel sacerdoce. Je l'imagine s'être contentée d'un vibrateur pendant plusieurs années, des années qui lui auront paru des siècles. Je l'imagine avoir douté d'être encore un jour capable de se faire prendre, par en avant comme par en arrière. Encore capable de faire l'amour. Je l'imagine en avoir rêvé plus de mille fois. Et s'être réveillée le matin, et s'être rendue au dépanneur à l'heure prévue. Et avoir déverrouillé la porte avec sa clé. Et s'être convaincue qu'il valait peut-être mieux tout refouler, tout retenir à l'intérieur et ne rien laisser paraître. Avant l'arrivée du premier client.

Fin janvier. J'achète à la Coop un livre de Paul Ardenne. Un auteur que je ne connaissais pas mais qui, compte tenu de ses nombreuses publications, semble important dans le domaine de l'art actuel.

J'ai raté son bouquin sur l'art de l'extrême. *Extrême : esthétiques de la limite dépassée.* Flammarion, 2006. Je l'ai feuilleté, mais j'ai choisi d'attendre. Parce que je ne peux pas tout acheter. Une fois rentré chez moi, j'ai eu envie de le lire. Quelques jours après, il avait été vendu. Je me rends compte que l'art contemporain m'a manqué. Heureux retour, en quelque sorte, même si je n'ai pas de cours cette session-ci sur la question. Ce n'est que partie remise.

Je suis moins subjugué par tout ce qui se passe. C'est peut-être l'hiver et ses bancs de neige qui congèlent tout. Aussi, j'ai moins envie d'écrire ce *Journal*. J'ai le sentiment d'avoir moins de choses à raconter, que la magie s'est atténuée et qu'il est à présent devenu ordinaire de fréquenter l'université. Mon éditrice considère que j'idéalise un peu trop les universitaires. Elle croit que je devrais me concentrer sur mes projets d'écriture, plutôt que de perdre mon temps à faire des travaux dont tout le monde se fiche. Une diététicienne au regard rond et abasourdi, une amie d'une amie de ma femme, m'explique que je devrais sans doute encore manger davantage de légumes et de fruits. Et couper plus que franchement dans les matières grasses. Je ne sais pas ce qu'elle mange, pour sa part, pour avoir un tel regard.

Je me rabats donc sur un ouvrage en format poche : *Un art contextuel*, Flammarion, 2002. En le potassant, comme je le fais toujours avant d'aborder un nouvel univers, je fais une découverte. Au milieu de la section des photos, il est question d'une œuvre réalisée dans la ville de Québec, par un jeune étudiant du nom de Loubier. L'œuvre consiste à dérouler un fil rouge, à travers et par-delà les rues de la ville, sur plusieurs centaines de mètres. *Une œuvre qui ne se voit pas, et qui pourtant occupe l'espace.* C'était en 2002. Quelle bonne idée ! Les gens s'y empêtrent en sortant de chez eux le matin. Personne ne comprend de quoi il s'agit, ni pourquoi ce fil vient leur barrer la route. C'est une œuvre qui *existe*, pour tous ceux qui la rencontrent, et qui interloque et décontenance. Or ce Loubier en question, auteur de cette œuvre momentanée, était justement le professeur du cours intitulé *L'art depuis 1968* que j'ai suivi l'année dernière. Excellent prof. Sévère et straight, en dépit de son jeune âge, mais étonnamment passionné pour une matière et des œuvres excentriques.

Je me disais, aussi, que quelque chose devait se cacher derrière ce type. Et qu'il ne fallait pas se fier aux apparences. Avec son allure de vendeur d'assurances, on pouvait se demander ce qui avait bien pu conduire ce genre de personnage à se spécialiser dans un domaine aussi particulier que celui de l'art contemporain. Un vendeur d'assurances, peut-être, ou de voitures usagées, mais qui aurait tout de même eu l'idée de dérouler des centaines de mètres de fil de couleur rouge à travers les rues de la ville de Québec, par-delà les côtes et les falaises. Probablement dans le but de déloger momentanément les résidants de leur torpeur quotidienne. Une fois dans leur vie. On évoque donc aujourd'hui son acte dans l'un des livres sérieux consacrés à l'art contemporain.

Je nous trouve chanceux de pouvoir avoir des professeurs qui font des trucs pareils. Et qui ne font pas que passer leur temps à remplir des demandes de subventions, dans le but de mener des recherches qui ne feront plaisir qu'au Département.

•

Quelques jours plus tard, je mets finalement la main sur *Extrême : esthétiques de la limite dépassée.* Un nouvel exemplaire est arrivé sur les rayons. Je n'hésite pas, je l'achète. Le sujet semble passionnant, mais au bout du compte, je suis déçu. L'auteur ne fait que décrire cette tendance à vouloir aller trop loin, mais pas rien que dans l'art, dans tous les aspects de nos sociétés. Et je trouve que son étude verse dans le jugement de valeur. Je continue de lire. Je reste sur ma faim. Son analyse n'effleure que la surface du phénomène. On dirait un vieux qui ne comprend plus rien au monde qui le dépasse. J'ai une tout autre opinion des œuvres dont il parle et qu'il dénigre, comme une personne âgée dénigrerait bêtement la prolifération des guichets automatiques ou des téléphones portables. J'espérais un essai considérant ces œuvres avec sérieux et respect. Intellectuellement. On le sait que du caca, du sexe trash, du sang, c'est grotesque, mais je trouve personnellement que ces éléments ont tout à fait leur place dans la plupart des œuvres contemporaines citées, et qu'il n'est guère instructif de ne s'arrêter qu'aux aspects choquants des médiums employés. Je trouve que ce livre de Paul Ardenne semble avoir été rédigé par un grand-papa. Bien qu'il s'avère toutefois instructif quant à l'existence des œuvres répertoriées, je le trouve léger. Il manque de viande. Il manque de sérieux. Il me déçoit. Je m'attendais à autre chose qu'une critique défavorable et évidente de la tendance artistique dont il fait son sujet. Je m'attendais à l'analyse sérieuse d'une personne capable de comprendre. Et d'aller plus loin.

Finalement, après quelque 200 pages, je le laisse de côté. Incapable de le terminer. Ce livre ne m'apprend pas grand-chose. Il lui manque cet aspect « essai », que je souhaitais trouver en m'y plongeant. Il est rare que j'abandonne un ouvrage. Paul Ardenne a toutefois peut-être raison de dénoncer la production en chaîne de toutes ces œuvres, réalisées avec du sang coagulé et des excréments. Il y a lieu bien sûr de lui laisser le bénéfice du doute. À moins que le temps et les années ne finissent par lui donner tort. Comme ce fut si souvent le cas dans l'histoire de l'art moderne et contemporain.

Février 2010. Trois jours avant la Saint-Valentin. Instant critique lorsque nous sommes en couple. La session est bien entamée. Pour le moment, pas de maelström, mais des lectures malgré tout coriaces. Du genre Pline l'Ancien, Pausanias, Philostrate, Hegel, Fontenelle, Winckelmann et consorts.

Chaque cours est très différent des autres. Chacune des sessions ne ressemble en rien à celle qui l'a précédée. Au départ, il s'agit toujours un peu d'explorer la matière avec de nouvelles antennes, et de cerner les attentes du professeur. Rien à faire de mieux que d'écouter, de prendre des notes et d'attendre. Il faut tout simplement être présent, sans chercher à comprendre trop vite ce qu'il nous faudra bricoler pour obtenir de bons résultats. Il me semble que tout le talent de l'étudiant modèle consiste à comprendre le désir du prof. Que veut-il ? Que nous faut-il faire pour nous insérer dans ses cordes ? Certains étudiants ont sans doute plus de talent que d'autres pour ce faire. Il y en a qui vont discuter avec les professeurs sitôt le cours terminé. Ce sont peut-être eux qui poursuivent jusqu'à la maîtrise. Jusqu'aux stages. Et qui finissent boursiers.

Dans notre cours d'approches historiques et iconographiques en histoire de l'art, nous apprenons que Pausanias, un Grec du deuxième siècle, constatait à son grand désarroi que les œuvres de son temps étaient menacées de disparition. Personne ne s'en souciait à part lui. Lui-même, personnellement, de son vivant, en avait vu disparaître. Car les Romains, friands d'art grec, pillaient à peu près tout ce qu'ils trouvaient sur leur route, soit pour ramener ces œuvres dans leur pays, soit parce qu'ils étaient des brigands, des marchands louches et sans scrupules, bref des gens qui se fichaient pas mal de la beauté des corps sculptés par les artistes, et qui avaient surtout comme but de les faire fondre, afin de revendre ensuite les métaux sous forme de lingots. Chez Pausanias se développe alors une sorte de conscience patrimoniale. Il décide donc de décrire sur du papier les œuvres de son pays. Il fait des voyages, et puis il note et commente tout ce qu'il voit. Par ses écrits, il permettra à ces œuvres, espère-t-il, de survivre. La description, peut-on dire, se substitue alors à l'œuvre. Celle-ci aura beau disparaître tant qu'elle le souhaite, être engloutie sous les flots, pillée par des pirates des Caraïbes mille ans plus tard, s'étioler dans le vent, être brisée, cassée ou subtilisée par les Romains, peu importe : grâce à l'écrit, elle survivra. Intéressant.

Cela devient même plus qu'intéressant, puisqu'à partir de là, on se met à écrire une histoire de l'œuvre, voire une histoire autour de l'œuvre. Philostrate, un autre Grec qui poursuivra dans une voie similaire, fera des descriptions de tableaux. Il n'est pas un critique d'art. Il écrit et raconte, comme on parlerait à des enfants (exactement comme le fait Gombrich avec sa *Brève histoire du monde*). Il veut surtout se faire comprendre, et il ajoute des éléments à sa description. À propos des œuvres qu'il voit, il arrive à créer une fiction. Son texte se substitue à l'œuvre, encore une fois. Sauf que Philostrate, lui, y ajoute quelque chose. Un ingrédient en plus. Au point que le texte qu'il rédige devient plus fort que l'œuvre elle-même. Avec lui, on comprendra que le commentaire démultiplie l'œuvre.

L'histoire de l'art, celle que l'on écrira ensuite, proposera donc une démultiplication des œuvres d'art. De les voir ainsi toutes nues est une chose, mais de les comprendre à travers leur histoire, à travers un texte qui décrit le contexte dans lequel elles sont nées, et qui justifie l'importance qu'elles occuperont dans la suite du monde, lorsqu'elles seront par exemple mises en rapport avec d'autres, procède d'une tout autre dimension dont l'œuvre d'art, par la suite, ne pourra finalement plus se passer. L'œuvre d'art plastique n'existe, et ne déploie sa magie, que lorsqu'elle est relayée, dirait-on, par l'artifice du verbe. On pourra courir, se mutiler ou s'engager dans d'interminables fresques splendides et magnifiques, sans texte, l'œuvre d'art ne pourra jamais s'exprimer de la même façon. Elle aura désormais besoin du texte pour déployer tous ses effets.

C'est donc l'histoire, voire le discours autour de l'œuvre, qui fait l'œuvre. Et non plus seulement l'objet. Cet objet, finalement, n'a qu'une infime fonction dans l'ensemble de ce procédé, et ne compte que pour une infime portion dans ce qu'il en restera, pour les siècles à venir. Cela peut paraître désagréable à admettre, pour ne pas dire grossier, mais quand on y songe plus d'un quart d'heure, le constat révèle toute son évidence. Si une personne sans culture ni connaissance de l'art tombait sur la Joconde, dans son sous-sol, un dimanche de congé, il est probable qu'elle la trouverait complètement nulle, et qu'elle tenterait soit de la mettre aux ordures, soit de la faire brûler dans sa cour à même son tas de feuilles mortes d'automne, ou qu'elle s'en servirait comme cible pour jouer aux dards, dans son garage, accrochée derrière la porte. Mais si elle connaît un tant soit peu ce que l'on en dit, elle saura qu'elle vient de faire une découverte exceptionnelle, et ne traitera pas la croûte de la même façon. Ce qui rend la Joconde importante, c'est bien tout le « bavardage » qu'on a créé autour de son existence. Inutile ensuite de la voir en vrai pour la considérer. Sauf pour quelques fétichistes. C'est la même chose pour Marilyn Monroe. Inutile de la voir en vrai pour en comprendre le phénomène. Et ce bavardage, sans vouloir être péjoratif, devient, par la force des choses, plus important que la toile elle-même. Tout ce que l'on peut dire aujourd'hui de la Joconde est bien plus important que la Joconde elle-même, enfermée toute seule dans une vitrine scellée du musée du Louvre à Paris. Tellement scellée qu'on ne sait même plus s'il s'agit de la véritable Joconde, sur laquelle Léonard se serait penché des heures durant. Sans que l'on en soit totalement certain non plus, puisque ce dernier avait la fâcheuse habitude de ne jamais terminer ce qu'il commençait.

En déambulant vers l'est sur la rue Sainte-Catherine, je réfléchis. Un luxe, à côté de tous ces gens, munis de téléphones portables dont la sonnerie tintinnabule à chaque instant. Ce savoir nouveau me stupéfait. J'en oublie de m'arrêter aux feux de circulation et passe tout près (par deux fois) de me faire renverser par un automobiliste ou un conducteur de camion. En m'engouffrant dans mes pensées, je vis dangereusement.

Il n'est donc finalement pas si grave que les œuvres disparaissent. Celles-ci continueront d'exister. Moi qui m'inquiétais de savoir, en voyant les tours du World Trade Center s'effondrer, s'il ne se trouvait pas, dans les bureaux de certaines banques prospères, des œuvres d'art de la plus haute importance. Par exemple des œuvres appartenant au pop art new-yorkais, des Warhol, des Basquiat, des Lichtenstein, pulvérisées dans la tragédie. Pour une question banale de terrorisme et d'Occident dépravé. Je n'ai pas tout de suite pensé aux gens, je sais, c'est mal, mais aux œuvres d'art. C'est quelque chose de possible, puisque nous savons que les grandes banques, les firmes d'avocats et de courtiers spécialisés, se procurent quantité d'œuvres d'art afin de décorer leurs somptueux bureaux, ou d'obtenir d'intéressants crédits d'impôt.

Quant à la Joconde, celle-ci peut disparaître : brûlée, inondée ou déchiquetée par des corbeaux, elle restera la Joconde. Et on en parlera quand même. À tout jamais. Même si deux ou trois avions s'écrasent dessus. Tout comme on parle encore aujourd'hui des jardins suspendus de Babylone, du Colosse de Rhodes ou de la tour de Babel. Alors que pourtant, il ne nous en reste rien. Pas de photos, pas de films en haute définition. Rien. Pas même un caillou et des poussières. Tout ce qui en reste, ce sont un ou deux récits qui en font état. Ce qui s'avère, au bout du compte, amplement suffisant. On ne sait même pas si ces derniers ont réellement existé. Et de toute façon, à ce stade-ci, cela importe peu.

Je pense toujours à la petite Chinoise du dépanneur. Cela devient une obsession. J'en suis conscient. Sans doute à cause de la disparition radicale et soudaine de Prunella. La petite Chinoise en attente de son permis de séjour. Je me demande ce qu'elle fait là, tout le temps. Et pourquoi on ne la voit jamais au bras d'un petit copain chinois, qui étudierait lui aussi pour devenir ingénieur. Elle travaille beaucoup. Pour ne pas dire tout le temps. Comment fait-elle pour étudier?

Je me demande si je ne devrais pas essayer de lui parler. Lui dire un peu plus que bonjour, merci et au revoir. Je m'ennuie et me morfonds. La femme que j'ai mariée est encore absente. Elle est peut-être en Thaïlande ou en Russie, peu importe, nous ne faisons plus la différence. Elle est tout simplement absente. Je me demande si je ne devrais pas tout simplement essayer d'engager la conversation. Pour voir si elle s'intéresse à quelque chose. Si elle a des sujets de prédilection. Je pense à Prunella et à La patère rose. Je me demande s'il est bel et bien vrai que les Chinois ne s'intéressent à rien d'autre qu'à ce qu'ils sont en train de faire. S'il est vrai qu'en dehors du travail, à part de manger rapidement quelques nouilles garnies de minces tranches de porc dans un bol, ils n'ont pas de vie.

Je pense à elle, mais je le fais sans en parler. Comme on le ferait pour un amour perdu d'avance. Après tout, je suis marié. Je n'ai pas grand-chose à lui promettre, sinon une série ponctuelle de relations sexuelles sans lendemain. Il vient un temps où l'on se lasse de ce genre de rencontres. Et sans pouvoir expliquer pourquoi, j'ai l'impression que ma petite Chinoise est du genre à s'être déjà lassée de ce genre de rencontres. Et qu'elle espère désormais beaucoup mieux. Quelque chose de plus. Je l'imagine rêver de cunnilingus interminables. Et d'un homme qui la supplie. Qui lui fait des promesses qu'il aura les moyens et les capacités de tenir. Je l'imagine contente et excitée. En train de rire pour rien et de manifester une bonne humeur exagérée. Avec raison. Perdue comme elle l'est, toute seule, au beau milieu de la rue Fullum. Que fait-elle là, loin de sa Chine natale, de ses parents chinois qui pensent à elle et qui espèrent qu'elle rentrera bientôt ?

15 février. Qu'on le veuille ou non, l'urinoir de Marcel Duchamp est un acte révolutionnaire et total. Aussi fort qu'une bombe nucléaire dans ce début du XXe siècle. Une œuvre que tout un chacun aurait de prime abord tendance à sous-estimer, mais qui aura eu pour effet imprévu de proposer une voie de sortie aux artistes de demain. Admettons cinquante ans plus tard. On avouera sans difficulté que par ce geste, Duchamp cherche à sortir de l'art. Mais surtout, on voit s'ouvrir avec lui une nouvelle dimension de la conscience esthétique. On ne peut pas comprendre l'art d'aujourd'hui, sans tenir compte de l'existence de cet urinoir. Même si cela ne semble pas facile à accepter.

Or ce que nous apprenons, c'est que bien que présenté dans une galerie de New York en 1917, l'urinoir en question n'existe plus. Le vrai, l'original, aurait été détruit. Perdu dans un dépotoir, parmi d'autres détritus de l'époque. On ne sait plus où il se trouve. Impossible pour qui que ce soit de le vendre à prix fort dans une vente aux enchères. Il a peut-être lui aussi fini pulvérisé, dévoré par des rats ou des vers de terre, on ne sait pas. On en a plus tard fait des répliques, que l'on expose à droite et à gauche, et dont on doit se contenter. Car ce qui compte avec lui, ce n'est pas la valeur de l'objet urinoir, ni de connaître l'identité de celui qui aurait pu posséder la copie originale, authentique, celle qui a été touchée et manipulée par l'artiste lui-même. Ce qui compte pour Duchamp, comme pour l'histoire de l'art qui continue de s'écrire quoi qu'il advienne, c'est de l'avoir fait. D'avoir commis ce geste. D'avoir osé proposer un objet de cette catégorie dans une exposition, à côté d'autres œuvres d'art, et de déclarer qu'il s'agissait là aussi d'une œuvre d'art.

C'est donc ce que le récit de l'Histoire en a fait par la suite, de même que celui des critiques et du public, des commentateurs et des historiens, puis de la culture de masse, qui rendra ce geste décisif. Philostrate avait effectivement vu juste. Les artistes qui, subséquemment, se présenteront en tant qu'artistes, devront en prendre acte. Ils ne pourront plus jamais ignorer son existence sans risquer d'avoir l'air idiot. Il leur faudra également accepter que cette œuvre existe, même si elle n'est plus là. Même si nous ne l'avons jamais vue ou que nous n'étions pas là le jour de son exposition. En plus de signer le début de l'art conceptuel, l'urinoir de Duchamp est un exemple parfait démontrant que ce qui compte, c'est davantage le geste que l'objet.

Inutile dans ce cas de se rendre dans les musées du monde entier pour aller à la rencontre des œuvres véritables, puisque depuis Duchamp, rien que de savoir que ces dernières existent suffit à leur accorder le crédit qu'elles méritent. Il serait superflu de se retrouver devant le véritable Taj Mahal pour vérifier qu'il existe bel et bien et qu'il a effectivement été construit. Le récit de son histoire suffit à nous convaincre. Voilà sans doute que se profile une autre donnée constitutive de l'art contemporain : la performance.

•

Cependant, admirer un véritable Warhol produit un effet. Peut-être pas dans l'âme de tout le monde, mais peu importe. Winckelmann disait pour sa part, au milieu de son XVIIIe siècle et enfermé dans son bureau de Trieste, que pour faire l'histoire de l'art, il est nécessaire de fréquenter les œuvres. De les toucher, de les regarder longuement. De se trouver avec elles dans la même pièce et les côtoyer. Comme des personnes que l'on rencontre, muni de notre timidité et de notre curiosité. Personnellement, je ne peux que lui donner raison. Le fait d'avoir « fréquenté », en trois dimensions, les énormes sculptures de Botero, au Musée national des beaux-arts de Québec en 2007, a produit sur moi un effet dont je me souviendrai longtemps. Je me dis qu'en ayant l'opportunité de fréquenter les œuvres, de pouvoir les saisir en tant que « présence », on en capte tout de même quelque chose de plus. Peut-être pas l'essentiel de ce qui constitue leur existence et justifie leur inscription dans l'Histoire, mais quelque chose de plus et qui perdure.

À ce propos, on raconte que la Joconde du musée du Louvre ne serait pas l'authentique peinture que Léonard a réalisée avec ses propres pinceaux. Mais une copie. Une copie produite par des professionnels, mais tout de même une copie. Afin de protéger l'original. Cette œuvre est assaillie par une multitude de touristes qui, chaque jour, viennent la prendre en photo. De plus, comme elle est susceptible d'être volée à tout moment, il valait mieux la protéger, l'entreposer dans un coffre-fort fermé à double tour. Je ne sais pas si cette information est juste, mais je me demande si, le cas échéant, le public ressent tout de même, en la voyant, l'effet de son éblouissement. Et les frissons qui l'accompagnent.

Il me revient à ce propos les réflexions du philosophe Clément Rosset, se questionnant avec ironie sur la quête de Tintin, ce fameux reporter belge internationalement réputé, qui dans l'album intitulé *L'oreille cassée*, cherche comme un débile, et au péril de sa vie, la véritable statuette tant convoitée. Et dont l'oreille est justement cassée. Pas l'une de ses nombreuses imitations. Mais la vraie de vraie. Égarée parfois parmi des centaines d'autres.

•

Mine de rien, ces tergiversations viendraient résoudre une autre des questions posées par l'art actuel, à savoir : que reste-t-il de toutes ces œuvres, éphémères pour la plupart, et pourtant conséquentes, une fois qu'elles ont eu lieu et qu'il n'en reste rien ? Rien à vendre. Rien à collectionner ou à conserver dans les réserves d'un musée. Lorsqu'un artiste sculpte dans des flocons de neige, ou avec de la fumée dans l'atmosphère du Guggenheim, comme l'a fait Anish Kapoor en 2009, que reste-t-il, sinon les quelques traces que ces artistes auront laissées de leurs idées ? Que reste-t-il au fait de la représentation d'une pièce de théâtre ? De la version d'un texte qu'auront jouée quelques comédiens, un certain soir, un soir perdu parmi les autres soirs ? Même chose pour les artistes dont le travail consiste à faire des performances. Ceux-ci ne sont pas riches. Ils ne vendent pas leurs œuvres. On ne peut pas les exposer chez soi dans la salle à manger. Ni les acheter lors d'une vente aux enchères, pour attendre patiemment qu'elles prennent de la valeur. Ce sont des œuvres pertinentes, qui existent uniquement parce qu'on sait qu'elles ont eu lieu. Parce qu'on en parle. Parce qu'on les raconte à d'autres qui ne les ont pas vues. Elles sont quelquefois prises en photo, bien sûr. Mais elles participent surtout de l'événement. Christo vend ses croquis et finance lui-même ses installations. Celles-ci existent un certain temps. Ensuite, le tout est démonté, recyclé, refondu. Il n'en reste que des photos, des livres. Qui eux peuvent se vendre.

Et l'on voit bien que Pausanias avait raison : écrire sur les œuvres, en conserver des traces, permet de les garder vivantes et d'éviter qu'elles disparaissent et qu'on les oublie. Philostrate de renchérir : c'est ce que l'on dit de ces œuvres qui font les œuvres. Le discours que l'on entretient sur elles devient plus important que les œuvres elles-mêmes. Pas besoin d'acheter Chris Burden se faisant tirer une balle dans le bras, ou Valie Export se faisant tâter les seins dans une foule excitée, à Vienne en 1968, pour que ces œuvres existent et trouvent leur place dans le récit de l'histoire de l'art actuel.

Une performance est quelque chose qui se déroule à un moment donné, dans un lieu donné. Elle reste dans le cœur et dans la tête des quelques spectateurs présents à ce moment-là. Comme un acte poétique, unique, destiné à survivre dans la mémoire des spectateurs. Il est donc difficile de documenter adéquatement une performance. Celle-ci reste pourtant de l'art. La performance ressemble peut-être à l'existence des êtres humains, qui vivent et qui attendent, tout en ne laissant derrière eux que quelques photographies. Ils finissent tout de même et malgré tout par mourir. De leur belle mort ou par inadvertance. En ne laissant que des souvenirs momentanés dans le cœur de ceux qui les auront vus performer au quotidien, vivre et respirer.

Cette année au Québec, nous n'avons pas d'hiver. Souvent, nous n'avons pas d'été, mais cette fois, il n'y a presque pas de neige autour de nous. Il fait doux. Plus personne ne parle de la grippe A (H1N1). Dans deux mois, plus personne ne se souviendra de son existence. Tout le monde aura tout oublié et parlera d'autre chose.

Mon ancien éditeur, venu souper chez moi un soir cette semaine, m'a rapporté des boîtes de *Lettres à mademoiselle Brochu*. Un livre publié en 1999. Plusieurs caisses d'exemplaires invendus. Qu'il me donne. Huit boîtes, contenant chacune 80 exemplaires. Pour en faire ce que je veux, ce qui me plaît : un bouillon, un pot-au-feu, n'importe quoi. Cela se produit régulièrement, dans le domaine subventionné de la littérature québécoise. Il faut s'y faire. Il les gardait entreposées chez lui depuis plusieurs années. Et comme il refuse de se résoudre à les détruire, par principe, il a préféré me les offrir. Gratuitement. Mais qu'en faire, à présent ? Je ne me vois pas installer une table sur le trottoir devant la maison, avec un parasol, en espérant les liquider à rabais, à coup de deux pour le prix d'un, un verre de limonade en prime. Alors quoi ? J'ai pensé à Christian Boltanski et à ses accumulations. Je me suis dit que si j'avais une cheminée, avec un âtre en briques ou en fer forgé, je pourrais les utiliser comme papier d'allumage. Mais ce n'est pas le cas. Je n'ai pas de cheminée. Réaliser une œuvre d'art ? Les suspendre un à un au plafond, les faire déborder d'une énorme poubelle, d'un conteneur à déchets, et intituler le tout *Littérature québécoise, Subvention* ou *Forêt boréale* ? Je ne vois pas quoi faire de mieux de tous ces exemplaires que de les jeter, comme j'ai jeté trois caisses de *Pour une éthique urbaine* l'an dernier. Parce que personne n'en voulait. Tout en cherchant à me convaincre que je n'avais pas écrit ces livres pour rien. Que c'était aussi à cela que pouvait ressembler le destin. Avec ses échecs et ses succès. Pour le moment, j'ai empilé les boîtes dans la cave. Entre les bâtons de golf de mon beau-père et les décorations de Noël. On verra bien si des idées me viennent.

J'ai rêvé de Betty cette nuit. Cela faisait longtemps. Il y avait un train, et elle courait vers moi. Dans la vapeur et l'humidité. Pourquoi un train ? Pourquoi un train et un sandwich jambon beurre à la main ? La scène d'après, je l'ai vue dîner avec deux de ses amies. Une blonde et une brune. Puis, il me semble que je savais que nous allions faire l'amour elle et moi, ou quelque chose du genre. Quelque chose de sexuel. Ce matin, je suis encore sous l'effet d'une secousse. Mais la journée commence, et je dois me lever, me réveiller et me tenir debout. Pas le loisir de divaguer. Il me faut prendre une douche et, au minimum, me faire un café.

Bonne nouvelle, je ne vomis plus de manière impromptue. Je dois être en bonne santé. Je ne suis pas malade. Mais je crois ressentir encore un peu de faiblesse dans mon rapport aux autres. Des fois, je n'arrive plus à parler. Depuis quelques jours, lorsque je me trouve en présence de quelqu'un, je bafouille et retiens tous mes mots. Je n'arrive pas à articuler convenablement la moindre idée. Comme si j'avais perdu confiance. Comme si je tenais pour acquis que la personne à qui je m'adresse ne comprendrait pas de toute façon. Même si j'étais emporté par une éloquence hors du commun, elle ne comprendrait pas. Elle me regarderait avec des yeux de merlan frit, et ne comprendrait rien. Comme si j'étais un animal. Comme si je baragouinais des mots d'un autre temps. Depuis quelques jours, je ne sors plus. Je m'isole. Dans ce *Journal*, dans mes travaux scolaires, dans mon étude pour les examens.

J'ai eu beaucoup de mal à assimiler la matière du premier examen sur l'art de 1915 à 1940. Cela m'a rappelé les bols de gruau que mon père m'obligeait à terminer tous les matins avant de partir pour la petite école primaire. J'ai fini par y arriver, mais j'ai confondu deux concepts majeurs et très différents. J'ai pris Wassily Kandinsky pour un fauve. Et j'ai tout expliqué, suivant la voie de cette erreur. Je m'en suis rendu compte sitôt sorti de la classe, en vérifiant mes notes. Mais il était trop tard. Je possédais l'essentiel des concepts et connaissais tous les courants, mais j'ai confondu plusieurs choses. On verra. Ce sont réellement les examens qui nous font intégrer la matière étudiée. À partir de maintenant, plus précisément à partir de ce matin 10 h 30, plus jamais de ma vie je ne confondrai l'expressionnisme allemand avec les fauves. Même si pour le moment, je me dis que je ne suis qu'un imbécile, je sais que plus jamais je ne répéterai la même méprise.

J'achète un livre énorme de Georges Didi-Huberman. Une véritable brique, idéale pour taper sur les suspects lors d'un interrogatoire. Je suis stupéfait d'apprendre que le cubisme, indissociable de l'histoire de l'art du début du XXe siècle (tout le monde connaît le cubisme), n'a en fait duré que six ans. Quant au futurisme, dix ans. Le vérisme, un instant. Le suprématisme, le temps d'éternuer. C'était très simple, au début du XXe siècle : quelques personnes se regroupaient, rédigeaient un manifeste, s'arrangeaient pour le faire publier, dans un journal ou ailleurs, et un mouvement était né. Un soir, pour une raison ou pour une autre, ils se disputaient dans un café, puis c'était terminé. Le mouvement s'estompait, ou se divisait ou se renouvelait. Mais chaque fois, des toiles significatives naissaient de ces rencontres fortuites. C'était une époque où l'on inventait des choses à chaque coin de rue. On ne se référait plus à quoi que ce soit du passé, sinon pour savoir ce qu'il ne fallait plus faire. La multiplication des machines et des usines promettait des jours heureux. On misait tout sur l'avant-garde et on avait bien raison. J'achète un livre sur le futurisme. Je décide de faire mon travail final sur Carlo Carrà. Lui ou un autre, peu importe, je m'intéresse à tout et je dois rapidement faire un choix.

Je me planifie des horaires. Évidemment, je capote et je panique. Je n'en parle plus autour de moi, pour ne pas que l'on s'inquiète ; pour ne pas que l'on comprenne que je suis en train de paniquer. Je sens le sol glisser sous mes pieds, je vois les semaines qui défilent, je vois le printemps qui s'installe et je ne comprends plus rien. Je fais des recherches sur Pausanias, sur Philostrate l'Ancien et Philostrate le Jeune, le second ayant complété le travail du premier. Je prends garde de rester droit et m'occupe à fabriquer des sourires convaincants.

La professeure nous demande de produire un essai. J'éprouve une fois de plus la différence qui sépare une cure psychanalytique, menée jusqu'à son dénouement, et la liberté très restreinte proposée par l'université.

Je trouve toujours aussi laborieux de me soumettre aux normes concernant les notes de bas de page, l'importation des photos, la recherche desdites photos et la recherche en bibliothèque. J'ai encore du mal à respecter la manière de rapporter mes sources, de faire une table des matières correctement, exactement de la dimension requise. Mais c'est la vie. Je dois m'y faire, et passer d'interminables heures à me soumettre à ces impératifs. Nous sommes à l'université. C'est sans doute aussi pour moi la poursuite d'un retour à l'ordre. Comme le fait Carlo Carrà, peintre futuriste à qui je consacre mon travail final, lorsqu'à partir de 1919, faisant volte-face, il revient aux principes de la peinture archaïsante. Il devait être en dépression ou je ne sais pas. Secoué par la guerre, il avait abandonné ses révolutions. Voilà, je suis en train de revenir au monde ancien, à ce monde de l'université, strict et sécurisant. Je dois être en train de me dire que le monde d'aujourd'hui est décevant et qu'il n'a pas, lui non plus, tenu ses promesses. Il aurait peut-être été préférable que je me convertisse au Coran, ou que je choisisse une secte dotée de règles étriquées qui auraient l'avantage de donner un sens à tout ce beau monde.

Je me rends compte que tous les livres traitant de l'histoire générale du monde des arts parlent tout le temps de la même chose. Comme si leurs auteurs s'étaient à l'avance entendus sur la démarche à suivre et sur ce qu'il y aurait d'important à souligner. Comme des lieux communs à ne pas louper. Il n'est évidemment pas question de choses à découvrir, mais de choses à apprendre, à mémoriser, des informations sélectionnées par d'autres, sans doute plus savants. Il est par conséquent souhaitable de répéter ce que les autres ont souligné dans ces œuvres phares et grandioses. Au même titre qu'il nous faut parler de la madeleine quand il s'agit de Proust, ou du fait que « la femme n'existe pas » quand il s'agit de Lacan. On nous invite à faire comme les autres et comme tout le monde, sans trop soulever de vieilles poussières.

Lorsqu'on lit l'œuvre complète de Lacan, comme Freud, ou Hegel, ou Heidegger, on se rend compte qu'il y a beaucoup plus dans leurs textes que les simples clichés qu'il nous faut répéter, dans nos articles et nos exposés, pour avoir l'air intelligent.

Pour avoir personnellement lu dans son entier l'œuvre de Jacques Lacan, je sais que ses meilleures phrases ne sont pas celles que l'on répète tout le temps. « Il n'y a pas de rapport sexuel » ; « le signifiant est ce qui représente un sujet pour un autre signifiant » et ainsi de suite. En le lisant patiemment et en prenant mon temps, il m'est apparu que le meilleur de ce qu'il disait ne résidait pas du tout dans ces aphorismes, devenus des standards, voire des clichés. Je me demande s'il ne s'agirait pas de la même chose, à travers les poncifs de l'histoire de l'art. Je me demande s'il n'y aurait pas des centaines de secrets dissimulés, dont personne ne parle parce que personne ne se donne la permission de les relever.

Je me prépare à obtenir un échec pour le cours HAR 2810. Je n'ai décidément pas le temps de remettre un travail convenable dans les délais qui nous sont impartis.

23 mars 2010. 7 h 30. Je conduis la petite à son centre de la petite enfance, où on lui apprend à vivre en société, avec des bandes sonores durant la sieste, qui leur répètent en boucle qu'ils sont heureux et favorisés d'être des alpha. Il pleut, il fait froid. Sur la rue Fullum, il y a du vent à écorner les bœufs. Nous n'avons pas de parapluie. Finalement, le printemps semble encore loin. La petite a toussé toute la nuit. Je ne le déclare pas officiellement à la secrétaire, car celle-ci me demanderait de la garder à la maison. Tous les parents font cela. Tous les parents préfèrent aller travailler que de rester à la maison avec leur bébé. Alors tous les moyens sont bons pour s'en débarrasser. Au centre, chacun des employés est en poste. Le concierge désinfecte déjà le parquet et la cuisinière est en train de préparer la collation du matin et le repas du midi. Dans le casier de la petite, une lettre me demande de déclarer nos intentions concernant le congé de Pâques. Restera-t-elle à la maison ou viendra-t-elle au service de garde? Déjà! Il me faut répondre aujourd'hui même, avant la fin de l'après-midi. Je ne sais même pas quel jour on est. Ma femme est en Chine, et j'ignore ce qu'elle avait planifié pour Pâques. Impossible de la contacter. Je ne sais même pas si le lapin doit venir, ni même s'il est sorti de son séjour en désintox.

J'arrive tout juste à temps dans le cours d'*Arts visuels en Europe de 1905 à 1940*. Onzième semaine. Un gros café derrière l'oreille. Je dois dénicher un calendrier d'ici l'heure du midi, pour savoir quels jours tombe Pâques, de même que le Jeudi et le Vendredi saints. Facteur de réalité crue. Par chance, j'ai pu attraper au passage le 125 Ontario Ouest, m'évitant la pluie battante, froide et glacée. Ce ne sera peut-être pas une si mauvaise journée.

Temps de chien à l'extérieur. Les étudiants se couchent tard et se lèvent tôt. Plusieurs arrivent trempés. En classe, tout le monde se mouche et tousse. À travers tous ces parasites, on a parfois du mal à comprendre ce que dit la professeure. Dans un cours sur le dadaïsme, l'effet est réussi.

La prof est en feu. Normal, avec ses cheveux roux, qu'elle s'est d'ailleurs fait couper la semaine dernière. Elle est magnifique. Évidemment, je ne peux pas le lui dire, pour ne pas avoir l'air de chercher à l'amadouer. Il serait inconvenant d'espérer coucher avec elle afin d'obtenir de meilleurs résultats. Au programme aujourd'hui : le Cabaret Voltaire ; Tristan Tzara ; la Suisse ; 1918 ; l'art et l'anti-art ; Marcel Duchamp, bien entendu : le cas Richard Mutt.

Mine de rien, nous entamons la Semaine de prévention en santé mentale. Encore ! J'avais oublié. J'avais oublié, un instant, que mes contemporains et moi étions tous fragiles et incapables de vivre sans assistance. L'université fait bien de nous le rappeler. J'imagine que cela nous rassure. Avec des affiches, des écriteaux et des lumières qui clignotent. Car « on peut s'en sortir », nous promet-on. Non pas par la prière et la demande de pardon répétée, mais en se rendant au local DS-3255, ou en visitant le site Internet du Centre d'écoute et de référence de l'UQAM. Du 22 au 25 mars inclusivement. Au pavillon Judith-Jasmin.

24 mars

Bonjour monsieur U.,

Je me nomme Maxime Olivier Moutier et je suis le cours d'Approches avec vous.

Voilà, je constate avoir manqué d'organisation cette fois.

Ma difficulté à choisir un sujet, mes tergiversations et le reste de l'existence ont fait qu'à moins de deux semaines de la remise du travail, je me sens incapable de produire un essai convenable. J'ai trouvé difficile de ne recevoir votre assentiment que vers la fin de la relâche.

L'affolement s'est alors emparé de moi.

J'ai cherché à construire une autre problématique, mais sans succès.

J'ai bien réussi au premier examen, et je comprends tout du cours, au demeurant très bon et très intéressant.

Je dois m'avouer vaincu, et je m'en excuse. J'obtiendrai un échec et reprendrai le cours l'an prochain. C'est la première fois que cela m'arrive. Dommage.

Merci. Bon été et à bientôt.

Cuisant échec. Je ne pourrai pas dire que mon parcours en histoire de l'art se sera effectué sans incident. Même si on ne parle presque jamais directement aux professeurs, je devais bien expliquer pourquoi je ne serai pas là la semaine prochaine. Question de politesse. Le mot que j'ai fait parvenir est on ne peut plus clair, même si je pense que le professeur, un peu débordé, ne m'a pas aidé dans la planification de mon horaire. Celui-ci a mis plus de sept semaines pour me dire si la problématique que j'avais soumise était jouable, alors j'ai attendu, et lorsque j'ai appris que je pouvais y aller, il ne restait que trois semaines, puis deux, puis je n'ai pas eu le courage de me replonger tête première dans un rush final et infernal. J'ai perdu le fil. Je devrai reprendre le cours l'an prochain. Un excellent cours, en plus. Un excellent professeur, même si ce dernier a toujours l'air au bord des larmes. Pour l'instant, je me sens soulagé. Je vais pouvoir me remettre à travailler sur ce *Journal*, et lire autre chose que des notes de cours.

Je dois donc abandonner sur le quai mes nouveaux amis Philostrate, Winckelmann, Aby Warburg et Georges Didi-Huberman. Cette décision va me retarder dans ma démarche visant à devenir professeur d'histoire de l'art au cégep. Mais j'ai vraiment trop de choses à faire. Je manque de carburant. Terminée, cette époque où les études prenaient toute la place. Autrefois, j'aurais pu pondre un essai de dix pages en deux semaines. Et même aisément. Aujourd'hui, ce n'est plus possible. Comme il n'est plus possible non plus de faire le grand écart, ni de faire l'amour plus de trois fois de suite, ni de dormir en plein hiver à la belle étoile, sans récolter une bonne angine les jours suivants.

Une session, comme pour la guerre selon George Washington, on sait comment cela commence, mais jamais comment cela se termine.

Onzième semaine. Il nous faut aborder Sigmund Freud. Pas le choix. Une fois de plus, dans la classe, on fait des blagues et on répertorie certaines moqueries : « Freud disait lui-même de son cigare que c'était un phallus, Hi ! Hi ! Hi ! Ha ! Ha ! Ha ! ». On parle de la psychanalyse en se rappelant que cette technique est totalement ridicule. Pourtant, il est impossible de la contourner. Je remarque qu'il n'y a que lorsqu'on parle de Freud que tous les étudiants s'excitent et deviennent fous.

Léonard de Vinci était homosexuel. Bon. Il adorait sa nourrice et aurait halluciné dans son berceau qu'un oiseau venait lui toucher la bouche avec sa queue d'oiseau. Ceci transparaîtrait dans l'une de ses œuvres. Débile. En fait, ce que tente de dire Freud, si on passe outre tous les éléments en apparence grotesques et peu convaincants, c'est qu'à partir de désormais, rien ne sera plus comme avant avec l'analyse des œuvres d'art. Car même si cela nous dérange, il nous propose d'admettre que le peintre, en façonnant sa composition dans son atelier, ne saurait pas toujours exactement ce qu'il est lui-même en train de peindre. Quelque chose le dépasse. S'il semble ridicule de tenter des interprétations rapides, balancées comme des blagues de comptoir, il est aujourd'hui inévitable de penser qu'une *raison*, un sens, une signification, l'inconscient donc, échappe à l'artiste. Terminé l'artiste virtuose, qui a le contrôle de son art parce qu'il sait ce qu'il fait et comment le faire, depuis qu'il maîtrise son objet et qu'il en a vu d'autres. Bien sûr, cette idée de Freud, soutenue par la psychanalyse, aura ouvert la porte à tous les délires. Les professeurs le savent. Et c'est la raison pour laquelle ils se permettent d'ajouter que Freud a très mal été compris par les artistes qui l'ont récupéré, comme André Breton, Philippe Soupault, les surréalistes et les dadaïstes, abordés quelques semaines plus tôt avec l'écriture automatique, le dessin automatique, André Masson, etc. Ce n'est plus le hasard qui justifie la composition dans leur cas, mais bien une raison autre, ignorée, cachée derrière le rationnel et la logique. Vous pouvez faire n'importe quoi si vous le voulez, ce « n'importe quoi » ne pourra jamais se dérober à la logique de l'inconscient. Que cela vous plaise ou non. Même si vous avez du talent, vous ne savez peut-être pas toujours ce que vous êtes en train de faire lorsque vous créez.

•

On nous demande souvent d'expliquer la différence entre la psychanalyse et la psychologie. On peut évidemment répondre à cette question de mille et une façons. Mais il est clair que lorsque vous dites en public que vous êtes psychologue, cela ne fait rien, alors que lorsque vous avouez être psychanalyste, cette révélation déclenche toutes sortes de réactions loufoques, y compris de l'agressivité. J'avais même un ami qui avait fait le choix de ne plus dire qu'il était psychanalyste lorsqu'il sortait avec sa copine dans des partys, pour éviter les débats inutiles et sans fin. Un autre, quant à lui, disait qu'il était pêcheur de perles. On ne peut évidemment pas contourner Sigmund Freud, en histoire de l'art, alors qu'on arrive à le faire dans les départements de psychologie.

Si la psychanalyse est encore évoquée aujourd'hui dans les universités, c'est par le biais de programmes comme la littérature, l'anthropologie, l'histoire de l'art ou la linguistique. Le plus cocasse est que c'est probablement par des malentendus que se sont transmises les découvertes freudiennes. Peut-être pas exactement comme Freud l'aurait souhaité. Puisque Freud s'adressait à ceux qui prévoyaient travailler avec la souffrance psychique. C'est pour eux qu'il écrivait et préparait des conférences.

Freud lui-même se dissociait des poètes surréalistes qui prétendaient avoir trouvé dans ses découvertes un nouvel élan créatif. Il observait ce que ces gens faisaient, puis leur disait : « C'est bien gentil, les gars, mais ce n'est pas du tout cela, l'inconscient. » Il repartait ensuite travailler sur son prochain livre, maugréant comme toujours, les mains dans les poches. Certains artistes du début du siècle ont peut-être fait ce qu'ils ont fait à partir des idées de Freud, mais d'un Freud qu'ils n'avaient probablement pas lu, ou dont ils n'avaient saisi qu'une infime partie du discours. Une tendance ordinaire, qui se reproduira souvent par la suite. Une tendance impliquant pourtant des gens de valeur, qui interviennent ensuite dans notre monde, en s'appuyant sur quelque chose qu'ils n'ont pas tout à fait compris. Des gens qui sont parfois partis à la conquête du monde, sans trop savoir exactement ce qu'ils faisaient. Idem pour les travaux de Marx, Bergson, Einstein, dont plusieurs se réclament en ignorant parfois complètement ce qu'ils ont dit. L'histoire s'engage peut-être grâce à eux sur une nouvelle voie, inespérée dix ans plus tôt et promettant sans doute un vent de fraîcheur, mais en se basant tout de même sur une incompréhension totale de ce que ces penseurs ont avancé. Un malentendu qui leur a peut-être aussi donné envie de mourir un peu plus tôt que prévu, car il témoigne du fait que nous ne sommes de toute façon probablement jamais compris comme nous l'aurions souhaité. À la longue, cela peut avoir pour effet de nous décourager.

•

Hier, j'étais invité à faire une présentation sur le thème du suicide en compagnie de professeurs et divers acteurs œuvrant dans le domaine de la santé mentale. Dans le cadre d'un colloque étalé sur une fin de semaine complète, dans les locaux du Département de psychologie de l'UQAM. Pavillon J.-A.-DeSève. Allez savoir pourquoi, un professeur d'université spécialisé dans l'approche comportementaliste a passé l'ensemble de sa présentation à dénigrer la psychanalyse. Comme si celle-ci risquait de menacer sa discipline. Il rigolait et faisait des blagues. Comme un gros cave ferait des blagues dans une taverne autour d'une table de billard. Je n'avais pourtant pas encore pris la parole, puisque mon exposé était programmé pour le lendemain. On dirait parfois que la psychologie d'aujourd'hui s'est développée en réaction contre la psychanalyse. Comme si toute la vie de ce professeur s'était construite en réaction contre elle. Il est évident que quelque chose le démange, quelque chose qu'il ne dit pas. Avec sa cravate et son veston, il a passé plus de la moitié de son temps de parole à faire des plaisanteries sur Freud et ses découvertes infructueuses et non efficaces. Telle une obsession louche n'appartenant qu'à lui. Avant de repartir prendre un avion, pour aller parler de la même chose dans un autre colloque. C'est le genre de choses à quoi il est nécessaire de s'habituer, lorsqu'on est psychanalyste et que le désir nous brûle d'en défendre les idées. Des professeurs d'université, qui enseignent aux psychologues de demain, bardés de quatre ou cinq doctorats de réputation internationale, et qui vous paraissent pourtant tout aussi cons et de mauvaise foi qu'une borne-fontaine. Au moment de ma présentation, je me suis à mon tour permis de ridiculiser son approche animalière. Je ne vois pas pourquoi j'aurais dû m'en priver. J'en ai parfois plein mon casque des commentaires niais que l'on balance à tout vent sur la psychanalyse. Voilà bientôt trente ans que je consacre ma vie à cette discipline, les attaques commencent à m'irriter gravement. Une personne me demande en quoi l'approche psychanalytique peut être appliquée dans un centre de crise, et même si nous travaillons avec des divans. Je réponds que lorsque j'apprends qu'une ressource s'inspire des théories comportementalistes, je ne me demande pas si les intervenants y travaillent avec des chiens, de la bave et des cloches. Cela fait rire toute l'assistance, tandis que j'en vois d'autres qui font des culbutes sur leur chaise, se griffent et s'arrachent les cheveux. Bien fait pour eux. Mon humour ne peut visiblement pas plaire à tous. Ce n'est pas parce que l'on m'invite dans un département de psychologie que je vais me priver de dire ce que je pense.

16 avril 2010. Il y a quelques mois, ma fille la plus grande a rapporté à la maison deux escargots de l'école. Ils les avaient dans leur classe, et découvraient grâce à eux le cycle de la vie. Les enfants pouvaient les nourrir avec des retailles de carottes et des morceaux de concombres, prélevés à même leur lunch. À la fin de la saison, juste avant les Fêtes, la maîtresse leur a lancé : « Qui veut les escargots ? » Prise d'enthousiasme, ma fille a levé la main en même temps que tout le monde, et c'est elle qui a remporté la mise. À défaut d'avoir remporté les élections. Elle était folle de joie. Nous avons ressorti l'aquarium de nos anciens poissons morts, entreposé dans la cave, puis l'avons entièrement désinfecté. Ma fille est allée gratter un peu de terre dans le jardin, difficilement à cause du gel, et nous avons adopté ces escargots, en tant que nouveaux membres de la famille.

Il faut les nourrir, leur donner de l'eau, et on se rend vite compte que c'est tout à fait dégueulasse, des escargots, et pas du tout attachant. On ne peut pas leur parler ni les caresser, même avec les meilleures intentions. Mais que faire, maintenant qu'ils sont là ? Personnellement, je l'avais vu venir. J'avais bougonné quand elle était rentrée toute contente avec ces bestioles. Incapable de dire non, tel un bon papa toujours gentil. Je ne voulais pas casser sa joie. Et je savais bien qu'en ayant des enfants, il me faudrait aussi faire ce genre de compromis. Or on ne peut pas jouer avec des escargots, ni leur apprendre à chanter, ni se blottir contre leur chaleur réconfortante, dans son lit, le soir venu. Et ça grossit vite. Et ça produit d'énormes crottes qui font hurler ma fille depuis sa chambre quand elle en voit.

À l'école, on leur a dit de ne surtout pas essayer de s'en débarrasser en les laissant partir dans la nature, car ils pourraient se mettre à dévorer sans s'arrêter, tout ce qu'il y a de vert dans les environs. Et ainsi tout détruire. C'est très vorace, des escargots. Il ne faut pas non plus tenter de les flusher dans la toilette. Ils survivraient dans les égouts. Même si on tentait de les raisonner, ils ne comprendraient rien. Ils mangeraient tout et grossiraient indéfiniment. On a même vu des escargots de la taille d'une automobile, sur l'île Sainte-Hélène. À cause de gens, justement, qui les avaient libérés dans le gazon pour s'en défaire, insouciants. Les policiers avaient dû lutter chaudement pour parvenir à les exterminer, leurs balles de fusil ricochaient sur les coquilles. Aucun jardin zoologique n'en voulait. Impossible de les insérer au Biodôme, parmi les singes et les perroquets.

Toujours est-il que ce matin, ils sont partis. J'étais assis en train de lire le journal, et je les ai vus venir me dire, avec leur accent : « On en a marre, fait chier cette vie, on n'a jamais de salade, on se casse. » Je ne les ai pas retenus. Ils se sont fait la malle, en me taxant le reste de mon paquet de cigarettes. Un matin d'avril. Il pleuvait. L'aquarium est resté vide. Ils ont claqué la porte, sans dire au revoir. Ils n'ont laissé que trois centimètres d'excréments verdâtres. À son retour de l'école, j'ai tout raconté à ma fille. Avec une émotion dans la voix. Elle m'a répondu qu'elle le savait bien, que je les avais mis à la poubelle. Elle a neuf ans, elle le sait depuis longtemps que ça ne parle pas, des escargots. Bon. On a fait brûler deux cierges, puis on est tous allés se coucher.

20 avril. Mardi. Le phénomène dada non plus n'aura pas duré longtemps. À peine sept ans. De 1916 à 1923. La tendance s'est par la suite mutée en surréalisme. Comme souvent à cette époque de volte-face et de tourbillons, les enjeux pouvaient subitement être complètement différents. Car du jour au lendemain, on changeait d'idée, et le travail d'hier devenait suranné.

Encore aujourd'hui, le public reste insensible aux œuvres dadaïstes. Il est rare qu'une de ces œuvres atteigne des prix faramineux chez Sotheby's. Personne n'en veut. C'est évidemment très mal comprendre ce dont il s'agissait. Nous étions en Europe. La Première Guerre n'était pas terminée. Le monde tremblait et personne ne coulait tranquillement des jours paisibles. On ne savait pas de quoi demain serait fait. Toutes les raisons étaient bonnes pour s'inquiéter. Car on pouvait mourir à tout moment, ou perdre des êtres chers. Le dadaïsme explose à ce moment-là.

La question que posaient alors les artistes ne concernait pas le style. Le dadaïsme ne correspond d'ailleurs pas à un style, mais à des enjeux. C'est un art d'enjeux. Les artistes cessent de faire de l'art pour la contemplation. Ras-le-bol des paysages et des beaux tableaux que l'on accroche dans la salle à manger, pour faire joli et exposer son savoir-faire. Par les actes des artistes dadaïstes, l'art se transforme radicalement. Ce n'est pas le style qui change, mais ce que l'art signifie. Pourtant, il porte encore le nom d'art. Mais il pourrait s'appeler autrement. Un autre mot aurait pu être créé à ce moment-là, pour signifier ce changement avec une meilleure précision.

Je sais que je vais dire quelque chose de gros, mais on peut avancer aujourd'hui que l'art est terminé, qu'il a atteint son plein achèvement, et qu'après cela, il n'y a plus d'art, comme il vient un moment, pour Hegel, ou nous pouvons compter sur une fin de l'Histoire. Pour Hegel, l'Histoire est terminée. Et logiquement, dans le monde de la pensée, il est possible de dire que l'art est terminé, achevé, ayant fini par décliner jusqu'à son agonie. Bon. Toujours est-il que cette thèse est soutenable, et ce que vient faire dada dans le monde ressemble à un séisme qui brisera tout. Évidemment, le monde était mûr pour ce bouclage. Il était content qu'une guerre surgisse. Il le voulait. Même s'il ignorait qu'il le regretterait bien vite. Il ne savait pas dans quoi il s'embarquait, mais le monde des années 10 pensait qu'une bonne guerre ferait du bien. Il semble y avoir des moments dans l'histoire où les choses doivent péter. Pour que tout retombe ensuite à peu près n'importe comment, nous obligeant à continuer de vivre malgré tout, et à imaginer les moyens qu'il faut pour reconstruire et se relever.

Le fait qu'aucun nouveau mot n'ait été créé pour exprimer cette nouvelle réalité qui s'imposait, explique en partie que beaucoup de gens considèrent que cet art n'est pas de l'art. D'une certaine manière, ils ont un peu raison. Puisque l'art de ce moment, de même que celui qui viendra après, ne sera plus du même acabit que l'art d'avant. Je crois que l'on a bien compris.

La Suisse de cette époque est déjà neutre. Ainsi affichée, elle recueille des gens en exil. Beaucoup d'artistes s'y réfugient, notamment à Zurich. Il y avait des réfugiés dans les campagnes, évidemment, mais il faut croire que les artistes, eux, préféraient les grandes villes. Celles-ci deviennent subitement cosmopolites. Des Italiens, des Français, des Espagnols et même des Allemands, fréquentent les mêmes bars, et discutent. Les influences qui avaient cours dans leurs pays respectifs se rencontrent alors en un même endroit. Ils n'ont rien de mieux à faire. Comme c'est la guerre et que le monde se sent franchement déçu de l'humanité, les artistes exprimeront cet écœurement. À ce stade, il n'est plus possible, on le comprend, de faire du Claude Monet, avec des canotiers et des gens qui prennent l'apéro dans un jardin. La beauté des paysages normands n'a plus aucun rapport avec ce qui se passe. Car le monde est devenu laid. On est triste, on est fâché, on est désillusionné. La prévalence de la nature en art n'est plus envisageable, pas plus que les grands corps musclés et beaux, présentant l'être humain comme un idéal de perfection. Non. À l'époque de la guerre, des familles et des enfants meurent de faim et périssent sous les décombres. On ne trouve plus que l'humain est parfait. Personne n'aurait encore des raisons de le penser. Dans le même élan, on ne croit plus au talent. La main de l'artiste, sa virtuosité, son génie, on n'y croit plus. Aucun humain n'est un génie. Bullshit que tout cela. Dieu est parti. Et la raison n'a pas abouti à quelque chose de si extraordinaire que ce qu'on avait prévu.

L'art ne sera plus précieux. Il ne sera plus jamais sacré comme il le fut. Rien de ce qui est fait de la main de l'homme ne peut être parfait. Alors on le dit, et on l'exprime en faisant le contraire de ce qui fut toujours fait. Comme une façon de répondre à ce qui se passe. Ce qui fut stable, revenant s'imposer sans cesse et immuablement depuis des siècles dans le domaine de l'art, doit être contredit. On tient alors à crier que nous ne sommes plus d'accord avec ce monde d'avant.

Les artistes de partout se retrouvent donc au même endroit, pour la même raison. En février 1916, durant la bataille de Verdun, des individus de toutes allégeances se regroupent. Y compris des frères ennemis. Ils renomment la taverne où ils se réunissent : le Cabaret Voltaire. Il y a des peintres, des écrivains, des musiciens, des chanteurs, des décorateurs, des poètes. Comme ils n'ont pas l'intention de se tourner les pouces encore longtemps, ils organisent des soirées littéraires, avec des prestations musicales, en exposant les tableaux qu'ils font. Ils inventent les poèmes phoniques, qui disent n'importe quoi, des sons, des silences, des poèmes dépourvus de sens. Le monde n'en a plus, de sens, alors il est normal que l'art l'évacue à son tour. Le public est aussi invité à participer à ces performances. Il n'y a plus de vedettes. Tout le monde peut faire de l'art et dire ce qu'il veut. Beaucoup d'artistes significatifs ont fait leur marque grâce à ce qu'ils ont produit durant ces soirées festives. Ces gens ne sortaient pas de l'Académie, et n'avaient pas nécessairement de talent comme les grands peintres conservés jusque-là dans les musées. Ceci n'avait plus d'importance. Il s'agissait de dire. L'artiste ne sera dorénavant plus celui qui sait faire quelque chose, mais celui qui dit quelque chose. Il sera là pour critiquer, créer des ondes de choc.

On manifeste. On brise des conventions. Même que c'est essentiellement ce que l'on fait. Les œuvres produites sont délibérément laides. Oui. Si elles sont laides, c'est voulu. On choisit des couleurs ternes, la palette se restreint souvent à une ou deux teintes, parfois juste à des tons d'une même couleur. Le bon goût vole en éclats. Dada est un art souvent paresseux, parce que justement, on se révolte contre l'artiste virtuose, doté d'aptitudes remarquables, qui réfléchit et fait des croquis. C'est un art mal fait. Qui se moque du travail bien fait. On se moque même du public, parce qu'on ne fait plus ce qu'il veut ni ce à quoi il s'attend. C'est un art créé à partir d'objets du quotidien, choisis au hasard. À ce moment-là, un blocage rhétorique se formera entre l'artiste et le public. Eh oui. C'est d'ailleurs de là que provient le fameux malentendu entre le public, qui ne comprendra pas toujours ce que font les artistes, et les artistes.

Car sans la raison, on peut quand même réaliser des choses. Les artistes dadaïstes le démontrent. Leurs actions destructives s'insurgent non seulement contre la raison, mais aussi contre le bon goût. On produit des œuvres d'art complètement disjonctées, et personne ne peut prévoir où cette tendance conduira. On se révolte et c'est tout. On est ironique et nihiliste. On passe son temps à dire et à faire le contraire d'autrefois. Malgré son apparent manque de rigueur et de sérieux, ce que font les artistes de ce moment-là, dans cette taverne de Zurich – et c'est ce qui est génial – ne pourra plus jamais par la suite être ignoré du monde de l'art. On ne pourra plus faire comme si cela n'avait pas été fait, ou dit. On ne pourra plus reprendre la peinture là où la guerre et l'industrialisation nous avaient tous laissés. Et revenir bêtement aux portraits. L'art, à travers les bombes et les millions de cadavres, avait continué d'évoluer. Il allait falloir en prendre acte.

Justement parce que trop choquant, le Cabaret Voltaire est fermé en 1917. Le voisinage se plaint. On accuse ceux qui le fréquentent de tapage nocturne, mais de tapage moral également. Il n'a été actif que pendant six mois. Durant cet intervalle a émergé le mouvement dada. Une fois la guerre finie, les artistes en exil, dont Hugo Ball et Tristan Tzara, retourneront chacun chez eux. Et le groupe de départ se disséminera.

•

Après la Première Guerre mondiale, qui massacra quelque neuf millions de personnes et en blessa plus de vingt millions d'autres, les œuvres n'illustreront plus les grandes valeurs humaines ni les grands thèmes religieux ou mythiques. Terminé également le sublime. On détruit le mythe de l'art, en fait. Et de fond en comble. Avec tous ses standards. Pour se moquer de l'artiste virtuose, on fera aussi désormais intervenir le hasard. La loi de la chance devient alors une dimension importante. Pensons à Pollock, qui arrivera quelques années plus tard. Où l'artiste n'a plus tout à fait le contrôle de son œuvre. Il ne réfléchit pas. Il donne même l'impression de faire n'importe quoi.

Jean Arp, qui fait *Carrés disposés selon les lois du hasard*, montre – et le titre est éloquent à ce propos – que l'artiste n'est plus le seul auteur de son œuvre. Celui-ci est donc moins orgueilleux qu'avant. Il se croit moins important. Il retire son monopole de la création. Le hasard et la chance deviennent une source d'inspiration. Ils participent tout autant que l'artiste au résultat. Dans ce cas, on peut dire que c'est le processus même qui prévaut sur le résultat. C'est un art exploratoire. S'il est laid au final, ce n'est pas ce qui importe. Même que c'est tant mieux, puisqu'on se révolte contre l'art beau. Jean Arp est d'ailleurs un des cofondateurs du mouvement dada.

À peu près au même moment que le Cabaret Voltaire, Marcel Duchamp impose lui aussi, à sa manière, une rupture radicale et complète. Mais pas seulement en proposant un urinoir signé lors d'une exposition. Non. Pour son œuvre *La Mariée mise à nu par ses célibataires, même*, faite entre 1915 et 1923, il utilise des matériaux variés. Il s'agit d'une œuvre ouverte, qui se transforme selon l'endroit où elle se trouve. Si elle se brise, elle n'est pas restaurée. Alors elle change au fil du temps, et ne souhaite pas être préservée dans son état d'origine. Si vous la regardez aujourd'hui, vous ne verrez pas la même chose que ceux qui l'ont découverte voilà presque 100 ans. Même la poussière se déposant dessus compte comme un élément de l'œuvre.

Puis c'est entre-temps qu'arrivent les readymade. À la manière d'une bombe atomique, encore une fois. La conséquence est majeure. L'artiste choisit un objet déjà existant, sans visée esthétique, et ne fait que le placer dans une galerie. L'objet en question est sélectionné avec un total désintérêt. Comme il peut être reproduit autant de fois qu'on le souhaite, il ne cherche pas à être original. Il n'y a donc plus d'œuvre originale, mais une idée.

Marcel Duchamp transforme alors l'artiste en une personne qui a une idée. Celui-ci n'a plus besoin d'avoir du talent, puisque ce n'est plus la pièce comme telle qui fait l'œuvre d'art. C'est le début de l'art conceptuel. Qui ramassera tout sur son passage. Il faut se rendre compte de l'importance de cette opération. Encore aujourd'hui, on n'a pas fini de s'en rendre compte. En présentant son urinoir, à l'Armory Show (sorte de salon des indépendants de l'époque) en 1917, Duchamp invente les bases et les modalités de l'art conceptuel. Il se trouve que cette année-là, exceptionnellement, il n'y a pas de jury à l'Armory Show. Tout le monde peut donc proposer ce qu'il veut. Duchamp ne passe pas à côté de l'occasion. Son urinoir est un coup qui ne se refait pas deux fois dans une vie. Il y présente un objet commun. Ce que tout le monde aurait pu faire. Sa participation ne réside en fait que dans le choix de l'objet. Même si un coup pareil ne peut se faire qu'une fois, le monde de l'art tout entier devra ensuite répondre à Marcel Duchamp. Et retenir la leçon.

L'urinoir de Duchamp affirme pour la première fois que n'importe quoi peut devenir de l'art. À une condition près : que ceux qui savent ce qu'est l'art décident de dire que c'est de l'art. Et bing ! Beau, laid, bien fait ou flamboyant d'intelligence, ce qu'il faut, c'est tout simplement que le monde de l'art reconnaisse que ce que vous faites est de l'art. Même s'il ne s'agit que d'un déchet, d'un papier chiffonné ramassé dans une corbeille ou d'un urinoir signé R. Mutt, accroché à l'envers, usagé et même pas beau.

La question de l'artiste sera désormais de faire en sorte que l'on reconnaisse son travail comme étant de l'art. Il en est encore ainsi aujourd'hui. C'est précisément en cela que réside le défi de quiconque désire désormais faire de l'art. Toutefois, la façon d'y parvenir relève d'une toute autre paire de manches. Pour y arriver, tout est permis.

Comme Freud, Marx et Darwin, Marcel Duchamp bouleverse et fait mal. Et il pose ce geste en Amérique.

Probablement sans se rendre compte de ce qu'il est en train de faire à ce moment-là. Le monde de l'art devra s'en remettre. Et il s'en remettra. Comme un grand. Avec ou sans béquilles.

24 avril. Lorsque l'on s'intéresse à l'histoire de l'art du début du XXe siècle, je l'ai déjà dit, on ne peut évidemment pas esquiver Duchamp, mais on ne peut pas non plus négliger les effets de la Première Guerre mondiale sur l'état d'esprit des gens. Avant, pendant et après. Beaucoup d'initiatives ont été stoppées à cause d'elle. Des carrières bien amorcées ont été tuées dans l'œuf. Et des artistes prometteurs sont morts au champ de bataille. La guerre est une dislocation. Certains artistes survivants ont littéralement changé de style, abandonnant, telle une amante disparue que l'on traite dans sa mémoire avec mépris, leurs expériences précédentes. Plus rien ne sera comme avant. Pas seulement dans le monde de l'art, d'ailleurs.

Les historiens ont nommé ce changement « le retour à l'ordre ». Il n'a fallu que quelques années de recul pour constater ces transformations : des démarches qui bifurquent, des artistes qui défroquent et décident carrément de faire autre chose de leur vie, même après avoir produit des chefs-d'œuvre, ou d'autres réalisations probantes et significatives. Le retour à l'ordre exprime aussi ce choix qu'ont fait certains d'entre eux de revenir vers des bases antérieures. Vers des principes plus sûrs, qui avaient fait leurs preuves. Terminé pour eux de faire les fanfarons.

À ce moment-là par exemple, Picasso ne recommence évidemment pas à peindre de façon classique. Il retourne par contre à la figuration. Il proposera dans ses toiles quelque chose de plus raisonnable. Il faut comprendre que le retour à l'ordre n'est pas un mouvement, mais plutôt une sorte de réaction, partagée par plusieurs, qui l'exprimeront chacun à leur façon. La guerre, on le devine, n'est pas une mince affaire à digérer. Toutes les familles y ont perdu des êtres chers. Picasso fait le choix de multiplier les hommages. Déjà, sans le dire et probablement sans même le savoir, il pratique la citation. Il réinterprète les œuvres de Cézanne, Manet, et intègre dans ses œuvres des personnages à la manière de Michel-Ange, bien définis, disposés selon des scènes classiques. La référence est claire. Rien à voir avec son exploration cubiste. Il s'intéresse aux impressionnistes, mais aussi à Michel-Ange pour les volumes. *Mère et enfant*, 1921. Ou *La source*, 1921 également. Même si ces maîtres sont morts et enterrés, leur rendre hommage, maintenant qu'ils ont été mis hors d'état de nuire, lui semble une chose normale et naturelle. Ce sont « nos » maîtres, donc « nos » valeurs infaillibles. On les respecte à nouveau. On a confiance en eux. À défaut de trouver dans l'air du temps quelque chose de plus sûr.

25 avril. Un peu avant d'abandonner le cours, en écoutant le professeur d'*Approches* discourir sur Aby Warburg et son concept de survivance, je me suis dit que les escargots allaient sûrement eux aussi survivre parmi les détritus. Ils n'avaient même pas de prénoms. Je crois m'être après-coup senti coupable. La culpabilité surgit toujours après-coup. De les jeter comme je l'ai fait n'a pas été aussi facile qu'il y paraît. Ces escargots ne nous avaient rien fait, au fond. Le soir qui a suivi, j'ai rêvé d'eux. Ils étaient propriétaires d'un appartement que je visitais, dont j'avais grandement besoin et que je trouvais parfait. Et ils refusaient de me prendre comme locataire. Je crois qu'ils m'avaient reconnu, et qu'ils faisaient semblant de rien. Mais ils tenaient leur bout, et faisaient preuve de discrimination à mon endroit. Au matin, j'ai bien compris que ce n'était qu'un rêve. Le lendemain, encore durant la nuit, j'ai cru les entendre frapper à la porte. J'ai eu vraiment très peur, et me suis demandé ce que je ferais s'ils venaient engloutir mes enfants un à un, pour se venger.

Ce n'était sans doute encore une fois qu'un mauvais rêve. Un cauchemar. N'empêche que le soir d'après, je me suis muni d'une hache, que j'ai placée en dessous du lit, prête à être agrippée à tout instant. Je me suis quand même imaginé qu'ils allaient survivre, peut-être fonder une famille, mais en tout cas trouver de quoi se nourrir à même les déchets du dépotoir. Recroquevillés dans leur coquille, ils allaient survivre au transport, de même qu'au compacteur, avant d'atterrir dans la nature. Ils allaient pouvoir participer au processus de décomposition, en dévorant des papiers, des os, des carcasses d'ordinateurs, de vieux fauteuils, des pots de peinture. Je les ai imaginés heureux et j'ai beaucoup pensé à eux. Plus que lorsqu'ils habitaient dans la chambre des filles.

C'étaient de beaux colimaçons. Deux belles bestioles. Ils avaient bien grossi ces derniers mois. Ma grande fille, qui ne croit plus depuis longtemps aux contes de fées, m'a avoué avoir pensé qu'ils avaient dû se dire en se réveillant dans le camion à vidanges : « On le savait, que ça allait mal finir... » Finir dans les poubelles. Elle aurait préféré que je les offre à quelqu'un qui se serait engagé à les aimer. Elle aurait préféré que j'aille les conduire dans la campagne, même s'ils allaient peut-être dévaster la nature, en dévorant jour et nuit les jeunes plants, les tubercules et les racines, jusqu'à grossir et grossir et s'en prendre aux fermiers et à leurs familles. Au moins, papa n'a pas essayé de les écraser avec une brique, ai-je tenté de la rassurer. C'étaient de beaux escargots, toujours bien propres et luisants, malgré leur manque d'eau fréquent. Ils avaient de beaux corps mous, la tête surmontée d'antennes servant à détecter les odeurs et les saveurs : concombre, salade, carottes. J'aurais pu les mettre dans le potager, et acheter un crapaud, ou un serpent, et attendre qu'ils se fassent manger à leur tour. Et ainsi respecter le cycle de la vie. Mais qu'aurais-je fait ensuite d'un serpent ? Dans un livre, il est suggéré de les noyer. Dans un récipient rempli d'un mélange d'eau et de savon ou d'alcool à friction. Mais personne d'autre que moi n'aurait pu accomplir le sale boulot.

28 avril. Je ne comprends pas ce qui s'est passé avec Prunella. J'en ai perdu des bouts. Je devais sans doute m'être levé pour aller à la toilette pendant la scène décisive du film. À moins que je refuse d'admettre la vérité, et que je préfère simplement me dire que tout n'est pas complètement de ma faute. Me dire que j'ai agi en fonction de ceci ou de cela. Et que je ne peux pas toujours être responsable de tout. Je suis parti en vacances. Je ne l'ai pas contactée pendant deux ou trois siècles. Je n'ai pas cherché à lui faire l'amour plus que nécessaire. Je ne lui ai pas écrit. Et lorsque je suis rentré, elle n'était plus la même. Elle avait changé. Elle était fâchée. Je pourrais trouver n'importe quelle explication pour justifier le fait que je me suis peut-être comporté comme une brute à son endroit. Quand un homme et une femme cessent de se parler trop longtemps, la situation s'envenime et des métastases se développent. Je m'inquiète. Je comprends surtout que je suis en train d'en payer le prix.

Comme pour ces satanés escargots, je pense tout de même de plus en plus souvent à elle. Depuis qu'elle s'est absentée, il m'arrive de ne pas dormir et de ne penser qu'à tous les moments que nous avons partagés. Je revois des scènes où je tente d'arranger les choses. Je me vois avoir la possibilité de m'excuser. Je sais ce qu'elle pense de moi. Je sais qu'elle doit se dire que je suis perdu. Que cela ne lui sert à rien d'insister, que je me dirige tout droit vers le fond, qu'elle me retrouvera dans dix ans en train de quêter près du parc

Émilie-Gamelin, rivalisant avec les autres loques du quartier, rongeant avec avidité une vieille carcasse de poulet trouvée dans les poubelles. J'aurais dû lui parler. Lui confier ce que j'avais en tête, même si j'avais la tête vide. Lui envoyer une carte. Mais j'ai été lâche. Et comme chaque fois que nous sommes lâches, le résultat s'est avéré très coûteux. Et lorsque je dis coûteux, c'est parce que je n'ose pas dire ruineux.

30 avril. Souper avec des collègues de travail dans un restaurant du Mile End. Certains me demandent ce que j'apprends à l'université. Nous buvons, nous mangeons, nous discutons. Encore une fois, je suis scié. À peine ai-je eu le temps de leur faire part de mon enthousiasme pour telle ou telle découverte, on me renvoie le fait qu'il n'y a pas de quoi s'exciter, que tout cela est normal et ordinaire. Je parle à des gens qui ont sans doute déjà tout vu, tout lu, tout bu. Personne ne s'étonne. Car il appert que tout le monde savait que l'Italie n'était pas l'Italie au moment de la Renaissance. Que des cités-États se concurrençaient pour savoir laquelle d'entre elles était la meilleure, la plus grande, la plus forte et la plus belle, et que cela se faisait en grande partie par le biais des artistes et des œuvres d'art. Tout le monde le savait. Ils sont très savants, mes amis, malgré leur air benêt.

Les grandes familles de la Renaissance se lançaient des cathédrales et des fresques par la tête, et la seule manière de prendre sa place et d'exister résidait dans la mise en chantier de grands projets, beaux, magnifiques, sublimes, uniques et inimitables. Un paradis pour les artistes qui parvenaient à relever ces défis. Il nous reste encore beaucoup de ces chefs-d'œuvre. On peut les visiter, ils sont toujours là. Il n'y avait pas que la guerre avec des flèches et des épées, en Italie, à ce moment-là de la vie sur terre. Mais tout le monde autour de moi, apparemment, le savait. Et tout le monde continue de manger calmement ses acras de morue. Tout le monde à part moi.

Comme on sait que deux et deux font quatre. Évidemment, personne ne dit jamais rien à propos, avant que j'engage la conversation dans cette voie. On critique plutôt les autres collègues, on parle de météo et de banalités toujours pareilles, mais jamais de la Renaissance. Alors soit ils mentent, quand ils prétendent savoir déjà toutes ces choses, et font mine de ne pas se laisser impressionner, soit ils sont allergiques au fait d'apprendre quelque chose de nouveau, soit ils ne se rendent absolument pas compte de ce que ces informations signifient. Parce que jamais ils ne s'arrêtent sur le trottoir, pour apostropher un quelconque piéton et lui dire que la sculpture, que la peinture, que Michel-Ange, que Giotto... Jamais je ne les ai vus le faire, en tout cas.

Mais ils savaient pour dada, *Guernica*, Marcel Duchamp. Ils savaient pour l'humanisme et cette conscience grandissante chez l'être humain de sa place dans le monde, et du fait que ce sera de moins en moins Dieu qui, peu à peu, malgré tous ses pouvoirs, organisera la totalité des choses. Ils savaient. Comme une évidence. Comme on sait qu'il ne faut pas mettre de l'eau de Javel avec de la couleur. Mais jamais ils n'ont cru bon d'en parler. Comment font-ils ? Ils parlent de leurs enfants, qui réussissent bien à l'école, de leurs vacances, du chalet qu'ils ont loué ; ils parlent d'une émission de télé, d'un film, mais pas de *Guernica*, ni de Masson, ni du Bauhaus. Ils savaient, pour les 150 versions du *Déjeuner sur l'herbe*, ils savaient que Michel-Ange ne terminait que très rarement ses projets. Un savoir qui ne semble pas les émerveiller pour autant. Il leur en faut davantage, j'imagine. Du sang et des voitures qui explosent.

Je ne sais pas ce que j'ai appris, à l'école, autrefois. Quand j'étais plus jeune. Je me pose aujourd'hui la question. Moi qui ne savais rien de toutes ces choses que tout le monde sait. Il me reste quelques souvenirs forts et indéfectibles. Surtout des punitions, des copies et des suspensions, mais c'est à peu près tout. Au coin, au coin et encore au coin. La vie traditionnelle d'une classe traditionnelle des années 70. Rien de traumatisant. Mais des revers dont on se souvient tout de même longtemps. J'ai appris à vivre, m'a-t-on rapporté. J'ai appris qui fallait partager, attendre son tour avant de prendre la parole, ne pas interrompre les adultes. On ne m'a pas transmis de connaissances sur le monde et son histoire. Mais j'ai appris qu'il ne fallait pas être raciste, qu'il fallait toujours être juste et égal à l'autre, même lorsqu'on était le meilleur. J'ai appris à me sentir mal lorsque je gagnais, et à n'accorder aucune valeur à mon succès si par malheur j'en obtenais. Pour ressembler à tous les autres amis de ma classe. Égal-égal. J'ai appris que l'on pouvait être homosexuel, Noir, asthmatique, et être gentil malgré tout. J'ai appris à bien manger, à partager, à attendre pour aller boire de l'eau ou à me retenir pour faire pipi ; à m'excuser et à demander pardon. Il me semble. Mais rien qui puisse me faire comprendre que la vie valait la peine d'être vécue. Ce que je découvre, cent ans plus tard, à travers les œuvres d'art, me sauve d'une mort certaine et programmée. Tout juste à temps.

6 mai 2010. Spectacle de fin d'année de ma fille la plus grande. Présence obligatoire. Puisqu'elle a répété longuement un numéro de danse avec ses petites amies, et qu'elle nous en parle tous les jours, et qu'il a fallu faire des costumes et tout et tout et qu'il va y avoir des surprises. Tous les parents du quartier sont là. La salle est pleine. Il fait chaud. Chacun trouve que son enfant est le meilleur. Une demi-heure de retard, et un long discours soporifique de remerciements inutiles, pour s'assurer que tout le monde est de mauvaise humeur avant même le numéro d'ouverture. On remercie les professeurs, les parents bénévoles, le concierge et la secrétaire, les murs, les fenêtres et les rideaux.

Une jeune fille a fait le choix d'interpréter toute seule une chanson connue. Admirable. Puis il y a de la danse, des acrobaties, du lip-sync. Mais le clou de la soirée survient sans prévenir, lorsqu'un garçon commence à raconter une longue blague, comme pour un monologue. Il veut faire comme les humoristes qu'il a vus à la télé. La prestation est interminable. L'attention du public semble difficile à garder. Deux bébés se mettent à pleurer. Son intervention casse le rythme. Il se trompe, hésite, recommence puis panique. Long silence. Il se produit pour lui ce que craignent tous les comédiens avant de monter sur scène. Une sorte d'échec. Un mauvais rêve. Et tout le monde est mal à l'aise de son malaise. Alors tout le monde se met à applaudir. Pour l'encourager.

Comme s'il était le meilleur. Tout de même, le jeune n'a plus confiance, et s'enfuit derrière le rideau, malgré l'insistance de la responsable qui essaie de le retenir. Le spectacle se poursuit, jusqu'à ce qu'à la toute fin, on le fasse revenir pour qu'il reprenne son numéro. Pour ne pas le laisser sur ce ratage. Et là, c'est l'ovation. Le public est en délire, il y a même des parents qui se mettent debout pour mugir et bramer. Le petit a retrouvé ses esprits. Mais on voit qu'il continue de ne rien comprendre. Il s'exécute. Son numéro est de toute façon trop long et ennuyant. Manque cruellement de punch. Mais son courage vaut la peine d'être souligné. Au bout du compte, c'est lui qui récolte les applaudissements les plus nourris. C'est le clou du spectacle. Les autres parents ont adoré. Si un vote avait eu lieu, tout le monde aurait voté pour lui.

Chapitre 4

Été 2010

L'été va passer sans difficulté. Je suis content de faire une pause d'université pour pouvoir me consacrer à de nouveaux projets d'écriture. J'ai également l'été pour mettre une touche finale à des travaux restés en suspens. J'écris beaucoup. Je sens qu'il va faire chaud.

Je me sens totalement rétabli de la mononucléose dont je souffrais l'an passé à pareille date. J'en garde toutefois des souvenirs mémorables. Je resterai porteur du virus d'Epstein-Barr, endormi dans un coin de mon organisme, mais rien ne prouve qu'il se réveillera de nouveau d'ici la fin de ma vie. Un peu comme pour les volcans. Je devrai rester attentif au gonflement subit de mes ganglions lymphatiques, mais ce n'est rien pour m'empêcher de vaquer à mes activités quotidiennes. Il me faut comme d'habitude et comme tout le monde, contenir mes éternuements et mes quintes de toux, surveiller mes fièvres et mes épuisements.

L'été est la saison la plus chaude de l'hémisphère nord. Il débute au solstice de juin et se termine à l'équinoxe de septembre. En anglais, on dit *summer*. En météorologie, l'été comprend par convention les mois de juin, juillet et août. C'est la saison des canicules, des grosses pluies subites, des beaux jours et des grandes vacances. C'est la saison des amours passagères. L'été c'est fait pour jouer. Nous irons à la plage avec les enfants, au début du mois d'août. La petite va apprendre à faire du vélo sans ses petites roues. Nous irons cueillir des fraises, nous mangerons du maïs. Je prévois suspendre la rédaction de ce *Journal* jusqu'en septembre. On verra dans quel état je reviendrai, si j'ai toujours ma tête, mes deux jambes et mes quatre bras.

J'ai toujours beaucoup écrit l'été. Je ne m'en rendais pas compte sur le moment, mais avec les années qui passent, j'ai le souvenir puissant de plusieurs étés où je suis en train d'écrire. Il me faut terminer une série de prochains livres, pour une publication chez Marchand de feuilles. *La gestion des produits, tome I, abrégé de sismographie contemporaine.* Complété à 90 pour cent. Je dois en faire un livre avec un début et une fin. Tout relire ; corriger. Puis terminer une pièce de théâtre hyperréaliste, *Dominique Cyr et Marc Latreille.* Il me faut la rendre meilleure et intéressante. Je dois intégrer les insertions de Marc Latreille et lui accorder plus de place. J'aime écrire quand il fait chaud, avec le son des tondeuses qui me parvient par la fenêtre ouverte. J'aime écrire avec des ventilateurs dans la pièce. Aux quatre vents.

Ma principale difficulté, c'est que chaque fois qu'un projet tire à sa fin, il me vient une autre idée. Une idée dans laquelle je me lance éperdument. Pour ne pas perdre la flamme, je dois m'y consacrer, et je repousse aux calendes grecques la conclusion du projet en cours. J'évite la publication. Cet été, je dois lutter contre cette résistance. Malgré les rosiers qui explosent et le lilas qui beugle, en dépit de l'humidité, du ciel qui pèse comme un couvercle et de ma femme qui fait la rencontre d'autres hommes beaucoup plus intéressants que moi. Je dois lutter. J'espère donc ne pas revenir sur ce *Journal* avant l'automne. Je travaille présentement sur huit projets différents. C'est trop. Le problème, c'est que j'ai toujours mieux à faire. Des draps à étendre sur

la corde à linge, des travaux d'université, des réunions clini-
ques, ma femme et mes enfants qui souhaitent aller au zoo,
qui ont des fêtes d'anniversaire et des envies de se baigner.
Il me faut lutter contre ces dérobades. J'y consacrerai l'été.

4 juin. Monaco. Vacances inespérées au Monte-Carlo Bay de Monte-Carlo. J'accompagne ma femme qui travaille dans la région. Il ne m'en coûte que le billet d'avion. En échange, je dois promettre d'être gentil, de ne pas trop me faire remarquer et de fermer la bouche quand je mastique. Les enfants sont au congélateur le temps de notre absence. Un vieux truc très pratique en cas d'urgence. Ils en ressortent engourdis, mais très vite, avec un peu de chaleur, ils recouvrent leur vigueur d'enfants fous. En attendant, je fais de la piscine. Je suis chanceux d'avoir une femme aussi extraordinaire. Je déjeune près de la Méditerranée, m'allonge sous un parasol; j'ai devant moi de très jolies filles hallucinantes, pieds nus toute la journée, buvant des cocktails en bikini, sans une once de graisse en trop, accompagnant de vieux messieurs très riches. Rien de choquant. Au milieu des acacias, des petits orangers, des pins et des oliviers. Le service hôtelier est impeccable. On se demande comment ils font pour ne jamais s'énerver et préserver leur sourire tout au long de la journée.

Dès le premier jour, une nouvelle incroyable. Un hasard qui ne se manigance normalement qu'avec le gars des vues. Au Musée océanographique de Monaco, fondé en 1910 par le prince Albert Ier, passionné des mers, des poissons et des sédiments, se tient une exposition de Damien Hirst. Une soixantaine de ses œuvres, disposées çà et là à travers l'exposition permanente. Je connais bien son travail, mais n'ai jamais eu l'occasion de le voir en vrai. J'avais déjà l'intention de faire un saut à ce musée. Même si je me fiche éperdument des océans. Car avec la cathédrale romano-byzantine de Monaco et son orgue d'exception, c'était à peu près la seule attraction intéressante que j'avais retenue pour ce séjour. À part les Ferrari, les Maserati, les Bentley et autres Lamborghini.

L'exposition s'intitule *Cornucopia*. Elle a lieu du 2 avril au 30 septembre 2010. Et vient souligner les 100 ans du Musée océanographique : « 100 ans de Science et d'Art, unis pour la connaissance et la protection des océans ». C'est Son Altesse Sérénissime Albert III lui-même qui l'a voulue. Car avec Damien Hirst, dit-il dans un fascicule destiné aux touristes, la voie est ouverte. Il le considère comme un artiste majeur et hors-norme. Et Monaco se doit d'explorer de nouveaux horizons culturels. Soyons surpris, curieux, et ouvronsnous à l'altérité artistique. Pour ma part, c'est d'accord. Évidemment, je n'hésite pas une seule seconde, et après avoir bu mes trois verres de jus de fruits sur la terrasse au petit matin, je bondis en direction du musée en question. Quelle chance !

Beaucoup de gens disent du mal de Damien Hirst. Mais pour des raisons qui selon moi n'ont rien à voir avec l'art. Sa popularité, sa réputation de rock star, son accessibilité restreinte et surtout le coût de ses œuvres laissent à quelquesuns un arrière-goût. En août 2007, il a conçu par exemple une réplique en platine d'un crâne humain, celui d'un homme mort au XVIIIe siècle, qu'il a serti de 8 601 diamants véritables. Son titre : *For The Love of God*. Hirst pulvérise avec cette œuvre des records de vente. Cent millions de dollars. Elle est achetée par un consortium qui n'hésite pas un seul instant à en faire l'acquisition. L'œuvre n'est pas encore achevée qu'elle est déjà achetée. Le monde entier est alerté.

Les revues d'art contemporain font preuve d'un certain snobisme. Cela dérange. On ne sait pas trop comment le prendre. On le trouve jeune. On n'aime pas tellement qu'il soit devenu si riche et que les acheteurs se ruent sur tout ce qu'il fait, dans l'objectif avoué de spéculer. On souhaiterait qu'il se plante. C'est de l'art qui rapporte du fric, et qui n'est pas nécessairement accessible aux amateurs d'art, mais plutôt à des hommes d'affaires, qui ont des idées derrière la tête. Pourvu que cela paye à plus ou moins court terme et que la valeur reste stable, ils achèteraient n'importe quoi : du pétrole, une compagnie aérienne ou des œuvres d'art, pour eux, c'est du pareil au même. Tout cela est fatigant. Les principales critiques le trouvent trop pop, trop grand public ; exactement dans la foulée de Warhol, Haring, et de leur effort de démocratisation. On reproche la même chose à Jeff Koons, pourtant mille fois plus complexe qu'au premier abord, et puis à Frank Gehry, Zaha Hadid. Des stars du monde de l'art et de l'architecture. Mais trop racoleurs. Même si pourtant, Picasso aussi était une star, et que Picasso aussi était multimillionnaire. Ses œuvres à lui aussi ont été achetées par des gens qui se fichaient bien de l'art et de ses barbouillages, et qui pour rien au monde n'auraient accroché un Picasso sur un mur de leur chambre à coucher.

De tels jugements trahissent à mon avis un certain manque d'intelligence. Car si l'art n'a rien à voir avec le fric, alors il doit être jugé indépendamment de sa valeur et de ses acheteurs. La jouissance de l'artiste semble déranger davantage que les œuvres qu'il produit. On n'aime pas qu'il soit riche et facile d'approche. Comme s'il nous fallait arrêter de comprendre Beethoven parce que ses compositions étaient appréciées par la cour, ou le roi. Toutes ces considérations, bien que spectaculaires, doivent être laissées au vestiaire, le temps de regarder bien comme il faut de quoi il s'agit. Si un artiste peut être intéressant malgré qu'il ne vende pas ou qu'il reste anonyme, alors le jeu doit se faire dans les deux sens : un artiste peut également être captivant, même s'il marchande ses productions à des prix de fou, et même s'il couche avec des top-modèles ou qu'il mange avec des princes et des vedettes. L'art se situe dans un autre registre. À nous de ne pas l'oublier. Et de ne pas nous laisser aveugler par le vacarme et les murmures. Au fond, on ne reproche pas aux Médicis d'avoir commandé des œuvres d'art dans l'unique but d'assouvir leur orgueil et leur désir de puissance.

Je me présente donc au musée dès son ouverture. Je suis seul. Ma femme travaille. Treize euros l'entrée, incluant l'accès à l'aquarium. Les œuvres de Hirst sont disposées un peu partout sur le parcours régulier. Chaque fois, c'est un choc. Personne ne reste indifférent. Les enfants présents sont subjugués. Ils observent, en silence, pendant de longues minutes, ce qu'ils ont devant eux. Quelques-uns posent des questions, d'autres restent fascinés, interdits. Rien que de regarder les enfants regarder les œuvres de Hirst est un spectacle justifiant le déplacement et le prix d'entrée.

Qu'on le veuille ou non, les œuvres sont efficaces. Elles touchent et font mouche. Il est difficile de ne pas rester stupéfait devant ces grandes œuvres faites avec des ailes de papillons. Des centaines de milliers, agencées dans une harmonie témoignant la maîtrise de l'artiste. Stupéfaction également devant cette immense vitrine où sont rangés, les uns à côté des autres, des milliers d'insectes, classés selon leur couleur et leur grosseur. Plus loin, une vitrine semblable, mais renfermant des pépites, ou de faux diamants, rangés eux aussi sur d'étroites tablettes. Encore une fois, il y en a des milliers. Le résultat est magnifique. Malgré leur apparente facilité, ces œuvres renferment une subtilité et dégagent un pouvoir évocateur inouï. Ce n'est pas rien que racoleur. C'est beau, c'est slick, c'est esthétique. J'ai l'occasion plus loin de rencontrer un de ces populaires requins figés dans le formol. Impressionnant également, de voir la bête suspendue, de pouvoir la regarder de proche, de la scruter comme il serait impossible de le faire autrement. La sculpture est bien conçue. Le coffrage (aquarium) est beau. On perçoit les épaisses soudures retenant les vitres que l'on imagine épaisses. Du travail bien fait, quasiment luxueux.

Une sculpture comme celle montrant un mouton coupé en deux (*Away from the Flock*) doit être pensée. Il faut non seulement la concevoir, mais aussi inventer les moyens techniques pour atteindre ce stade de perfection. C'est propre, c'est léché. Et c'est intelligent. Damien Hirst est un artiste intelligent. La colombe, suspendue elle aussi dans un immense aquarium de formol, et placée pour l'exposition à l'entrée du musée, une fleur blanche au bec, toute petite dans ce grand espace bleu, est particulièrement touchante. Elle nous annonce d'entrée de jeu à quoi nous allons devoir faire face, et nous donne envie d'en découvrir davantage.

J'achète le livre de l'exposition. Très bonne qualité, mais 90 euros tout de même. Souvenir obligatoire. Celui au moins d'être passé par là, en juin 2010, et d'en avoir profité pour entrer ensuite dans la cathédrale de Monaco, située juste en face, très belle aussi.

Je me fiche que Damien Hirst soit riche, autant que je me fiche qu'il soit homosexuel. Il y a dans ce qu'il fait une part suffisante d'indiscutable pour le ranger parmi les artistes conceptuels les plus importants de notre époque. Cela est juste et satisfaisant.

8 juin. Trois jours plus tard, nous sautons dans un train. Ma femme et moi. Nous courons sur le quai avec nos valises, comme au bon vieux temps. Et nous filons en direction de Florence. Après quelques heures, nous apercevons le dôme de très loin. Il surplombe le reste de la ville. Nous approchons. Pouvoir le visiter, alors que je faisais un travail voilà à peine quelques mois sur son histoire, son architecture et sa construction, s'inscrit sans doute dans l'ordre des choses, mais prouve surtout que j'ai de la suite dans les idées. Je suis évidemment chanceux. Mais j'ai également renoncé à m'acheter une voiture neuve à plusieurs occasions ces dernières années pour me payer des choses beaucoup plus intéressantes. Je n'avais jamais entendu parler de cette cathédrale avant mon cours à l'université. J'aurais pu choisir de remettre un travail sur la Mosquée bleue, ou sur le bâtiment de la Comédie-Française à Paris, ou même sur les pyramides d'Égypte. Nous ne serions pas là, à cet instant, ma femme et moi. Idéalement, j'aurais voulu passer aussi par Sienne, Pise et Ravenne. Mais comme je me suis faufilé dans l'une des destinations d'affaires de ma femme toute-puissante, je prends ce qui passe, je respire un grand coup et j'en profite au maximum. À cheval donné, on ne regarde pas la bride. Surtout qu'un jour, peut-être, nous aurons tout perdu et nous n'aurons plus rien. D'ici là, je me défonce dans le bar à crevettes. Je bois du champagne, bien frappé. Et j'en reprends plusieurs fois.

Dès le lendemain, nous escaladons les quelque 400 marches du campanile de Giotto, et celles, tout aussi nombreuses, de la coque du dôme. Renversant. Un grand moment dans une existence. Il faut s'en rendre compte. Cela commence à en faire beaucoup, de grands moments, en peu de jours. Nous entrons dans la cathédrale, nous allumons un cierge pour chacun de nos enfants, nous touchons les murs. Malgré la foule, l'intérieur est silencieux. Il y fait plus clair qu'à Notre-Dame de Paris, qui pourtant fut conçue dans la perspective d'étirer les fenêtres le plus haut possible. Sans que le toit s'écroule. Une prouesse technique.

Encore le lendemain, après nous être disputés un peu, puis nous être rabibochés devant le petit déjeuner de notre hôtel italien, nous décidons d'affronter la file de la Galerie des Offices. Deux heures d'attente. Autant que pour un nouveau manège à La Ronde. Nous savons qu'il s'agit d'un important musée, mais nous ignorons sur quoi nous allons tomber exactement. Je découvre en vrai des œuvres extrêmement importantes. Je les reconnais. Des œuvres étudiées dans mes cours à l'université, dix fois, cent fois. *Le Printemps* de Botticelli, le portrait des Sforza de Piero della Francesca; *Pallas et le Centaure*, de Botticelli aussi, et ainsi de suite. Dans chacune des salles, un chef-d'œuvre incontournable. Nous sommes ravis. Il y en a juste la bonne dose, juste assez pour ne pas décrocher de notre émerveillement. Nous avalons un sandwich hors de prix, sur la terrasse de la Loge des Lances. Une tranche de prosciutto du pays dans une baguette de pain croûté. Pas de beurre, pas de salade, rien. Juste du pain et du jambon sec. Pourtant, le goût qui en résulte est divin. Rarement nous avons mangé un aussi bon sandwich de toute notre vie.

J'achète le guide de la Galerie des Offices, en version française. Un petit livre qui répertorie les œuvres les plus importantes. Une fois de retour à l'hôtel, je regarde à nouveau les œuvres dans le livre, et j'ai l'impression de ne les avoir jamais vues. Je ne peux pas croire qu'il y a de cela seulement trois heures, j'étais vivant, devant les vraies, plus grandes, plus belles et stupéfiantes. Aucune photographie ne peut rendre ce qui se dégage de ces peintures. Il faut les voir en vrai. C'est Winckelmann qui avait raison. On peut répéter qu'elles sont exceptionnelles, géniales, uniques, et les rendre disponibles sur tous les sites Internet, on ne les comprend qu'en les ayant devant soi. L'art a ce pouvoir de nous faire momentanément tout oublier. Mais la jouissance éprouvée devant une œuvre, comme la douleur, s'oublie dès le lendemain.

Les livres d'art ont une fonction très importante dans ma vie. Je les range, les oublie, puis les reprends n'importe quand, n'importe où. Souvent, j'ai le sentiment de découvrir ce qu'ils contiennent pour la première fois. Le choc est parfois tout aussi fort que la première fois. Comme si je me trouvais devant quelque chose de totalement nouveau. Un événement, rien de moins. J'en achète régulièrement, mais ne fais pas toujours les bons choix. J'aime les sommes, les briques et les catalogues raisonnés. Je ne veux pas devoir me contenter d'extraits ; toutefois, lorsqu'il s'agit d'artistes récents et encore actifs, on trouve rarement de bons ouvrages bien faits et couvrant l'essentiel de leur travail. Il est donc aussi nécessaire d'apprendre à aimer les revues d'art.

Moi qui avais décidé de ne pas écrire cet été dans mon *Journal*, finalement, ma résolution n'a pas tenu plus d'un mois. J'ai eu beau décréter le silence dès le mois de mai, rien à faire, des incidents de première importance m'ont rattrapé.

•

Dans les pages d'un guide de voyage consacré à la ville de Florence, ma femme me rapporte qu'on y parle de Stendhal, l'auteur français. Celui-ci aurait éprouvé un malaise à sa sortie de l'église Santa Croce. Il aurait raconté dans l'un de ses livres que lors de son voyage cn Italie, en 1817, arrivé à l'étape de Florence, il aurait fait une sorte d'overdose d'œuvres d'art. Ni ma femme ni moi ne pensions que cela pouvait être possible. Stendhal aurait eu des palpitations cardiaques et se serait senti étourdi. Je suis intrigué. Je fais quelques recherches, et j'apprends qu'il ne serait pas le seul, et que plusieurs personnes auraient ressenti ce type de trouble, qu'on appelle d'ailleurs, depuis, le « syndrome de Stendhal ». Une psychiatre italienne aurait même écrit un livre sur la question. À l'hôpital du secteur, on compterait encore de nos jours, une dizaine de cas par année. Tous des visiteurs victimes de l'émotion émanant des tableaux. Trop d'émotion artistique en seulement quelques jours, pourrait créer des hystéries diverses. Des gens deviennent fous et tentent de détruire les tableaux en question. Les gardiens de sécurité sont préparés à intervenir le cas échéant. Mais le plus souvent, les visiteurs touchés sont pris de vertiges, accusent une perte du sentiment d'identité et du sens de l'orientation. Ils peuvent ressentir de violentes douleurs à la poitrine, passer d'un état d'exaltation, d'un sentiment de toute-puissance, à des attaques de panique, voire à la peur de mourir. Cela peut même conduire jusqu'à la dépression. Trop de jouissance à la fois peut donc faire perdre le nord.

Je suis intrigué, car je me demande si ce n'est pas ce qui m'est arrivé l'année dernière, à la sortie de mes cours, quand je saignais du nez et que je ne savais plus dans quelle direction m'orienter. Je marchais dans la rue, l'hiver, le soir, et je ne savais plus où j'étais. Aucun médecin n'aurait alors pu penser qu'il s'agissait du syndrome de Stendhal – aussi appelé syndrome de Florence – même en apprenant que j'étais en train de compléter un certificat en histoire de l'art. De pareils troubles, pensent les psychiatres de l'hôpital Santa Maria Nuova, où sont acheminées les victimes de ce malaise, sous la supervision de Graziella Magherini, seraient la preuve que l'art possède une force immense. Celui-ci a le pouvoir de nous introduire à l'absolu. Rien de moins. D'élever les consciences et de faire perdre la raison. De faire vaciller le sens de la réalité. Le down qui suit s'avère aussi assez violent. On se demande même s'il est possible de mourir de trop d'œuvres d'art. Pourquoi pas? On meurt bien d'avoir fumé trop de cigarettes. Même si cela se produirait surtout chez des femmes, célibataires et dans la quarantaine, voyageant seules, les statistiques sont formelles. La majorité s'en remettraient d'ailleurs très vite, avec un peu de thé, et du repos et un peu d'air frais. Mais cela pourrait aussi se produire chez toute personne dite «trop sensible». C'est écrit noir sur blanc.

Voilà. Je dois faire partie de ces gens que l'on dit «trop sensibles». Ceux qui pleurent parce qu'un cheveu vient de se poser sur leur soupe, ou qu'un chat traverse la rue sans regarder. Je me laisse tellement souvent émouvoir par ce que je vois, qu'il est finalement sans doute normal que je me mette à cracher du sang, à saigner du nez ou à foncer dans des lampadaires. Je m'exalte trop. J'ai les digues vulnérables. Pour les bouteilles de bière cassées en plein front, c'est peut-être différent par contre. Quelque chose qui n'a pas nécessairement à voir avec l'art. Quoique.

•

Retour à Montréal sans heurts et sans turbulences. On rapporte des fromages et tout passe aux douanes comme une lettre à la poste. Je poursuis mes recherches sur le sujet Stendhal. Il peut être effectivement difficile et risqué d'être à Florence quand on est naïf et qu'on ne sait pas à quoi s'attendre, mais il paraît que c'est encore pire à Jérusalem. Le syndrome de Jérusalem dénombre quant à lui des cas de psychoses : des gens se sont soudainement pris pour des personnages saints, revenus de l'Ancien comme du Nouveau Testament, et ont tenté de haranguer des foules en tenant des discours plus ou moins cohérents. Il a fallu les arrêter poliment. Il y en a même un qui est allé jusqu'à vouloir déplacer l'une des pierres géantes (très grosses) du Mur des lamentations. Il avait fait des calculs et prétendait avoir compris que ce bloc n'était pas à la bonne place, d'où l'origine de ce qui n'allait pas dans les conflits entre les religions. Il voulait réparer la faute originelle, et cela se ferait selon lui en déplaçant cette pierre. On ne l'a pas laissé faire. Les autorités policières et les médecins traitants de Jérusalem sont paraît-il habitués de voir arriver dans leur bureau des gens se prenant pour le Messie. On les redirige systématiquement vers l'hôpital psychiatrique de Kfar Shaul, qui a développé une spécialisation dans le domaine. Une centaine de personnes par année, surtout des touristes, y sont admises pour des accès psychotiques. Certains prétendent avoir vécu la résurrection du Christ, d'autres ont des visions ou font des tentatives de suicide pour rien. L'effet Jérusalem est apparemment très puissant. Il pourrait facilement nous faire tomber de cheval, ou courir flambant nu dans les rues de la vieille ville.

J'ai une amie psychanalyste qui, sachant que je partais pour Florence, m'a raconté avoir fait « la totale », accompagnée de son mari et de leurs deux enfants, des adolescents déjà grands. La totale italienne, quoi, parce qu'ils ne voulaient rien manquer de tous les chefs-d'œuvre de la Renaissance. Or son fils aîné, dix-sept ans peut-être, était ressorti de la basilique Saint-Pierre du Vatican, si je me souviens bien, en faisant une crise du tonnerre. Rien de grave, mais en hurlant tout de même, à la surprise de ses parents : « Je n'en peux plus de vos pietà et de vos autels en baldaquin et de vos églises et de vos peintures ! » Il lui a fallu quelques heures pour s'en remettre. Du repos, à l'ombre. Un verre d'eau glacée. Quelques coups d'éventail. Un Coca-Cola sucré. Ils ne savaient pas. Ce n'est évidemment pas tout le monde qui peut supporter autant de chefs-d'œuvre d'un seul coup. Plusieurs jours d'affilée. Sans répit. Même si l'on sait qu'il est parfois difficile d'être un grand adolescent qui pénètre dans la vie adulte, personne ne perd ainsi son calme devant le Epcot Center d'Orlando en Floride, ni même en visitant New York et ses quartiers multiculturels. Sans même évoquer le syndrome de Florence, ou de Stendhal, rappelons-nous que l'art de cette époque ne se consomme qu'à petites doses. Sinon, c'est trop. On n'y comprend plus rien et, très vite, on se fait du mal et on se fâche. Trop de beauté peut être néfaste pour la santé. Et on s'ennuie très vite de nos téléromans.

Quatrième semaine du mois de juin. Splendide soirée de pluie battante sur Montréal. 28 juin 2010, pour ceux qui s'en souviennent.

Mon trop-plein de sensibilité me permet de trouver qu'il s'agit d'une soirée délicieuse. Je me rappelle soudain que Prunella, au bout de quelque temps, s'était mise à me reprocher de toujours trouver que tout était beau, et de trop m'exalter pour des clopinettes. Peut-être voulait-elle parler de ma trop grande vulnérabilité. De mon état instable et précaire, ce genre d'état qui nous fait halluciner inutilement des Saintes Vierges sitôt qu'on s'éloigne un peu trop de la maison. Mais peut-être aussi n'a-t-elle jamais vu *Pallas et le Centaure* en vrai, et qu'elle ne comprend pas. Splendide soirée de pluie battante sur Montréal, quand même.

Je pense à mon envie de me plaindre de la rareté des moments où je peux me concentrer pour écrire. J'ai des idées qui se bousculent, toujours en boucle dans mon cerveau, et je n'ai pas le temps de les entrer dans mon ordinateur. Je n'arrive pas à faire reconnaître à mes proches que l'écriture est un travail. Dans trois semaines, nous partons à la plage avec les enfants. Bien sûr, nous allons passer des moments extraordinaires en famille. Mais en secret, dans une dimension qui n'existe pas pour notre vie de famille, dans ma tête, je suis en train d'écrire. Ces vacances vont me déconcentrer. Et sans concentration totale, il est impossible d'écrire. Je suis quand même dans l'obligation de partir en vacances, et de suspendre mes cogitations. Je dois me rendre au bureau des passeports, vérifier si le matériel de camping est complet, si la tente n'a pas de déchirures et si nous avons besoin d'ajouter un coffre sur le toit de la voiture. Le cas échéant, il me faudra respecter méticuleusement le plan d'installation. Je me fais la réflexion que lorsque ma femme travaille dans un autre pays, rien ne vient la déconcentrer. Elle ne part pas subitement en vacances, au beau milieu d'un de ses projets. Moi, oui. Les vacances au bord de la mer ne peuvent être ni déplacées ni remises à plus tard. Elles ne peuvent pas être annulées ou reportées au mois de novembre. On doit les prendre quand elles arrivent. Au même titre qu'il faut fêter Noël lorsque c'est Noël. Ce sont des instants précieux, comme il en existe tout au long d'une année avec des enfants. Quand on est un écrivain, il faut écrire à travers cela. Comme on fait du slalom entre des obstacles.

2 juillet. Hier soir aux nouvelles, on rapportait qu'un jeune père de famille a oublié son bébé de neuf mois dans son automobile. Entre une annonce de fromage du Québec et une publicité de voiture hybride, on nous raconte que le jeune homme a pourtant fait le même trajet qu'il faisait chaque matin. Normalement et comme tous les jours. Il devait passer par le service de garde, puis se rendre jusqu'au stationnement incitatif de la station de métro la plus près, puis prendre le métro. Mais sans raison apparente, ce matin-là, il a passé tout droit. Et semble avoir par distraction oublié son enfant. Le petit devait dormir, on ne sait pas. S'il avait pleuré, son père se serait souvenu. Il se serait souvenu qu'il avait un enfant. On ne sait pas. Toutes les hypothèses sont à étudier à ce moment-ci. Les fenêtres de l'automobile étant fermées, personne n'a pu entendre les cris de l'enfant, si cris il y a eu. En plein soleil, l'été, le petit bébé n'a pas fait long feu. Techniquement, il a tout simplement cuit, attaché comme il se doit dans son siège pour bébé hautement sécuritaire. La température de l'habitacle d'une voiture lorsqu'il fait chaud peut atteindre 50 degrés Celsius. Sans biberon, il est facile dans ce contexte de passer l'arme à gauche. Même s'il avait fait un froid glacial, comme certains jours durant l'hiver, le bébé serait probablement mort congelé et à bout de souffle. Toute une journée de travail dans un bureau, c'est long pour un bébé qui se sent seul et en détresse.

La journaliste reste objective et ne le mentionne pas, mais on a tous du mal à imaginer que son père a pu le faire exprès. Comment peut-on oublier, ne serait-ce que trois minutes, que l'on a un bébé, le matin, sur le chemin du travail ? Même si on est jeune et encore endormi ? Même si on est envahi par les soucis quotidiens ? Tout le monde a des emmerdements et des soucis quotidiens. On le sait. On tente de se mettre à sa place. Pour comprendre. Le père sera-t-il poursuivi devant la justice ? Peut-on condamner quelqu'un pour avoir tout simplement oublié ? Tout le monde oublie quelque chose un jour ou l'autre. Tout le monde peut oublier ses clés, un compte de taxes scolaires ou l'anniversaire d'un vieil ami. Même les juges et les avocats. Mais un bébé, encore sans haine et sans malice, est-ce la même chose qu'un trousseau de clés ? C'est la question que tout le monde se pose aujourd'hui.

C'est une tragédie qui aurait pu se produire n'importe où. Même dans une ville où il n'y a pas de station de métro. Peut-on penser qu'inconsciemment, le jeune papa a voulu se débarrasser de son enfant ? Faire en sorte qu'il ne soit plus là le lendemain ? Pour se libérer de ce fardeau et retourner vivre sa vie d'adolescent parcourant les bars de la ville, en compagnie de ses amis qui l'attendent et qui vieillissent aussi ? Nous est-il permis de penser cela ? Était-il débordé par son nouveau rôle de père ? Par cette étape cruciale que la vie venait tout juste de lui faire franchir ? Venait-il de se disputer avec sa copine ? Ou a-t-il eu le temps de se dire, une seconde avant de l'oublier, que cette vie était dorénavant trop ingrate et tyrannique pour lui, pour eux, pour leurs capacités ? C'est la question dont tout le monde débattra ce matin, au bureau. Entre un café et le sandwich du midi.

9 août. Je n'écris pas autant que prévu. En fait, je n'écris pas du tout. Je fais autre chose, je suis ailleurs. Je dois me consacrer aux vacances. Je tombe sur une vente de feu d'un reste de livres de la collection « Art et idées » des éditions Phaidon. Plusieurs piles, sur une table chez Renaud-Bray. Visiblement le reste d'une collection qui n'aura pas de suite. Vingt-cinq dollars chacun. J'en profite. Sitôt rentré, je commence ma lecture. Je lis un livre sur Dalí en moins de cinq jours, puis je passe à Michel-Ange. Encore une fois, je lis sur à peu près n'importe quoi. À force, je finis par établir des liens et par comprendre des choses que je ne comprenais pas jusqu'ici. Pas de la même façon. C'est chaque fois une surprise. Je me sens évidemment moins seul, avec ces livres et ces auteurs. Je n'ai pas acheté le livre sur Corot, et j'ai laissé de côté celui sur l'art aborigène. Je crois avoir déjà tous les autres volumes de cette collection. Bientôt, je les aurai tous lus.

J'apprends que ce n'est finalement pas vrai que Michel-Ange travaillait seul, même s'il avait effectivement un mauvais caractère et restait d'un tempérament difficile. Cependant, il avait beaucoup d'amis, et entretenait une correspondance avec plusieurs personnes. Sans enfants, il était un homosexuel avéré. C'est-à-dire qu'on pouvait le voir en compagnie de jeunes hommes, et cela était connu. J'apprends qu'il ne terminait que très rarement ses projets. Je le savais déjà pour Léonard de Vinci. Certains auraient tenté d'expliquer ce défaut par son incapacité à atteindre la perfection divine, dont il se sentait par ailleurs très proche ; il se croyait même capable de rivaliser avec elle. Mais il se retenait. Des hommes comme lui auraient laissé inachevés par exprès la plupart de leurs chefs-d'œuvre, justement pour préserver le mystère, pour laisser planer la possibilité qu'ils auraient peut-être pu parvenir à cette perfection. Ils se sentaient en mesure de le faire, mais refusaient de tenter le diable. Ils préféraient s'arrêter juste avant la touche finale, afin de laisser à Dieu le dernier mot.

Michel-Ange était une grosse vedette. Et pas du tout le type ombrageux que l'on imagine généralement, besognant tout seul sur le plafond de la chapelle Sixtine, sans aide et couché sur le dos. Michel-Ange était en fait une entreprise. Il avait des assistants, sur lesquels il pouvait compter pour les avoir formés à sa main, et qui savaient terminer des sculptures comme il se doit et dans les règles de l'art. Souvent, des œuvres qui lui sont historiquement attribuées n'ont été qu'à peine effleurées de son coup de burin. Michel-Ange gagnait aussi beaucoup d'argent. Cette information me fait évidemment penser aux détracteurs de Jeff Koons, de Damien Hirst ou de Takashi Murakami, à qui l'on reproche avec agressivité de gagner trop d'argent, et de n'être collectionné que par des arrivistes déguisés en hommes d'affaires, sans limites financières et sans véritable foi dans l'art. On oublie souvent que Michel-Ange aussi était riche. C'est lui qui faisait vivre ses parents, et il avait même acheté deux ou trois fermes pour les offrir à des frères ou des oncles, afin de les aider dans leur ascension sociale. On se souvient surtout de Van Gogh et de ce phénomène du génie inconnu, incompris, travaillant seul et crevant de faim, s'arrachant les oreilles et faisant fuir les femmes des alentours. Mais on oublie que Dalí aussi, pour sa part, croulait sous les lingots, et que cela n'enlève rien à ses créations. Celles-ci ont eu lieu et pour toujours auront eu lieu. D'ailleurs, j'apprends que c'est Dalí qui, le premier, aura mis une bouteille de Coca-Cola dans l'une de ses toiles : *Poésie d'Amérique – Les athlètes cosmiques*, huile sur toile, 116,8 par 78,7 centimètres, 1943. Bien avant Warhol, donc. Mais déjà, décidé par lui, une bouteille de Coca-Cola utilisée comme symbole de la culture commerciale américaine s'imposait dans le monde de l'art. Warhol ajoutera quant à lui, bien entendu, le concept de répétition, redoublant l'idée de production en série et de commerce.

Je passe donc l'été à faire autre chose que de suivre mon plan. Pour le moment, et sans vouloir me vanter, j'ai le même problème que Michel-Ange et Léonard de Vinci. Je ne termine pas ce que je commence, car j'ai toujours un nouveau projet qui me passionne et me happe. Je me consacre cœur et âme à ce dernier, répondant au feu qui m'habite plutôt qu'à la raison, et délaissant ce que j'étais en train de faire et qui ne m'intéresse plus. Je leur ressemble, mais je n'ai pas la barbe aussi longue, ne me dispute pas encore avec le pape et ne suis toujours pas homosexuel. Je n'ai pas non plus d'assistants capables de terminer le travail à ma place.

•

Je passe l'été à me rendre compte que j'ai des enfants. Et une femme. Nous allons camper. Les étés se suivent et ne se ressemblent pas, puisque les enfants grandissent de manière éblouissante. Notre plus grand est de plus en plus grand. La plus grande des filles a des idées, des manières, et elle est habitée par une sensibilité juste et rare. Mais pas du genre à perdre conscience devant une œuvre d'art. Dans un musée, en une fraction de seconde, elle comprend tout. Elle passe le reste du temps à courir et à danser. Elle se retient pour ne pas s'exercer à faire la roue ou la split. Elle nous en veut, à sa mère et à moi, de lui avoir fait croire que le père Noël existe, alors qu'il n'existe pas. Elle ne nous le pardonnera jamais. Traumatisme normal et fracassant. La plus petite est de moins en moins petite. Elle se forge, mine de rien, un caractère du tonnerre. Le soir, elle s'endort avec des livres, une poussette, des roches, des crayons, des papiers, des lampions, des Lego, des ours et des poupées. Elle dort souvent par terre, la plupart du temps ailleurs que dans son lit. Elle fait son œuvre. Et le temps ne manque pas non plus de faire le sien. Je suis content de ne leur avoir pas transmis la souffrance inutile de leur père.

J'ai une femme qui semble être contente que je sois encore là. Ou que je ne sois toujours pas mort. Nous faisons de la route. Nous roulons les fenêtres ouvertes. Les enfants, entassés les uns sur les autres, avec les oreillers et les sacs de couchage, se chamaillent sans arrêt. La route est longue. Ils tiennent le coup. Nous avons parfois l'impression de ne rien faire d'autre avec nos enfants que de les disputer. Nous mangeons des crèmes glacées et des bonbons. Nous embarquons sur un bateau qui nous emmène voir des baleines. Il pleut. Il fait beau. Il y a du vent. Les nuages filent à toute vitesse. Nous allons à la plage. Le soleil est violent. La petite fait l'expérience de boire la tasse, mais une tasse d'eau salée. Elle est quand même contente. Nous plongeons tête première dans les vagues. Avec notre planche, rien ne nous résiste. Allongés dans le sable, nous lisons le journal. Le plus grand, majestueux, se baigne pendant des heures. Nous sommes étincelants. Chaque instant qui passe est un instant qui se passe pour la dernière fois. Nous ne l'oublierons jamais.

•

J'ai commencé à contrecœur le dernier des quatre livres achetés en solde chez Renaud-Bray, une librairie où l'on vend également des jeans, du fromage de chèvre et des deux par quatre. Comme je voulais me concentrer sur autre chose et que je venais de gober littéralement les trois premiers de ces bouquins, je me disais que ce n'était pas le moment de poursuivre dans cette orgie de lecture. Et que le temps de varier les plaisirs était peut-être venu. Mais lors d'une nuit d'insomnie, j'ai goûté du bout des lèvres à l'Art nouveau, et je n'ai pas pu m'arrêter. Je pourrais parler pendant des pages de ce que cet ouvrage m'a fait comprendre.

Chapitre 5

Quatrième session, automne 2010

HAR 1460 ; *L'art de 1940 à 1968* ; mardi matin, 9 h 30.

Septembre. Les problèmes reprennent. Comme si une session ne pouvait pas venir sans son lot d'épreuves. Sauf que cette fois, je ne sais pas si c'est grave ou s'il me faut tout simplement me taire et faire comme si je n'étais pas au courant. Mais dans le journal de ce matin, un article plus ou moins important rapporte que deux agents de la SQ, des agents d'expérience, se sont fait attaquer par deux escargots géants sur une route de campagne, dans la région de Chaudière-Appalaches. On n'a pas retrouvé les bestioles, mais plusieurs habitants, depuis une semaine, avaient signalé la présence sur leur terrain de phénomènes étranges et peu communs. Un des agents aurait grimpé à un arbre, mais l'autre, tentant de fuir, s'en serait moins bien sorti. On a retrouvé sa ceinture, ses bottes et ses vêtements, dans un fossé un peu plus loin, couverts de bave et curieusement déchiquetés. Mais son corps aurait disparu. Tout cela se serait produit à l'angle de la route 216 et du rang Bas-Sainte-Anne, à Saint-Elzéar en Beauce. Près de Sainte-Marie. Vers 9 h 40 le matin.

Ma fille avait donc raison. Si on les lâche dans la nature, ils vont manger toute la verdure et grossir indéfiniment. Ils ont donc survécu tout ce temps. Dire que je me sentais coupable en les imaginant s'être fait gober par des mouettes de dépotoir, qui ne seraient pas capables de faire la différence entre un escargot ou une carcasse de grille-pain ! Me voilà surpris par la tournure des événements. Mais coupable quand même. Ils ont survécu au manque d'oxygène du sac à ordures et au transport dans le camion. Ce sont eux qui ont eu le dessus. Ils se sont refait une vie à leur manière, portés par un désir de vengeance.

Voilà à présent que le maire des Etchemins songe à contacter l'armée pour essayer de localiser les monstres, les endormir ou les capturer. Au début, les autorités ont pensé qu'il s'agissait d'une blague, ou que des gens avaient vu des escargots géants comme d'autres voient parfois des extra-terrestres et des lumières dans le ciel, mais à présent, c'est différent. Depuis qu'un des agents reste introuvable et qu'une auto-patrouille s'est manifestement fait engloutir par une des bêtes en furie, incluant la radio, les pneus et les gyrophares, c'est du sérieux. Tous les policiers sont sur un pied d'alerte. Les enfants du quartier ont peur de se rendre à l'école. Des boisés ont été découverts quasiment rasés, des récoltes saccagées et des arbres centenaires dévorés jus-qu'au trognon. Les escargots, selon les témoignages, auraient la grosseur d'un camion de la poste. Ils pourraient bientôt détruire des maisons. Ou manger des personnes âgées à mobilité réduite.

J'ai l'air de quoi, moi, maintenant? Si ma fille entend parler de cet incident, elle va comprendre que j'y suis pour quelque chose. Et elle va me regarder sans rien dire, au sou-per, et je ne saurai pas trop quoi lui répondre. Elle va savoir que je sais, et je vais savoir qu'elle sait que je sais. Et je vais la décevoir. Comme si j'avais besoin de cela. Selon un spé-cialiste, on pourrait peut-être compter sur la venue de l'hi-ver pour les endormir, après quoi on pourra les maîtriser. Des températures de 20 degrés sous zéro pourraient de plus leur être fatales. À moins qu'ils ne se creusent un trou dans la terre pour se protéger du gel, et hiberner le temps qu'il faut, jusqu'au printemps, et renaître de leur carcasse. En ce qui me concerne, j'ai tout intérêt à ce qu'on les neutralise au plus tôt, et que l'affaire soit classée avant le début de l'école.

5 novembre. Les cours se poursuivent et ne se ressemblent pas.

J'ai tout de même beaucoup moins de temps pour tenir ce *Journal*. J'y pense presque tous les jours. Il me faut absolument terminer d'autres projets auparavant. Il est bien beau d'avoir de nouvelles idées, je ne publie rien depuis des années. Et les pages s'accumulent et s'empilent, mais pour rien. Je vais aux cours, j'écoute, je fais les lectures obligatoires, mais je n'ai pas toujours le temps d'étudier. Depuis septembre, les disputes avec ma femme s'intensifient. Cela me demande beaucoup d'énergie. Et notre fils fait encore des siennes à la polyvalente. Il se fait prendre à fumer de la drogue dans les parcs, à ne pas faire ses travaux obligatoires parce qu'il ne respecte pas l'enseignante (au demeurant très jolie) et voilà deux fois qu'il se fait suspendre en l'espace de deux mois, pour des motifs divers dont il n'est évidemment jamais responsable. Il se révolte. Il fait des tentatives maladroites d'individuation, s'exerce à boire de l'alcool et à consommer des stupéfiants, à ne pas rentrer à l'heure, à ne rien comprendre même avec des coups de marteau sur les doigts. C'est touchant, mais il n'y a rien comme un appel du secrétariat pour vous gâcher une journée. Même lorsque celle-ci s'est pourtant bien amorcée.

Je me plante dans mon examen sur l'art de 1940 à 1968. Je passe complètement à côté de la deuxième partie de la question. Pourtant, j'avais rendu ma copie avec enthousiasme et soulagement, mercredi dernier, un peu avant tout le monde.

Une autre épreuve d'humilité. Je n'aurai pas de deuxième chance. Cette histoire d'université a l'effet de me rendre tellement humble, que je suis en train de devenir transparent; bientôt, je n'existerai plus du tout. Un cran plus humble encore, et je me transforme en plante verte. Surtout qu'en rentrant l'autre soir, je me suis fait arroser par un autobus qui fonçait droit dans une flaque d'eau noircie. J'ai tout pris. Il était 21 h 30. Je n'ai rien vu venir tellement j'étais absorbé par mes pensées. Je n'ai pas pleuré. Mais je n'ai pas trouvé ça drôle non plus. Bon. Je vais devoir encore une fois me relever. Me retrousser les manches et rattraper les points perdus.

Le lendemain, mon attention se porte sur une affirmation trouvée dans une biographie consacrée à Yves Klein, que je dois lire pour mon travail de session. Un jour, ce dernier aurait rempli une pleine page de son journal du mot « humilité ». L'auteure commente : « Il ne faut cependant pas confondre l'humilité avec l'humiliation quotidienne qui pouvait profondément blesser un artiste aussi sensible que Yves Klein. »

J'avais pourtant bien compris Rauschenberg, Barnett Newman et les expressionnistes abstraits. Mais la deuxième partie de la seconde question m'a complètement renversé. C'est de bonne guerre. Le professeur a raison. Ce n'est pas injuste. J'ai oublié de signaler que Georges Mathieu réalisait ses œuvres devant public, ce qui n'est pas un détail anodin en ce qui le concerne. Le résultat s'avère catastrophique. Je n'en parlerai pas à ma femme. Si l'un de nos enfants revenait d'un examen avec un aussi piètre résultat, nous lui ferions frotter le plancher avec une brosse à dents toute la soirée.

6 novembre. Je trouve un réconfort inespéré dans un numéro de la revue *Inter*. Je l'achète par hasard. À cause d'une fille à l'agora, en fait, qui tient un kiosque consacré à différentes revues culturelles, et qui m'affirme avoir déjà parlé d'art contemporain avec moi, il y a trois ans, dans un bar. Je ne m'en souviens pas. Lors d'un lancement de livre, ajoute-t-elle. Je vais pourtant si peu dans les lancements. Bref, un peu pour lui faire plaisir et parce que la conversation s'engage dans cette voie, je lui pose des questions sur les revues dont elle fait la promotion, et qu'elle semble bien connaître. Je finis par acheter un *Inter* (« Inter » pour intervention), un magazine consacré à l'art actuel, le numéro 106. Le plus récent numéro.

Je découvre le travail de Chiara Mulas, et me rappelle que pour vraiment être au parfum de ce qui se fait en ce moment dans le domaine de l'art, quel qu'il soit, il ne faut pas attendre que soient publiés des livres et des monographies. C'est dans les revues que s'élabore une première réception critique sur le travail d'artistes encore jeunes et actifs, et dont on ne parle évidemment pas encore à la télé. J'avais oublié. Il faut toujours une deuxième fois pour que les circuits se bouclent, pour que les idées ne se perdent pas dans l'infini.

Je découvre surtout le travail de certains Chinois, dont Zhu Yu, Yang Zhichao et Zhang Huan, dans un long article de Helge Meyer intitulé « La douleur comme moyen de lutte politique et sociale ». Des Chinois. D'un premier coup d'œil, ils passeraient pour des pervers ou des malades mentaux. Je découvre leur travail et, une fois de plus, je suis séduit. L'un d'eux se fait greffer des boutures de plantes, ou de petits arbres, dans le dos. Pour ce faire, il lui faut des chirurgiens, une salle d'opération et une équipe acceptant de travailler clandestinement, à l'aide de produits pharmaceutiques, sans doute volés. Un photographe est également requis, pour produire et laisser des « documents » ; ceux-ci sont essentiels dans le cas des performances, même si les photos sont rarement nettes et explicites. Ce sont des performances qui peuvent être dangereuses, et les artistes chinois en réalisent beaucoup. On se demande ce qui leur prend. Dans le cas de la greffe végétale, il a fallu retirer les boutures après quelques jours, parce que les plaies commençaient à s'infecter. L'artiste aurait pu perdre son bras. Les blessures étaient devenues bleues. De toute façon, son action s'était rendue suffisamment loin pour s'inscrire dans son corpus d'œuvres. Il n'était pas nécessaire dans son cas de se faire amputer un membre pour autant.

Un autre artiste (Zhu Yu) a quant à lui mangé un fœtus. Mort-né. Ou un fœtus avorté sur le tard. Quelques photos circulent. On le voit sortir le petit cadavre du four, le transporter dans une assiette, puis le manger en rongeant les os jusqu'à ce qu'ils soient propres. On se demande s'il s'agit d'un vrai bébé. On tente de voir sur les photos, mais c'est difficile. On le croit. Il y avait des témoins, dit-on. Dans un tel cas, on doit croire le témoignage, et accepter de considérer l'œuvre telle quelle. On ne fait pas de recherches pour voir si c'est une blague. On en tient compte, et on se dit que si c'était du faux, cela ne changerait rien. La scène a été créée, et elle vaut quelque chose pour cette raison. Évidemment, dans la performance de Zhu Yu, le fait qu'il ait réellement mangé le fœtus est important, puisque l'essentiel de l'œuvre en question réside dans son extrémisme. Il en parle. Il en témoigne. Le fœtus aurait été fourni par des employés du département de pathologie d'un hôpital. Contre de l'argent. C'est une œuvre réalisée en 2000. Elle s'intitule *Eating people*. Je pense à Betty le temps d'une fraction de seconde.

Après la performance, l'artiste a reconnu avoir vomi deux fois. Pendant qu'il mangeait, il a dû s'arrêter pour vomir, puis il a continué. Il aurait ensuite été aux prises avec de graves problèmes de santé mentale. Mais on ne sait pas trop quels problèmes exactement. Il tient à proclamer son intention de manger des gens, afin de « protester contre le jugement moral interdisant la consommation d'un être humain ». À chacun de ses combats, Zhu Yu rompt alors avec le monde. Et cela le fait se sentir mal. Il n'est donc pas complètement fou. Il s'agit pour lui d'exprimer plusieurs choses, entre autres que l'être humain n'est rien d'autre qu'un simple composé de glucides et de protides. Et pas du tout une créature sacrée. Ce qui importe surtout, pour le monde de l'art à qui il s'adresse, c'est qu'une pareille performance ait pu être réalisée, dans notre société contemporaine civilisée.

La démarche est forte et solide. Un an plus tôt, il s'était fait coudre sur le ventre un morceau de peau prélevé sur le cadavre d'un porc. Cette fois, on ne pourra plus dire du travail des artistes contemporains que c'est élémentaire et que même un enfant de trois ans saurait en faire autant. Si votre enfant de trois ans se met à faire de pareilles actions, vous avez de sérieuses raisons de vous inquiéter. Ces œuvres ne sont pas faciles à réaliser. Ni à reproduire à la maison. Du travail de ces artistes, on ne peut pas dire non plus que cela a déjà été fait, que c'est du déjà-vu, du recyclé.

Me reste-t-il assez de crayons de bois pour terminer mon certificat? J'ai commencé avec une boîte de douze. À cette heure, il en reste six, pas encore entamés. Je les utilise jusqu'au bout. Je les taille souvent. Je pourrai au moins dire qu'il est possible de compléter un certificat universitaire avec une seule boîte de douze crayons de bois Staedtler, munis chacun d'une gomme à effacer, au coût de 2,95 $. Des cahiers, aussi, peuvent être d'une grande utilité. Pour ma part, je n'ai rien trouvé de plus performant que les cahiers Clairefontaine de 96 pages quadrillées, brochées, et mesurant chacun dix-sept par vingt-deux centimètres. Papier dit velouté, 90g/m2, made in France. Prix: 3,26 $ pour les membres de la Coop.

15 novembre. Je rate l'exposition de Damien Hirst à la Galerie de Bellefeuille. Pas le temps d'y aller. Trop à faire. Les journaux en parlent. Ils parlent surtout (encore) de Hirst et de l'argent. On croirait une fois de plus qu'il n'y a que cela qui les intéresse. On entend même des gens le détester à la radio, sous prétexte qu'il n'y a que les fumistes qui arrivent à faire autant de fric avec des choses inutiles. C'est partout pareil. On est évidemment loin de Van Gogh, qui devait manger son chapeau pour survivre. On ne parle tellement que de sa richesse qu'elle devient quasiment elle-même un élément de son œuvre. Un jour, on demandera à des étudiants de nommer une œuvre de cet artiste magistral, et certains répondront : « Heu !... son fric ? »

J'approfondis l'œuvre de Yves Klein, pour le travail final du cours sur l'art de 1940 à 1968. Je fais des recherches d'images. Je lis, pour appuyer mes dires avec des citations. Je choisis la première commande publique remportée par Klein pour le nouvel opéra de Gelsenkirchen. J'ai l'espace de 8 pages de 250 mots, pour expliquer en quoi cette œuvre, composée de 8 gigantesques panneaux, correspond, ou non, aux principes de la peinture moderniste édictés par Clement Greenberg au début des années 60. Je cherche et trouve des images sur Internet, ce qui représente un certain exploit. Je m'habitue peu à peu à télécharger des images, à les reproduire, les agrandir ou les rapetisser sans perdre de leur qualité ; j'apprends à les faire entrer sur une même page, à les déplacer, à insérer des légendes. Je dois tout autant étudier le fonctionnement du logiciel informatique que la matière enseignée.

Je suis stupéfait de lire que, malgré son importance majeure, Yves Klein n'aura travaillé que durant sept années. Il meurt à l'âge de trente-quatre ans, victime de trois crises cardiaques coup sur coup, l'année même de son mariage et de la naissance de son fils, qu'il ne verra jamais. La position de Klein est radicale. En quelques courtes années, il innove et ouvre de nouvelles voies à la pelletée. Malgré sa solitude, il ne se pose pas de questions, ne doute de rien et semble savoir où il veut en venir. Durant le cours du 17 novembre, nous examinons le travail de Jean Tinguely, d'Arman, de Jacques Villeglé et de César. Nous apprenons que la période dite du « nouveau réalisme » s'étend de 1960 à 1963. Puis c'est tout. Trois années seulement ont suffi à produire des travaux que l'on ne pourra plus jamais ignorer par la suite. Vingt années plus tard, des centaines d'artistes prendront appui sur les explorations de ces personnages qui, à l'époque, travaillaient pour trois pelés et un tondu, et ne devaient passer que pour des hurluberlus auprès de leur gérant de banque.

1er décembre. Matin de pluie grisâtre et triste et sombre. Les Mayas, nous rappelle-t-on dans le *Journal de Montréal*, prédisent la fin du monde pour 2012. C'est rassurant. Personnellement, selon mes calculs, la fin du monde a déjà lieu. Elle est partout autour de nous. Il suffit de sortir dehors pour s'en rendre compte. Mais je n'en parle pas trop, pour ne pas effrayer mes contemporains. Je n'arrive pas tout à fait aux mêmes résultats que la prophétie maya. Ni même aux résultats publiés par la firme de recherche Gartner qui, elle, prédit des cyberattaques monstrueuses pour 2015, des agressions informatiques dont les conséquences seront comparables à celles du 11 septembre 2001. Pour la planète dans son ensemble, mais particulièrement pour les pays du G20. Une nouvelle forme d'apocalypse. D'une manière ou d'une autre, le soulagement est proche.

•

Je constate qu'au moment de nous souhaiter de joyeuses fêtes ou de nous dire qu'ils ont été heureux de nous enseigner cette saison, certains professeurs deviennent attendrissants. Ils ajoutent parfois qu'ils ont hâte de nous corriger. Les étudiants ne la trouvent évidemment pas drôle, tellement fâchés qu'ils sont de vivre une fin de session extrême. Ils ne répondent rien, saisissent leur manteau en grommelant, ramassent leurs trucs et quittent la classe au plus vite, laissant le professeur derrière, seul à son bureau, à fermer son document PowerPoint et à éteindre son ordinateur. Étudiants et professeurs, à une semaine de la remise du travail final et de l'examen, ne partagent pas du tout la même ambiance.

Chapitre 6

Cinquième session, hiver 2011

HAR 2810 : *Approches historiques et iconographiques en histoire de l'art* ; mardi matin, 9 h 30.

HAR 2820 : *Approches sémiologiques des arts visuels* ; jeudi matin, 9 h 30.

Hiver du mois de janvier. Il a neigé toute la journée hier, plus une partie de la nuit. Deux cours. Donnés par deux femmes, dont celle qui demande aux étudiants de ne pas arriver en retard, de ne pas sortir n'importe quand pour aller à la toilette, de ne pas parler pendant qu'elle parle et de ne pas bailler non plus pendant qu'elle parle. Tous ces comportements la déconcentrent. Ces deux cours ont lieu dans le même local. Le R-M 530, qui n'est pas très éloigné du R-M 310, est l'une des deux salles de classe où tous mes cours se seront donnés. J'aurai complété mon certificat dans une toute petite partie de l'université, sous la rue Sainte-Catherine. C'est à se demander pourquoi elle est si grande, cette université.

Je reprends plaisir à lire des photocopies. Erwin Panofsky, Michel Vovelle, puis des textes sur les différentes approches en sémiotique. Je ne sais pas si ce programme de certificat finira par m'ouvrir une porte ; une porte de sortie pour échapper à ce sombre avenir qui est le mien. J'imagine que oui. En tout cas, je l'espère.

15 janvier. J'ai le sentiment de piétiner. Ce retour aux études me paraît désormais interminable. Je ne sais toujours pas ce que je ferai de tout ce savoir nouveau, que je continue d'accumuler comme on accumule son bois pour les soirs d'hiver. J'en ai déjà plein les poches, plein les oreilles. Chaque jour, je me remplis de tout un fatras d'informations qui, pour le moment, me fait surtout parler tout seul. Et ma femme ne tolère plus que le garage soit encombré de ce qu'elle appelle des « cochonneries ».

Je n'ai pas le temps d'écrire. Je ne suis pas assez en forme. J'ai mal partout. Je dois le faire quand même, sans quoi toute cette vie n'aurait pas de sens. Il me faut écrire, entre les cours et les devoirs. Avec ou sans motivation. Je prends le temps de me demander si ce n'est pas Prunella qui me manque le plus. Elle n'est plus là dans les cours, plus là à la sortie des cours non plus, pour m'attendre et aller boire une bière. Il était beaucoup plus facile d'écrire quand elle était là, même si écrire me rendait moins disponible. Son existence me stimulait. Il m'arrivait des fois de préférer ne pas la voir, de remettre à plus tard un de nos rendez-vous, pour écrire encore plus fort ce satané *Journal*. Au final, j'étais trop occupé pour elle. Mais sitôt qu'elle disparaissait, dans la brume ou sous un autocar de la Société de transport de la communauté urbaine de Montréal, le désir s'estompait. Tout devenait alors une corvée.

Il me reste deux gros travaux à remettre, puis deux ou trois examens. Ensuite, ce sera le printemps, les fleurs, les abeilles. Je n'aurai plus qu'un cours à compléter pour l'obtention de cet impossible certificat. Je crains un peu que l'histoire de l'art ne me laisse encore plus seul qu'autrefois. Est-ce possible? Est-il possible que je me réveille dans un désert complet, avec une outre et une chemisette légère – tenue parfaite pour bronzer et se refaire une santé –, mais plus un chat dans les parages à qui raconter la dernière expo?

Je tente de me consoler en me rappelant que ce printemps, en mai et juin, j'ai le projet de me rendre encore en Italie, à Venise plus précisément, pour visiter la cinquante-quatrième biennale d'art contemporain. Je profiterai d'un voyage étudiant, au coût de 1 500 dollars, pour y parachever le dernier cours de mon programme (un cours au choix, cette fois) consistant en l'analyse d'œuvres d'art in situ. Ma décision est prise. Tant qu'à faire une analyse quelque part, autant que ce soit à Venise. Nous partirons, une quarantaine d'étudiants et deux professeurs, le temps d'une semaine. Nous serons munis d'un laissez-passer nous permettant d'entrer à la foire en question. La condition : remettre au retour un travail final. Le voyage est précédé de six rencontres magistrales, auxquelles nous devons assister avant le départ. Nous accumulerons ainsi les trois crédits octroyés pour un cours normal. Je me dis que cela conclura magnifiquement mon escapade universitaire. À condition de me rendre jusque-là sans devoir subir une quelconque intervention chirurgicale. Les années passent. Nous vieillissons tous. Vient un moment où les transplantations et les greffes se mettent à faire partie de nos discussions et de nos soucis. Il me faut donc faire vite. Venise et puis mourir.

D'ici là, l'hiver bat son plein. Nous sommes à Montréal. Au Québec. Il fait 13 degrés sous zéro et, il y a deux jours, la température a chuté la nuit jusqu'à 22 sous zéro. Parfois, en milieu de semaine, il m'arrive de me planter à l'agora et de rester figé, presque sans bouger, à attendre que les heures passent. C'est l'UQAM. Les briques rouges, le son de la foule qui se dissipe ou s'amplifie. Je ne fais rien. Je réfléchis. Je n'ai pas envie de manger, pas envie de rentrer chez moi non plus. Je ne veux pas rentrer chez moi. Je reste là. Il fait chaud. Je peux enlever mon manteau, m'asseoir à une table, écouter les autres étudiants parler. Personne ne me demande ce que je fais là. Personne ne me trouve louche. Les gardiens de sécurité m'observent, mais font comme si de rien n'était.

Jeudi 20 janvier 2011. 14 heures. Je rentre en empruntant les souterrains menant à la place Dupuis. Je traverse l'aire des restaurants. Je croise des vieillards assis seuls à une table. Ils sont plusieurs, mais ne se parlent pas. Chacun à sa table, chacun pour soi. Ils font semblant de boire le même gobelet de café pendant des heures. Ils regardent un peu partout. Il y en a qui ont une tuque, de grosses lunettes, un chandail du Canadien. Certains n'ont pas de dents. Ils habitent sûrement dans le secteur, et fréquentent les centres commerciaux pour s'extirper de leur appartement probablement sordide. Dans une foule, ils passent inaperçus. De cette façon, ils ne sont pas si seuls. Ils sont beaucoup plus nombreux qu'il n'y paraît au premier coup d'œil. Inutile de dire que je me reconnais en ces énergumènes. La chose est évidente. Pourquoi pas moi? Je me vois dans trente ans. À ce rythme, ce n'est pas si loin. J'ai déjà la tuque.

Vingt minutes plus tard, je poursuis ma route en direction de chez moi, et je rencontre deux itinérants qui cherchent à me donner un journal gratuit. Itinérants, mais quand même capables de travailler quelques heures par semaine, les heures les plus ingrates, celles du matin quand il fait le plus froid. Encadrés par un programme de l'aide sociale, ils se postent à l'entrée des bouches de métro, devant une SAQ, derrière des portes tournantes. Dans les deux cas, les types chantent. Des airs improvisés. Je me demande pourquoi ils chantent en distribuant le journal; pourquoi ils n'ont pas l'air aussi moroses et catastrophés que les employés de la Société de transport de la communauté urbaine de Montréal, enfermés dans leur aquarium à distribuer des tickets de transport. Je me demande toujours s'ils le font exprès, pour tous nous faire chier, nous qui nous rendons au travail en traînant la patte, sans avoir le choix. Ces deux-là, tout en étant des itinérants, un peu sales et hirsutes, les cheveux un peu gras, ils ont l'air heureux. Par provocation, sans doute. Chacun sa manière de faire de la subversion.

22 janvier. Évidemment, à force de lire de tels articles sur l'art actuel chinois, la nuit dernière, j'ai fait des cauchemars. Pas besoin d'être un enfant pour se laisser impressionner par ce genre de proposition. J'ai passé une nuit difficile, avec de la sueur au front et des maux de ventre. J'ai rêvé que je me rendais dans le quartier chinois, à Montréal, et qu'il me fallait à tout prix me procurer un fœtus sans vie. Je marchais, c'était l'hiver, comme en ce moment. Je devais me méfier des gens à qui je choisissais de m'adresser, pour ne pas éveiller de soupçons. Je me prenais pour un artiste. Je n'avais peur de rien. Quelque chose me poussait à aller jusqu'au bout de ma démarche. J'avançais sur la rue de la Gauchetière. Je reconnaissais les petits restaurants spécialisés dans la soupe tonkinoise.

Le matin, en me réveillant, j'ai l'étrange sentiment d'avoir subi une métamorphose durant la nuit. Je pense à Kafka. Je vois ce rêve comme un message de l'au-delà, une charade qu'il me faut résoudre, une probable réponse à mes angoisses. Ne sachant toujours pas quoi faire de ce certificat, je comprends qu'un songe est venu me visiter, et me présenter une voie de sortie. Il me faut devenir artiste contemporain. Et ne pas faire de compromis non plus. À mon tour, je vais donc opter pour une démarche précise et profanatrice. Quelque chose qui me ressemble. Puisque l'humanité tout entière n'est qu'une fiction.

Tout en buvant mon premier café, assis seul à la table de la salle à manger, je pousse plus loin mon illumination. Je vais refaire la performance de Zhu Yu, ici à Montréal, dans mon appartement. Je vais également prendre des photos, et faire ce que les artistes d'aujourd'hui ont commencé à faire de plus en plus souvent, c'est-à-dire rendre hommage à un artiste respecté. La performance de Zhu Yu date de l'année 2000. Il me paraît opportun de la refaire en ce moment, étant donné la dématérialisation humaine à laquelle nous avons tous assisté dans la dernière décennie, toujours plus aiguë. Mais pour y arriver, vaut mieux agir seul. Je ne peux pas alerter les médias avant d'être allé jusqu'au bout de ma démarche. Je dois attendre que ma femme soit absente et que mes enfants se fassent garder par la mamie pour le week-end. Il me faut également réunir à l'avance tous les éléments nécessaires. Le plus difficile sera évidemment de trouver un fœtus. Un authentique fœtus humain. Pas trop gros, pas trop blanc ni trop gris.

23 janvier. J'entre dans un magasin bondé d'objets hétéroclites, sur la rue Clark. Je m'approche de la dame qui ne comprend ni le français ni l'anglais. Je tente tout de même, comme si je savais que c'était à elle qu'il fallait s'adresser, de lui demander un fœtus, bien frais. Je ne passe pas par quatre chemins. Je suis pressé et motivé. Je me penche vers elle, et murmure le code secret. Surprise, la vieille s'énerve. J'ignore si elle s'énerve en cantonais pinyin ou en mandarin traditionnel. Pas le temps de sortir mon dictionnaire de poche. Elle est tellement choquée qu'elle me crie dessus des phrases indéchiffrables et me tape sur la tête avec un gigantesque wok en acier inoxydable qu'elle gardait caché sous le comptoir – j'ignorais qu'il en existait de si grands. La scène attire l'attention. Les clients de l'endroit s'arrêtent et me regardent. Même le chien cesse de japper. Il est évident qu'ils ont compris. Je dois sortir, me sauver. En me frayant un chemin jusqu'à la porte, je me prends les pieds dans des boîtes de vaisselle et de calendriers, ce qui donne le temps à la vieille de me rattraper et de m'asséner deux ou trois coups de plus. Encore ma tête. Je pense à Prunella l'instant d'un éclair. Voilà ce qui se passe lorsque l'on prend ses rêves pour la réalité. Heureusement que j'ai la tête dure.

Une fois dehors, j'emprunte en courant la première rue sur ma droite. Tous les gens présents dans ce magasin semblaient savoir que ce genre d'articles était bel et bien disponible. Ils n'auraient pas réagi de cette façon, sinon. Ils ont paru outrés, mais ils cachaient bien leur jeu. Il ne faut pas se fier aux émotions, avec les Chinois. Je n'ai tout simplement pas employé la bonne stratégie. Deux secondes plus tard, après avoir fait le tour du pâté de maisons, je descends des escaliers et m'introduis par une trappe, dans la cave du magasin en question. Le magasin de cette même vieille dame qui vient de m'expulser. Je rencontre Zhu Yu. Il me sourit. Je comprends que c'est ici, en fait, à Montréal même, qu'il s'approvisionne en fœtus humains. Sur le marché noir, en payant comptant. Je m'en doutais. Je le savais. Pas besoin de la revue *Inter* pour être mis au fait. Je n'ai probablement pas prononcé le bon code secret, c'est tout. Ou peut-être que c'est parce que je n'ai pas les yeux bridés. Je me réveille quelques heures plus tard, la tête plantée dans un banc de neige. Saucette rafraîchissante. Dans la cour arrière de la Maison Kam Fung. Un restaurant cantonais.

Dans la philosophie entourant la cuisine chinoise, un dicton populaire affirme ceci : « Les Cantonais mangent tout ce qui vole dans le ciel, et tout ce qui marche sur la terre. »

25 janvier 2011. La professeure du cours d'*Approches* est difficile à décrire. Comment décrire un moteur d'avion qui pulvérise une mouette? Elle est vraiment très concentrée lorsqu'elle parle, pour ne pas dire qu'elle est en transe. Elle dit des choses importantes à la pelletée, sans s'arrêter, enchaînant toujours, poursuivant son exposé tout en produisant de la fumée. Les étudiants restent ébaubis. Tous la regardent avec des yeux ronds, figés, incapables d'écrire et de prendre des notes. Elle revient sur ce qu'elle a dit, répète, retourne en arrière, énonce un truc qu'elle développera plus tard... Le type à côté de moi arrive une heure en retard. Il a une casquette, un bout de crayon et un cahier. Je me demande comment il va pouvoir s'en sortir au moment de l'examen. La fille devant moi semble avoir démissionné; elle joue sur son ordinateur à détruire des envahisseurs. Rien de plus élémentaire.

Nous apprenons des choses qui encore une fois bouleversent tout. Nous commençons d'ailleurs à être las des bouleversements. On ne peut quand même pas chaque mois supporter des tremblements de terre, des volcans et des inondations. La professeure nous balance des informations sans faire attention à leur aspect corrosif. Pour elle, tout cela semble normal. Tant pis pour nous. Il nous faut encaisser. Nous avons payé pour cela.

Les autres étudiants m'impressionnent toujours davantage. Trois rangées devant, il y en a un qui dort depuis le début. Un autre joue aux échecs sur son portable. Une autre encore semble se tricoter un chandail de laine. J'en ai compté six ou sept qui sont arrivés en retard, se faufilant à travers les rangées déjà bondées, embarrassés de leurs gros manteaux, leurs sacs à dos, un café dans les mains, la casquette, le portable, le iPad, le iPod Touch, une génératrice à essence sans plomb et divers équipements pour l'escalade. Je crois même en avoir aperçu deux ou trois en train de se faire une fondue bourguignonne, ou une raclette ou quelque chose du genre. Les étudiants d'aujourd'hui sont en dynamite. Ils ont beaucoup de choses à faire et sont très occupés. Rien à voir avec ceux d'autrefois.

23 février. Je sais que cela peut paraître bizarre, mais je me répète encore qu'il me faut m'accrocher. Et terminer à tout prix ce certificat en histoire de l'art. Il me semble que c'est un des derniers obstacles que je dois franchir. Je dors en moyenne entre six et sept heures par nuit. Parfois cinq, parfois quatre, parfois trois. Je ne sais pas pourquoi j'ai autant besoin de me ruiner la santé. Je ne bois pas. Pas plus que nécessaire. Mais j'y pense. Je pense surtout à ce qui pourrait m'aider pour venir à bout de ce diplôme. J'ai hâte de terminer, et de me rendre compte que j'ai réussi. Il m'arrive de penser que je le fais pour mes enfants. Même s'ils ne comprennent rien à ce que je trafique en raison de leur âge. Je me dis que je le fais pour qu'ils soient fiers de leur papa. J'aurais pu escalader des gratte-ciel à mains nues, ou faire de la planche à voile entouré de requins blancs. Mais bon. Je l'ai déjà compris, on ne peut pas être en même temps au four et au moulin.

Je saurai au moins qu'il est plus difficile de se lancer dans les études à mon âge que lorsqu'on a vingt ans. Je n'ai plus vingt ans. Mais j'ai encore toutes mes dents. Je fais des travaux le soir, je fais des travaux le matin. Je lis des textes de Georges Didi-Huberman, de Carlo Ginzburg et de Pierre Francastel. J'imprime. Je corrige. J'achète des cartouches d'encre. Je cherche des images convenables. J'apprends l'existence de feuilles de papier glacé pour imprimer en couleur sans que la couleur soit bue par le papier. Une invention que j'ignorais. Je dois remettre des images impeccables, lisibles et claires.

Il ne me reste au fond que trois cours à compléter. Après, je n'aurai plus aucune raison de revenir sur les lieux de l'UQAM : l'agora, le café Van Houtte tôt le matin, toasts pain blanc et fromage blanc ; le local R-M 510, les escaliers mécaniques, la Coop, le Sushi Shop. Mine de rien, le temps a passé. Je suis content d'avoir réussi à traverser le programme, sans abandonner. Je me dis parfois que je suis fou, étant donné que cela ne me donne rien d'étudier en histoire de l'art. J'aurais pu choisir de faire un certificat en gestion de projet, ou en gestion des relations humaines, et tenter de décrocher un emploi à ma mesure, dans une entreprise où l'on traite bien les employés. Mais non. J'ai choisi d'étudier en histoire de l'art parce que cette matière m'intéressait. Rien de plus spectaculaire. Au moment de faire mon inscription, rien ne comptait davantage. J'y suis allé à fond, comme toujours. Or je sens la fin qui approche. Et je n'en suis pas à mon premier deuil. Les choses aboutissent. Les choses se dénouent. C'est l'épilogue. Le terminus, tout le monde descend. Mais une fois que l'on s'est rendu jusqu'au bout de ses rêves, que se passe-t-il ensuite ?

Je ne m'attends à rien. Je songe pour le moment aux fonctions référentielles, conatives, émotives, emphatiques et métalinguistiques. Je me demande si c'est réellement dans ce créneau que je vais pouvoir transmettre ma passion de l'histoire de l'art. Chose certaine, ce ne sera pas en achetant des tubes de peinture, des chevalets, des fioles d'encre et des pinceaux. Pas avec des cartons, des instruments, des outils, des techniques de séchage, des couleurs en latex, en boîte, en craies, en liquide ou en pâte.

En cette journée ordinaire de février, il ne fait pas si froid. Mais je choisis de rentrer en taxi. 8,25 $. Avec le pourboire. Je suis seul. Je consomme une grande quantité de Tylenol sans regarder les étiquettes. La boîte est rouge. Cela me suffit. Son apparence ne laisse planer aucune ambiguïté. Elle promet des jours meilleurs, et permet de passer à travers les fins de session les plus intenses sans douleurs inutiles. Exactement ce qu'il me faut.

Je ne sais pas ce que les autres étudiants comptent faire de leurs études. Pour ma part, il me reste des enfants à élever convenablement. Il me reste une vie à réussir. Je ne crois pas pouvoir entamer des études de maîtrise en ce moment. Mais ce n'est pas l'envie qui manque. Je ne peux pas obtenir tout ce que je veux. Je me dois d'être un père à la hauteur, et continuer de vivre jusqu'à ma mort. Tout en faisant comme si de rien n'était. Sans alarmer les services d'urgence. Il me faut aussi porter notre automobile au garage, pour effectuer le changement d'huile prescrit. Je ne sais pas quel sera mon avenir. Je n'en discute pas avec ma femme, pour ne pas la tourmenter. Je la laisse autant que possible mener sa vie paisiblement. Mais j'y réfléchis. Que faire de tout cela ? De toutes ces choses qui ne servent à rien et qui n'auront pas l'avantage de m'assurer un emploi stable au bout du chemin, avec des patrons qui m'aiment et qui me croient et qui me font confiance, et qui ont envie de m'octroyer un salaire à la mesure de la confiance qu'ils m'accordent et que je mérite ?

Il serait évidemment plus sage de me mettre au lit, afin de récupérer et de reprendre des couleurs. De bonnes couleurs ; pas les vertes et les jaunes, cette fois. Je me lève tôt pour les enfants et leur école, même lorsque je me suis couché tard la veille. Il me reste encore des examens et des travaux à compléter. Je garde le cap. J'ai mes lunettes, que j'ai recollées avec de la Krazy Glue super strong, mon sextant et quelques cartes topographiques. Malgré mes doutes existentiels, je ne recule pas.

25 février. Je songe toujours à réaliser la performance *Eating People*. Je n'en démords pas. Si mes études ne me permettent pas de faire ce que je veux, alors je n'aurai d'autre choix que de me radicaliser davantage. Cela vaut mieux qu'une tuerie dans une école. Je repars donc en direction du quartier chinois. Je fume des cigarettes, je mange des cacahuètes achetées dans une petite épicerie. J'observe les gens qui sortent de l'hôpital chinois. La plupart des commerces se spécialisent dans l'alimentation et la gastronomie ; il y a par exemple plusieurs petites boutiques où l'on vend des canards laqués à emporter. Je les explore une à une. Je mets ma timidité de côté et commence à oser poser des questions.

Ce n'est pas évident. Je demande à un premier épicier s'il est possible de faire venir de la cervelle de singe par la poste, en espérant créer une connivence avec un commerçant qui reconnaîtra ma passion pour les produits rares et exotiques. L'un d'eux assure pouvoir facilement me trouver des tendons pour la soupe tonkinoise. Il me suffit de les commander la veille. Je peux le faire par téléphone. Mais lorsque je me risque à faire dévier la conversation sur le thème d'un bébé mort, il se referme. Il me regarde sévèrement et je sens que je viens de casser l'ambiance. Il me demande de répéter, car il n'est pas sûr de bien comprendre. Je finis par sortir. La culture chinoise n'est pas facile à pénétrer. Je marche sur Viger, puis tourne sur Saint-Urbain. Je m'en tire, au moins pour le moment, sans coup de wok sur le crâne. Il me faudra bientôt porter en permanence un casque de hockey. J'ai fumé un paquet de cigarettes complet en moins de trois heures. Des Marlborough légères ; le paquet blanc. Je me rapproche de l'hôpital chinois. Je rôde aux environs des conteneurs à déchets. Je me dis que je vais peut-être trouver des restes de quelque chose en ouvrant les couvercles.

J'élimine l'option de retourner dans le sous-sol de la dame où j'ai cru rencontrer Zhu Yu l'autre soir. À bien y penser, je ne sais plus trop si c'était bel et bien lui. Encore étourdi que j'étais, je l'ai peut-être confondu avec autre chose. Une patère ou un mannequin. D'autant que je n'ai aucune idée de la manière dont s'est terminée cette escapade. Je me souviens être entré par la trappe, avoir trouvé qu'il faisait très chaud dans ce sous-sol mal éclairé, puis plus rien. Blackout. Peut-être que la dame m'attendait avec une autre espèce de casserole, en fonte cette fois, et qu'elle a réussi à me faire perdre conscience d'un seul grand coup asséné par-derrière.

Fin février. Bouleversement non anticipé dans le cours de madame H. Je m'en doutais tout de même un peu, mais cette fois, la sentence est tombée. Non. Notre compréhension du monde et de son passé n'est pas aussi simple qu'on le croit. La conception linéaire du temps, comme chez Gombrich, par exemple, est fortement remise en question par d'autres spécialistes. Selon eux, les artistes ne sont pas devenus meilleurs et plus talentueux au fil du temps. Il n'est peut-être pas si vrai qu'ils ont appris de leurs ancêtres, génération après génération, pour parvenir à dessiner de mieux en mieux. Ils dessinaient autrement, plutôt. Et il n'est plus si évident que la Renaissance a été l'apogée et le comble de ce que le talent peut permettre de faire en peinture, même si on l'a long-temps pensé. Cela pouvait sans doute nous arranger. Les primitifs auraient été moins bons dans tout, et plus nous avons grandi, plus nous avons raffiné notre coup de crayon, poussant plus fort, allant plus loin, jusqu'à parvenir au final à voir exploser des gens comme Raphaël et Michel-Ange.

Mais comme souvent avec les théories qui nous convien-nent, notre manière d'appréhender l'histoire de l'art est bou-leversée, et une nouvelle, jusqu'ici dissimulée derrière le rideau, nous est proposée. Jusqu'ici, on croyait qu'une longue période noire, tout au long du Moyen Âge, avait engendré un art qui ne valait quasiment rien, puis qu'une nouvelle ère, celle de la Renaissance, était survenue, où les artistes s'étaient mis à tout comprendre, à véritablement devenir bons, à se fâcher et à tout refaire, aussi bien qu'autrefois, voire en mieux. Cette élucubration ne convient plus. Elle est violemment remise en question.

Il nous faut désormais admettre que les cataclysmes ne se sont pas déroulés avec autant de limpidité. Il y a eu des retours en arrière, des réminiscences, et même des fantômes, refluant depuis des temps immémoriaux. Il y a eu des symptômes, repérés plus tard grâce aux avancées de Freud, qui ont fait dire à d'autres spécialistes que ce que nous faisions autrefois, et qui avait presque subitement cessé d'être illustré pendant longtemps – sur des sarcophages, des assiettes, des tissus et même sur des toiles –, est un jour mystérieusement réapparu. Comme par magie. Certains motifs populaires cessèrent pendant un certain temps de figurer sur les œuvres. Comme une mode qui s'estomperait. Puis, beaucoup plus tard, des siècles plus tard, alors que tout le monde les avait oubliés, ces motifs réapparurent. Sans que l'on sache pourquoi. Sur des assiettes à nouveau, mais encore davantage à travers des reliefs architecturaux. Une manière de dessiner des croix que l'on n'avait plus vue depuis des siècles, une façon de représenter des entrelacements, ou de décorer des tissus. Comme s'ils avaient été refoulés, pour revenir plus tard avec une force décuplée. Une constatation qui a permis à certains autres penseurs de proposer l'idée que l'on ne quitte jamais complètement une manière de faire, pour en adopter une autre, plus adéquate et reposant sur des bases nouvelles et plus modernes. L'Histoire nous montre que plusieurs éléments que l'on considérait morts et enterrés, sont tout à coup redevenus pertinents, réapparaissant comme quelque chose de neuf. Il n'y aurait donc jamais eu sur terre un passé disparu, enseveli sous les barbaries du Moyen Âge, puis remplacé par un présent nouveau, plus parfait. La marche de l'Histoire ne se serait donc pas faite de façon linéaire.

Plus j'étudie, plus il me faut me sentir à l'aise avec le fait qu'il y a plusieurs manières de concevoir l'histoire de l'art. Pendant ce temps, la vie continue. Ma fille la plus grande progresse en gymnastique, la plus jeune a de plus en plus hâte de quitter la garderie pour s'élancer dans le monde de l'école primaire. Elle a hâte. Elle a hâte de rapporter des devoirs à la maison, et de se faire assister par maman ou papa, dans un instant rien que pour elle.

Fin février. Un soir ordinaire. Ma femme est en voyage. Tant pis pour elle. Nous passons une agréable soirée, les enfants et moi. La petite fait un spectacle dans la cuisine, avec de la musique, une chaise et un parapluie. Souper, devoirs, bains, lavage et démêlage de cheveux. Histoires dans le lit, *Benjamin la tortue*, *Benjamin et la gardienne*, *Benjamin va à l'école*, *Benjamin fait sa première dépression nerveuse*; dernier verre de jus, dernier pipi, puis dodo. Rien de bien excentrique. Rien qui ne coûte très cher.

Aux environs du beau milieu de la nuit, lorsque normalement tout le monde est assoupi: rebondissement. Coup de théâtre. Il est trois heures du matin, et je me lève tout endormi pour aller à la toilette. Jusque-là, rien d'anormal. Je me lève souvent la nuit. Pour aller boire quelque chose, me rendormir différemment, replacer mon oreiller. Je ne repense pas aux cauchemars de lorsque j'étais petit. Je me dirige vers le réfrigérateur pour avaler un peu de lait à même le carton. Tout va bien. La maisonnée est particulièrement calme. On peut entendre pousser les plantes.

Sauf qu'en revenant vers mon lit, j'ai le temps d'apercevoir une ombre à travers les vitres de la porte d'entrée. La silhouette d'une personne. Un être humain. Qui ne semble pas être sur le trottoir, mais bien sur le balcon. À cette heure-là, il ne peut pas s'agir du facteur ni d'un témoin de Jéhovah. Je m'arrête un instant, interloqué. J'attends de voir ce qu'elle va faire. On dirait qu'elle se penche, qu'elle farfouille dans ses poches. Je ne bouge pas, pour ne pas que le plancher craque. J'attends. Puis, au bout d'un certain temps, je me décide à faire quelques pas. J'entrouvre les portes de bois séparant la maison du portique, puis j'aperçois réellement quelqu'un sur le balcon. Je prends le risque d'allumer la lumière extérieure, et je reconnais facilement Prunella. Voilà des mois que je ne l'ai pas vue. Que devient-elle ? Mais surtout, que fait-elle là, à une heure aussi indue, sur notre balcon, à attendre je ne sais quoi ?

Une chance que ma femme est encore de l'autre côté du globe. Une chance qu'elle est toujours partie. Et que nos enfants dorment à poings fermés. Au début, je vérifie si elle est seule, et tente de comprendre ce qu'elle est venue faire là. Elle reste immobile. Je remarque que ses vêtements sont déchirés. Il lui est arrivé quelque chose. En tout cas, sa chemise est déchirée. Au niveau du col et puis des manches. Elle pourrait être vêtue plus chaudement pour la saison. Avoir un foulard, je ne sais pas. Je ne la trouve pas très prudente.

Il me passe par la tête qu'elle a peut-être encore quelques sentiments pour moi. Sinon, pourquoi aurait-elle marché jusqu'ici en pleine nuit ? Elle s'ennuie, elle se meurt, elle n'en peut plus de ne pas me voir. Mais j'hésite. Elle ne dit rien. Je m'approche et me manifeste. Elle me voit. J'esquisse un sourire. Mais elle, non. Une porte vitrée nous sépare. Elle cesse totalement de bouger. Je la regarde et ne dis rien. Elle non plus. On se fixe. J'ai une robe de chambre, elle a une chemise à carreaux tailladée. Elle est dehors, je suis à l'intérieur. Elle est une femme, je suis un homme. Après un bref moment d'hésitation, je fais tourner le loquet et ouvre la porte. D'abord un peu, hésitant. On se regarde, mais on ne se parle pas. Je ne sais pas quoi dire. Je reste un peu surpris. Tout de suite après, je perds le fil des événements. Je sais que Prunella pousse sur la porte pour se frayer un chemin jusqu'à l'intérieur. Je remarque qu'elle ne sent pas bon. Je remarque aussi qu'elle a la peau verdâtre. Ou bleue. Je me demande si je dois lui offrir de rentrer, de prendre une douche et de boire quelque chose de chaud. J'ai à peine le temps de m'inquiéter qu'elle me dit qu'elle veut faire l'amour. Plus précisément, elle me dit qu'elle a envie que je la baise ; que je la fourre ; que je la mette ; que je la lime. Elle est vulgaire. Je ne reconnais pas sa voix. Elle utilise des termes que je ne l'ai jamais entendue prononcer. Elle me dit tout cela d'un trait. Et moi, toujours dans ma robe de chambre, je ne suis pas complètement tranquille. Elle est déjà dans le portique. Je ne peux plus retourner me coucher sous ma couette comme si de rien n'était. Elle est entrée. Je sens que je ne dois pas trop la contrarier, pour ne pas créer de remous et réveiller les enfants. Depuis les derniers événements, j'ai un petit peu peur d'elle. Je ne sais pas si elle est armée. Je pense au combiné de téléphone qui se trouve beaucoup trop loin de moi.

Une fois la porte refermée, elle se jette sur moi et m'embrasse. Je fais de même. Je l'embrasse moi aussi. Il me vient l'idée que je suis peut-être en train d'embrasser une zombie. Il me vient l'idée que je suis peut-être en train de me préparer à faire l'amour avec une femme zombie. Sans trop savoir comment se terminent les actes amoureux avec ce genre de créatures : tête coupée, langue arrachée ? Je ne sais pas ce que Samuel Archibald aurait à dire sur la question. Il est trop tard pour le contacter sur son compte Facebook. Je suis dans le feu de l'action. Et donc très seul à devoir tout assumer.

C'est la nuit. Prunella ne fait pas de bruit. Elle ne parle pas. Elle se contente de faire des gestes. Dans le portique, accotée contre les vestes et les manteaux, elle défait ma ceinture pour que je la pénètre. Rapidement. Sans préservatif, cette fois. Je me dis que c'est ce qu'elle veut. Les enfants ne se réveillent pas. Demain, ils iront à l'école, comme d'habitude, chacun avec son sac et son sandwich, fait de pain de blé entier. Comme pour un jour de semaine normal. Je me demande si Prunella va repartir après avoir atteint l'orgasme. Je ne l'entends pas gémir plus qu'il ne le faut, ni respirer plus vite qu'à l'habitude. Je ne me vois pas déjeuner avec elle et les enfants demain matin. Lui demander si elle préfère du pain doré ou des céréales. Le jour se lève bientôt.

Je regrette de lui avoir indiqué où j'habite. D'avoir marché avec elle, comme nous le faisions l'an dernier, main dans la main, jusqu'au coin de la rue de Rouen, de lui avoir montré ma porte, la fenêtre de mon bureau, la clôture pour entrer dans la cour, côté jardin, fermée sans cadenas. C'est quelque chose que je n'aurais sans doute pas dû faire. Et garder tout cela confidentiel. Ma femme, les enfants, notre demeure. Et me méfier des aléas de l'avenir. Téléphoner à ma compagnie d'assurances. Comme tout le monde l'aurait fait dans un cas comme celui-là.

28 février. Il fait encore noir. Le ciel est couvert. Il fait 10 degrés sous zéro. La pression atmosphérique est de 101,5 kilopascals. Les vents venant du sud-ouest filent à trente-huit kilomètres à l'heure. Dans quelques heures commence le cours sur les différentes approches en sémiologie des arts visuels. Je suis toujours en train d'embrasser Prunella, qui en redemande, qui dégouline et qui ne semble pas être pressée de s'esquiver. Son haleine recèle un fumet de soufre, mais quelque chose en elle m'excite. Je n'ai toutefois pas du tout l'intention de l'inviter à dormir chez moi. Comment me débarrasser d'elle sans faire de bruit ? Sans risquer de lui faire pousser des cris de révolte ? Je tente de lui parler, mais elle ne répond rien. Je cherche à la regarder dans les yeux, mais ses cheveux fous recouvrent l'essentiel de son visage. Elle ne semble pas être contre le fait que je la baise de cette manière. Debout. Je reste un peu nerveux et donc sur mes gardes. Elle est peut-être armée. Je pense aux enfants qui me retrouveraient assassiné d'une balle dans la tête en se réveillant.

Je lui demande un peu comment elle va. Si elle compte prendre des vacances cet été. Je lui dis qu'elle a l'air en forme, mais un peu fatiguée quand même. Je cherche à entrer en contact avec elle. Je lui fais un compliment. Je m'intéresse à ses études, mais ne récolte que des grognements. Elle semble au-dessus de toutes ces considérations. Je la trouve très passionnée pour un mois de février. Nous continuons de faire l'amour. Toujours debout. Je farfouille dans ses poches de manteau, voir si je ne trouverais pas une main à moitié grignotée ou quelque chose du genre. Il n'y a pas de sang, et je sais que les zombies se déplacent normalement en groupe. Par la fenêtre de la porte d'entrée, je ne vois personne. Que de la neige qui tombe en tempête.

Finalement, nous terminons de faire l'amour. Toute bonne chose a une fin. Je m'essuie avec la manche d'un anorak suspendu derrière elle. Aucune cervelle n'explose, pas un seul décilitre de sang ne se déverse sur le parquet. Le portique reste propre. Ce qui m'évitera quelques soucis. Nous avons fait l'amour. Et Prunella, après avoir remonté son pantalon, est repartie dans la nuit. J'ai eu beau lui offrir un café, que je lui ai proposé de verser dans une tasse thermos, pour la route, mais non. Elle ne me demande rien. Malgré ses dents jaunies et son air ahuri, elle garde sa dignité des meilleurs jours. Elle trébuche tout de même dans les escaliers et s'effondre sur le trottoir glacé. Un lacet détaché. Elle se relève, secoue ses vêtements, ne me regarde pas et repart dans la nuit. Je la vois s'éloigner, puis passer les feux de circulation de la rue Hochelaga. Je reste immobile plusieurs minutes, la tête collée contre la fenêtre. Elle ne revient pas. Le trottoir est désert. Je suis soulagé.

Je me souviens d'un bout d'article de Pierre Foglia, autrefois, qui disait s'étonner du fait que des gens que l'on avait aimés, embrassés, mordus, caressés, admirés, pouvaient un jour disparaître complètement de notre existence, sans laisser de trace. Comme un coup de vent. Cela ne cesserait jamais de l'étonner, confiait-il. Je me rappelle avoir découpé ce paragraphe, pour le coller dans mon album photo. Tous ces gens que l'on avait aimés, et qui repartaient sans demander leur reste, dans une tempête de neige, ou s'éclipsant au détour d'un coin de rue, profitant du passage d'une parade ou d'un autobus. S'évaporant derrière un feu de circulation.

2 mars. L'après-midi, assis dans mon salon pour étudier, je regarde les chats qui descendent et remontent sans cesse les escaliers de secours. Il y en a des roux, des noirs, des gris, des minces et des gros, des mâles et des femelles. Ils sont mille. Ce sont des chats de ruelle. On peut les entendre se battre la nuit, geindre, se retrouver dans une accolade ou se sauver les uns des autres. Ils ne sont pas toujours contents. Ils braillent parfois leur désir sexuel, et on les entend dans tout le quartier, à cent mètres à la ronde.

Je pourrais faire comme avec les araignées l'été dernier. Acheter des poudres et des poisons. Mais il paraît que c'est interdit par la municipalité. J'ignore à qui ils appartiennent. À mon avis, ils sont célibataires et sans maître. Ils errent de balcon en balcon. Ils ont des territoires. Ils mangent des rats, des oiseaux, des souris, des restes de boîtes de sardines. Ils fouillent dans les poubelles. Je ne vois pas comment les éliminer sans faire d'éclaboussures. Je ne les aime pas. Ils n'ont rien d'attachant. On croirait qu'ils sont fous quand ils nous fixent. Je ne cherche pas à les nourrir ni à leur tendre un bol de lait. Même l'hiver, quand ils me regardent tout maigrelets à travers la vitre de la porte arrière, en grelottant, ils ne m'attendrissent pas.

J'ai pensé à une bombe artisanale, un gaz. Parce qu'ils augmentent en nombre au fil des ans. Ils se multiplient, résistent à toutes les bactéries. Et parce qu'ils n'appartiennent à personne. Si j'avais un jardin, il me serait impossible d'y faire pousser des salades. Mais je n'ai pas de jardin. Et les enfants n'ont jamais réellement voulu d'un carré de sable. Bref, je les observe, je les connais. Ils montent au deuxième étage comme s'ils étaient chez eux. Je ne les ai pas répertoriés. Il y en a qui disparaissent et d'autres qui s'ajoutent. Comme dans la vraie vie. La plupart sont gros et probablement infestés de puces. Les plus malchanceux se font écraser par les camions dans la rue. Ils nous protègent de la vermine urbaine, en échange du vacarme que produisent leurs orgies, l'été, alors que les fenêtres restent ouvertes. Une forme de mutualisme des grandes villes. Un système de solidarité durable entre deux espèces. Je leur pardonne, même s'ils m'énervent. Même s'ils font caca dans les feuilles mortes de ma terrasse en automne.

Toujours début mars. Je me demande si c'est un rêve, Prunella et les zombies. Je me dis que ce n'est pas normal de ne plus déceler clairement la différence entre un rêve et la réalité. Je ne m'y habitue pas. En tous les cas, je ne me suis pas levé le lendemain matin avec l'envie de dévorer mes enfants, pourtant encore tout endormis, appétissants et vulnérables. Elle ne m'a donc pas mordu. Je ne suis pas mort et ne suis pas ressuscité d'entre les morts. Dans le miroir de la salle de bain, je n'ai pas la peau verte, ni bleue. J'ai préparé les lunchs, fait des bisous, et tout paraissait normal. Comme à l'habitude.

Je mastique sans appétit une toast au beurre d'arachide. Ai-je pu rêver cela? Les enfants ne se sont aperçus de rien. Ils ne m'ont pas questionné à propos de bruits étranges entendus cette nuit. Ils sont à l'école, et tout est comme tout était hier à pareille heure. À part la neige qui a cessé de tomber. Prunella a donc préféré me laisser la vie sauve. Un choix qui m'étonne. Mais c'est peut-être pour mieux revenir, accompagnée d'une troupe d'amis, équipée d'une bêche, d'une pioche, d'une scie mécanique. Les études universitaires me rentrent dedans. Ce n'est finalement pas une épreuve qui se franchit sans qu'on y perde quelques plumes. Pourvu que ce ne soit que des plumes. Et non pas des bras, des jambes, des bouts de cervelle.

Je règle la totalité de mon compte étudiant: 674,30 $. Pour deux cours, de treize, quatorze ou quinze périodes.

Cela inclut l'assurance pour les soins dentaires et des examens de la vue que personne n'a jamais demandés; divers frais technologiques; de multiples adhésions obligatoires aux associations étudiantes; des frais de photocopie, d'oxygène et d'assurance contre les assurances. Très pratique lorsque vient le moment de déclencher des grèves.

Si c'est un rêve, je ne le trouve pas drôle. Inutile de mettre cela sur le dos des phénomènes surnaturels attribuables aux fins de session. Celles-ci représentent un obstacle normal. Nous le savons. Comme les pluies diluviennes durant la saison des pluies. Tout le monde y passe. Les riches comme les pauvres. Mais de là à avoir des hallucinations, et surtout à ne plus faire la différence entre un rêve et la réalité, je me dis qu'il y a un monde. Que tout n'est pas dans tout, et que tous les affects ne sont pas équivalents. Il y a peut-être lieu de s'inquiéter. Mais je ne sais pas à partir de quel moment il faut tirer la sonnette d'alarme. Impossible d'en parler à qui que ce soit. Dans le portique, équipé de notre aspirateur, je n'ai pas retrouvé la trace du condom utilisé pendant la nuit. Ni celle de son enveloppe. Suis-je fou? J'engloutis trois cachets d'Aspirine, poussés dans le fond de ma gorge par un demi-verre d'eau. Je me rappelle subitement que je n'ai pas utilisé de préservatif. Nous sommes allés trop vite. Nous n'avons pas fait attention. Je me sens soulagé. Mais je me demande si une zombie peut tomber enceinte, ou transmettre des maladies vénériennes. C'est idiot, mais je ne crois pas avoir déjà lu un livre traitant de ce sujet.

Dans l'ensemble, je me sens mieux. Je mange. Je dors. Je ne consomme rien qui puisse m'endommager les neurones. Je me tiens loin des bidons d'essence et n'écoute la télé qu'avec modération. Pas d'overdose à l'horizon.

Quelque part en mars. Soir de pleine lune. Je retourne dans le sous-sol de la vieille Chinoise du quartier chinois. C'est toujours aussi facile de s'y glisser. Il n'y a même pas de verrou. Le commerce est ouvert. Il y a de la lumière. Je vois des gens à l'intérieur. On entend de la musique. Cette fois, j'ai apporté une lampe de poche et des piles neuves. Je regarde où je pose les pieds, afin de ne pas faire dégringoler des étagères entières de bouteilles de sauce piquante ou d'autres produits fins. Je vois des congélateurs endormis au bout de la pièce. Je m'en approche. Il faut quand même du courage pour avancer dans ce capharnaüm. Je suis mû par une franche détermination. Je me sens fort.

Zhu Yu explique qu'en transgressant le tabou du cannibalisme, c'est la définition même de l'humanité qui est remise en question. Il déclare : «Un humain n'est-il pas simplement qu'un assemblage d'hydrates de carbone ?» C'est une façon de voir qui me rejoint. Ce soir encore plus que la semaine dernière. Je commence à croire que j'ai vraiment raison de lui rendre hommage, et de reproduire le plus fidèlement possible sa performance. Je m'avance donc vers les congélateurs. La vitre est givrée, mais une lumière bleutée me permet de déceler des paquets à l'intérieur, tous de taille identique. Emballés dans du papier brun ciré. J'ai le cœur qui bat de plus en plus vite. Ma lampe de poche tient le coup. J'ouvre doucement la porte coulissante, puis m'empare de deux de ces paquets, que je dépose sans bruit dans mon sac à dos. C'est presque trop facile. Je n'ai plus qu'à faire attention de ne pas m'enfarger en regagnant la sortie. Je panique un instant lorsque je me rends compte que je ne sais plus si je suis arrivé par la droite ou par la gauche. Il ne manquerait plus que je me perde dans cette cave. Et que je meure de faim au bout d'une semaine. Je sais que des souterrains permettent de passer d'un commerce à l'autre, sans qu'il soit nécessaire de remonter à la surface. Le tout a des allures de labyrinthe. Pas envie de dormir ici. Les paquets vont rapidement commencer à décongeler. J'aperçois la trappe menant à l'extérieur. Elle est toujours entrouverte, mais quelqu'un a retiré la petite échelle. Une personne est donc passée par là, juste après moi. Mon sang ne fait qu'un tour. Toutes les idées de la philosophie bouddhiste me passent par la tête en une minute. Je vois le film de ma vie se débobiner : ma mère, mon père, un berceau, notre première automobile. S'il m'arrivait de mourir ici, personne ne me retrouverait. Des cuisiniers chinois me hacheraient en petits morceaux de deux ou trois centimètres, et me transformeraient en général Tao. Dans une sauce au ketchup sucrée. Avec du riz blanc et des légumes vapeurs.

Je m'extirpe finalement de là sans trop de difficultés. Même pas besoin d'échelle. Je me hisse grâce à la simple force de mes avant-bras. La lampe de poche entre les dents. Plus de peur que de mal. Rue Brady, il n'y a presque plus un chat passé dix-neuf heures. Ça y est, je suis à l'extérieur. J'ai toujours les deux paquets avec moi. Je me dis que deux fœtus valent mieux qu'un. Je pourrais rater la cuisson du premier. Je n'ai pas l'habitude avec la chair humaine, et ne serai pas mécontent de pouvoir me reprendre au besoin. Aucun livre de recettes ne pourra m'aider. J'ai hâte d'arriver.

Une fois à la maison, je pose les paquets sur la table. Les enfants sont absents. Tout le monde est parti patiner au parc Lafontaine. Il est vingt heures. Il n'y a pas d'école demain. Je retire mon manteau, m'assois sur une chaise. Je regarde les paquets avant de m'en approcher. Je les tourne pour voir de quelle façon l'emballage est ficelé. J'ai envie de m'avancer dans mon projet. Je ne ferai rien cuire ce soir (il me manque les échalotes), mais je veux savoir à quoi ressemble la prise avant de procéder, savoir s'il s'agit d'un fœtus d'origine africaine ou celui d'un handicapé. Je ne voudrais pas m'empoisonner en avalant un avorton porteur d'une maladie congénitale grave. Je pense qu'il me faut également acheter les légumes nécessaires pour faire une mirepoix. J'irai demain. Les supermarchés sont ouverts jusqu'à dix-sept heures.

Je saisis mon couteau suisse. Je remarque qu'il n'y a aucune écriture, aucune étiquette collée sur les paquets. C'est bon signe. J'ouvre le premier avec facilité, faisant glisser la lame du bas vers le haut. Je suis tout excité mais tout à coup, pris de stupeur, je m'aperçois que le contenu ne ressemble pas du tout à de l'être humain. Il s'agit plutôt de quelque chose de beaucoup plus commun : des crevettes séchées congelées. Je m'empresse de poignarder le deuxième paquet : même chose. Des crevettes. Je m'effondre sur une chaise. Comment ai-je pu me faire avoir de la sorte ? Et d'abord, qu'est-ce qui a pu me faire penser qu'il s'agirait de fœtus avortés ? Dans quel recoin ai-je donc pêché cette certitude ? Je me rappelle avoir vu le congélateur au bout de la pièce. Avoir eu peur des coups de wok géant assénés par-derrière. Et avoir voulu faire vite. Être entré dans un état de concentration total. M'être senti capable de tout, comme d'égorger des Vietnamiens dans la brousse à l'aide d'une simple brosse à dents. Être sûr et certain de ce que j'étais en train de faire. Content d'avoir trouvé le jackpot dès ma première visite.

Vraiment pas si facile qu'on le pense, de faire de l'art contemporain. Vraiment plus compliqué qu'il n'y paraît. À présent, me voilà encombré d'un peu plus de quatre kilos de crevettes asiatiques. Que vais-je donc encore dire à ma femme ? Qui a l'habitude de m'entendre baragouiner des histoires improbables lorsque vient le temps de justifier mon emploi du temps, et qui ne pose plus de questions afin de ne pas me voir patiner pour rien. Ni elle ni les enfants ne comprendront pourquoi nous allons devoir manger des plats de crevettes pendant plus d'un mois. En attendant, j'entrepose le tout dans le congélateur, par portions de 500 grammes dans des sacs Ziploc.

Moi qui me cherchais une nouvelle voie d'avenir, un autre métier, une nouvelle identité, voilà que mes projets sont en train de tourner court et de tomber à l'eau. Je verse une larme de frustration. Je me lave les mains. Puis je ressors me louer un film au dépanneur. Une comédie sentimentale.

Toujours début mars. Je n'ai pas de nouvelles fraîches de Prunella. Avec le temps qui passe, je me rends compte que je ne la connaissais pas si bien. Connaît-on jamais les gens que l'on côtoie ? Son passé, sa jeunesse, sa petite enfance. Je ne sais pas si elle est heureuse, si elle a obtenu des augmentations de salaire à son travail. Je ne sais pas non plus si elle est morte. Aucun de ses amis ne me connaît. Je n'ai jamais rencontré ses proches non plus. Personne ne penserait à me contacter pour me tenir au courant en cas de problème. Pour m'apprendre qu'elle se porte mieux ou qu'elle a eu un accident. Personne de son entourage ne sait que j'existe. J'ignore si elle est partie vivre à l'autre extrémité du Canada. Planter des arbres, semer de fleurs, remuer des sables bitumineux. J'espère qu'elle est heureuse. Je sais qu'elle a déjà fait l'amour dans un arbre, avec son chum de l'époque. Celui qui est mort d'une overdose. Je sais qu'elle collectionnait les trucs et les conseils pour éviter d'avoir la gueule de bois le lendemain d'une veille, et rentrer au travail comme une lettre à la poste, sans que le patron se doute de quoi que ce soit, insistant frénétiquement sur le chewing-gum à la menthe verte. Il m'arrive de m'ennuyer de ses réparties, de son sens de l'humour. De son envie d'être avec moi. Son regard, sa manière de bouger et de s'attacher les cheveux.

Je me sens bien seul avec Panofsky et sa méthode fondée sur l'érudition. Sa façon de tout saisir et de tout comprendre. La professeure nous introduit ce matin à la pensée de Georges Didi-Huberman, qui remet lui aussi encore tout en question. Mais brillamment, sans exagérer. Ses textes sont faciles à comprendre. Je vais de toute façon devoir les lire pour l'examen final. Je préférerais ce matin avoir tout simplement pour mission de décrocher la lune. Peu importe le prix, il me semble que le projet me paraîtrait cent fois plus simple. Plus simple que de retourner me chercher un deuxième café géant.

8 mars. Pour mon travail de sémiologie, je choisis une œuvre des artistes Pierre et Gilles. Une œuvre éphémère, installée à l'intérieur de l'église Saint-Eustache de Paris, alors en rénovation. Comme on se trouve dans le domaine de la sémiologie, il n'y a pas de saturation quant aux interprétations possibles. Il est avant tout question de savoir soutenir ce que nous avançons. Toutes les idées qui nous viennent se valent. Il s'agit de voir si nous sommes aptes à les étayer. Quel que soit notre délire, notre capacité à le défendre devra transparaître dans notre travail. Pas la peine cette fois de perdre notre temps sur les notes de bas de page et la bibliographie. L'essentiel est de faire preuve d'une certaine aisance pour décrire et évaluer les différentes fonctions intégrées durant le cours, et pour les hiérarchiser convenablement. Au premier regard, l'enjeu paraît trop simple. Il doit y avoir anguille sous roche. La chargée de cours ne semble pas nécessairement facile à berner, même si elle insiste pour nous accorder toute la liberté du monde quant à notre analyse. Avec ses cheveux noirs et son petit air mesquin de rat d'égout, je n'ai pas tendance à lui faire confiance. « Allez-y, mais soutenez ce que vous dites, et soyez à la hauteur de vos affirmations. » En sémiologie, tout est possible et tout est permis. Pas facile d'être rigoureux en pareilles circonstances.

9 mars. La nervosité est palpable. Mouammar Kadhafi continue de faire la sourde oreille. L'orgueil assumé qui le soutient risque de ne pas lui permettre de voir venir la prochaine année. Bernard-Henri Lévy s'excite dans le désert avec sa chemise toute propre, sa maladie mentale et ses souliers vernis. Ma femme et mes enfants passent le week-end dans un chalet, dans la région de Sutton, avec des amis fiables et dignes de confiance, bien à l'abri. Ils n'auront guère besoin d'être évacués en cas de conflit nucléaire. Là où ils sont, ils font du surf des neiges et des randonnées sur les sentiers du zoo de Granby. Pour aller observer le gros ours triste et polaire dans sa tanière. De même que le gros gorille dépressif, qui vomit toute la journée et remange à répétition le fruit de ses régurgitations. Sans esquisser le moindre sourire ni manifester la moindre joie. Tout le monde est fasciné par son comportement. Les enfants se baignent dans des spas surchauffés et mangent des crêpes au sirop d'érable le matin. Ils peuvent très bien se passer de moi. Là où ils sont, avec leurs tuques et leurs mitaines, aucun prédateur ne les trouvera.

Papa reste seul à la maison pour se consacrer à ses devoirs et ses leçons. Papa, de toute façon, n'aime pas les spas et déteste les crêpes.

16 mars. Fin de la semaine de relâche. Les étudiants reviennent bronzés. Ragaillardis. Cuba, Venezuela, Costa Rica. Aucun ne semble avoir lu à s'en rendre malade. Ils ont plutôt l'air reposé. Ils ont fait du ski et de la planche à voile. Ils parlent de plages et de buffets d'hôtel.

Il m'arrive encore de me poster à l'agora avec mon portable. De choisir une table où me brancher, et d'attendre. Sans rien faire. En appréciant tout simplement l'ambiance et le paysage. Je travaille. J'écris. Je regarde les gens qui passent et qui déferlent. J'apprécie les derniers instants. Je me dis que je n'en ai plus pour très longtemps. Quelques semaines, et il me faudra nécessairement penser à autre chose. Terminés la vie étudiante, les frais de scolarité, les grèves, les fins de session, les travaux parachevés sur les chapeaux de roue. Mi-juin, début juillet, si tout se déroule comme prévu, j'aurai remis mon dernier travail, et terminé mon dernier examen. Je suis déjà nostalgique.

Environs du 17 mars. Je me cherche toujours un avenir. Je regarde distraitement les offres d'emploi du journal *Métro*. Je pense encore beaucoup aux années qu'il me reste à vivre. Je ne suis plus en âge de compter sur mes parents pour régler mon compte d'électricité. En attendant, je me rends à la rencontre organisée pour les étudiants intéressés à poursuivre leurs études au deuxième cycle. Ceux qui souhaitent faire une maîtrise, parce qu'ils n'ont rien de mieux à faire. Parce qu'ils n'ont pas envie d'aller tout de suite vendre des burgers ou des milk-shakes. Avec un chapeau de carton sur la tête. Pendant cette rencontre, deux grandes filles énergiques et souriantes nous informent qu'il faut déposer un projet de recherche avant telle date. Elles ne disent rien à propos des étudiants qui se considèrent déjà fous. Elles ne semblent pas inquiètes. Il s'agit d'une réunion sérieuse. On nous distribue des documents photocopiés. Les candidats présents sont nombreux. Plusieurs ne sont venus que pour tâter le terrain. J'écoute. J'hésite. Après tout, je ne suis toujours pas mort. Il me vient quelques idées, mais il m'apparaît clair une fois de plus que ce n'est pas du jus concentré d'uranium qui me coule dans les veines. Au bout de la table, une grande fille aux cheveux roux regarde son téléphone.

Pour être admis à la maîtrise, il faut savoir où l'on s'en va. Avoir un plan, un corpus bien délimité, un intérêt construit et défendable, de même qu'une question. Les motivations expliquant le choix du sujet sont aussi bienvenues. Il nous faut également convaincre deux professeurs de rédiger pour nous une lettre de recommandation. Rien n'est gagné d'avance.

17 ou 18 mars. Je me demande si je ne suis pas en train de mourir. Peu à peu, comme meurt un vieux fond de veau sur le rond arrière d'une cuisinière, à petit feu. Oublié tout un après-midi durant. Comment le savoir? Jusqu'ici, malgré les embûches incessantes, je n'étais pas du genre à m'attarder à la dimension tragique de la fin des choses.

La professeure du cours d'*Approches* parle vite. Elle nous garroche de la nouvelle matière à coups de canon à eau, comme s'il ne s'agissait que d'un dessert facile à déguster. Elle ne fait pas attention. Elle manque de tact et de délicatesse. Elle fait comme si tout le monde était dans le coup. Elle ne nous demande pas si tout se passe bien, si nos crayons sont bien taillés ni si un membre de notre famille est décédé pendant la relâche. Elle file à toute allure. Il lui reste un million d'idées à nous transmettre. Inutile de pleurnicher. Mieux vaut songer tout de suite à l'examen final. Mieux vaut regagner rapidement nos pénates. Et nous pencher assidûment sur nos piles de cahiers.

J'entame avec curiosité le livre *Ma vie, mes folies* de Peggy Guggenheim. Ses amants, ses chats, ses maisons et ses autres frasques typiquement de son époque, partagées avec d'autres personnages riches et sans importance. Mais rien de plus. Je ne le termine pas. C'est un livre mauvais. Une compilation d'anecdotes dépourvues d'intérêt. Je visite l'exposition du moment au Musée d'art contemporain. Mis à part la présence d'une œuvre mineure de Christo, je reste sur ma faim.

Je me redis parfois que j'aurais vraiment aimé donner des cours de psychologie au cégep. Fondamentalement, c'est ce que j'aurais aimé faire. Et profiter bien sûr de l'occasion pour y parler de psychanalyse. Comme si de rien était. Comme moi seul sais le faire, avec toute la passion qui me caractérise lorsque je parle de psychanalyse. Comme on applique une pommade après une grosse journée de ski. Mais cela ne sera jamais possible, compte tenu de mes diplômes. Je connais des gens qui ont la chance d'avoir des postes dans des départements de psycho et qui détestent leur travail et qui de toute façon sont cons comme des manches à balais. Je pourrais peut-être à la rigueur enseigner le français ou la littérature française et québécoise, mais ces matières me laissent de glace. Même si je suis un écrivain. Pas le désir d'évoquer l'œuvre d'Hubert Aquin ni de parler de *Menaud, maître draveur*. En tout cas pas assez pour parvenir à attiser l'intérêt des étudiants qui ne demandent qu'à être transportés vers de nouveaux horizons.

J'aurais voulu enseigner Charcot, l'hystérie, l'invention de l'inconscient. J'aurais voulu enseigner les débuts de l'humanisme, et expliquer son incidence sur la vie de maintenant. Je continue de faire des études, d'augmenter mon bagage et d'emmagasiner des connaissances sans compter. Mais je vieillis. Je me demande à quel moment on sait qu'il est définitivement trop tard. Trop tard pour me faire embaucher dans un collège d'études générales et professionnelles. J'ai des regrets. Malgré toutes mes précautions, j'ai des regrets.

Je sais comment écrire. Comment parfaire une dissertation et comment lire un livre dans son entier. Je sais écouter une personne qui me parle avec franchise. Je suis capable d'intervenir dans des cas de suicide, de me débrouiller lors d'un délire paranoïaque et je ne crains rien d'une crise d'angoisse spectaculaire. J'ai de l'expérience. Et de la passion au point de pouvoir en revendre à quiconque se montre intéressé. Mais tout cela ne me sert à rien. Je ne suis pas une victime. J'ai fait les choix que j'ai faits. J'ai écrit des livres et conduit mes enfants à l'école tous les matins. J'ai aimé et admiré ma femme. Je suis quelquefois passé à la télévision pour y défendre des idées corrosives. Mais pour le moment, à l'heure qu'il est, je n'enseigne pas. Je ne transmets rien de ce que je sais. J'aurais sans doute été très bon. J'aurais sans doute pu réveiller les étudiants les plus endormis, ceux qui préfèrent s'asseoir au fond de la classe. Cela n'arrivera pas. Car on ne peut pas tout faire. Même si la foule entonne que c'est dommage, que c'est peut-être du gaspillage et du gâchis, cela ne change rien. À ce point décisif de la prise de conscience, il ne sert plus à rien non plus d'espérer jouer de la flûte dans les corridors du métro.

19 mars. Je reçois sur mon compte Gmail un message inattendu de Prunella. Elle voudrait que l'on se voie. «Allô! Bonjour! Que fais-tu? Je pense à toi, j'ai rêvé de toi...» Elle a l'air de bonne humeur et parle du temps qui arrange bien les choses. Pas un mot sur la nuit de l'autre fois. Les cadavres, les odeurs, le portique, rien. Nada. Comme s'il m'était vraiment proposé de penser que j'ai tout halluciné. Surtout que je n'ai pas revu de zombies depuis. Ni au parc Baldwin, ni à la blanchisserie et encore moins à la fruiterie de la rue Mont-Royal. Je pense au titre du livre de Harold Searles que je n'ai pas lu: *L'effort pour rendre l'autre fou.*

À froid, je ne suis pas certain d'avoir le goût de lui répondre ni de la retrouver à l'agora pour un dîner. Je préférerais qu'elle me dise tout de suite si elle projette de m'embrasser, ou de me fracasser sur la tête quelque chose qui serait encore plus dur que des bouteilles de bière. Une enclume, une brique ou un piano. Mes points de suture viennent à peine de fondre. Il me reste une bosse dans les cheveux, qui ne semble pas à la veille de disparaître complètement. D'autant que cette semaine, sur les lieux même de l'agora, se déroule une collecte de sang bien frais. Du rouge ou du bleu, tout est accepté. Pour aider les autres à vivre et à survivre. Les plus mal en point de notre société. Ceux qui vivotent. Qui patinent entre la mort et la vie. Des pancartes indiquent en détail la marche à suivre. L'emplacement déborde de civières et d'infirmières. Tout le monde est très gentil. Il suffit de laisser son nom et d'attendre son tour. Il y a des seringues toutes neuves à volonté, des beignes et du café à la sortie.

22 mars. Je sens le moment de conclure pointer le bout de son museau, tel que je l'avais pressenti. Encore quelques travaux, puis deux ou trois examens. Salut. Merci. Danke schön et sayonara. Bulletin. Diplôme livré par la poste. Et puis c'est tout. Après tout ce mal, la sueur et les vertiges, cela me fait tout drôle. Je ne reviendrai probablement plus jamais à l'UQAM. Plus aussi souvent, du moins. Et pas nanti de la même mission. Je me sens loin de cet après-midi de décembre de je ne sais plus quelle année où, presque naïvement, je suis venu déposer ma demande d'inscription au bureau du registraire.

J'aurai complété les neuf cours obligatoires. Les cours les plus exigeants du programme. J'aurai marché des kilomètres et perdu du poids. Tout le monde m'aura parlé de ma perte de poids de ces dernières années. J'aurai fait des travaux et appris à faire des travaux. Cela ne m'aura pas fait de mal. J'aurai rencontré Prunella Vulgaris, et serai presque allé jusqu'à l'aimer. Comme on aime une maîtresse inespérée. Dans les sapins du cégep du Vieux. Sur une table à piquenique. Serrée contre moi, respirant son cou et ses cheveux rouges. Dans les toilettes des filles. Plaquée contre le miroir. À l'insu de ma femme et de ma famille, qui ne se rend jamais compte de rien. À cause des jouets, de la télévision le soir et de l'Internet qui nous subjugue.

Je n'aurai plus de raison de commander des toasts et un café aux deux madames qui grognent tout le temps. Qui sont chanceuses de faire ce qu'elles font et qui ne le savent pas.

Un café grand format, pour me rouvrir les yeux et les oreilles avant le début des cours.

J'aurai écrit à Prunella. Elle m'aura attendu, assise sur un banc. Souvent pour rien. Ma femme se sera inquiétée. La Chinoise du dépanneur aura été contente de me voir. J'aurai pensé que son sourire était un sourire sincère. Betty n'aura plus jamais donné de nouvelles. Je me serai demandé quoi faire de mon existence. Sans doute un luxe à l'âge que j'ai. J'aurai voulu n'avoir que l'envie d'être bien, et de lâcher prise. Ne plus rien désirer pour me contenter sagement de ce que j'ai. Prunella m'en aura un jour voulu de ne plus chercher à l'emmener dans les branches des gros sapins gris.

J'aurai tout de même choppé une improbable mononucléose, abandonné un cours en milieu de session et compris comment construire une bibliographie correctement. J'aurai touché pendant quelques semaines l'assurance chômage. Le temps d'un hoquet. Pour dormir et me reposer 20 heures par jour, dans des couvertures que j'aurai repoussées, puis reprises, puis enlevées, puis reprises, un ventilateur dirigé sur moi en permanence. J'aurai été l'heureux propriétaire de deux escargots nettoyeurs. Un agent de police en fonction aura connu la mort à cause de moi. Dieu ait son âme. J'aurai reçu au total vingt-huit points de suture, mangé de la poussière, regardé la machine à caca faire un caca en live, eu des hallucinations et souffert du syndrome de Florence.

Je recharge ma carte Opus : 22,50 $. Je m'arrête pour engouffrer tout rond un poulet portugais, avec des frites et de la sauce piquante. Rue Ontario, coin Dorion. J'ingurgite en même temps la carcasse et les ustensiles. De même que la bouteille de sauce piquante avec son bouchon. Le serveur semble étonné. Mais il ne dit rien. Il n'ose pas intervenir. Le client a toujours raison.

24 mars. Je récolte un maigre B pour mon travail de sémiotique sur Pierre et Gilles. Ce n'est pas injuste. Je ne fais pas
pitié. Je peux avouer sans difficulté avoir bâclé ce travail. Je
ne sais plus pourquoi. Trop de trop, comme d'habitude.

Court instant de déprime tout de même. Je me dis que le
monde n'est pas pour moi. Je me dis que la vie n'est pas pour
moi. Je me dis que je ferais peut-être mieux d'aller dormir.
Pour une décennie au minimum. Mais une fois emmitouflé
dans mon grand lit, je n'y parviens pas. Tant pis pour moi.
J'ai littéralement chié ce dernier travail de sémiotique. Je
sais que j'aurais pu faire mieux. Mais je ne l'ai pas fait, pour
mille et une raisons. Toutes des raisons qui ne sont pas de la
faute du voisin.

Que les professeurs restent sévères dans leur façon de
corriger prouve le sérieux de leur posture et atteste de la qualité de ce programme en histoire de l'art. J'ai rédigé ce travail
alors que j'étais complètement soûl. Je m'en souviens, maintenant. Je l'avoue. Je m'étais enfermé dans la cave afin d'être
tranquille. Les correcteurs ont dû s'en rendre compte. Mes
arguments étaient bons, mais la syntaxe et l'enchaînement
des idées ne correspondaient pas à ce que l'on pouvait trouver de mieux sur le marché. C'était mal écrit. Je ne vais pas
aller me plaindre au secrétariat du Département ni pleurnicher contre les injustices de notre monde contemporain. Je
suis l'unique responsable de ce naufrage. Il n'en tenait qu'à
moi de faire mieux. Je n'avais qu'à faire du Pilates et des

étirements dans des espaces surchauffés, et prendre tous les moyens mis à ma disposition pour obtenir de meilleurs résultats.

25 mars. En ce mois de mars printanier, il ne me reste que deux examens, puis un travail de session portant sur les différentes représentations de la fin du monde, pour le cours d'*Approches* de cette professeure boostée au nucléaire. Ensuite, ce sera l'été. Encore une fois, comme tous les ans. L'été et ses vacances bien méritées. Le travail consiste à comparer la fresque du *Jugement dernier* de Michel-Ange, située sur le mur du fond de la chapelle Sixtine, avec une illustration contemporaine mettant en scène la fin des temps. Celle qui est annoncée par les Mayas pour décembre 2012. Cette illustration est tirée de l'affiche d'un film. On y voit un homme seul, de dos, errant à travers les ruines d'une ville, entouré de carcasses d'automobiles calcinées, sous un ciel noir et fumant.

Je continue d'étudier. Pas question de lâcher le câble. Décembre 2012. Cela ne nous laisse que très peu de temps. Tout juste ce qu'il faut pour rembourser mes dettes courantes – électricité, téléphone, taxes et hypothèque – une dernière fois avant de sombrer. Avant que la Terre ne disparaisse, ensevelie sous les flots, avant que les arbres n'explosent et que nos enfants ne s'adonnent au cannibalisme des derniers jours. Programme on ne peut plus enlevant. Mais au moins quelque chose de beau. Avec du orange et du brun.

29 mars. Ce n'est pas encore fini. Nous aurions préféré nous détendre un peu, mais non. Le cours de madame H. de ce jeudi matin ajoute encore une fois un élément nouveau. Un élément qui nous incite à penser différemment. Comme si chaque fois que nous pensions détenir la recette parfaite de côtes de porc au barbecue, quelqu'un venait tout remettre en question en nous présentant un nouvel ingrédient. Elle propose l'idée selon laquelle les œuvres ne seraient peut-être pas exactement le reflet de leur époque, mais qu'elles seraient plutôt instigatrices de quelque chose. Ce qui veut dire que ce n'est pas en étudiant des œuvres que l'on pourrait se renseigner sur l'époque qui les a produites. Non. En fait, selon ce que nous présente madame H. ce matin, il est désormais possible d'envisager que c'est plutôt une œuvre donnée qui fait se déclencher ce qui se passera par la suite. L'œuvre serait donc instigatrice du futur imminent. Cela revient à affirmer que les artistes sont en avance sur leur temps. Que si l'on fait des films sur la conquête de l'espace, c'est que celle-ci aura sous peu bel et bien lieu. Et que si l'on se permet d'écrire des livres sur la fin du monde, ou de faire des œuvres qui la représentent, c'est peut-être effectivement parce que celle-ci est à nos portes. Non pas parce qu'elle est inévitable, et que les artistes s'en sont rendu compte avant tout le monde, mais parce que des œuvres ont été produites à ce sujet. Comme si les œuvres, une fois créées, permettaient à la chose de se réaliser. C'est un concept abstrait et

difficile à digérer, mais qui ne laisse personne de marbre. Même le type à casquette qui dort tout le temps n'en revient pas. Il est en nage. Décidément, une fois de plus, madame H., malgré les températures plus clémentes du printemps, ne nous accorde aucun répit. Tous les étudiants ont hâte que le tourbillon se calme. Plusieurs sont absents.

Cela me fait penser à l'œuvre de Freud, pour ne nommer que celui-là parce que je le connais bien. Est-ce que Freud a su lire mieux que ses contemporains l'époque qui se réalisait pourtant sous les yeux de tous, ou est-ce parce qu'il a dit ce qu'il a dit que le siècle en a été changé ? Est-ce que c'est Nietzsche qui a fait que Dieu est mort ou est-ce que c'était parce que Dieu était mort, ou en train d'agoniser, que Nietzsche, dans un sursaut de lucidité, s'est permis de l'énoncer ? Selon la théorie de madame H., ce serait ces penseurs qui auraient tout changé. Ce serait de leur faute. Ils en seraient les responsables. Sans leurs écrits, qui ont fini par dire ce qu'il aurait peut-être mieux valu garder refoulé, le monde aurait-il emprunté une autre direction ? Impossible de trancher. Puisque le mal est fait. Et que l'histoire que nous connaissons bien ne revient jamais sur ses pas. Inutile de spécifier que le concept est à prendre au sérieux.

Si Freud n'avait pas existé, aurait-il autant été question de l'inconscient et de ses avatars ? Et aurions-nous parlé de la même manière de sexualité infantile, d'homosexualité, d'orgasme féminin et de satisfaction sexuelle ? Y aurait-il tout simplement eu un autre bougre, ailleurs, dans une autre ville, pour constater les mêmes évidences ? Jusqu'à oser les énoncer dans des livres ? Ou est-ce que c'est Freud qui, en rédigeant ses écrits, à l'encre de Chine et à la lumière d'une lampe à l'huile, dans son bureau de la rue Berggasse à Vienne, tandis que sa femme Martha lui préparait de la goulash au paprika dans la pièce d'à côté, est venu fucker la vie psychique de tout l'Occident du vingtième siècle?

Oscar Wilde disait : « Avant Turner, il n'y avait pas de brouillard à Londres. » Est-il raisonnable d'imaginer que c'est à cause de Turner qu'il y a désormais du brouillard sur Londres? Qu'a-t-il voulu dire par là? Les Londoniens n'avaient-ils tout simplement pas remarqué, avant ce peintre, qu'un épais brouillard assaillait constamment leur ville? A-t-il fallu peindre ce brouillard pour leur faire admettre cet état de fait? Ou est-ce que c'est réellement depuis Turner que l'on accepte de parler de cette atmosphère comme on en parle aujourd'hui? Se peut-il que ce soit lui qui ait inventé, voire installé ce brouillard pour des siècles et des siècles? Faut-il des artistes et des penseurs pour nous faire voir ce que nous ne voyions pas jusque-là? Ce que nous nous refusions de voir au jour le jour, tout aveuglés et occupés que nous sommes à faire ce que nous avons à faire?

À la sortie du cours, un arrière-goût qui pique nous reste coincé en travers de la gorge. Nous avons tous besoin de boire un coup. Une file d'attente se forme à L'Abreuvoir.

Vendredi durant la nuit. 22 avril. 2 h 41 du matin. Le temps passe. Hier matin, le point final fut mis à mon neuvième cours. Un dernier examen d'une durée de trois heures, et puis voilà. Remise de ma copie, orthographe révisée. *Alea jacta est.* Par la suite, une douce impression de vide et de soulagement ne m'a pas quitté de la journée. Dans les rues, il faisait beau. Je me sentais libéré. Malgré tout ce que j'ai pu raconter à ce propos dans mon *Journal* ces dernières semaines, je n'ai pas le sentiment d'avoir réellement vu la fin se dessiner en tant que fin de quoi que ce soit. J'ai fait ce que je devais faire. Comme tout bon étudiant. Sans plus. Je viens de relever un défi. Un défi personnel et privé. Je m'arrête boire un café chez Second Cup. Aucun badaud ne m'applaudit. Tout semble normal à Montréal.

Il ne me reste donc plus que le cours prévu à Venise. Quatre rencontres ont été planifiées pour le mois de mai, le soir en semaine. Ces cours nous prépareront au grand départ. Il y aura fort probablement un programme à suivre, puis un travail à remettre en bonne et due forme, sans doute pour la fin du mois de juin. Je suis officiellement inscrit. J'ai acquitté le premier versement. Nous partons le 3 juin. Nous sommes une quarantaine. Nous apprenons que nous allons dormir par groupes de quinze, dans trois appartements distincts, et qu'il nous faudra préparer nous-mêmes nos repas. Les appartements seront équipés d'une cuisinette. Nous aurons du temps libre, mais aussi plusieurs expositions obligatoires à visiter.

Une fois passée la biennale, je compte me rendre seul jusqu'à Ravenne, à quelques kilomètres de Venise. Pour les mosaïques. Je décide de rester une semaine de plus en Italie. Ravenne pour les mosaïques, dont je suis tombé amoureux en lisant mon livre sur l'art chrétien, et peut-être Sienne ensuite. Je ne sais pas à quoi ressemblera l'été. Ni ce mois de juin. Je sais qu'il y a la cathédrale de Sienne, enveloppée de marbre blanc, noir et rouge. Elle a été construite au moment où la ville rivalisait férocement avec Florence. Il y a aussi les collines du Chianti au nord-est. Je sais que je voyagerai seul, en train, et que j'aurai beaucoup de temps pour tout visiter. Je sais que j'irai dans des églises, pour demander à Dieu de me venir en aide et de faire en sorte que mon divorce se passe bien. Sans trop de souffrance pour les enfants. J'allumerai des cierges. Je me tiendrai silencieux devant l'autel. Pour demander pardon.

Même s'il est cliniquement préférable que je me raccroche tout de suite à ce prochain voyage, il n'en reste pas moins que je considère avoir réussi à traverser ce programme d'études en histoire de l'art. J'attendrai gentiment que me soit livré mon diplôme par la poste, dans une enveloppe. Un diplôme dont je ne saurai que faire, sinon de le ranger dans une boîte parmi les autres. Étant donné que ce n'est jamais le résultat qui compte, mais le chemin que l'on emprunte pour y arriver. Un diplôme que je pourrai peut-être manger. Tout cru. Sans beurre et sans sel. En souvenir du temps d'avant. En prenant des photos pour documenter la performance.

•

Il y a mon fils, ce grand garçon, qui me demande si je vais enfin pouvoir enseigner l'histoire de l'art, après tous ces efforts. C'est-à-dire pour de vrai, avec de vrais élèves qui s'intéressent à ce que je dis, et pas juste à table à la maison, où personne ne m'écoute, à part le réfrigérateur et le grille-pain. Il m'a vu travailler fort, me faire du souci la veille de mes examens et réviser cent fois mes notes de cours. Il a vu des piles de livres traîner un peu partout, y compris dans mon lit et dans la salle de bain. Je dois pourtant lui répondre « non », parce que ceci, parce que cela, parce que surtout ce n'est pas comme si j'allais obtenir un diplôme de maîtrise en fin de course. Même s'il me voit me faire rôtir un livre d'histoire de l'art, ou une biographie, ou un dictionnaire des saints et autres personnages bibliques tous les matins au petit déjeuner, et l'engouffrer accompagné d'un café ou d'un chocolat chaud, je lui explique qu'il doit comprendre qu'à ce stade-ci, je ne pourrai pas nécessairement enseigner au collégial. Ni la psychanalyse, ni la psychologie, ni la littérature. Même si ses sœurs et lui m'admirent et m'ont vu faire des devoirs et des travaux, il existe déjà sur le marché des candidats bien plus compétents que moi. Et ils sont nombreux. Et tous trépignent d'impatience devant la porte. Parfois depuis plusieurs années déjà.

En répondant à ses questions pièges, je repense à Mélanie, mon éditrice, qui m'a fait comprendre dernièrement qu'il est très rare qu'un poste de professeur en histoire de l'art s'ouvre au collégial. Lors d'un dîner dans le Vieux Montréal, qui m'a cruellement fait entrevoir l'avenir avec lucidité, elle s'est permis de me faire remarquer que dans chaque cégep, il peut y avoir une quarantaine de professeurs de français, contre un seul professeur d'histoire de l'art. Et qu'il fallait donc attendre que celui-ci meure, ou parte à la retraite, pour espérer prendre sa place. On pouvait toujours essayer de le tuer afin d'accélérer le mouvement, mais cela ne garantissait rien. Elle ne m'a pas révélé cette information pour me décourager, même si je sais qu'elle préférerait que j'écrive tout le temps des livres, plutôt que de me consacrer à des enjeux infructueux, tels que la santé mentale au Québec et les études universitaires. Cette discussion m'a fait retomber sur le plancher des vaches. Mon éditrice a souvent raison, et voit le secteur de l'enseignement d'un œil différent.

Je désirais de plus en plus enseigner au cégep. Avoir un bureau, partagé comme il se doit avec un ou une collègue, où laisser quelques affaires et accrocher mon manteau. Avoir aussi des étudiants. Des garçons comme des filles, qui viendraient me visiter durant les pauses, pour se soulager de certaines inquiétudes concernant l'examen final. Des étudiants intéressés, et d'autres pas du tout, mais que j'aurais conduits de force dans des musées, et à qui j'aurais pu à mon tour présenter des diapositives et des documents Power Point, assis dans le noir. Pour leur expliquer que l'importance de l'art est indiscutable. J'aurais voulu prendre mes dîners dans la cafétéria d'un cégep. N'importe lequel, je ne suis pas difficile. J'aurais pris ce qui reste. Même les miettes. Même si c'est à Joliette. Je me voyais les convaincre, les déstabiliser. J'aurais voulu avoir des étudiants pareils aux étudiants que l'on retrouve en ce moment sur le marché des étudiants. Bien de leur âge et capables d'en prendre. Ouverts à toutes les propositions et pas encore complètement aliénés au monde de demain. Capables d'encaisser et de comprendre ce qu'il y a d'extraordinaire chez Daniel Buren, Anish Kapoor ou Ron Mueck. Des fois que ce genre de vétilles arriveraient à leur communiquer l'envie de rester vivants. Même aux jours les plus noirs de leur vie future, quand ils n'auront peut-être fait que de mauvais choix. J'aurais fait là un travail presque aussi efficient que celui qui se fait parfois dans un centre de crise.

22 avril. C'est bientôt Pâques. Si j'ai bien suivi tous les épisodes, le Christ devrait bientôt rendre son dernier souffle, crucifié sur une croix. Dans quelques jours. Il suffit d'attendre que le destin s'accomplisse, comme il se doit. Et comme il a lui-même choisi de composer les termes de sa performance.

Je n'ai pas l'intention d'écrire sur Venise. J'arrête ici la rédaction de ce *Journal*, tout juste avant la fin de la toute fin. Comme Michel-Ange avec ses sculptures. Mes études sont terminées. Je n'ai pas le projet de tenir à nouveau un prochain *Journal*. C'était seulement à l'occasion de cet improbable retour à l'université. Pour écrire en parallèle à ce parcours extraordinaire et sans précédent, comme on invente un compagnon qui nous assiste dans notre engagement. Sans la rédaction de ce *Journal*, je n'aurais sans doute jamais complété ce programme. C'est lui qui est venu, souvent, donner un sens à ma démarche. C'est grâce à lui que j'ai continué.

Lorsque j'ai attrapé la mononucléose – ou que la mononucléose m'a attrapé – je me suis dit que cette mésaventure pouvait se rapporter dans un *Journal*. Lorsque j'ai connu des hauts et des bas, lorsque Prunella m'a agressé avec des bouteilles de bière, je me suis dit que tous ces pleurs prendraient un tout autre sens si je les rapportais dans mon *Journal*. Pareil pour les escargots, l'infortune de ma fille la plus grande lors de sa campagne pour la présidence de sa classe, son spectacle de fin d'année. C'est parce que j'ai tenu ce *Journal*, et ce, dès le premier jour, que j'ai pu faire et réussir ce retour aux études. C'est en raison de ce projet d'écriture que j'ai pu supporter comme je l'ai fait les aléas de la vie courante entre novembre 2008 et cet été de 2011. Un été que l'on annonce encore très sec et chaud.

Même si je sais que l'expérience sera mémorable, je ne parlerai donc pas ici de Venise et de mon dixième cours. Je vais y découvrir Christian Boltanski, Thomas Hirschhorn, Urs Fischer et l'œuvre *The Clock* de Christian Marclay. Je sais que nous allons organiser des soupers d'étudiants. Que nous allons faire des photos et voir des œuvres que nous ne pourrons plus jamais revoir ensuite. Je sais qu'il y aura cette biennale et que je n'en conserverai que des souvenirs de voyage. Que je ferai un travail sur François Pinault et ses deux incroyables musées, mais que je le ferai sans pouvoir ensuite me réfugier dans mon *Journal*. Pour une dernière fois et pour conclure, je vivrai cette expérience sans béquille. Comme si j'acceptais enfin de traverser un épisode sans quoi que ce soit pour m'accrocher.

Je vais bien sûr en profiter. Je vais découvrir la biennale avec mes yeux, mais sans ordinateur dans lequel colliger toutes les idées qui me viennent. Juste avec mon corps. Sans possibilité d'écrire et de rapporter ce qui se passe autour de moi. Je vais me concentrer pleinement sur le moment présent, pour mieux tout oublier ensuite. Je visiterai le pavillon d'Israël, ceux de la Pologne, de la Suisse, de l'Allemagne, de la France. Ainsi que tous les autres. Je mangerai des granités, aux fraises, au melon et aux bleuets. Je boirai des Spritz.

Je garderai donc les souvenirs de cette aventure dans ma mémoire. Je serai capable d'en reparler et d'en communiquer les faits saillants, en ajoutant des choses pas vraies pour agrémenter le tout. Je serai capable d'avoir envie d'y retourner deux ans plus tard, avec ma fille la plus grande qui ne demande qu'à découvrir de nouvelles choses, sous les auspices de son papa qui ne lui veut que du bien et qui sait, du moins encore pour quelque temps, où il s'en va. Afin qu'elle puisse à son tour partir toute seule un jour, et voler de ses propres ailes. Comme l'a fait sa mère bien avant elle, alors âgée d'à peine quinze ans, contre la volonté de sa mère inquiète, équipée d'un simple sac à dos, sans foi ni loi, sans peurs et sans reproches.

L'auteur Maxime Olivier Moutier tient à remercier Véronique, Crystel, Betty, Dingxiang et Rita-Adèle, de même que les professeurs, les chargés de cours et les étudiants du Département d'histoire de l'art de l'Université du Québec à Montréal, entre 2008 et 2011. Il remercie également les deux madames préparant les toasts au fromage blanc et les cafés à la succursale Van Houtte de l'agora, ainsi que Stéphane Barrette, Mélanie Vincelette, Patrice Loubier, Jean-Philippe Uzel, Olga Hazan, Marie-Ève Charron, Carol Doyon, Annie Gérin, Thérèse St-Gelais et Louis Martin. Il remercie enfin François Pinault, le Palazzo Grassi et la Punta della Dogana, à Venise, et la Biennale de 2011.

Achevé d'imprimer sur les presses
de Marquis-Gagné
à Louiseville, Québec, Canada.
Troisième trimestre 2015